文治
© wénzhi books

消失的世界

人类灭亡小说

[日]山田宗树 著

赵建勋 译

北京联合出版公司
Beijing United Publishing Co.,Ltd.

据推算,环绕地球的云层里栖息的微生物数量多达 10 的 19 次方。一般认为，这个数量足以影响大气层的物理化学性进程。

——摘自皮埃尔·阿马托《云层为微生物提供适宜的大气环境》（原载《微生物》杂志第 7 卷 [3] 第 119—123 页）

目　录

第一部

第一章　新月纪 /3

第二章　赤天界 /42

第三章　新阶段 /107

第四章　C433E/134

第二部

未来的残骸 /165

第三部

第一章　遴选 /213

第二章　紧急通告 /251

第三章　悲剧 /264

第四章　活下来的人们 /289

第四部

第一章　到新月纪 II 去 /311

第二章　命运的旋涡 /359

第三章　那个时刻 /418

终章　神话 /453

参考文献 /458

第一部

第一章　新月纪

1

吉井沙梨奈把最后一个字输入智能手机后，关机，将手机塞进书包，然后把书包丢在楼顶的水泥地上。她想：我的留言将在谁都看不到的情况下，被悄悄保存在一个没有实体的世界里，这就是我留给现实世界的一切。

沙梨奈伸手抓住了铁网护栏。护栏高两米左右，因为不是带刺的铁丝网，她觉得自己也能翻过去。结果比想象的还要简单，她很容易就落在了铁网护栏的外侧。她跨过排水槽，那里离楼顶边缘连五十厘米都不到，只要再向前迈一步，她十七年的人生就结束了。强风从下面吹上来，把她的校服裙子吹得鼓胀。

公寓的楼顶除了检查设备的工作人员，一般人是不准上来的。但是，通向楼顶的铁门的门锁坏了好久也没人修，所以只要想上来的，就都能上来。这一点连沙梨奈都知道，别的住户肯定也知道，只不过没人当回事。

沙梨奈慢慢地向前挪了几小步，站到楼顶边缘。

只要从这里跳下去，就再也不用去想那些倒霉的事情，再也不用担心被人看不起，再也不用连自己都讨厌自己了。

挺直腰杆，闭上双眼。

跟这个世界说再见。

沙梨奈身体向前一倾。

瞬间却又腾空而起。

"啊！"

沙梨奈在睁开眼睛的同时转了一下身子，双脚离地后，上半身重重地摔在了楼顶边缘。她急忙伸手抓住了排水槽的边沿。由于下半身已经悬空，她的手指一下子承受了整个身体的重量，几乎被拉断。虚空张开血盆大口，就要将她吞没。在千钧一发之际，她紧咬牙关，用两条手臂拼命把自己的身体拽上来，最终跌落在排水槽里。她的身体被排水槽卡住了，干涸的排水槽底部积聚的灰尘扬上来，呛得她一个劲儿地咳嗽。从排水槽里爬出来抓住铁网护栏，扭头仰望身后的天空。刚才，在她闭上眼睛之前的那个瞬间，异样的景象映入她的眼帘。

布满天空的灰色云块里，只有一块是红色的，就好像在刨冰上浇了草莓汁。那肯定不是夕阳照射造成的，因为现在正午刚过，而且跟晚霞的颜色完全不一样。那颜色凶狠且阴毒，令人毛骨悚然。

沙梨奈翻过铁网回到围栏内侧，拿起书包，掏出手机，按下开机键。等手机启动以后，她立刻输入"云，红色"等关键词检索起来。明白了！

"菌落云……"

在互联网上，菌落云已经成了人们议论的话题，可沙梨奈一点都没关注过。最近这几个月，她都没抬头看过天，对社会上的事也毫无兴趣。

继续检索下去，她看到了一句话。这句话犹如一阵飓风，把她内心沉积已久的郁闷吹了个一干二净。

"是嘛……"

沙梨奈仰起灿烂的笑脸看着红色的菌落云。

"人类，就要灭亡了！"

2

拉开黑乎乎的店门，门上的铃铛"哐啷"响了一声。店里光线昏暗，咖啡和烟草的味道，混合在干燥的冷气里，扑面而来。

"欢迎光临！"

"早上好！"

泽田刚冲店老板微微点了一下头，坐在他常坐的柜台前的一个座位上。

"今天来一份肉桂烤面包吧。"

"好——嘞——"店老板转身去为泽田刚准备早餐。

泽田刚把两个胳膊肘撑在柜台上，装作无意的样子环视了一下四周。店里有三张可以围坐四人的小桌子。比他早来的客人只有一位男士，看上去六十岁左右，瘦瘦的，皮肤黝黑，也经常在这个时间来店里吃早饭。泽田刚没跟那位男士说过话，但听到过店老板叫他"中根先生"。今天，中根穿着一件明显是在廉价商店买的白色开领短袖衫。他的两耳塞着耳机，脸上浮现出为难的表情，一边盯着手上的平板电脑看，一边喝着加了很多牛奶的咖啡，面前的烟灰缸里已经有好几根掐灭的烟头了。店里除了中根以外没有别人。

"有美小姐今天休息。"

听店老板这样说，泽田刚丧气地垂下了双肩。

"她今天去东京了。"

店老板四十来岁，总是戴着一副很小的眼镜，白衬衫，黑围裙，站在柜台里跟泽田刚聊天。店老板两颊略鼓，但绝对算不上肥胖。只见他一边慢慢往磨好的咖啡豆里注入开水，一边用愉快的眼光观察泽田刚的反应。

"说是去见她的男朋友。"

"真的吗？"泽田刚不由得叫出声来。

泽田刚出生和成长的这座城市叫见和希市。这座城市紧邻一条大河，水运业发达的年代，这里曾经很繁华，现在市中心还可以看到很多当年留下来的高大建筑物，令人想起昔日的繁华。这个小小的咖啡馆位于古老的商业街，离市中心还有一段距离。

"好了！让您久等了。"

摆在泽田刚面前的，是一杯咖啡、一块肉桂烤面包、一个煮鸡蛋和一小盘沙拉。肉桂烤面包，就是在烤好的面包片上抹上黄油，再撒上肉桂末。

"跟你开玩笑呢。"店老板笑道。

嘴里叼着烤面包的泽田刚抬起头来。

"其实她是去东京一家公司接受面试。"

"有美想去那边工作？"

"她早就这么说过：将来要去东京工作。"

泽田刚咬了一口面包，肉桂末掉进白色的盘子里。

"在东京生活，真就那么好吗？"

"这边的女孩子呀，都想去东京。"

"今天的肉桂撒太多了吧？"

"是吗？"

泽田刚已经二十三岁了，还没去过东京。对他来说，东京这座大城市，只不过是他掌握的信息中的一个点，跟在线游戏里那些架空的城市没有什么不同。有美去的就是那样一个地方。不知怎的，泽田刚觉得有美这一去就再也不会回来了。

"喂！这位小哥哥，知道这个吗？"

那位姓中根的男士一边用急切的声音叫着，一边把手上的平板电脑向泽田刚他们这边伸过来。泽田刚吓了一跳，回头看时，男士已经起身向这边走来。

"中根先生，怎么了？"

店老板的眼神里充满了疑惑。

"这个！这个！"

中根用指节粗大的手指指着平板电脑屏幕叫道。平板电脑的上半部是天空中的云块，但那不是一般的云块，下半部是日语文字说明，字太小，泽田刚看不太清楚。

"云块是红的，红得奇怪。这位小哥哥，知道这是什么吗？"

中根呼出的气息带着浓浓的烟味。

"傍晚的云经常是红的，那叫晚霞！少见多怪！"

泽田刚没好气地说道。

"你仔细看看！晚霞的颜色是这样的吗？"

泽田刚本想不再理睬中根，但这种人，你越是不理他，他越是来劲，于是泽田刚很不情愿地又看了一眼平板电脑上半部的云块。

就像很浓的红墨水泼在了屏幕上，云块的颜色不像是夕阳照射形成的，而是像云块内部深红的色素渗出之后形成的。云块厚的部分颜色更浓，边缘处颜色较淡。根据画面下端建筑物的大小来推断，云块只是一部分，也就相当于在伸直手臂的情况下手掌能挡住的部分。的确，晚霞的颜色不是这样的。

"这张照片是下午两点照的，绝对不会是晚霞。"中根肯定地说。

"加工的吧？那还不简单。"

中根用手指滑动平板电脑屏幕："现在，这样的云块在世界各地都能看到。随便检索一下就能找到好多。"中根喘着粗气检索起来，果然检索出很多。云块都是深红色的，只是形状和色调有些微差别。

"我刚才不是跟您说过了吗？用编辑软件编辑一下，转眼就是一张这样的照片。"

"可是，泽田君……"店老板小声开口，"泽田君，这事好像是真的。红云现象到处都有出现。"

泽田刚不由得抬起头来，盯着店老板的脸："什么？连老板您也……"

"正式的新闻网页也报道了。叫什么……菌落云。"

"菌落？什么意思？"

"细菌的'菌'，村落的'落'。落，在这里是集群的意思。"

"什么集群？"

"微生物集群。"

"鱼虫之类的小玩意儿？"

"比那个还小，跟细菌、霉菌是一类。听说，在菌落云里，微生物以超乎寻常的速度繁殖，所以看上去是深红色的。"

"老板，没想到您了解得这么详细。您见过吗？"

"菌落云？没见过。"

"闹了半天您也没见过呀。所以说，到底有没有什么菌落云，还很难说呢。"

"不过，新闻网页里……"

老板说到这里，忽然停住了，低头想了想才说："泽田君说得也很有道理。"

所谓的"菌落云"，在泽田刚的心目中跟"东京"一样，只不过是他掌握的信息中的一个点，或者仅仅是一个存在于电脑画面上的假想的现实，至少眼下店里这三个人手上谁也没有否定这一点的证据。

"那么，这段文字怎么解释？"

中根关掉检索画面，回到最初那个上半部是云块、下半部是文

8

字说明的画面，把平板电脑递给店老板。店老板接过去看了不到十秒钟，就冷笑一声，把电脑还给了中根。

"这是谣言。"店老板非常干脆地说道。

中根不服气地反驳道："什么？这可是专家说的。"

"这位专家呀，我在电视上见过，长着一张骗子的脸。"

"什么什么？给我看看是怎么写的。"泽田刚凑过来。

"一句话：由于菌落云的出现，人类就要灭亡了。"

"啊?!"

"不过嘛，那是二百年以后的事情。"

泽田刚不由得笑了："那跟我们有什么关系呀？"

"这有什么好笑的，也得想想子孙后代嘛。"

不知为什么，中根说话的口气变成了教训人的口气。

泽田刚不服："不管怎么说也是二百年以后的事，子孙后代自有子孙后代的办法。"

店老板耸耸肩，没说话。

"反正跟咱们关系不大。"泽田刚又找补了一句。

"你这个年轻人啊，说话可不能这么不负责任。这件事大家都得好好想想。"

"好了好了，中根先生，打住吧。"

矛盾激化的当口，店老板开始劝解。

中根醒过味儿来，脸上浮现出不好意思的表情，但还是意犹未尽地说："我觉得呀，这件事真的不是一件小事……"

说完，他摇着头回自己的位子上去了。

泽田刚与店老板相视苦笑。

店门上的铃铛又"哐啷"响了一声，新的客人进来了。是三位上了岁数的女士，也常来这家咖啡馆吃早饭。她们爽朗地跟店老板打过招呼，就坐在椅子上开始聊天。她们没有谈论深红色云块，谈的都是婆媳关系、伺候老人、埋怨丈夫、身体欠佳等身边琐事。坐在里边的中根又把耳机塞进耳朵，盯着平板电脑看起来。

泽田刚吃完早饭，把剩下的咖啡一口气喝完，站起身来对店老板说："我去上班了。"

"好好干！"

泽田刚把钱放在柜台上，转身走出店门，在湿热的空气包围之下，向商业街的停车场走去。泽田刚眼中的现实世界就是这个早就过了繁荣期、正在走向衰退的城市。商业街上是古老的建筑、很不方便的狭窄的街道，很多商店落下了卷帘门，卷帘门上的涂鸦格外刺眼。自己将在这里耗尽生命，结束一生。就算那红云确实存在，就算人类再过二百年就会灭亡，跟自己又有什么关系呢？恐怕跟东京那座大城市也没关系。

泽田刚走进停车场，来到自己那辆白色的紧凑型轿车附近，掏出钥匙用遥控器打开了门锁。当他的手搭在门把手上的时候，忽然再次意识到自己真的很喜欢有美。如果有美在东京找到了工作，可能就再也见不到她了。可是，这样一个没用的自己又能做什么呢……

就像要寻找答案似的，泽田刚抬头仰望天空。

天空中，布满了凹凹凸凸的灰色云块。其中一块红云正好在泽田刚的头顶上。猩红的颜色异常浓重，犹如吸饱了深红色墨水，马上就要滴落下来似的。

3

"我们的飞机正在 38000 英尺，约 11600 米的高度上飞行。由于气流不稳，飞机会一直处于颠簸状态，但完全不会影响飞行安全，各位乘客请放心。"

机窗外是湛蓝的天空，蓝天下雪白的云海一望无际。眼前这神圣的光景，跟以前人们心目中天堂的印象重叠在一起。但对于人类来说，外面肯定不是天堂。估计气温不会高于－50℃，气压恐怕还不到地表的三分之一。

弓寺修平乘坐的是上午九点四十五分从东京出发，飞往佐贺的AJA454航班。现在，飞机顺利地飞行在接近对流层上限的高度，再往上就是连云彩都不会有的平流层。臭氧吸收紫外线使平流层变暖，气温高的地方接近0℃。

如果上升到平流层，气温就会再次下降，低到－90℃。而在高度为100千米附近，温度则突然升高，达到1500℃的超高温，所以被称为热层。热层几乎没有空气，因此一般所说的大气层的高度，指的就是100千米以下。100千米以上就是宇宙空间了。

也就是说，大气层的厚度还不到100千米，而且，80%的空气都集中在大气层的底部、厚度只有1111千米的对流层里。地球上的生命，就在这犹如一层薄皮的大气中苟活。不仅如此，现在的大气中正发生原因不明的异变，而且在逐渐扩大。

"看哪！看那边！"

坐在后边的一位男士大叫起来。

"啊……那是什么呀？"

一位女士也跟着叫起来。

两个人的声音都很年轻。

"你还不知道吗？那就是菌落云！大家都在议论这个话题呢。"

"菌落云？"

弓寺修平连忙向窗外望去。正如身后的年轻男士所说的，飞机左侧远处的积云有一部分是红色的。也许是因为刚才还没有进入自己的视野吧，否则不应该看漏啊。话虽如此……

"该死！"

弓寺的拳头差点砸在窗户上。做好准备等着的时候，它一直不出现，为什么竟在这时……

"还是第一次亲眼见到菌落云呢，我得把它拍下来！"

身后的年轻男士用悠闲的口吻说道。

"欸，云为什么会变成了那样的颜色？"

年轻女士问道。

"因为云里有病毒在繁殖。"

年轻男士蛮有自信地断言。

他的回答其实不对。菌落云里繁殖的不是病毒，而是细菌。病毒和细菌，在生物学上可是有天壤之别的。

"病毒在云里边能活吗？"

"云里有的是水分，当然能活啦。"

"可是，只有水分还是活不下去的吧？不需要营养吗？"

嗬，想得还挺细的嘛——年轻女士的问题引起了弓寺的兴趣。外行人这样想是一个很好的着眼点。要想培育生命，水分和养分都不可或缺。云是由水和冰的粒子构成的，自然不缺水分，那么，养分呢？

"……你这么一说我也糊涂了，天空中确实没有养分。"

很遗憾，这种认识也是错误的。大气层本来就包含各种各样的物质，如形成酸雨的原因就是大气层中的二氧化硫和氮氧化物，这些物质对于细菌来说都是很好的营养成分。除了二氧化硫和氮氧化物以外，一般云的粒子里还有多种多样的有机酸和矿物质，作为营养源有足够的量。不仅仅是菌落云，普通的白云里也栖息着多种微生物。即便是什么都看不见的空中，连云彩都不会有的平流层里，也浮游着无数被称作气溶胶形态的微生物，从而构筑了独自的生态系统。

"不过，那个菌落云，好像不得了呢。"年轻男士继续说道，"会使人类灭亡的！"

"为什么会使人类灭亡呢？"

"……我也不知道是为什么。"

"肯定是谣言。不就是一块云彩吗？怎么能使人类灭亡呢？"

"那倒也是……"

"没有知识的傻瓜才会相信这种谣言呢。像开成君这么聪明的人，不会相信的。"

"哦，啊……嗯……"

弓寺叹了一口气。事态已经很严重了，可一般人对菌落云的认识才到这个水平啊。自己到底是为了什么……

机舱里骚乱起来。往窗外一看，只见一大块红色的菌落云正在向飞机逼近。弓寺也连忙掏出手机拍照，从上空观察菌落云的机会是很少的。

飞机与菌落云的高度差应该有数千米，但那块菌落云看上去还是很大，边缘也非常清晰。跟周围的云块相比，不仅颜色不同，表面上的凹凸也显得尖锐，犹如荆棘。弓寺在照片和视频中见过菌落云这种富有特征的形状，但实际见到还是第一次。他被菌落云特异的形状释放出来的存在感压倒了。那简直就是飘浮在云朵间的巨大怪物。

"好家伙！"

身后的年轻男士不由得发出一声惊叹。

"太……太可怕了。"

年轻女士小声嘟囔着。

4

娱乐室里还没有人，屋里有饮料自动售货机，有摆满了杂志和漫画的书架，还有三张可以供四人围坐的圆桌。南侧开着的大窗户的外边，树枝迎风摇曳，刚开始发黄的叶子反射着阳光。外公那浑浊的眼睛里，映着的是怎样一个世界呢？

吉井沙梨奈用轮椅把外公推到靠窗的一张圆桌前，按下刹车柄固定好轮椅，然后走到饮料自动售货机前，给外公买了一瓶能量饮料。外公喜欢喝这种装在焦茶色小玻璃瓶里的能量饮料。只见他默默地接过去，就像消磨时间似的，一小口一小口地慢慢啜饮。喝完最后一滴，才默默地把空瓶放在圆桌上。

"外公，我呀……"沙梨奈说话了，"决定把我的死期延长了。"

外公那刻着深深皱纹的脸上，表情没有一点变化。大概塑造表情的肌肉已经干枯了吧。他的眼睛虽然有时也眨一下，但谁也看不出他到底在看哪里。

"外公，菌落云……您不知道吧？"

沙梨奈把手机掏出来，把菌落云的照片调出来给外公看。

"由于菌落云的出现，人类就要灭亡了。"

外公看了一眼手机屏幕，但还是没有任何反应。

"不管怎么说，跟外公一点关系都没有。"

沙梨奈说着把手机收了起来。

"当然啦，也不能说跟我有多大关系。"

说完，沙梨奈朝外公笑了笑，外公的脸上还是没有表情。

沙梨奈继续说下去。像这样不用顾及他人的感受随意聊天的对象，恐怕只有外公一个。

"二百年以后，管你是大款，是穷鬼，是坚强，是软弱，管你是健康还是不健康，有没有疾病，管你朋友多不多，管你孤独不孤独……喜欢战争的国家也好，爱好和平的国家也好，统统没有了！您不觉得这样很棒吗？"

"真智子来了，昨天。"外公突然说话了，"带着盒饭来的。"

"你们一起吃的？"沙梨奈温和地问。

"那丫头没吃，我一个人吃的。"

"好吃吗？"

"好吃，很好吃。"

"……那太好了。"

真智子是沙梨奈的母亲，外公的独生女。但是，母亲带着盒饭来看外公，是三十年前的事情。那时候母亲还是初中生，外公在一次交通事故中受伤住进了医院。虽说没有生命危险，但吃不惯医院里的饭，经常发牢骚。母亲特意做了盒饭给外公送去，外公吃得特别高兴。平时母亲提到外公总是一副不耐烦的样子，唯独说起给外公送盒饭这件事的时候，表情是不一样的，这就是所谓的父女情深吧。

"咱们回房间吧。"

沙梨奈站起身来，把能量饮料的空瓶扔进垃圾桶，然后松开了固定轮椅的刹车柄。

从外公住的曙光养老院到见和希市内一栋公寓里的家，骑自行车要一个多小时。虽说有公交车，但沙梨奈觉得不值，而且每天都骑自行车上学，骑惯了，去远处也不觉得累。

"外公怎么样？"

沙梨奈往厨房里一看，见妹妹香织正站在那里喝牛奶。

"老样子。"

沙梨奈从冰箱里拿了一瓶饮料，倒进自己的杯子里，一饮而尽。喝完，她简单地用自来水冲了一下就放在餐桌上，反正以后还要用，不必洗那么干净。

香织还没喝完。她双手捧着一只大陶瓷杯，一边喝一边看姐姐，好像有什么话要说。

"有事吗？"

"没有。"

沙梨奈走进了自己的房间。准确地说，这是她跟香织两个人的房间。沙梨奈跟母亲和妹妹住的这套两居室的公寓，据说是母亲二十多岁的时候买的，贷款已经还清了。母亲的职业是推销员，从各种保险到净水器，只要是能卖的东西，她都推销。周末和节假日也照常去上班。休息的时候，一休就是一个月。母亲一边做着这样的工作，一边把沙梨奈和香织抚养成人。

香织书桌上的台灯还开着。厚厚的数学习题集，摊开的笔记本上面写着工整的文字和代数公式。大概是在做几何证明题吧。沙梨奈都上高中二年级了，可那些题她恐怕一道也做不出来。

香织明年春天要报考县里排名第一的重点高中。沙梨奈认为妹妹肯定能考上。香织不但学习成绩好，长得也是漂亮又可爱，当少女组合的主唱都绰绰有余。有过这么一件事，一天，香织上完补习班回家，被一个艺人经纪公司的星探尾随，吓得她赶紧打电话报警，引起了一场骚乱。姐妹俩怎么会有这么大的不同呢——这个问题沙梨奈从来没想过，因为她知道，她跟香织的父亲不是同一个人。

"我早就想问你了。"香织回到房间里，对沙梨奈说，"为什么每个星期天都跑那么远的路去看外公呢？好不容易才过一个星期天。"

"妈妈根本不去看望外公嘛。"

"外公患有严重的痴呆症，根本就不知道你是沙梨奈，有意义吗？"

"意义？有啊。"

"有什么意义？"

"……消磨时光。"

香织冷冷地说："沙梨奈多好，活得真轻松。"

说完坐在书桌前，拿起自动铅笔继续解题。只几秒钟的时间，香织的精力就集中在学习上了，房间里只能听见自动铅笔在笔记本上写字的"唰唰唰"的声音。

"喂，香织！"

"怎么？"香织握着自动铅笔的手没有停下来。

"你知道菌落云吗？"

"由于细菌繁殖变成红色的云吗？怎么了？"

"这个菌落云会使人类灭亡，你相信吗？"

"肯定是谣言嘛。"

"……你怎么敢肯定是谣言？"

"二百年以后的事，不可能那么轻松就预测到的。"

沙梨奈连自己都没意识到，她一直在盯着香织的侧脸。

"不过，我觉得神清气爽。"

香织写字的手停下了，她回过头来。

"什么让你觉得神清气爽？"

"二百年以后人类就灭亡了。"

"为什么这个消息会让你神清气爽呢？"

"……说不上为什么，反正我就是觉得神清气爽。"

"真要那样了，你打算怎么办？"

"什么？"

"你说知道了二百年以后人类就会灭亡的消息，觉得神清气爽。如果现在人类马上就要灭亡了，你打算怎么办？"

香织正面看着沙梨奈的时候，沙梨奈总会吓得缩成一团，她似乎能听见香织暗暗在心里骂她：你就是一个没有生存价值的垃圾！

"如果菌落云真的会使很多人死亡，哭叫声将充满整个世界！你怎么能觉得神清气爽呢？"

……

香织转过身去，一边继续做题，一边叮嘱沙梨奈："可不能这样随便说呀！"

"昨天晚上的雨下得太大了。"

坐在副驾驶座上的池边太志看着车外说道。眼前的稻田里，水稻大片地倒伏下来，浸在水中，刚修好河堤的运河里浊浪翻滚。

"雷打得也很凶。"

驾驶紧凑型轿车的泽田刚说着打了一把方向盘，沿着运河左拐，继续前行。

"是的是的，我家小孩子吓坏了，一个人不敢睡，哭着要跟我一起睡。"

"润太君都上小学了吧？"

"小学一年级。还以为他已经是个勇敢的大孩子了，没想到还是那么可爱。"

"你让他跟你一起睡了吗？"

"怎么可能呢？这正是严父发挥作用的时候。我跟他说，你已经是个男子汉了，回自己房间睡去！这边只有两张床，我和你妈一人一张，没你睡觉的地方！"

"是吗？"

"结果我被轰了出来。"

"哈哈哈……完全没有发挥作用嘛！"

泽田刚大笑着把车子停在了路边。

"没办法，老婆的命令。"

从车上下来，刚一呼吸，肺里就充满了水蒸气似的空气。天空中黑灰色的积云依然很厚，远处传来尖厉的机器声。他们后方的河堤上，一辆小型卡车正在全速行驶。

"第七个观测点，离水位警戒线还有一百九十厘米，没有其他异常情况。"

池边看着运河里的水位计，向泽田刚报告情况。泽田刚用平板电脑把数值记录下来，并利用平板电脑上的相机把河水的样子和水位计拍摄下来。

"好了，去下一个观测点！"

见和希市市政府河川管理科，是负责管理和整修田间水渠的部门。市内的河川网由宽十米左右的运河，以及从运河分出来、通向各个角落的宽两米左右的水渠构成。降水量超过基准值的第二天，管理科就要这样查看整个河川网。

"对了，"车子启动的同时，池边继续跟泽田刚聊天，"上次你跟我说过的，你喜欢的那个姑娘，去东京工作了？"

"行了行了，别说这个了。"泽田刚不高兴地扭过脸去。

"哟哟哟，瞧你那可怜样，再找一个，结婚吧。"

"没有那么简单啊。"

"现在公务员很受女孩子欢迎，找女朋友还是很容易的。"

"我怎么没有这种感觉。"

"我给你介绍一个吧。"

"真的不用了。"

第八个观测点也没有异常情况。但照完相以后，一种莫名的恐怖感袭上心头，泽田刚慌忙回过头去。

数百米开外的地方有一个信号发射塔，无数只乌鸦使灰色的铁架变成了黑色。但是，让泽田刚感到恐怖的不是那些乌鸦，而是铁塔上空的景象。

"怎么了？"池边问。

"又出现了。"

压得很低的云层里，有一块黑红色的云。

"哇！真的嘞！"池边双手叉腰向上看着，"刚才还没有呢，也不知道是什么时候……"

"最近经常看到呢。"

看到菌落云的次数与日俱增，人类就要灭亡的说法使越来越多的人感到不安，甚至召开国会的时候，在野党也向政府提出了这个问题。当时政府的答辩只是说，菌落云还不会马上伤害到人类。

"今天这块菌落云的颜色更叫人恶心，而且比以往见过的大得多。"

"一看见菌落云我就心情不愉快。"

"我也是。"

池边说完把视线从菌落云的那个方向收回来，看着泽田刚笑了。

泽田刚耸了耸肩，算是回答。

"去下一个观测点吧。"

"好！"

泽田刚坐进车里发动车子，发现池边没有上车。

池边的手放在车门把上，眯缝着眼睛看着天空。

"不走啦？"

"啊，啊啊……"

池边回过神来，眨了眨眼。

"那块红云……"池边再次转向天空，"是不是正在降下来呀？"

6

"在邮件里我也跟您说过了，第一份报告来自一艘渔船，说是海湾里发现了大量漂浮在海面上的死鱼。"

佐贺县保健卫生研究所水质调查部的副岛绫子，是一位说话不能抑扬顿挫的女士，她的声音虽然很美，穿透力很强，但好像是人工合成的。她眼镜片后面的眼睛似乎从来没有眨过，圆脸上的微笑也似乎从来没有消失过。

"死鱼的样品分析过了，没有检查出有害物质，也没有缺氧窒息的迹象。能想到的原因还有水温太低，不过并没有下雨，所以也不是水温太低造成的。"

"海水的水质化验结果是氢离子浓度偏高，可是……"

"就算把化验的误差问题考虑进去，也不至于造成鱼类大量死亡。"

在大办公室用屏风隔出来的空间里，弓寺修平坐在副岛绫子对面的沙发上。两人之间是一张茶几，上面放着副岛绫子刚刚交给他的数据一览表。

"从采集海水的日期来看，应该是在发现大量死鱼两天以后采的吧？氢离子浓度已经被潮水稀释的可能性也有吧？"

副岛绫子脸上的微笑更浓了。

"弓寺先生是不是认为鱼类大量死亡跟菌落云有关呀？"

十天前，明海①上空出现了菌落云。因为那块菌落云比较大，长崎、佐贺、熊本沿岸很多人都看到了，有人还拍了很多照片上传到互联网。

随着时间的推移，菌落云发展得很快。有的颜色越来越浓，扩展到最大后又很快缩小，然后逐渐消失。但是，比起以前出现过的菌落云，十天前出现的这一块，从扩展到最大再到消失的时间特别短，转瞬就消失了。

弓寺开始观察人们在那块菌落云消失的过程中拍下的照片，可以清楚地看见菌落云向海面伸出一条红色的大尾巴。第二天，在菌落云消失的海域，发现了大量死鱼。

"鱼类大量死亡并不是稀奇的现象。这回在菌落云出现之后发生，也许是偶然的巧合。"

"也许是偶然的巧合，但如果不认真检证，片面地认为鱼类的大

---

① 明海是位于日本福冈县、佐贺县、长崎县、熊本县间的海湾，乃九州地区最大的海湾。（本书页下注均为译者注）

量死亡跟菌落云无关，也不是科学的态度。"

"您说得对。"副岛绫子冷淡地应付道。

但是，弓寺不是小孩子，不会因为这冷淡的态度就退缩。

"而且，关于菌落云的研究才刚刚起步，无论多小的事情都有可能跟重要的见解有某种联系。"

"那么我想问您……"

副岛绫子说话的口气变了，俨然就是在学会的年会上对发表论文的人提问的口气。

"如果说菌落云跟鱼类大量死亡有关，您认为应该是怎样一种机制呢？"

弓寺希望的就是在这个问题上应战。

"根据迄今为止世界各国的研究者提出的报告，可以认为在菌落云内部由于细菌的活动，蓄积了高浓度的二氧化碳。大量的二氧化碳加速了全球变暖，人类的居住环境日趋恶化，最终将无法在地球上生存，所以人类将在二百年以后灭亡，这就是弓寺老师您的理论吧？"

"不是的。人类将于二百年以后灭亡的理论是美国的亚历克斯·夏果博士提出来的，根据他的理论，全球变暖根本就不是人类灭亡的主要原因。"

"哦，是这样啊……"

副岛绫子完全不屑一顾的口气。

"关于这次鱼类大量死亡发生的机制，现阶段我有这样一个假说。"

弓寺并不在乎副岛绫子不屑一顾的态度，继续说下去。

"存在于菌落云里的高浓度二氧化碳随下降的气流落在海面上，所产生的冲击使大量二氧化碳融入海水，造成海水一时性酸化。"

"您的意思是说，突然的酸化产生的 pH 冲击[1]，是鱼类大量死亡

---

①pH 是氢离子浓度指数。pH 冲击指氢离子浓度突然升高产生的冲击。

的原因？"

"您不认为这是有可能的吗？"

副岛绫子依然保持着微笑，歪着头说道："但是，我认为当时并不具备发生下降气流的气象条件。"

"菌落云自身可以产生下降气流的可能性也应该考虑进去。"

"难道说菌落云能按照自己的意志下降到海面上？"

"根据迄今为止发表的研究报告，菌落云内部的温度比周围的高。一般认为，温度较高的云块在浮力的作用下应该产生上升气流，但现实中并非如此。那么一定有一种消除浮力的东西，我认为那就是二氧化碳。正是因为比空气重的二氧化碳起到了下坠的作用，菌落云才能保持一定的高度。如果出于某种原因，菌落云内部的温度下降了呢？"

"就会失去浮力，在二氧化碳的重量作用下往下沉，从而产生下降气流。您是不是这个意思？"半信半疑，不，还不能说是半信半疑，从副岛绫子的表情来看，她完全没有把弓寺的话当回事。

"仅仅是一种假说而已。总之，关于菌落云，我们不知道的知识太多了。迄今为止的常识都不能解释菌落云现象。所以，我们必须把哪怕很小的事例作为基础提出各种各样的假说，逐一去验证。"

"原来如此。"

副岛绫子敷衍了一句之后，只过了几秒钟，表情就变得紧张起来。

"您怎么了？"

弓寺这么一问，副岛绫子的视线飘忽不定，显得更加慌乱。

这是她今天见到弓寺以后第一次内心产生动摇。

"假如……我是说假如，假如弓寺老师刚才的话是正确的，能够引起 pH 冲击的高浓度二氧化碳下降到陆地上……"

"其实，我也很害怕发生那样的情况。"弓寺盯着对方的眼睛，"我们已经知道，菌落云内部有两个特点：一是二氧化碳的浓度很高，二是氧气的浓度非常低。"

"因为细菌的呼吸消耗了氧气？"

"恐怕是的。人如果吸入菌落云内部的气体，就会窒息而死。菌落云，就是带着这样气体的云块。"

副岛绫子慢慢挺直了腰。

"就算菌落云下降的现象实际发生过，不过发生的概率到底有多大，我们还不知道。尽管如此，还是应该考虑到日本属于风险比较大的地区。虽然全世界都能观测到菌落云，但出现频率高的地方是从日本关东地区到西太平洋，还有美国的东海岸一带。别看这两个区域相距很远，在气象学上却有共通点。"

"共通点……"副岛绫子抬起头来，"……火山活动多发区？"

弓寺使劲儿点了点头。

"这两个区域，分别流动着黑潮①这一强大的暖流和墨西哥湾暖流。从这两个暖流进入大气的热能，可能也影响着菌落云的形成。但这种机制是不可能被发现的，正如我们不可能把云彩抓在手里一样。"

副岛绫子一动不动地盯着弓寺。弓寺的话跟现实一起，开始被她接受。

"那么……刚才您说的……"副岛绫子的脸上已经没有笑容，"弓寺老师，不，夏果博士说，人类将在二百年以后灭亡，而且人类灭亡的主要原因还不是全球变暖，那么人类灭亡的主要原因是什么呢？"

弓寺干咳一下，清了清嗓子。

"跟一般的云相比，菌落云之所以有某些根本上的不同，不会只是因为云的粒子里有细菌繁殖。尽管目前菌落云还时而出现时而消失，但出现的次数在增加，存在的时间也在延长。总有一天会像癌

① 黑潮，又称日本暖流，是太平洋洋流的一环，为全球第二大洋流，仅次于墨西哥湾暖流。

症晚期患者体内的癌细胞那样无限增殖，最终覆盖整个地球。如果发展到那一步，可能会对大气层产生致命的影响。也就是说，二氧化碳浓度上升，氧气缺乏。恐怕到了那个阶段，细菌产生的有毒物质就不能不引起我们的高度重视了。"

"所谓'天上的赤潮[①]'？"

"还有，菌落云如果覆盖了整个地球，就会遮住太阳光，破坏作为氧气供给源的植物光合作用。两者相加，就可能导致大气中的氧气急剧稀薄。"

"现在大气中的氧气浓度约为21%，如果低于18%就会使人陷入缺氧状态。难道会低到那种程度吗？"

"不是不可能的。"

"可是……可是，那样的事情在二百年之内就会发生……短短的二百年啊！"

"的确，过去地球上有过多次生物大量灭绝的情况发生，每次都经历了数百万年。但是，能因为没有先例就断定人类绝不会在短期内灭亡吗？这回的主角是细菌，繁殖的场所是大气层。不得不说，比起海洋和陆地，细菌在大气层繁殖的影响之广和速度之快都是我们无法想象的。细菌利用菌落云反复集中进行分裂增殖，数量呈几何级增加，要占领人类巨大的生活圈。其破坏力比小行星撞击地球和火山爆发不知要大多少倍。因此，事态会以超出我们想象的速度向坏的方向发展。我们绝对不能否定这种可能性，要做好最坏的打算。"

副岛绫子避开弓寺的视线，一个劲儿地摇头。

"我还是不敢相信。那种事情真的……"

弓寺平静地说："我也不敢相信。但是，作为一名科学工作者，

[①] 赤潮，海洋生态系统中的异常现象，由海藻家族中的赤潮藻在特定环境条件下爆发性增殖造成。

不能因为害怕就不敢面对现实。我会继续向人们发出警告，哪怕是扮演一个小丑的角色也在所不辞。"

7

吉井沙梨奈按了一下车闸，随着车闸刺耳的尖叫声，自行车停了下来。

去曙光养老院看望外公需要过一座大桥。那座大桥横跨在一条作为县界的大河上，全长三百多米。大桥建于五十年前，是一座桁架桥，只有上、下两车道，而且窄得要命。如果两辆大卡车在桥上错车，搞不好就会剐蹭。桥面尽管很窄，还是用栏杆隔开了人行道。由于没有自行车道，沙梨奈骑自行车过桥的时候也走人行道。即使一有大卡车通过桥身就会颤抖，她也不会因此停下来。今天按闸停车，是因为深红色的菌落云又进入了她的视界。

站在桥上往大河的下游看，可以看到沙梨奈所在的见和希市。香织从这个星期开始参加暑期补习班，现在正在教室里学习。母亲一大早就上班去了，现在一定正开着她那辆轻型轿车到处转呢。见和希市跟平时一样运作着，菌落云飘在空中，似乎在观察这座城市。

自爬上公寓楼顶那天以来，沙梨奈养成了经常仰望天空的习惯。虽说不是每次仰望天空都可以看到深红色的菌落云，但看到的次数比想象的要多得多。不过，今天看到的菌落云，跟以往看到的好像有所不同。形状是歪扭的，颜色是黑乎乎的，压得也相当低。这么近距离地看到菌落云还是第一次，沙梨奈有一种被菌落云覆盖压得喘不上气来的感觉。

一辆大型自卸车从桥上开过，桥身颤抖起来。桥下浊流翻滚，由于昨天晚上的一场暴雨，以往总是映着蓝天的河水上涨，颜色也变了，就像加了咖啡的牛奶。看着卷着漩涡吞没一切的河水，现实感顿时远去。一个以前乘虚而入、小心谨慎地沉入她潜意识的东西在蠢蠢欲动。那是一个丑恶的愿望，一个经常使她感到心烦意乱的、绝对不想承认的愿望。现在，那个阴暗的愿望慢慢浮了上来，就像那块黑乎乎的菌落云。

"香织要是死了才好呢……"

沙梨奈不由得打了个寒战。

我怎么会有这种……

"胡说……刚才是胡说，真的是胡说！"

沙梨奈欲言又止似的仰起头来，看着天空。

就在那一瞬间，一切感觉都停止了。

菌落云底部突然有一条红色的绳子似的东西，向着地面慢慢垂下去，一边往下垂，一边旋转。紧接着，第二条，第三条……全都旋转着往下垂。就好像菌落云底部有无数孔洞，红颜色漏了下来。但是，那些红色的绳子悬在半空，还没有接触地面就像融化似的消失了。消失归消失，新的红色绳子并没有停止出现。它们不断地垂下来，旋转得越来越快，离得近的几条慢慢靠拢，融合在一起，成为一条条巨大的绳索。最后，这一条条巨大的绳索合并起来，瀑布般向地面倾泻。

狂风骤起。

*

"这风好臭啊！"泽田刚叫道。

听泽田刚这样一说，池边太志也皱起了眉头："大概是废弃的农作物在什么地方堆积起来，天一热就腐烂发臭了。"

突然刮起的大风没有减弱的意思，反而越刮越大。狂风呼啸着，天上数十只乌鸦四处逃窜，"呱呱"的叫声在这一带回响。

"池边先生，赶快上车吧！"

"噢，好的！"

池边上车后关上车门，车子在狂风中抖动。

"风更大了。"

"好像是龙卷风。"

"车好像都要被刮跑了。"

"暂时停止观测，躲避一下吧。"

"躲到哪儿去啊？"

"不管怎么说，先离开这地方，快！"

泽田刚发动车子，松开手刹踩下油门，车子慢慢动起来。

他马上就意识到不对劲了。不管他怎么踩油门，引擎的转速就是上不去，而且越来越慢。

"喂！开快点嘛！"

"……都踩到底了，不管用！"

车子终于熄火了。按下启动键，只有电池马达空转，引擎就是点不着火，试了好几次，还是点不着。

"蓄电池没电了吧？"

"真奇怪！刚才分明点着了呀……欤？"

前风挡玻璃外面，有一个黑色的物体掠过，跌落下去，发出撞击路面的声音。是乌鸦，只见它伸开翅膀，却一动不动。

紧接着，有的乌鸦掉进了水田，有的乌鸦掉进了水渠。掉进水渠的乌鸦溅起的水花，马上就被狂风吹散了。天空中的乌鸦全都掉了下来，听不到乌鸦的叫声了。

"这……这是怎么回事？"池边尖叫起来，"情况不妙啊！"

泽田刚的呼吸也急促起来："快逃吧！"说着就要去开车门。

"不行！"池边大喝一声，眼睛瞪得圆圆的，看着泽田刚，"现在最好不要到外边去！"

泽田刚松开门把手，身体缩成一团："这风……可不是一般的风。"

"不是一般的风，是什么呢？"

"我怎么知道！"

接下来两个人谁也不说话了。狂风号叫着，从门缝里钻进来。他们开始觉得身体不舒服。头疼得要命，手脚一点力气都没有，恶心得要呕吐，心跳得特别快。两人都瘫倒在座椅上，想坐起来，身体却不听使唤。

"喂！这是怎么回事啊？"

掉在路面上的乌鸦一动也不动，只有黑色的翅膀被狂风刮得一个劲儿地抖动；掉进水渠的乌鸦漂浮在水面上。是因为风太大，还是有毒气？刚才闻到的臭味可能就是毒气的臭味吧？可是，周围除了水渠就是水田，怎么会产生大量毒气呢？

"难道是菌落云？"

不管是从前风挡玻璃往天上看，还是从门玻璃往天上看，都看不到深红色的菌落云，信号发射塔上空也没有。

"看什么呢？"

"池边先生，菌落云消失了。"

"怎么了？"

菌落云里的微生物异常繁殖，那些微生物会不会产生有毒气体呢？如果有毒气体和菌落云一起降落到地面上……

"喂！问你呢，怎么了？"

"池边先生，你看外边。"

"什么？"

"风小多了。"

"啊，确实小多了。"

风不再呼啸，周围非常安静，安静得不自然。

"已经……过去了吧？"

泽田刚按下车子的启动键，车还是发动不起来。

"哈哈……没事了！我还以为这回得死了呢。"池边笑着去拉车门。

"啊！还是不出去为好！"

池边好像没听见泽田刚叫他，拉开车门就出去了。

他环视了一下四周，说道："好像不要紧了。"

风还在吹，不过已经不太大了。

"可是，真不知道这是怎么回事，刚才那些乌鸦……"

池边突然不说话了，慢慢蹲在了地上。

"池边先生，您怎么啦？"

池边一下子扑倒在地。

"池边先生！"

泽田刚胆怯了一瞬间，马上深吸一口气，憋着气打开车门跳下车，把车门关上以后才绕过车子跑到池边的身边。池边已经翻着白眼昏死过去。泽田刚把他抱起来，放在副驾驶座上，关上车门就往正驾驶座那边跑。跑到一半时脚下被绊了一下，憋在肺里的空气吐了出来，不知不觉吸了一口车外的空气。

"不好！"泽田刚伸出手去抓门把。

够不着。

还差一点就够到了。

但是，他迈不开步了。

双脚就像被强力胶粘在了地面上。

"真的就这样死了吗？"

泽田刚最后的感觉是身体飘了起来，然后就什么也看不见了。

吉井沙梨奈盯着前方的路猛蹬脚踏板。

菌落云融化了，落在了地上。绝对不能发生的事情发生了。所以，我一定要到外公那里去！无论如何也要到曙光养老院去！必须去！像往常那样去！为了证明什么也没发生过，为了证明明天还会到来！

只有两条车道的路上熙熙攘攘。小轿车、大卡车、出租车、公交车，跟往常一样。沿路的便利店、餐馆还是老样子。仓储商店的停车场里，上了年纪的保安正指挥客人把车停在适当的位置。加油站的员工大声叫喊，引导加完油的车辆驶出加油站。一切都是老样子。十字路口的红灯亮了。沙梨奈停下来，双脚撑在地上。她喘不上气来，头也有点疼，这种情况从来没有过，可是今天……不，大概是因为天热吧，没关系的。

过了十字路口，过了跨过铁路的桥，沿着辅路往前走一会儿就是三保综合医院。曙光养老院就在三保综合医院的院子里。

沙梨奈把自行车停进车棚，走到养老院的门口，按下对讲门铃。在说出外公的名字以后，里边的职员很快就把大门打开了。她跟已经熟识的职员打过招呼，换上了拖鞋。一层的大厅很宽敞，奶白色基调的地板和墙壁，淡雅的浅粉色和淡绿色交替，使人不觉得单调。沙梨奈顺着楼梯走上二楼，来到二〇三号房间。房门开着，她一眼就看到外公正盘着腿坐在床上。

"外公！我是沙梨奈，我又来看您啦！"

外公看着沙梨奈的脸，喃喃道："刚才真智子来了，不过没带盒饭。"

沙梨奈很生气：为什么只有今天跟以往不一样呢？我那么希望今天跟以往一样，怎么专门跟我作对呢？

"去娱乐室吧，我去借轮椅。"

"不去！"外公马上表示反对。

"能量饮料，不喝啦？"

"不喝！"外公说完，闹脾气似的把脸转向窗户。

今天是怎么了？沙梨奈没办法，只好坐在床边的一个小圆凳上。房间里的空调开着，可是沙梨奈的身上一个劲儿地冒汗。外公还是固执地看着窗外。

"刚才呀，菌落云降下来了。"沙梨奈冲着外公的后背说，"上次我跟您说过吧，那种深红色的云，要使人类灭亡呢。"

外公一点反应都没有，这倒是跟以往一样。

"没事的，肯定没事，什么事也没有——"

沙梨奈一时冲动，差点站起来抓住外公的肩膀，把他扳过来。

"那绝对是骗人！什么菌落云会使人类灭亡，肯定是骗人的！"

她希望外公说：是的。

她希望外公的话能让她安心。

可是，外公连看都不看她一眼。

"我……我回家了！"

沙梨奈站起来，走出二〇三号房间，跑下楼梯，跑到自行车棚，打开车锁跨上去，用尽全身力气蹬起来。为什么这么急呢？连她自己都不知道。尽管如此，她还是觉得好像在被什么人追赶似的，拼命地顺着原路往回骑。

远处传来救护车鸣笛的声音，听起来有很多辆，不和谐的声音响个没完。直升机的轰鸣声。天上飞来了直升机，三架！飞向沙梨奈要回的见和希市。日常生活秩序分崩离析，全被打乱了。她想闭上眼睛，塞住耳朵。一切都应该没有变化，什么事情都应该没有发生，应该跟往常一样，应该跟直到昨天以前的世界一样，应该跟直到上周以前的世界一样，应该跟直到上个月以前的世界一样，而且应该从明天开始一直到永远，都继续一样下去！

越过古旧的桁架桥，穿过寂寥的商业街，进入宽敞的住宅区。数年前，这一带道路扩宽，新增了便道，道路两旁新建的独栋小楼都很现代化，属于这座城市里建设得比较好的区域。沙梨奈骑着车不由得放慢了速度，最终停了下来。

便道上有很多粥状的呕吐物。看到那些呕吐物，沙梨奈忽然意识到今天的城市跟平时大不一样。

进入市区后，通行的车辆特别少，几乎没看到一个骑自行车或电动车的人。很明显，空气有问题。沙梨奈闻到一股腐臭的味道，紧接着，更加凄惨的光景映入她的眼帘。

距离呕吐物数米远的前方，有一个人仰面朝天躺在那里，脸上盖着一条毛巾。从体形和穿着来看，是一位上了年纪的男士。他身旁呆呆地站着一位上了年纪的女士。再往远处看，更多的人倒在地上。熟识的街道与倒在地上的人组合成一幅唐突无理的画面，叫人无法接受。

"我是在做梦吧……"

沙梨奈不由自主地说出这句话，好像抓住了一根救命稻草。是的，这是梦。眼前的情景是不可能在现实中发生的！这是在做噩梦！肯定是在做噩梦！所以，所以，所以……

"我得赶快回家！"

右脚用力去蹬自行车的脚踏板——怎么这么重啊，根本蹬不动。没有这么重过呀。自行车摇摆着、晃动着，好不容易左脚也踩在了脚踏板上。左脚，右脚，左脚，右脚，晃晃悠悠地往前走。她的眼睛好像什么都看不见了，大脑也停止了思考，只顾一个劲儿地倒换着双脚去蹬脚踏板。不能停，绝对不能停，如果停下来，就再也动不了了。耳边传来救护车的鸣笛声。前边的马路上，一辆救护车全速开了过去。身后传来直升机的轰鸣声，转眼就从头顶上飞过去了。

回到家里，沙梨奈打开冰箱拿出一瓶饮料，把饮料倒进杯子里。刚喝了一口就趴在洗菜池上狂吐起来，简直连胃都要吐出来了。眼泪也流了下来，但那是因为呕吐，不是哭泣。她的感情已经被封在一个冰冷的壳子里。

她忽然产生了一个想法：这个家是不是谁也回不来了？

想到这里，沙梨奈赶紧掏出手机，通过手机的 GPS 功能搜索母亲在什么位置。有了！在辰巳市。辰巳市离这里还有相当一段距离，可以放心了。接下来找香织……

香织的位置信息搜不出来。漠然与恐怖交织在一起，形成一个焦点。

想起来了！

在补习班上课手机必须关机。这个时间香织还没下课，位置信息当然搜不出来。

回到自己的房间，沙梨奈开始检索最新信息。从刚上传的新闻，到社交网站上的留言和动画，她一个挨着一个地看下去。

现在受灾的是以见和希市为中心的地区。有人说见和希市已经封城，不准随便进出。这显然是谣言。从曙光养老院回来的时候，没看见什么地方设有路障。死了不少人是事实，有的说至少死了几百人，头痛呕吐的人就更多了。市内的医院已爆满，市政府的官方网站发布消息要求症状较轻的人在家里疗养。

关于惨剧的原因，有的说是恐怖分子利用化学武器实施恐怖袭击，有的说是工厂的有毒气体泄漏，但很少有人认可。理由很简单，在惨剧发生之前，很多人看到了菌落云异样的形态，并把照片和视频传到了网上。

房间里的墙壁暗淡下来，窗户上白色的纱帘染上了些微的橘黄色。看看时间，到家已经两个多小时了。

补习班早就下课了。

可是，香织还没有回家。

她拿起手机想 GPS 再次确认香织的位置，忽然又改变了主意。如果还是没有香织的位置信息呢？如果香织……

沙梨奈使劲儿摇头，摇得跟拨浪鼓似的。

上帝呀，求求你了！

让香织快点回来吧！

真的求求你了！上帝呀！

忽然传来开门声。

沙梨奈从床上跳起来，飞奔而出。

香织，在门口站着呢！

只见她喘着粗气，大眼睛好像已经冻僵，显得更大了。满是汗渍的脸上没有一点血色，苍白得吓人。她把提在手上的书包随便往地板上一丢，书包撞击地板，发出"咚"的一声。

"香织……"

被封住的感情破壳而出。

眼泪哗哗地流了出来，根本止不住。

"太好了……"沙梨奈扑过去，一把抱住妹妹，"太好了……香织还活着……太好了……"

"姐姐……"香织呼吸凌乱，"死了很多人，很多……"

话没说完，她就紧紧抱住姐姐抽泣起来。

姐妹俩紧紧抱在一起，放声大哭。

稍微平静一些以后，沙梨奈又倒了一杯饮料，香织则给自己倒了一杯牛奶。姐妹俩回到房间里，坐在各自的床上。

"香织看见菌落云降下来了？"

香织喝了一口牛奶，点了点头。

"看见以后，马上就跑进补习班大楼里避难，捡了一条命。"

"你还挺冷静的。"

"因为刚听你说过菌落云要使人类灭亡的事。当时有一种不祥之感，撒腿就往大楼里跑。可是，外面的人……"

香织说不下去了。时间默默流淌。

突然，香织抬起头来。

"对了，妈妈呢？"

"不要紧。我用手机确认过了，在辰巳市。"

香织把杯子放在书桌上，掏出自己的手机，迅速利用 GPS 功能搜索母亲所在的位置。

"还在辰巳市。"

"是吗……"

"喂，"香织的表情变得僵硬起来，"妈妈为什么在这种地方？"

那是辰巳市某个小学的体育馆。

沙梨奈回答不上来。

香织立刻给母亲打电话。

"不接。"

"肯定在工作。"沙梨奈拼命说服自己，"妈妈说过，她工作的时候不能给她打电话。"

"妈妈在这种地方能有什么工作？"

……

"为什么一直待在体育馆？为什么不接电话？出了这么大的事，为什么不打电话问一下我们的情况呢？"

沙梨奈拼命摇头。

别往下说了！

我什么也不想听了！

"走！"

"……去哪里？"

"去找妈妈！"

这么晚了，直升机还在空中盘旋。有的人家已经亮了灯，但丝毫感觉不到平静的日常生活还在继续。沙梨奈打开自行车的车灯，朝香织点头示意：可以出发了。

香织在前，沙梨奈紧随其后。惨白的街灯照着姐妹俩惆怅的身影。紧紧盯着妹妹那瘦小而虚幻的后背，沙梨奈不停地蹬车。

路上已经没有死尸了。柏油路和电线杆上贴着纸片，纸片上写着死者身份或特征以及已经被搬送到哪里的信息，为的是方便家人前来寻找的时候能尽快得知亲人遗体的安置地点。每张纸片上写着的遗体安置地点，都是沙梨奈她们要去的辰巳市那所小学。

去那所小学，要过那条县界的大河，要过的桥不是沙梨奈去曙光养老院时经过的那座桁架桥，而是下游一座很大的拱形桥。上坡的路很长，要屁股离开车座猛蹬脚踏板才能上去。桥上的路灯比较多，光线很亮。在橘黄色的路灯照射下，在直升机轰鸣的世界里，姐妹俩无言地蹬着车。偶尔从桥上通过的汽车，让她们知道地上的人还没有死光。来到大桥一半的位置开始下坡，靠着惯性往下滑，可以休息一下了。为了不让自行车下滑得太快，需要不时捏一下刹车。姐妹俩终于安全地通过了大桥。

过了一个十字路口，有一家便利店，好像还在营业。停车场里有轿车，也有大卡车，看上去跟平时没有什么不一样。

沙梨奈下了自行车，掏出手机再次通过 GPS 确认母亲的位置。她心里抱着一线希望：也许位置已经移动了，妈妈已经在回家的路上了，说不定马上就能看到她那辆轻型轿车前大灯的灯光了。

"姐姐，怎么了？"香织停下来，回头看着沙梨奈。

"我又确认了一下妈妈的位置，说不定她正在回家的路上呢。"

香织的表情紧张起来："怎么样？"

"没动地方。"

"姐姐！"

"嗯……"

"快走吧！妈等着咱们呢！"

"知道了！"

沙梨奈收好手机，继续全力蹬车。

小学正门贴着一张纸，纸上是几个手写的大字："遗体安放处"。运动场供夜间训练的大灯全都开着，停着好几辆警车。

自行车存车处在运动场的一角。沙梨奈她们把自行车放在那里，准备走着去运动场后面的体育馆。

"喂！"

刚刚走出存车处，一位身穿朴素的长裤套装的女士就把她们叫住了。她的脖子上挂着一个证明身份的胸牌，但看不清上面的字。女士的身后还站着一位穿着很随便的男士。

"你们是来找人的吗？家里人？"

香织冷冷地盯着那位女士，没说话。沙梨奈只好回答说："是的。"

女士回头看了男士一眼，拿起麦克风。

"我们是电视台的，想问你们几个问题。"

男士举起摄像机。

"不行！"

香织愤怒地吼了一声。

"姐姐，快走！"

说完，她拉起沙梨奈就跑。

体育馆的前面摆着一张桌子，作为临时接待处。一个年轻的警察表情紧张地坐在桌子后面。看到她们跑过来，赶紧端正姿势。

"二位是来找人的吗？"

虽然警察尽量用沉稳而柔和的口气问话，但听起来还是有些僵硬。

"根据手机上我妈妈的位置信息，她在这个体育馆里。"香织对警察说。

"是吗？"警察低下头，指着桌子上的一览表说道，"通过随身携带的东西判明了身份的，名字都写在上面。不知道名字的，写着体形和衣服等特征。二位要是能在这张表上找到要找的人的话，请把号码告诉我。"

判明身份的有十五个，没有判明身份的有六个。号码好像是按照搬送过来的先后顺序排列的。

马上就找到了。

八、吉井真智子

香织紧紧攥住沙梨奈的手，攥得好疼，沙梨奈也紧紧攥住了香织的手。

"就是这个，八号……"

沙梨奈指着母亲的名字说道。

一览表上还写着遗体被发现时的情况。地点是见和希市春日区，在市中心北边一点。母亲是在自己的车里死去的。车子的窗户开着，人倒在驾驶座上。最初被搬送到春日中学，因为那里遗体太多，应付不了，又搬到这所小学来。

"请问……"

两人回头一看，还是刚才见过的电视台那一男一女。

"你们是来找你们的母亲吗？"

"喂！你们怎么跑到这里来了？不行不行！赶快离开这里！"年轻的警察压低声音斥责电视台的人。

"啊，对不起。"女士虽然诚心诚意地道了歉，但还是把麦克风伸到香织面前，摄像机也对准了香织，"您说一句话就可以了，就说一句……"

沙梨奈一把将麦克风搡到一旁，吼道："不是跟你们说过不行了吗？有完没完哪？"

连沙梨奈自己都不敢相信那是自己的声音。

女士吃了一惊，不再装腔作势："是的是的……对不起，请原谅。"说完回过头去向男士轻轻点了一下头，男士马上把摄像机镜头转向地面，和女士一起尴尬地走了。

"对不起。"年轻警察向姐妹俩道歉，"我马上去把负责的警察叫过来。"

不一会儿，过来一个老警察，矮矮的，戴着一个大口罩。

"请跟我来。"

姐妹俩按照老警察的吩咐，在体育馆前厅换上了来客用的拖鞋。体育馆的大门敞开着，随着微微的震动，冷飕飕的空气扑面而来。

姐妹俩站在入口处，呆住了——

……两个篮球场大小的体育馆，地板上铺着蓝色的塑料布，塑料布上排列着两行盖着白色单子的尸体，其间站着几个戴橡皮手套和口罩的警察和医生模样的人。大概是死者家属吧，一位女士蹲在一具尸体旁边哭泣，一位穿白衬衣的男士看着女士，眼睛红红的，用手绢捂着嘴巴。她们从那两个人身后走过。发出低沉轰鸣的移动式冷气机，通过粗大的管道喷着冷气。

老警察把姐妹俩带到八号的前面。

母亲躺在白色的单子下面，一动也不动。

随身携带的东西放在头部一侧，她们一眼就认出了母亲的手机。

香织呆呆地站着。

沙梨奈蹲了下去，颤抖的手慢慢掀开了单子。

她的内心一片虚空。

"姐姐……"香织看着就像睡着了的母亲的脸，"人类……也许真的就要灭亡了。"

*

　　灾害以见和希市为中心，波及范围甚广。死亡四百九十六人，其中大部分事发时都在户外活动。也有不少人事发时在室内或车里，由于开着窗户而死亡。

　　这个惨剧造成了人类大量死亡。据记载，这是世界范围内菌落云带给人类的第一次灾难，在人类史上被称为"新月纪"。"新月纪"与"见和希"谐音，是一个具有特殊意义的名称。①

---

① 日语原文提到城市的名字时用的是汉字"见和希"，提到发生于见和希市的菌落云带给人类的第一次灾难时，根据日语"见和希"的谐音，用日语片假名写成"ミカズキ"，中文译本意译为"新月纪"。

第二章　赤天界

1

今天运气真好。

　　池边润太走路都觉得轻快起来。上班的路上，在拥挤的东京市中心，润太看到了女科长的背影。遮住细长的脖颈的黑发，闪着深邃的光泽的灰色长裤套装，每向前走一步，都强烈地震撼着润太的心灵，使他热血沸腾。只看那苗条的背影就会让人产生"窈窕淑女，君子好逑"般虚幻的妄想，更别提跟她面对面，被她那双清澈的眸子直视，所有邪念都会一扫而光。

　　润太走到离女科长还有十步左右的地方。对于自己的直属上司，应该追上去主动打招呼，说声"早上好"才符合常理。但是，润太突然放慢了脚步。他抵抗不了自己内心的冲动：就这样看着她那美丽的背影，多看一会儿，这样的机会很少有。路上来来往往的人很多，谁也不会注意到自己……

　　润太突然清醒过来。

　　我这是在干什么？怎么能做这种下作的事情呢？

　　"大早晨的，我这是在干什么呀？"

润太像是切换频道似的吐了一口气，加快脚步。

"科长，早上好！"

吉井科长回过头，一看是润太，脸上立刻浮现出笑容。

"啊，早上好！"

润太堂堂正正地跟科长肩并肩走在一起，就算在这样嘈杂的环境中，也不多说一句无关紧要的话。从他们的工作处理的信息的重要性来说，这样做也是理所当然的。两个人默默往前走的时候，润太也偶尔看一下吉井科长的侧脸。仔细想想觉得非常不可思议，这样一位富有魅力的女士，三十三岁了还是独身一人，也未曾结过婚。当然，润太没有勇气直接问她这是为什么。

不过，池边润太和吉井香织有一个共通点，这是他最近才知道的。

突然，视界一隅出现了一排红色的文字，那是润太戴着的眼镜型子监视器上的投影。

有害云块下降警报

润太一惊，停下了脚步。

请马上到指定场所（地铁未来线玉坂站）避难

吉井香织也站住了，仰起头看着天空。她是从左手腕上戴着的手镯型子监视器上得到的信息。润太亲耳听吉井香织说过，现在还在用这个手镯型的，是因为眼镜型的没有她喜欢的式样。

"科长！"

"就是那片云吧？"

周围的人骚乱起来，一起朝香织指示的方向看去。高层建筑群的上空，有一大块积云型菌落云已经变成黑红色，同时形状正在扭曲。

"好像不在我们头顶上。"香织说道。

但是，既然子监视器收到了警报，就说明气象监视厅的预测系统已经把这个地区判定为危险区域了。

"要你去哪里避难？"香织问润太。

"玉坂站。"

"我也是。"

收到警报的人要去指定的场所避难。为了防止发生避难场所收容不下的情况，警报系统会自动调整每个人的避难场所。

"快走吧！"

香织说完转身就顺着原路往回跑，润太跟在她身后。周围的人也纷纷奔向各自的避难场所。有人一路小跑，但大多数都在走。香织和润太超过了那些人。润太认为漫不经心是很危险的。虽说预测的精确度有了很大提高，菌落云造成的灾害已经大幅减少，但还是有人因避难不及时而死去，习以为常反而更可怕。

他们顺着玉坂站二号出口的台阶往地下走。这是专为上下班的人乘车而设计的地下车站，没有商店什么的，所以不是很宽敞。避难者一下子从四面八方涌进来，弄得车站拥挤不堪，乱作一团。

"快进来！快进来！要关卷帘门了！"

车站工作人员在出口大声喊。最后几个顺着台阶跑下来的人进入车站后，工作人员关上了卷帘门。从天花板垂下来的监视器上，显示着车站内外的氧气浓度，目前还没有差别。地铁站台在下边，也就是地下二层。正好赶上一列地铁到站，刚下车顺着滚梯上来的乘客见状瞪大了眼睛。

人们吵嚷起来。

监视器上显示外面的氧气浓度下降了 0.1，转眼又下降了 0.3。下降到 20% 以下的时候，人们不由得尖叫起来。19%，17%，14%，11%……氧气浓度以令人瞠目结舌的速度下降。随着轰隆隆的令人毛骨悚然的声音，卷帘门抖动着，发出咔嗒咔嗒的声响。那是菌落云撞到地面上卷起的低氧风暴。

但是，车站里氧气的浓度没有变化。现在，几乎所有的地下设施都安装了防止室外低氧空气进入的装置，只要外面的空气含氧量下降，所有的通风口就会自动关闭。就算外面的空气接近于无氧状态，里边也是安全的。

顺便说一句，除了地铁站以外，道路两旁的大楼和商铺也都是避难场所。没有地铁站和商铺等设施的区域，则设置了紧急避难箱。避难箱是每边长两米的立方体，材料是聚碳酸酯，非常结实。但是，这种避难箱里没有制氧机，最多只能供六个人使用。在密封状态下，六个人可以在里边待两个小时。菌落云造成的低氧状态持续时间平均为十五分钟，最长为二十四分钟，就算多进去几个人，从理论上讲也没有问题。

"科长，您不要紧吧？"

润太发现吉井香织的表情不正常，似乎非常难受。她的脸上一点血色都没有，还冒出虚汗，呼吸也很急促，看起来不像是因为刚才跑了一段路造成的。

"对不起……池边君！"吉井香织好像马上就要瘫倒，"让我握住你的手……"

不等池边回答，吉井香织犹如抓住救命稻草似的，一下子抓住了池边的左手。只见她紧紧闭着眼睛，使劲儿咬着嘴唇，就像在忍耐随时都会发出的尖叫。突然被抓住左手的润太最初还有点困惑，但马上内心就燃起了男子汉的使命感，用力回握吉井香织的小手。

润太用空着的右手从肩上背着的挎包里把 AKUFU 掏了出来。AKUFU 是在以前的智能手机基础上进化而成的便携式电子设备。眼镜型子监视器和手镯型子监视器都不过是 AKUFU 的附属品，实际跟网络连接的是 AKUFU。

润太用 AKUFU 检索气象监视厅的网站，这样就能以最快速度了解菌落云现在的状况。

"菌落云已经消失了，风也停了。危险马上就要过去了。"润太安慰着吉井香织。

吉井香织闭着眼睛，轻轻点了点头。

正如润太所说，危险马上就要过去了。从天花板垂下来的监视器显示外面的氧气浓度开始上升。12%，13%，14%，15%……虽然速度缓慢，但确实在一点点地上升。超过 20% 的时候，出口的卷帘门打开了，人群里传来安心的呼气声，还有人鼓掌。

吉井香织终于在睁开眼睛的同时，松开了润太的手，僵硬的肩膀松弛下来，长长地吐了一口气。

"谢谢你！"

平时总是放射着严厉目光的眼睛，现在沾着些许湿漉漉的泪水。

"吓死我了。对不起……"

"至少在市中心，应该有可以不间断供给氧气的地下避难场所。"

润太有点慌，赶紧岔开了话题。

"是啊……"

刚才下来避难的人络绎不绝地顺着台阶走出地铁站。他们被裹在人流里来到地面，目力所及的范围内，没有因来不及避难而倒在路上的人。

人们重新走向各自的职场，但脚步都很沉重。润太也因为一大早就发生了这种事感到沮丧，心情很不好，有一种人生就要结束于今日的感觉。

"科长，您是经历过新月纪的人吧？"

肩并肩向前走着走着，两人很自然地聊起天来。

"嗯。"吉井香织答道。

"我也是。"

科长当然知道，部下的简历肯定是要过目的。

"池边君也受灾了？"

"当时我在小学的教室里，逃过一劫。我父亲正在外边工作，陷入非常危险的境地，幸运的是命保住了。"

"我母亲死了。"

润太不由得看着科长的侧脸问：

"所以科长要做这种工作？"

吉井香织仰起脸，看着菌落云已经消失的天空。

"也许是吧。"

那口气，就像在谈论别人的事情。

2

挤满了听众的会场里热气腾腾，堪比烈日照射形成的炎阳。

站在讲坛上的人名叫克明宪，是个小个子男人，驾轻就熟的举止和在聚光灯的照射下，整个人看起来好像大了两圈。

"各位，我的话各位听懂了吗？"

经过扩音设备扩大的声音弩箭般传遍会场。

"就是这样……"

克明宪说着慢慢伸开双臂，绣有金色刺绣的纯白色衣服轻轻摇摆。

"——我们信仰的正确性，已经被科学所证明。"

会场上响彻着掌声和欢呼声。加上二层的座位，场内至少有四千人吧。但此刻全会场只点亮了照着克明宪的聚光灯，观众席一片昏暗。

克明宪放下双臂，会场被镇住似的安静下来。

"但是，为什么是现在呢？为什么是人类文明成熟的现在呢？到底是何方圣人，做了这样的事情呢？”

“赤天神！赤天神！赤天神！”

听众齐声欢呼起来。

克明宪的脸上浮现出柔和的笑容。

等会场自然安静下来之后，克明宪继续他的演讲。

“是的，赤天神。赤天神呢，顺理成章地创造了这个世界上的一切，没有一点点失误。世间一切的一切，都是赤天神预先设定的。成为现在这个样子，是赤天神从一开始就设计好的。无论什么事情，都以赤天神的意志为转移！你们相信吗？”

“相信！”听众立刻响应。

“相信吗？”克明宪的嗓门更高了。

“相信——”

“相信吗？”

“相——信——”

对于听众来说，这样的演讲已经听过多次，演讲的内容已经很熟悉了，在什么时候做什么样的反应，大家也都知道。

“今天我要问大家一个问题。你们知道彗星吗？就是那个定期在天空中出现，拖着一条长长尾巴的星星，也叫扫帚星。”

克明宪忽然压低了声音。

“彗星围着太阳，画出一个非常极端的椭圆形轨道。它从离太阳很遥远的地方过来，在离太阳很近的地方通过，再到那遥远的地方去。大家想想看，这难道不是一件不可思议的事情吗？赤天神为什么创造了这样一颗彗星呢？”

听众沉默着，等他继续往下说。听众当然知道教祖要说什么，所以能安心等待。

“彗星由包含着各种各样物质的冰和岩石构成。说是各种各样，最初其实只有非常单纯的物质。但是，彗星画出的这个极端的椭圆形轨道，具有非常重大的意义。"

克明宪夸张地晃动着身体。

"在远离太阳的时候，它是冰冻的——但是，当它靠近太阳的时候，冰就融化成了水。再靠近，由于高热，水就蒸发了，形成了那条大而长的尾巴。再次远离太阳呢，就又冰冻起来。彗星就这样围着太阳转了一圈又一圈，每转一圈，蕴含强大能量的紫外线和放射线都毫不客气地落在彗星上。于是，彗星表面和内部本来非常单纯的物质，就产生了复杂的化学反应，变成了作为生命源泉的高分子有机物。曾有一位研究者在实验室里再现了这样的环境，结果形成了具有脂肪质薄膜的袋状物质，这正是细胞膜。细胞的原型是在彗星上创造的，科学实验已经证明了这一点！"

演讲就要达到高潮，听众也准备好了。

"各位已经听明白了吧？我们，地球上的生命，真正的故乡，不是远古的大海！"克明宪郑重地断言，"而是遥远的宇宙！"

听众屏住了呼吸。

"回到宇宙的日子，离我们已经不远了！"

下面是演讲最精彩的部分。

"赤天神，已经派出一艘大船来迎接我们！我能看到，大家也能看到！就是现在，那艘大船正驶向地球！"克明宪放慢语速，继续下去，"能坐上那艘大船的人是有限的。那么，谁能坐上那艘大船呢？"

停顿了很久，克明宪终于开口道："你们！所有在这个会场上听我演讲的人！"

克明宪的眼神里饱含着无尽的祝福，所有信徒虔诚地仰望着教祖的脸。有的双手合十，有的泪流满面。

"敞开你那诚实的心灵，相信赤天神，把自己的一切交给赤天神吧！只要做到了这一点，就能离开这个已经没有未来的地球，住进充满希望的世界！你就一定能被拯救！今天会场里所有的人，一定能被拯救！"

克明宪提高了声音，在讲坛上俯视信众。

"时间已经不多了。我恳求各位，在有限的时间里，把赤天神的真实传达给更多的人，哪怕多一个人也好。最初你可能不被理解，可能遭唾骂，甚至可能受迫害。这也不奇怪，因为他们跟你们不一样。他们没长着看得见真相的眼睛，也没长着听得见真相的耳朵。但是，你们一定要忍耐，忍耐，再忍耐，不断地把真相传达给他们。这样的话，就一定能把真相告诉他们！加油！哪怕多拯救一个人也是好的。让更多的人睁眼观看，让更多的人侧耳倾听。为了哪怕多一个人看到真相听到真相，我们也要不懈地努力。这是你们的使命，是今天到会的每一个人的神圣使命！大家能做到吗？"

克明宪在高喊的同时仰起了脸。

"能！"信徒们一齐答道。

"能做到吗？"

"能！"

"能做到吗？"

"能！"

"能做到吗？"

"能——"

狂热的情绪到达顶点那一瞬间，一直打在克明宪身上的聚光灯戛然熄灭，会场漆黑一团。几秒钟以后，场上灯光大亮，讲坛上的克明宪消失了。信徒们陷入一种错觉：教祖暂时回到宇宙中去了。明知道那是一场表演，但又有什么关系呢？重要的是现在高昂的情绪，振奋的心情。

激动得满脸通红的信徒们互相握手，互相鼓励。

"加油啊！"

"千万不要忘记现在的心情！"

"我要去把教祖的话传达给更多的人！"

"我也要！"

"我也……"

他们都是真心的。真正的感动，不管重复多少次都不会减退。

"你也要传教啊？"

吉井沙梨奈感觉自己的肩膀被人拍了一下。

回头一看，是进会场时跟她打招呼的一位三十多岁的女士，名字叫河本朋香。

河本朋香抓住沙梨奈的手，笑着说道：

"加油啊！"

沙梨奈也笑着说道：

"嗯！加油！"

3

内务省国土保全局有害云块对策部每三个月都要在省会议室召开一次信息通报会。参加会议的有对策部从一科到九科的科长，气象监视厅综合研究所有害云块研究部的部长，以及夏果研究机构派来的联络官。与会者要交换每日更新的信息，确定今后的方针。

"接下来我要讲的是用来比较氧气浓度的换算值。上个月末是20.5932%，与前一年同期相比，下降了0.0254个百分点。"

与会者都在默默地听小关伸吾的报告，会议室里非常安静。大家都把目光落在自己手头的资料上，没有一个人为事态的严重而叹气。

"美国、意大利、巴西和中国的制氧工厂已经全天候运转半年了，根本改变不了氧气浓度下降的趋势，甚至下降的速度还在加快。"

小关伸吾三十多岁，是夏果研究机构派来的联络官。世界各地观测到的有害云块，也就是菌落云的数据及研究成果，都要集中到位于美国东海岸的夏果研究机构进行解析。解析结果原则上要向全世界公布，但都事先通过联络官通知各国政府。由于容易引起民众恐慌，各国政府要先准备好对策再向民众公布。

　　"这个数据也要向民众公布吗？"

　　提问的人是气象监视厅综合研究所有害云块研究部部长弓寺修平，他的语气里带着慎重。关于菌落云的研究，处于世界领先地位的是领土和领海内有暖流的美国和日本。在日本，活跃在研究第一线的就是弓寺修平。

　　"夏果研究机构的方针是，不管是多么令人感到绝望的信息都不要隐瞒。"

　　"二氧化碳浓度和气温的上升会促进植物的光合作用，氧气的生成量也可以增加，这一点很值得期待。听您的意思，这项研究还没有效果，是这样的吗？"

　　"就算有效果，也会被上空繁殖的细菌抵消，或者被消费氧气更多的新型细菌抵消。"

　　"新型细菌？"

　　"是在法国北部地区发生的层云型菌落云里检验出来的。根据遗传因子解析的结果，这种细菌也是从中气层突破平流层降下来的。研究数据表明，新型细菌的氧气消费量，比目前已知细菌多了13%。"

　　"活性那么高，增殖速度一定也很快吧？"

　　"加上这种新型细菌，跟菌落云有关的上空细菌，已经多达两千一百三十二种。平流层的上边还有多少种细菌，根本无法估计。也许还有远远超出我们想象的细菌存在。"

　　弓寺修平苦涩地点了点头。

"实际现状是，关于超高度上空生态系统及其多样性，我们基本上还不能了解。"

形成菌落云的细菌，几乎都是四百万年前栖息在地球上的细菌，由于火山爆发被喷射到遥远的中气层的。这些细菌留在中气层独自进化。在极其寒冷、空气稀薄、紫外线和放射线强烈的超高空里，栖息着这样繁多、数量庞大的细菌，真是令人难以置信。但是，这已经被数不胜数的证据所证明。

对于在那样的环境中生存下来的细菌来说，接近地表的对流层不但暖和，水分和养分还很丰富，又可以避免强烈的紫外线和放射线的照射，简直就是舒适的摇篮。爆发性增殖也就不奇怪了。

为什么是现在呢？对于这个疑问，有的科学家认为：人类的生产活动排出的大量二氧化硫和氮氧化物，使上空的营养变得丰富。

也有的科学家认为并没有什么特别的理由，不过是细菌在环境严酷的超高空进化后突破平流层，在对流层形成菌落云的时机，偶然与这个时代重叠而已。

"这算怎么回事嘛……有希望的信息一个也没有嘛！"

主持会议的有害云块对策部部长立肋源三发起牢骚来。

"可不是嘛。"小关伸吾沉吟片刻，"有一个好消息。下周按照预定计划，发射硬水铝石计划的第四号航天舱。"

"硬水铝石计划呀……"立肋部长依然情绪低落，"美国还打算继续？"

"当然啦。此后一百年间总共要发射八十个，这是他们的奋斗目标。他们认为八十个不算多。"

自菌落云将使人类灭亡的说法不再被认为是荒诞无稽以来，为了避免人类灭亡，各国政府制订了各种各样的计划，有些已经付诸实施。建设生产氧气的工厂就是其中之一，规模最大的就是 NASA（美国国家航空航天局）的硬水铝石计划。

计划中提到，要把大量载有人类 DNA 的航天舱送到一些被认为适合人类生存的太阳系外行星上，让人类在新天地再生。这是一个伟大的试验。但是，在星际间的自律轨道航行需要数千年，甚至数万年，假设所有的航天舱都没有出故障，都顺利地在外行星上着陆，人类能不能在那里依靠人工生育装置复活并重新繁衍还是未知的。就算发射八十个航天舱，可能性恐怕也是零。

　　"把这些没有实际作用的烟花送上天，需要多大的预算啊。把钱花在别的地方不好吗？"

　　立肋部长用嘲讽的口吻问道。

　　"在所有对策都失灵的情况下，硬水铝石计划将成为人类最后的希望。"

　　小关伸吾非常镇静地解释着。

　　"说是人类最后的希望，实际上呢，完全是为了无视现实采用的骗术！也许说是骗术太过分，但再怎么说也就是安慰人心罢了。"

　　"就算是安慰人心，这笔国家预算也值得。这是美国政府的判断。现在我们真正的敌人，是在我们内心筑巢的来自绝望的诱惑。"

　　立肋部长紧紧地闭上了嘴巴。

　　小关伸吾说话的声调明朗起来。

　　"幸运的是我们还有时间。首先，今后有可能在地球附近发现适合人类居住的行星。其次呢，未来十年内的星际间航行技术以及人类细胞再生技术也会进步。最后，我们还可能在太阳系外建造有人宇宙飞船，一百年以后，实现人类向宇宙空间的大迁移！"

　　"问题不是一百年以后，而是现在，是眼前！"立肋部长压着火气说道，"就算我们这一代不会死于菌落云，但是看着氧气浓度一点一点地往下减，总会感到绝望。普通民众能在多大程度上忍受这么大的精神压力呢？没有了希望，一切都是虚空，采取过激行动的人就会出现。以后还要不要像现在这样傻乎乎地如实向普通民众公布数据？我们该认真考虑一下这个问题了。"

"在夏果研究机构，也有跟您同样的意见，这是事实。但是，我们一贯的原则是相信民众的理性。正因为我们相信民众是有理性的，民众才会相信我们。"

"不是所有的民众都有理性啊。那些没有理性的人，会利用我们公布的数据，去煽动其他民众的不安情绪。现在，可疑的宗教团体如雨后春笋般地出现，每个宗教团体都拥有很多信徒。这些宗教团体正是利用了民众这种不安的情绪。"

"为政者希望人心能在自己的控制之下，这种动机我能理解。为了避免混乱，这也是必要的。但是，通过操控信息愚弄民众的时代已经过去了。在这里掩盖事实，反而会使民众疑心生暗鬼，造成事态进一步恶化。要想控制人心，应该探索别的方法。"

立肋部长缄默不语。

"而且，现在就放弃地球还为时尚早。上空细菌的增殖也不是在无限加速。增殖肯定会钝化，氧气浓度也许到了 18% 就不再下降。各国的研究机构现在也在竭尽全力摸索解决方案。虽说做好最坏的打算非常重要，但也不能低估事态好转的可能性。只要把这一点耐心传达出去，就可以避免让民众陷入恐慌。"

"小关先生什么时候都很乐观。"

"我只不过是认为没有必要过度悲观。"

"吉井香织！"

突然被立肋部长叫到名字，吉井香织知道该自己发言了。

"这方面你是具体负责人，你的意见呢？"

与会者的视线集中在吉井香织身上。

吉井香织看了小关伸吾一眼，然后看着立肋部长说道：

"我认为，掩盖事实真相更容易引起民众的注意。掩盖会引起毫无根据的臆测，从而招致混乱。一旦掩盖，迄今为止构筑的信赖关系就会瓦解，今后我们发出的所有信息，都会引起民众的怀疑。失去了民众的信赖，再想恢复就不那么容易了，需要很长的时间和很大的精力。小关联络官说得对，所有数据都应该公开，这样做对我们将来的工作是非常有益的。"

立肋部长耸耸肩，吐了一口气。

"知道了。"

随后宣布散会。

*

夏果研究机构这一名字取自亚历克斯·夏果博士的名字。关于人类即将灭亡的话，夏果博士一句也没说过。他只是指出：在菌落云里异常繁殖的细菌，将大量消耗大气层的氧气，二百年以内，氧气恐怕会稀薄到人类不能生存的程度。也不知从什么时候起，人类将于二百年后灭亡的说法就传遍了全世界。

夏果博士的理论是二十年前提出来的，也就是说，距人类灭亡还有一百八十年，但问题并不那么简单。实际上氧气减少的速度比当初预想的要快得多，有人甚至说用不了一百年就会超越警戒线。

这个前景黯淡的时代，赋予池边润太所在的内务省国土保全局有害云块对策部四科的使命，就是将关于菌落云的最新信息适时地传达给民众，同时还要尽早掌握那些不正确的、容易导致社会混乱的谣言，并及时加以处置。

这不，四科的职员们正在议论谣言问题呢。

"呜哇，又出来一个地下秘密都市的谣言。"

"这回是哪里啊？"

"北海道。还说什么有人已经收到入住许可通知书了。"

"完全是电影上的故事嘛！还真有人相信！"

“只靠在网络上宣传，谣言之火肯定是扑不灭的。”

“大臣应该举行记者会，明确否定这些谣言。”

“好，咱们去把大臣拽出来？”

“不行吗？”

“大臣出马？为时尚早吧？”

四科的科长是吉井香织，她的手下有五名职员。日常业务之一是在互联网上审查一般民众的留言。人工智能检索二十四小时开着，把涉及菌落云的内容抽出来加以分类，职员们的工作就是检查有没有传播得很广的谣言。

无聊的话题不用去管，煽动恐怖和不安的东西必须及早处理。话是这么说，但如果从正面予以否定，反而会火上浇油，所以首先要集中发布正确的信息。如果这样就能灭火，那是最好不过了，但如果谣言扩散的势头挡不住，就真得请大臣登场了。

真可以说是场争分夺秒的战斗。

对那些有意煽风点火引起混乱的恶意帖子，要予以制止并直接警告。那样也没有效果的话，就得警察出动了。行使国家权力是最后的手段，不是万不得已，科长吉井香织是不会点头的。

“若木先生。”

吉井香织从椅子上站起来，小声叫道。

除了科长的办公桌以外，其他人的办公桌都面朝墙壁，工作的时候背朝科长。

“小关联络官叫我过去一趟，有事给我往那边打电话。”

“知道了，您放心去吧。”

若木是科长助理，是一位成熟稳重的男士，今年五十岁了，但从来没有看不起比自己年轻的科长。不过他长得不太帅，稀疏的头发，中等偏下的长相，瘦弱的身体，还是个驼背。虽然他看上去很容易被人欺负，但科长对他非常信任。

科长走出办公室以后，办公室里的气氛马上就缓和下来了。员工们本来都面向电脑屏幕，科长一走，纷纷转动椅子，面对面聊起天来。

"小关怎么又把科长叫过去了？"

说到男女之类的话题，首先发言的总是这个叫根岸敦夫的人。他跟若木一样，也比吉井香织岁数大，但他的身材和性格跟若木完全不一样，挺着个啤酒肚，特别爱发牢骚。

"肯定是谈工作吧？"

池边润太装作对这个话题没兴趣的样子，继续敲击键盘。

"据说呀，科长和小关联络官在大学时代就认识。"

"什么？那两个人谈过恋爱？"

说话的人是女职员青叶洋子，她一听到恋爱的话题眼睛就会眯成一条缝。一张娃娃脸上戴着一副黑框的眼镜型子监视器，不会看人岁数的会说她才十几岁，其实她已经是一位三十多岁的已婚少妇了。

"不是谈过恋爱，是认识而已。"

"你看你，说清楚了呀！"

"不过呢，那两个人的关系确实有点不一般。"

今冈多吕今年二十四岁，不管做什么总是慢慢悠悠的，是科里唯一年龄比池边润太小的职员。他是个大块头，做每一个动作都很慢，跟普通公务员的快节奏大相径庭。

"这个嘛，就算两个人在恋爱也不奇怪嘛，都是单身，又都老大不小的了。"

"说老实话，那两个人还挺般配的。真叫人羡慕嫉妒恨！"

青叶洋子说的是实话。

"谁知道那两个人在联络官的办公室里干什么呢，那里的沙发可柔软了。"

"咱们科长可不是那样的人。"润太实在听不下去了，"这样说科长，太过分了！"

"为什么只有你站在科长那一边呢？"

"我只不过认为你们那样说太过分了。"

"哦——"根岸意味深长地送给今冈一个眼神。

"哦——"今冈把这个意味深长的眼神又送给了青叶。

"啊……是吗？"最后接住眼神的青叶脸上直放光。

"你们什么意思啊？"

"你小子，喜欢比你年龄大的呀？"

"你们说什么哪？我就是觉得你们那样说太过分了嘛！"

"不是挺好的吗？"

"我们都为哥哥您加油！"

"今冈！你小子少在这儿胡说八道！"

"怎么了？这难道不是好事吗？"

"是好事，是好事！"

"嗯，太令人高兴了！"

"喂喂喂，各位听我说一句。"

科长助理若木用很少见的严厉语气说话了。

热闹一时的办公室立刻安静下来。

"科长刚一出去，你们就在背后议论她，我很难过。"

润太他们面面相觑，都觉得很不好意思。

若木温和地笑着对他们说：

"大家继续工作吧。"

*

不知道接下来情况会怎么样，常常使人异常烦躁。如果关系到自己的生死，就更是如此了。

十八年前新月纪惨剧发生的时候，人们狂热地要求得到信息。

到底发生了什么？以后还会发生什么？人类真的会灭亡吗？

庞大的不安就像传染病一样扩散，让人们产生共鸣，随即破裂开来，产生恐怖。暧昧的说法只要从一个人嘴里说出来，转眼间就会变成断定的说法传遍四面八方。

"人类灭亡"这个话题，再也不是轻松说出的虚构故事。异常的亢奋笼罩着整个社会，热度持续到现在还没冷却，以后也不会冷却。人们真正需要的，不是准确的信息，而是能使自己安心的信息，不管那信息是真是假。

特别是关于菌落云的信息，知道得越多就越不安。如饥似渴地盼望好消息的时候，只要看到能让人安心的信息，也不管它多么没有根据、多么荒诞，都会两眼放光，然后就做出判断：这条信息是正确的。理由只有一个，那就是它能够安慰人心。

不过，随着时间的推移，事情好像发生了变化。人们好像不再盼望好消息了。哪怕政府发布正式的公告，也会怀疑政府有所隐瞒，实际情况可能比公告披露的更糟吧？而且猜疑的声音越来越大。人们想要更坏的消息，简直就是在盼望人类早日灭亡。

这到底是怎么回事呢？

恐怕是追求希望追求累了吧。菌落云出现的频率越来越高，那种既不是朝霞也不是晚霞的深红色云块飘浮在空中的情景已经不稀奇了。只要仰望天空，不管你愿意还是不愿意，都可能看到世界正在毁灭的现实。在这种状况之下，越是继续抱有希望越是痛苦。对于那些索性通过绝望以求解脱的人，还能予以谴责吗？

"这不是夏果研究机构的见解，而是我个人通过关系搞到的信息。希望你听的时候明确这一点。"

吉井香织站在联络官的办公室里，背靠着墙，双手交叉放在胸前，等小关伸吾开口。

"有好消息也有坏消息。"

"先听好消息。"

"在不远的将来，也许能找到解决问题的方法。"

"真的吗？"

突然听到这样的好消息，吉井香织不敢相信。

小关伸吾靠在沙发靠背上，跷着的二郎腿上下交换了一下。

"虽然已经在菌落云里找到两千种以上活着的细菌，但这些细菌之间的关系并不友好，也有所谓的生存竞争。"

"根据呢？"

"在菌落云里检出的数量最多的细菌并不总是一种，有时候这种最多，有时候那种最多。去年还是 A 细菌最多，今年 A 细菌变少，B 细菌占优成为最多。也就是说，发生了细菌迁移现象。氧气浓度下降超出原来的想象，这是一个重要原因。一种细菌的繁殖速度钝化了，另一种细菌会取而代之，迅速增殖。所以总体来看氧气浓度下降速度仍在加快。"

"菌落云的颜色发生微妙的变化也是这个原因吗？"

"以后很有可能会出现蓝色或紫色的菌落云。"

香织烦躁地摇了摇头。

"如果能解明细菌迁移的机制，可以改造某种细菌的遗传基因，并大量培养这种人造细菌，然后投放到大气层，破坏原有细菌的生态系统，这样就可以抑制细菌的繁殖。"

"可是，这种人造细菌也会消耗氧气的呀。"

"所以呢，要在改造遗传基因的同时，赋予人造细菌光合作用的功能，一方面能抑制细菌的繁殖，另一方面还能生产大量氧气。这就叫一举两得。"

"在技术上是可行的吗？"

"还在研究，应该不是不可行的。"

"坏消息呢？"

"事态进入了更严重的局面。"

"请说得具体一点。"

"在赤道附近，菌落云非常活跃，这个我已经在会议上报告过了。具体情况是好几块菌落云融合为一大块，似乎永远不会消散了。这种情况是以前从来没有过的。现在夏果研究机构正在分析此现象，得出结论还需时日。"

"向部长汇报了吗？"

"这是我个人得到的信息，作为联络官，没有报告的义务。把你叫过来就是要特意告诉你的。"

香织苦着脸说："这叫我很为难。"

"不用想那么多，作为老朋友，这是我个人的一份心意。"

"也跟弓寺老师说了吧？"

"那当然。我也想听听弓寺老师的意见。"

"你的话说完了吗？"

"要不就再谈谈半夜时分，你公寓的卫生间堵了该怎么办的事？"

"不想谈。"香织放下交叉在胸前的双臂，"说实话，你认为人类会灭亡吗？"

小关伸吾龇牙一笑。

"我是个乐观主义者。我认为总会有办法的。"

"你一点都没变。我就喜欢你的乐观主义精神。"

"明白了。咱们的结婚典礼在夏威夷举行，怎么样？"

香织狠狠地瞪了他一眼。

小关伸吾举手投降："开个玩笑而已嘛。"

香织严厉的表情缓和下来。

"谢谢你。我回去了。"

小关伸吾一歪头，那意思是说：你也太客气了。

香织走出联络官的办公室，刚关上门，就感觉沉重的负担压在了肩上。

"更严重的局面……"

追求希望追求累了,索性通过绝望以求解脱的人,也许就是我呀!

"吉井香织!"

回头一看,只见联络官办公室的门开了一道缝,小关伸吾露出脸来。

"有一句话我忘了说了。"

"什么话?"

"现在活在这个世界上的我们,没有对未来绝望的权利。把绝望交给老人吧!"

"你这是什么话?"

"没办法,我们做的就是这种工作嘛。"

他说完,调皮地眨了一下左眼,缩回屋里去了。

"耍什么帅呀!"

香织冲着合上的门的方向打了一记直拳,"噗"的一声笑了。

"真是的!"

4

晴朗的天空中,一块馒头形状的积云型菌落云孤零零地飘浮在那里。虽然也有人站住,焦虑不安仰头观看,但大部分人就像没看见似的,或者跟同伴聊天,或者一个人默默前行,该干什么干什么。

所有的菌落云刚一出现,就会成为利用人造卫星进行监测的监视系统的监控对象。大部分菌落云不会降落到地面上,寿命短的几十分钟,寿命长的几天也就云消雾散了。

但是,偶尔也有这样的情况。通常高于周围空气的菌落云的内部温度，会出于某种原因突然下降。温度下降的原因目前还不清楚，不过人们已经知道这是产生下降气流的征兆。人工智能系统可以察觉到菌落云内部的温度降低，并预测出即将受灾的地区，进而及时发出警报。

所以，就算有菌落云出现，只要能接到警报就不用担心。这是政府公开的官方观点。

吉井沙梨奈站在一家奢侈品店的橱窗前，看着街上来来往往的行人。看上去她只是站在那里发呆，其实她东想西想，进入了空想的世界。

例如，如果我把那位行色匆匆的穿西装的男士叫住，会怎么样呢？他肯定会不由自主地停下脚步，用诧异的眼神看着我吧。我呢，将满面笑容地对他说：

"请看天上那片云。"

男士一定会被我的气势压倒，仰起头看天上那片云。

"您知道那是什么云吗？"

"菌落云吧。"男士很生硬地回答。

"由于菌落云的出现，人类在地球上住不下去了。您对这个问题怎么看？"

听我这么说，男士肯定察觉到什么了，但是我不管他，继续往下说。

"您不打算离开这个已经没有任何希望的地球吗？现在离开地球已经不是不可能的事情了，只要您相信赤天神……"

"我对宗教不感兴趣。"男士说完就要走。

我赶紧叫住他："您以为眼下还不用担心是吧？您一定相信了政府的话。告诉您吧，政府在骗人！"

男士头也不回地走了。

可怜的人啊。我的内心产生了怜悯的感情。明明有可以得到拯救的机会，眼睁睁地就被他错过了。不过，我不会因此泄气的。哪怕把赤天神的存在多传达给一个人也是好的，哪怕多拯救一个人也是好的。我继续在人群中物色对象。

这次找一位女士吧。就是她！

女士脸上的表情告诉我，她对自己很有信心，走起路来英姿飒爽。

我走近她，跟她打招呼，她斜楞着眼睛瞪着我：

"干什么？"

我脸上堆着灿烂的笑容，告诉她这个世界就要终结了。

"要想活下去，只能依靠赤天神了。请您相信赤天神吧，跟我们一起到新世界去吧！"

女士用鼻子哼了一声，转身就走，好像我这个人从一开始就不存在似的。我目送她远去的背影，哀叹自己力量不足。唉——这个人也没能拯救。人们为什么那么愚蠢啊？难道就不想听听赤天神的声音吗？难道不想睁开眼睛看看真实的世界吗？

"对不起……"

身后好像有人叫我。回头一看，是一个十多岁的小女孩。好可爱的小女孩，就像某个少女组合的主唱。一双纯真的大眼睛看着我。啊，是香织！我认出她是香织了，可是，香织并没有认出我是她的姐姐沙梨奈。

"您刚才跟那个人说的话，是真的吗？"

还是香织说话的口气，还是那么冰冷。

"当然是真的啦！"

我装着平静的样子回答。

"用什么办法离开地球呢？"

"有大船来接。"

"什么样的大船？"

"大船正在向地球驶来，不过，地球上的人们认为是彗星。"

"Nakamura Cheyenne 彗星吧？那颗彗星确实正在接近地球，可是，怎么上去呢？"

"不用担心，赤天神能让我们上去，相信赤天神吧！"

"上船以后去哪里呢？"

"去赤天界呀。那是一个大家和睦相处、可以长生不老的世界。"

香织盯着我看了好一会儿。

"肯定是骗人的！"

不知道为什么，我动摇了。

"你怎么敢肯定？"

"哎呀，我的傻姐姐，这不是明摆着……"

"怎么样？"

一个声音好似从天而降，将沙梨奈拉回现实世界。

眼前是河本朋香的脸。

"还顺利吧？"

刚刚回过神来的沙梨奈勉强笑了笑："跟几个人打过招呼，还没有一个……"

"是嘛……"

河本朋香很随意地敷衍了一声，把自己身后一个二十来岁的女孩子拉到前面来，介绍给沙梨奈。

"我给你介绍一下，这位是结城麻耶，刚认识的，是善于倾听别人意见的好孩子。我们这就去教团。麻耶，这位是我们教团的姐妹，名字叫吉井沙梨奈。"

"您好！我叫结城麻耶。认识您很高兴。"

结城麻耶显得还很幼稚，大概是个大学生吧。

"我呀，一想到人类也许会灭亡，就不安得要死。我去看过心理医生，也吃过很多药，一点都不管用。"

谁也没问她，她就说起来没完没了。说话语速很快，视线的焦点也不能固定在一处，四处乱飞，没着没落的。

"我特别不愿意出家门，今天因为约好了去看心理医生的，没办法。我一看到那种云就吓得两腿发抖，迈不开步。就在那时，河本女士走过来跟我打招呼了……"

结城麻耶脸上浮现出松了一口气的表情，她看了河本朋香一眼，河本朋香报之以微笑。

"河本女士把赤天神的事告诉我以后啊，怎么说呢，我就好像遇到了一位天使。我非常感动，完全相信。赤天神是真实存在的，绝对是真实存在的，我高兴得眼泪都流下来了！我被幸福感包围住了！那种感觉真好，有生以来第一次！"

"刚才你可没这么说。"河本朋香的话中有深意。

"是啊，那是因为现在感觉到赤天神降临到我身上了。"

"啊，是吗？"

"连我们也很少有这种感觉呢？恭喜你啊，麻耶！"

结城麻耶兴奋得脸上放出异彩。

沙梨奈也连连点头。

"太好了！你已经没问题了！"

"我没问题了！谢谢您！"

"沙梨奈，我们先走了，你呢？"

"我再加把劲儿，争取说服一个。"

"是吗？真了不起！"

沙梨奈目送河本朋香和结城麻耶远去，直到看不见她们，才松了一口气。刚才太紧张了。她抬起头来看看天上，刚才那块菌落云已经看不到了。它是自己消散了呢，还是被上空的风吹跑了呢？

沙梨奈的视线从空落落的天上转到地上。她还想进入空想的世界，但怎么也进不去了。

她那颗飘忽不定的心，在人群上空游荡。

喂！香织！

"可是，香织，姐姐我真的……"

刚才想说什么来着？

5

"弓寺老师，您怎么看？"

"就算是那样，又能怎么样呢？"

正在看平板电脑的弓寺修平抬起头看了小关伸吾一眼。趁此机会，小关伸吾隔着办公桌伸过手去，把自己刚才给弓寺修平看的平板电脑拿了过来。

"夏果研究机构给起了个名字，叫菌落云带。"

"叫什么名字都无所谓。给我，让我再看看。"

弓寺修平把被小关伸吾拿过去的平板电脑又拿回来，继续看电脑画面。

"这个数据，我们无论如何也得不到吗？"

"在举行正式的信息通报会之前，是得不到的。"

"夏果研究机构也太死板了。"

小关伸吾今天是第四次来气象监视厅综合研究所。每次都是为了非正式传达尚未公开的信息，并听取意见。

"我们不是早就提过建议，要求增加信息共有会议的次数吗？三个月才召开一次，根本赶不上形势的变化嘛！"

"夏果研究机构内部也有异议。不过，三个月召开一次信息通报会最初是日本方面提出的建议。"

"也就是说，如果更改，也需要我们的正式提案？"

"弓寺老师，您就向立肋部长建议一下嘛。"

"你的意思是，实际参与者的意见比较容易接受吗？那好，我今天就去找立肋部长。"

气象监视厅是十二年前政府机构改革的时候，由原来的气象厅发展而成的。不但要监视台风、暴雨、地震等自然灾害，还要监视菌落云的动向，强化了危险迫近时的应对能力。气象监视厅综合研究所就是原气象厅气象科学研究所的原班人马。弓寺修平被提拔为所里有害云块研究部的部长，一直到现在。

"关于所谓的菌落云带……"弓寺修平一边把平板电脑还给小关伸吾，一边问道，"夏果研究机构是怎么说的？"

"他们的意见并不一致。有人说只不过是暂时的现象……"

"也有人说危险了？"

小关伸吾点了点头。

"弓寺老师怎么看？"

"随便想想也知道是危险了。"

"可不是嘛。"

"这样发展下去，所有的菌落云带就会连接起来，沿着赤道围着地球绕一圈只不过是时间的问题。从太空看地球，就可以看到赤道上有一道红，就像有的世界地图那样。将来以赤道为中心，一点一点地向南北扩展，最后覆盖整个地球。"

"可是，菌落云为什么会集中在赤道呢？因为气温？"

"或者是因为地球自转吧。"

"自转会产生怎样的影响呢？"

"由于地球自转，在赤道附近会产生独特的气流。也许是因为这种独特的气流吧。总之，我也只能想到这里了。"

说到这里，弓寺苦笑了一下。

"不过有一点是肯定的，对于菌落云的认识，必须从根本上改变了。"

"比如呢？"

"从一开始就没有什么二百年以后的问题。"

弓寺用严厉的目光看着小关伸吾。

"关于这个问题，夏果研究机构，不，美国，早就知道吧？"

"令人产生绝望的信息也绝不隐瞒，这是……"

"我知道，这是夏果研究机构的一贯方针。不过，凡事都有个例外。"

"您为什么认为我们夏果研究机构在隐瞒呢？"

"NASA 正在实施的流散计划，怎么想都让我觉得太着急了。"

"您想多了吧？"

"而且，美国已经开始建造'密闭城邦'了吧？"

"明尼苏达州正在做实验而已，真正开始建设，是将来的事。"

"是吗？你是夏果研究机构的人，当然不能随便说话。"

为了应付大气缺氧的情况，各国都在研究建造具备制氧设备的地下城市或海底城市。但是，从建造和维护的难度来考虑，得出如下结论：只能建造可容纳十万左右人口的密闭城邦，然后用隧道把各个城郭连接起来。

不过，建造这样的城郭和隧道，在技术和制度方面都存在很多问题。在日本，连实验用地都还没有确定。

"不管怎么说，你特意来告诉我这个信息，我还是要向你表示感谢。"

"您太客气了。这是我的使命。"

小关伸吾微微一笑。

6

谈话室本来是接待来访者和谈论机密时使用的房间。被叫到这里来，应该不是什么令人愉快的谈话。

吉井香织一边做好思想准备，一边走进谈话室。房间很小，摆设也很简单。中央是一张桌子，夹着桌子的是两把椅子，没有窗户。房间里有监控摄像机和录音用麦克风，但表示正在使用的红灯都没亮着。

"对不起啊，把你叫到这个房间里来。请坐。"

加东洋介态度非常温和地跟吉井香织客气了一句，自己先坐下了。见吉井香织在对面的椅子上坐下后，加东洋介把双手重叠着放在桌子上。

"我就直截了当地问你了啊。你知道赤天界吗？"

"知道。是一个新兴宗教团体，教祖叫克明宪，一个曾染指不正当经营的男人。"

"不愧是四科科长吉井香织啊！"

加东洋介刚刚被提升为内务省国土保全局有害云块对策部第九科科长，今年四十六岁。二人虽然在信息通报会上见过面，但面对面谈话还是第一次。

"那么，吉井沙梨奈加入了赤天界这件事呢？"

香织愣住了，一时不知道怎么回答。

"我姐姐？"

"半年前就开始参加那个教团的活动了。"

"我不知道，最近这几年我跟姐姐一直没有联系。"吉井香织忽然感到有些心虚，就像要把心虚的感觉甩开似的问道，"您希望我做什么？"

"赤天界把菌落云的出现解释为神的安排，说什么按照神的意思，地球将不适合于人类居住，所以要做好转移到新世界去的准备，总之就是神谕。神最初明确这个意思的地方叫见和希，见和希就是圣地。赤天界教团以见和希为据点，已经在全日本建立了三十八个据点，当然东京也有，而且是总部。教祖克明宪现在就在东京总部。传教活动进展得很顺利。特别是近年由于菌落云的出现，人心不稳，赤天界信徒激增。值得注意的是，他们宣扬，转移到新世界的大船正在靠近地球，而且用天文望远镜就能看到。"

"就是 Nakamura Cheyenne 彗星吧？"

这颗彗星是七年前被发现的，四十五天后将到达最接近地球的地方。说是最接近，也还有相当的距离。站在地上仰望夜空，用肉眼也只能勉强看到彗星的尾巴。

"当然，用天文望远镜看到的是真正的彗星。但是，赤天界的信徒们相信那就是赤天神派来接他们的大船，他们真的要去坐那艘大船。问题在于怎么上船，肯定不可能坐火箭或宇宙飞船吧？"

"抛弃肉体，灵魂飞向宇宙。也就是说，集体自杀？"

过去也出现过这样的宗教团体。

"只是那样还算好的。"

香织皱起了眉头。

"的确，集体自杀是大悲剧，一旦实施就会成为头号新闻，让人们不寒而栗。但是，赤天界信仰的赤天神，是要彻底破坏这个世界。信徒们在抛弃自己生命的同时，为了表现自己跟神心贴心，或者以拯救那些不是信徒的人为名，可能用人体炸弹的形式与之同归于尽。这简直就是恐怖袭击嘛。"

"具体征兆是什么？"

加东没有回答，可以解释为用沉默表示肯定。

"当然，九科正在准备阻止这种恐怖袭击吧？"

"也可以这样说吧。"加东用一种勉强承认的口气答道。

"您跟我谈话的目的是什么呢？"

"没有特别的意思。只是因为得到了你姐姐的信息，当着大家的面不好说，才把你叫到这个房间里来了。"

香织也只能接受加东的解释。

"你们四科是负责处理机密信息的。万一发生了人体炸弹式恐怖袭击事件，恐怖分子名单里有你姐姐的名字，可就尴尬了。希望你能在恐怖袭击事件发生之前，赶紧劝说你姐姐离开那个教团。如果劝不动，不排除采取强制手段的可能。你能理解吧？"

加东洋介似乎很得意自己能说出这么高水平的话来。

"我要说的就这些了。"

香织无言地微笑了一下，从椅子上站了起来。

从谈话室里出来走在楼道里的时候，香织的怒火腾地从心底冒了上来。不管是集体自杀，还是人体炸弹，沙梨奈都会死的！

"沙梨奈呀沙梨奈……"

你在干什么呀？

7

十七年了。从十八岁到现在，又过去十七年了。人生已经过去一半了。吉井沙梨奈站在空荡荡的房间里，感到无限的空虚。好像脚下的地板被抽走，没着没落的。十七年的岁月，消失到哪里去了呢？

家具电器都处理了，剩下的只有放在墙角的一个纸箱子。就连这个纸箱子都是搬家公司往这里搬的时候用过的。当时想等买了整理箱以后再把这个纸箱子扔了，今天才意识到，这一用就用了十七年。

纸箱子里的东西也打算都扔掉，但扔掉之前还是要确认一下都有什么。接线板、老式充电器、杀虫剂、便携式化妆盒、铅笔盒，还有在街上免费拿的试用品什么的，这些没用的东西一个一个地进了垃圾袋。

纸箱子角落里有一个包在厨房用纸巾里的东西，大小跟便携式电子设备 AKUFU 差不多，拿在手里才觉得又薄又轻。打开一看，原来是老家的银行存折和银行卡。虽说现在大家都利用电子支付，很少见到这些东西，但它们也不是不能用了。为什么还有这种东西呢？沙梨奈感到诧异。翻开存折一看，"吉井香织"几个字映入眼帘，勾起了她苦涩的回忆。

*

想起跟沙梨奈最后一次见面的情景，我的耳边立刻响起雨点敲打雨伞的声音。那天，沙梨奈穿着一身很朴素的衣服，却打着一把与衣服不搭配的粉红色大伞。我呢，好像打着一把很小的折叠伞，站在沙梨奈的对面。香织的眼前浮现的就是这样的情景。

地点是母亲的墓前？不对，母亲的墓是七年前才建造的，当时还没有。那么，是在母亲去世的地方吗？记不太清了，甚至连为什么见面都忘了。也许不是约好见面的，只是偶然遇到。

那天应该是母亲的忌日。除了这个理由，我没有再去过见和希。每年市政府为死者举行的悼念仪式我都没参加过。我只想一个人默默地为母亲祈祷冥福。

想起来了。

我跟沙梨奈见面，是在一个古旧的小儿童公园里。从公交车站到母亲遇难的现场，会路过那个儿童公园。我手上拿着一束准备献给母亲亡灵的清爽的鲜花，而沙梨奈是在悼念母亲之后回家的路上。记得见到沙梨奈身影的时候，我心里咯噔一下，在公园入口处站了一会儿，犹豫着要不要叫她。那时她已经看见了我，我脸上立刻浮现出笑容，走进公园。

"姐姐也来啦？"

我尽量装作很随便地问道。

"是啊。"

沙梨奈也尽量用爽朗的口气跟我说话。于是,我们各自打着伞,面对面地站着。

对了,我记得那时候沙梨奈比以前胖了一点。我穿着一双雨靴,沙梨奈穿着一双球鞋。

封得很严实的封印被打开,遥远的记忆飞了出来。

"到母亲遇难的地方去过了?"

"嗯。"

"你在这里干什么呢?"

"没干什么。"

"是不是在等我呀?"

"怎么会呢?"

沙梨奈说话的时候眼神是灰暗的,能看出她是在撒谎。

"两年没见了。你还好吗?"

"凑合吧。"

"你还住在见和希吗?"

"我能去哪里呀?"

沙梨奈说话的时候一点精神都没有。

沉默马上被雨声掩盖了。

沙梨奈下了很大决心似的深深吸了一口气。

"那时候,你为什么不接受呢?"

"不接受什么呀?什么时候的事啊?"

"别装蒜了!"

雨下大了,从伞上流下来的雨水宛如瀑布。

"我真的不明白你这话是什么意思!"

沙梨奈眼睛一眨不眨地瞪着我。

*

　　母亲死去之后，沙梨奈和香织在那套公寓一起住了一段时间。大惨剧之后的混乱持续了很久，从见和希市逃出去的人也有不少。尽管如此，市内的初中和高中九月也都开始上课了。沙梨奈的同学中有一人死去。

　　所有死者都判明了身份，也都埋葬了。就在生活刚刚恢复正常的时候，家里来了一个穿着死板西装的中年男士。从男士递过来的名片上可知他是个律师。律师告诉她们一件她们做梦都想不到的事。原来，姐妹俩和母亲一起一直住着的公寓，根本就不是母亲二十多岁的时候买的，产权属于跟母亲交往过的一个男人，也就是香织的亲生父亲。母亲跟那个男人分手的时候得到了这套公寓和一些抚养费，但产权簿登记的名字没有变。

　　"那我们怎么办？"

　　沙梨奈害怕极了。那个男人肯定要把香织领走，姐妹俩将被强行分开，沙梨奈将变成一个孤苦伶仃的人。

　　但是，律师来这里的目的，并不是要把香织领走，而是要让沙梨奈和香织搬出这套公寓。那个男人得知香织的母亲已经死亡之后，不想让沙梨奈和香织继续住在这里了。不管母亲和那个男人是怎么约定的，产权到底是对方的。房子的固定资产税、修缮基金、灾害保险，等等，都是由他负担。律师用非常肯定的语气说，因为产权是那个男人的，她们姐俩必须搬出去，没有商量的余地。当时，她们别说反驳了，连提出疑问的机会都没有。

　　"你们还不满十八岁，可以进儿童保护所，手续我已经替你们办好了。"

　　"我的亲生父亲呢？"一直默默地听律师说话的香织终于开口了，"我的亲生父亲不打算见我一面吗？"

律师苦笑道："他也有他的难处，又有老婆又有孩子的。"

"太过分了吧？"沙梨奈实在忍不住了。

律师把脸沉了下来。

"要恨就请恨你们的母亲吧。"

"不恨！"香织大叫起来。

"不管她选择的是怎样的人生道路，她都是抚养我们长大成人的母亲！是母亲把我们……"

香织泣不成声，没能把想说的话说完。

"具体日期定下来以后，我再联系你们。"

律师说完扭头就走了。

关门声响起的同时，沙梨奈内心深处猛然涌上来一股热血。从此以后只能两个人一起生活下去了。如果是那样的话，我一定要尽到当姐姐的责任。

沙梨奈和香织收拾行李搬进了儿童保护所。刚入所的时候发生了一些问题，但她们很快就习惯了新的生活环境。

住在养老院里的外公，在社工的劝说下申请了最低生活保障金，一年以后离开了人世。但他生前一直没能理解女儿已经去世的事。

香织终于迎来了考高中的日子。但是，她没有考以前想考的那所最有名的高中，而是考了一所低了好几个档次的私立高中。按成绩来说，香织肯定能考上水平最高的高中，但她有她的想法。

"那所私立高中离儿童保护所不远，骑车就能去上学。而且依我的实力，在那所私立高中可以拿最高的奖学金。不但够交学费，还能有富余，我把富余的钱存起来，将来用这笔钱去东京上大学。"

"可是，进了那所私立高中，还能考上你想上的大学吗？"

香织连眉头都没皱一下就回答：

"考上考不上是由我来决定的吧？跟上哪所高中没关系！"

沙梨奈听了香织的话，感动得都呆住了。她暗暗下定决心：一定要全力支持妹妹实现她的梦想！

高中毕业的同时，沙梨奈离开了儿童保护所。她在见和希市内租了一间便宜的公寓，开始了一个人的生活。她拼命工作，赚的钱只用来满足最低限度的生活，把剩下的钱全都存入用香织的名字开的存折里。虽说是拼命工作，但每月存入的金额也没有多少。尽管如此，当她看到存的钱一点一点在增加的时候，心里还是很满足的。

香织在那所高中一直拿最高的奖学金。正如周围的人们期待的那样，香织高中毕业后考上了东京一所非常有名的大学。那所私立高中自建校以来，第一次有学生考上那么好的大学，这在当地引起了很大的轰动。

香织离开见和希市去东京的前一天，沙梨奈拿着那本存折和一次都没用过的银行卡，跑到香织那里。

"这是什么？"

香织的手颤抖着接过存折和银行卡。

"我攒的钱，支援你上大学的！"

沙梨奈还从来没有那样自豪过。

香织翻开存折。

"这么多钱！姐姐你太厉害了！"

沙梨奈挺着胸脯说道："香织可千万不要客气哟！"

香织抬起头来，笑了。

"可是，这钱我不能要。"香织把存折和银行卡塞回沙梨奈的手里，"这钱啊，你还是留着自己用吧。"

香织的反应完全在沙梨奈的意料之外。本来她以为香织会感动得一下子抱住她，欢快地叫着：谢谢你！我的好姐姐！我一定把这笔钱花在有用的地方。难道她不应该感动得痛哭流涕吗？怎么会这么冷静呢？

"我也存了一些钱，而且本市企业家还为我提供了不需要返还的奖学金。这些钱足够交学费的了。"

"可是，这笔钱是我特意为你……而且，我还打算以后每个月都给你寄钱呢。"

"心意我领了。可是，这钱我真的不能要。"香织说什么也不要，"我要用我自己的力量把握人生。我希望沙梨奈也这样。我相信，沙梨奈一定能做到的！"

香织说这些话的时候，眼睛里闪着奇异的光彩。

"我决不输给任何人！绝对要活出个人样来让那些狗东西瞧瞧！"

"那些狗东西？莫非你指的是咱们的亲生父亲？"

"还有那个狗屁律师！还有一切看不起咱妈活法的人！"

回到自己租的便宜公寓之后，沙梨奈呆呆地看着存折和银行卡，悲从中来。这两年来，自己是为了什么在拼命工作啊？自己是为了什么忍耐到今天啊？自己是为了什么活着呀？自己是为了什么……

回过头去，看到的只是，无边的荒野，无限的空白。

*

"你指的是存折的事？"

我真没想到我没要她的存折，竟然那么严重地伤了她的心。我根本没想过要伤害她呀！

"其实呢，"沙梨奈从粉红色的伞下面窥视似的看着我，"我可讨厌你了，一直非常讨厌你，甚至想过你要是死了就好了。"

这句话让我产生了动摇。

"可是，我从来没有讨厌过姐姐。"

"行啦，事到如今，用不着姐姐长姐姐短的啦！"

"可是，姐姐忘了吗？咱妈死的那天，我从补习班回到家，姐姐抱着我大哭，一边哭一边说，香织没出事，太好了，香织还活着，太好了。"

"这个嘛……"沙梨奈低下了头。

"在遗体安放处，电视台的人执拗地把麦克风伸到我面前的时候，是姐姐你保护了我。是姐姐你紧紧握着我的手安慰了我。我觉得有了依靠，觉得有姐姐在我身边真是太好了……"

"我讨厌的就是这样的你！"

沙梨奈仰起头大声吼叫。我看着她的眼睛，愕然无语。她竟是那样讨厌我。

尽管如此，我还是搜肠刮肚地找到了能离她更近一些的词语："姐姐……我想给咱妈建一座墓，过几天再找你好好商量。"

"用不着跟我商量，随你的便吧。"

"不过……"

"我就是去给咱妈扫墓，她也不高兴。"

"怎么会呢？"

"咱妈眼里只有你。至于我嘛，完全……"

沙梨奈痛苦得脸都扭歪了。

"以后再也不要联系我。这地方，我永远不会再来了。"

沙梨奈用伞遮住脸，向儿童公园的出口走去。

她跟我擦肩而过之后，我一直压抑着的感情爆发了。

"喂！沙梨奈！"我冲着她那把淌着雨水的粉红色雨伞大叫，"为什么会是这样啊？"

沙梨奈站住了。她在那里站了好一会儿，但始终也没有回过头来。最后，她迈开脚步，消失在蒙蒙烟雨中。

*

沙梨奈一直没有动过存折上的钱。为什么呢？在她的潜意识里，说不定哪天香织会来寻求姐姐的帮助，这笔钱说不定对香织还有用。她在心底里相信会有这一天的，并且悄悄地盼着这一天的到来。

"喂，香织……"沙梨奈无力地叫着，"……我的人生，为什么会是这个样子啊？"

沙梨奈拿起用香织的名义开的存折和一次也没用过的银行卡，默默地扔进垃圾袋里。

8

【速报】东京市内的一座公寓发生火灾，男女三人死亡。疑似有爆炸发生

今天下午三点左右，东区一套公寓发生火灾。一座六层钢筋水泥建筑的三层，有一套六十多平方米的公寓被烧毁。被烧毁的房间里发现了三具尸体，其中两具为男性，一具为女性。另外，一位在楼前的路上行走的六十多岁的女性，被震落的窗玻璃碎片伤及右臂，为轻伤。听这位女性说，最初听到了"轰"的一声闷响，吓得她不由自主地抱住自己的头，并蹲在地上，那时碎玻璃伤到了她。据分析，当时可能发生了爆炸。消防员和警察正在确认遗体身份，调查失火原因。现场属于住宅密集地区。

*

内线电话。

来电话的是九科的加东洋介。

香织心里有一种不祥的预感。

她拿起办公桌上的电话，紧紧握在手里。

"我是吉井。"

"你跟沙梨奈见过面了吗？"加东洋介直截了当地问。

"没……还没有。"

香织非常内疚。一边想着应该尽早跟沙梨奈联系，一边拖了一天又一天，一直拖到今天。

"很遗憾，来不及了。他们行动提前了。"

香织把转椅转了一下，后背冲着办公桌："可是，离 Nakamura Cheyenne 彗星最接近地球的日子不是还有一个多月吗？"

"发生了意想不到的事情，不能等了。请你理解。"

香织感到脊背发冷。

"行动已结束，这是事后报告吧？"

"东区的一套公寓发生的爆炸事件，你听说了吗？"

"听说了……"

"那里是我们早就盯上的教团的秘密据点之一。"

"秘密据点？"

"我们认为他们在那个房间里制造恐怖袭击用的炸弹。由于信徒都是外行，操作不熟练，不小心引起了爆炸。但是，克明宪认为那是由于警察突然上门检查，里边的信徒为了消灭证据，故意将炸弹引爆。"

"他为什么要那样认为？"

"长期生活在封闭的环境里的人容易疑心生暗鬼。据我们得到的情报，克明宪的精神状态非常不稳定。总之，他认为警察随时有可能冲进去逮捕他，所以他决定早日展开行动。"

"怎么会这样？"

"是的。集体服毒自杀。他要把信徒召集到教团的礼堂，每人发一瓶掺入氰化钾的果汁，然后……"

香织忽然觉得恶心想吐，赶紧用手捂住了嘴巴。

*

    吉井沙梨奈坐在公交车上，膝盖上放着一个旧手提包，包里装着她认为还用得着的东西。她呆呆地看着车窗外面的景象。见和希市的公交车直到现在还是由司机驾驶，烧柴油的。只有声音和柴油味显得与众不同。车启动得很慢，加速也很慢，在狭窄的街道上晃晃悠悠地走不了多一会儿，马上就是下一站。坐公交车的人越来越少，无人驾驶汽车在普及，据说见和希市的老式公交车明年都要报废。

    公交车减速之后停了下来。车门开了，三位女士上了车。那三位女士总是一起行动。她们看到沙梨奈，冲她点了点头，沙梨奈也冲她们点了点头。平时乘客很少的公交车，今天一半以上的座位都有人。这些人不是一次性上来的，而是三三两两上来的。没有人下车，也没有人说话，大家安静地坐在晃晃悠悠的公交车上。

    车外的景象不断变化。现在来到了一片杂草茂盛的荒地。以前，如果是这个季节，应该是一片刚刚插好秧苗的水田。如今路旁的便利店、加油站、餐馆，等等，都已经人去屋空。

    "下一站是见和希农协前！"

    公交车上的广播响了，乘客们活动起来。车刚一停稳，所有的乘客一齐站起来，纷纷下车。沙梨奈也提起手提包下了车。乘客差不多都下来了，落伍的公交车引擎轰鸣着，渐渐远去。

    公交车站的名称是"见和希农协前"，但农协早已不存在，连农协大楼都没有了，只有一座显得有些夸张的农田开拓纪念碑矗立在原农协大院的一角。现在，原农协大院中央停着一辆大型巴士。

    他们坐上了那辆大型巴士，车上已经有人了。新上来的人一边跟他们打招呼一边往里走。沙梨奈的运气不错，坐在一个靠窗的位置。她再次把手提包放在膝盖上，轻轻地吐了一口气。

    这是第几次坐这辆大型巴士了？

第一次是为了去东京参加教团的大型集会。河本朋香就是她在那次大型集会上认识的。自那以后也经常为了参加拯救人类的活动，也就是响应人海战术的传教活动去东京。虽说赤天界的圣地是见和希，但活动中心已经搬到东京去了。

"大家请坐好，马上就要出发了。"

一个教团骨干成员说完这句话，车门关上了，车里的气氛稍微轻松了一些。巴士稳稳地开动了。这是一辆无人驾驶大巴，没有司机。设定好目的地就会自动到达，不管乘客心里想的是什么。

再也不会回来了。虽说并不是多么喜欢这座城市，但一想到这是最后一次看到它了，也不免有点感伤。与其说是感伤，倒不如说是空虚。自己为什么选择了这样的生活方式呢？或者说，为什么故意选择了这样的生活方式呢？

沙梨奈无意中看了一眼天空。高空有一块紫红色云块，属于菌落云的一种。最近，这种颜色的菌落云经常见到，比以往见过的菌落云威胁性更大。

"我是第一次，你呢？"旁边一位女士跟沙梨奈打招呼。

在教团内部，信徒之间是不能聊家常的。只能在传达赤天神的旨意时，或者在赞誉赤天神时才能发出声音。

那位教团骨干成员好像听到了，站起来往这边看。沙梨奈向那位女士使了个眼色，竖起食指放在嘴唇上。女士吓得赶紧缩起肩膀，不说话了。

这回的目的地不是东京。途中又有一些信徒上车，坐得满满的大巴从高速公路上下来，顺着蜿蜒的山路前行，来到一块被群山包围的盆地。

等待着沙梨奈他们的，是以前属于别的宗教法人的一座形状奇特的建筑。那个宗教法人一时间召集了相当数量的信徒，结果因为女教祖偷税漏税被逮捕，教团转瞬就瓦解了。赤天界乘机用非常便宜的价格将这座建筑买了下来。

由于是宗教设施，基本上没做任何改造，直接就用上了，所以墙壁和天花板上有很多跟赤天界毫无关系的异国的神像。不过，教祖克明宪和教团的骨干成员们好像并不在意。

不管怎么说，从全国各地过来的信徒们，要在这里共同生活到脱离地球的那一天。

沙梨奈排着队办理入住手续的时候，看见已经办完手续的河本朋香，还看到了经她劝诱加入赤天界的结城麻耶。她们大概是坐别的大巴过来的吧。看到认识的人，沙梨奈觉得安心了一点。

在这里，必须要穿上教团统一制作的衣服，每天还要按照教团的规定做功课。便携式电子设备 AKUFU 和收音机等一律不准带，一旦住进来就跟外面的世界完全隔绝了。

四个信徒住一个房间，但信徒之间禁止说话。即便关上门小声说话，教团骨干成员也会马上跑过来制止，恐怕每个房间里都安装了窃听器。

这对沙梨奈来说不是问题。跟第一次见面的人说话，简直就是痛苦。虽然听不到别的信徒说话，却一天到晚能听到喇叭里播放的教祖赞颂赤天神的录音。

"相信我吧，相信我吧，赤天神就要来接我们啦！感谢吧，感谢吧，赤天神就要来救我们啦！听从吧，听从吧，赤天神一切都能阻止！决定命运的时刻就要到啦！做好准备吧！不要慌，不要乱，不要怕。赤天神跟我们在一起。按照赤天神的吩咐行动起来吧！大家一起到赤天界去！啊！赤天界啊！永生的世界！"

一天三顿饭，全都送到房间里来。每顿都是压缩饼干和水，没有蔬菜，更没有肉类。尽管这样，信徒们都默默咽下，毫无怨言。

所谓的做功课，主要是下午的分组讨论。所有信徒在大礼堂集合，十个人一组讨论教团骨干成员布置的课题。

说是讨论，其实也就是加深信仰，做好脱离地球的准备。只能对教团的方针表示赞同和支持，根本没有逻辑性的说理，更没有不同意见之间的争论。

第一天，沙梨奈所在的小组来了一个作为观察员的女性教团骨干成员，在讨论会快要结束的时候，她说了一段奇妙的话。

"我对大家的讨论很感兴趣。但是，在大家的发言里，少了一个最重要的东西。"

这个女性教团骨干成员名叫高簏舞，是教祖克明宪的亲信，经常代表教祖传达赤天神的旨意。两只水汪汪的大眼睛给人很深的印象，皮肤白皙，堪称美女。只是鼻头有点尖，依据表情的变化，有时看上去像二十多岁，有时看上去像四十多岁。

"我们除了坐上赤天神的大船离开地球以外，就什么都不想了吗？例如，赤天神为我们派来大船，难道我们就不应该为赤天神做些什么吗？难道我们不应该了解一下赤天神希望我们做些什么吗？这么简单的问题，就不能好好考虑一下吗？"

沙梨奈他们不知道高簏舞到底想说什么，全都愣住了，呆坐在那里一句话都说不出来。

那天晚上没有云，大家全都来到屋顶上，在天空中寻找赤天神派来的大船。那艘大船，社会上的人称为 Nakamura Cheyenne 彗星。他们现在还看不清拖在彗星后面的长长的尾巴，所以分不清哪颗是彗星，哪颗是普通的星星。教团骨干成员指着一颗星星说了声："那就是！"信徒们立刻欢呼起来，有的双手合十，有的热泪盈眶。

第二天的小组讨论中，担任观察员的教团骨干成员开始了露骨的引导。观察员每天都换，讨论的内容也随之改变。今天讨论的内容就突然变了，说是要想坐上赤天神派来的大船，就必须抛弃肉体。

"大家仔细想想，这是必然之举嘛。肉体是欲望等污秽的根源，进入赤天界的，必须是一个个完全清洁的存在。"

抛弃肉体，说白了就是死。沙梨奈还以为会发生很大的骚乱，会有人站出来说："这话我们可没听说过，我们只知道要坐上赤天神的大船离开地球！"出乎沙梨奈意料的是，居然没有人说这样的话。也许是因为在到这里来之前，很多人已经想到这一步了；也许是因为一时受到强烈的精神刺激，说不出话来了。

当然，也不是没有一点不满的声音，一位男性信徒大叫起来。

"赤天神要派大船来接我们离开地球，我是因为相信这个才到这里来的。怎么现在又要我们抛弃生命，这不是欺诈吗？"

还有几个人表示不满，但没有形成大气候。经过长期的洗脑教育，对教团的敬畏与恐惧已经在信徒们心中生根。当然，也不是所有的人都心甘情愿地接受教团的方针，大多数人还处于什么都抓不住的悬空状态。

形势发生变化，是第五天分组讨论的时候。沙梨奈所在小组的一位男性信徒要求发言。他两只手交替比画着，慷慨陈词。

"这个问题，说到底还是是否真心信仰赤天神的问题。我们这些人，有没有资格，值不值得到赤天界去，就看我们能不能经得起赤天神的考验。我认为，这是最后的，也是最难的考试！"

那天沙梨奈他们这个小组的观察员正好也是高籐舞。她听了那位男性信徒的话以后，感动万分，情不自禁地站起来，唱歌似的声音响彻整个礼堂。

"说得太好了！这正是赤天神要问我们的！你们真心想到赤天界来吗？你们真的做好了抛弃一切的思想准备吗？赤天神为什么这样问我们呢？因为犹犹豫豫的人是进不了赤天界的。这位先生，你理解得太深刻了，赤天神被你的话感动了！恭喜你！"

高籐舞热烈地鼓掌，沙梨奈他们这个小组的成员也都热烈鼓掌。紧接着，周围的小组，乃至整个大礼堂的信徒们，全都热烈地鼓起掌来。其实绝大多数人都不知道为什么鼓掌。沙梨奈忽然发现，自己也在鼓掌。好几百人的手掌发出的声波形成一股巨大的力量，使大礼堂颤抖了。强烈的一体感让所有人全身麻痹，大脑一片空白。就在这时，喇叭又开始播放教祖赞颂赤天神的录音。

"相信我吧，相信我吧，赤天神就要来接我们啦！感谢吧，感谢吧，赤天神就要来救我们啦！听从吧，听从吧，赤天神一切都能阻止！决定命运的时刻就要到啦！做好准备吧！不要慌，不要乱，不要怕。赤天神跟我们在一起。按照赤天神的吩咐行动起来吧！大家一起到赤天界去！啊！赤天界啊！永生的世界！"

突然的感动震撼着每个信徒的心灵，所有的人眼泪夺眶而出，有的甚至号啕大哭。信徒们站起来，也不管是谁，抓住一个就紧紧地拥抱。

也许那位男性信徒的表白，还有高篠舞唱歌似的演讲都是事先安排好的。不管怎么说，这样一折腾，大家都被应该从肉体解脱的气氛支配，再也听不到不同的声音了。

但是，议论并没有就此停止。

一个观察员提出了新的说法：只把自己的肉体抛弃还是很不够的。

"自己能得到拯救就行了，这种想法太自我了。如果只抛弃肉体，保留了自我，还不能成为一个完全纯洁的人，还是去不了赤天界。赤天神讨厌只考虑自己的人。为了跟赤天神的心贴得更紧，我们不但要抛弃自己的肉体，还要拯救外面那些不相信赤天界的人。"

但是，外面那些人根本不听赤天神的话，怎样才能拯救这些愚蠢的人呢？

"说服不了的话，用强制的方法也要拯救他们，这是为他们好。一旦真相大白，他们一定会感谢我们的。所谓强制的方法，也就是让他们跟我们一起抛弃肉体，然后把他们的灵魂带到赤天界去！"

说到这里，那个观察员用饱含深意的目光环视周围的信徒。

"还没听懂吗？这才是你们来这里真正的理由呢。这个世界正在走向灭亡，我们要把这个世界中人类的灵魂，尽可能多地拯救出去。赤天神选中了我们！我们在这里集合，是被特殊的命运引导而来的，我们将去完成特殊的使命！"

接下来讨论的问题就变成了如何能够拯救更多的人。到了这个时候，信徒们的表情都变得呆滞起来，只会全盘接受教团骨干成员煽动的语言，完全失去了思考的能力。

"灵魂登上赤天神的大船，需要很大的能量。不只需要精神能量，而且需要物理能量。为了得到物理能量，我们需要使用炸药。"

第一次听到"炸药"这个词的那一瞬间，信徒们好像回过神来了。但是，那个教团骨干成员继续往下一说，信徒们的表情又呆滞起来。

"这个无论如何都是必须的。我们需要乘着爆炸产生的能量，一口气飞到宇宙空间去。只要能离开地球，就能在赤天神的引导之下进入赤天界了。要想拯救其他人，就要把他们的能量集中起来。大家听懂了吗？"

那个教团骨干成员的眼睛好像看到了一般人看不到的什么东西似的，闪闪发亮。

"我们要在人群集中的地方引爆炸弹，那样才能释放出巨大的能量，我们才能乘着那巨大的能量飞向赤天神的大船。那样的话，不但我们自己，就连周围的人也能和我们一起飞向赤天神的大船。抛掉自我，抛掉肉体，变成一个纯洁的存在，一起飞向永生的赤天界！"

听演讲的信徒们，眼睛也开始闪闪发亮。黑色的瞳孔越来越大，渐渐成为孕育虚无的空洞，所有的人都丧失了思考的能力。信徒们的心被染成了一种颜色，任由教团骨干成员在上面书写唯一的思想。

好羡慕他们哟——沙梨奈在心里叫道。如果能像他们那样，真心相信赤天神，那该多轻松啊。原来呀，这里也不是自己待的地方。不管到了哪里，也无法祛除对自己的质疑吗？不管到了哪里，都无法原谅自己吗?

"今天就到这里吧。明天呢,我给大家谈谈具体方法。"

那个教团骨干成员平静地结束了今天的讲话。

但是,还没有等到明天……

沙梨奈突然感到一种强烈的违和感,一下子坐了起来,头差点撞到天花板。对面的上下铺躺着两个人,教团发的小册子《赤天经》都是翻开的。上铺那个叫石野美里,下铺那个叫河岛莱可,两个人都是四十岁,比沙梨奈大五岁。因为房间里禁止聊天,刚见面时各自做了自我介绍以后就再也没说过话。沙梨奈睡上铺,她的下边是二十五岁的村上凛。沙梨奈探头往下看了看,村上凛也看了看沙梨奈。

"喂!"

村上凛吓得慌忙竖起食指放在嘴唇上。石野美里和河岛莱可也吓得一激灵,同时看了看门口。沙梨奈满不在乎地问道:

"今天晚饭怎么还没送来呀?"

每天下午十七点二十八分,晚饭准时送到这个房间里来,半分钟都没差过。可现在,房间里的挂钟的时针和分针,都指向十七点五十分了。

"而且,你们听,喇叭也不出声了。"

天花板上的小喇叭一天二十四小时都在反复播放教祖赞颂赤天神的录音,哪怕是深夜也从不间断,可不知从什么时候起,那声音没有了。

沙梨奈从上铺顺着梯子下来,走到门边拉开一道门缝往外看了看。铺着地毯的狭窄楼道寂静无声。太安静了,安静得过分。

"怎么样?"

河岛莱可小声地问道。三个人已经聚集在沙梨奈身后了。

沙梨奈转过身来把门关上,小声地对三个人说:"一个人也没有。

感觉很不正常。一般情况下，通过窃听器听到咱们说话会很快有人过来制止的。一定是出什么事了。"

就在这时，小喇叭响了。

"所……所有的人！紧急集合！马上到大礼堂去！身体不舒服的人也要去！让同屋的人搀扶着去！所有的人都要去！一个也不能少！绝对不能少！紧急集合了！"

喊完这一嗓子，小喇叭又沉默了。房间回到了寂静。四个人面面相觑，谁也没动地方。

"怎么办？"沙梨奈问那三个人。

"只能去吧？"

回答的是河岛莱可。村上凛和石野美里在窃窃私语,表情很恐怖。

这时候楼道里骚动起来，远处还不时传来怒吼的声音。怒吼的声音越来越近。

房门被猛地推开了。

"没听见广播吗？"

进来的是一个女性教团骨干成员，不知道她叫什么名字。

"快到礼堂里去！"

"出什么事了吗？"沙梨奈问。

那个教团骨干成员为了使自己镇静下来，使劲儿喘了一口气。

"教祖有重要的事情要说。别问那么多了，快到礼堂去！"

沙梨奈她们来到楼道里一看，别的房间的信徒正陆续往大礼堂那边走。她们被裹在人流中，也往大礼堂方向走去。这时候传来一个教团骨干成员大声喊叫的声音。

"仓库的钥匙！仓库的钥匙在哪里？"

小组讨论的时候用的长桌和折叠椅，堆放在礼堂前面的大厅里。信徒们排成一列纵队往礼堂里走。

"跟上！跟上！不要停下来！"

教团骨干成员不停地高声叫喊着，不给信徒们思考的时间。

突然，沙梨奈的胳膊被人抓住了。

"你！排下一列！"

沙梨奈的后背被猛推了一把，摇摇晃晃地朝向她招手的另一个教团骨干成员走过去。

"你打头。后边的人！跟在她身后！"

河岛莱可她们已经走进礼堂，沙梨奈跟同屋的三个人分开了。以前排队的顺序是非常严格的，今天好像顾不上这个了。这种状态下也没有信徒说话，也许他们已经忘了怎么说话了吧。

骨干成员们开始清点信徒的人数。虽说只不过是确认一下所有的信徒是否都进了大礼堂，但他们今天安排得也太不好了。

"怎么这么乱七八糟的？每个房间的人应该集中在一起嘛！"

一个男性骨干成员非常不满地叫道。

"现在还说这个有什么用？"

一个年轻的女性骨干成员顶了他一句。

"喂！少了三个！"

"啊，来了！"

三个女性信徒被人推进礼堂。

"这回齐了，一个都不差了。"

"那就关门了！"

大礼堂左侧两个出入口的大门被两个男性骨干成员关上了。他们把门锁好，背着手站在门前。分组讨论的时候没有过这种情况。

右前方还有一个出入口，只见出入口的两扇大门被打开，三个银色带轮子的架子被几个骨干成员推了进来。每个架子上层都是白色树脂罐子，罐子里是红色液体；架子下层是大量的白色纸杯。

紧跟在三个带轮子的架子后面的人是高篱舞。她情绪高涨，白皙的皮肤显得很滋润，似乎散发着娇艳妩媚的气味，闪亮的大眼睛充满了紧张。

架子并排摆放在前面，教团骨干成员们站在旁边。右前方的出入口也被关上，并上了锁。天花板上的电灯发出冰冷的光，洒在信徒们身上。高簾舞手持麦克风站在了架子前面。

"突然集合，把各位吓着了吧？"

她用炽热的眼神扫了信徒们一眼。

"由于发生了意想不到的紧急事态，教祖要直接给大家讲话！"

灯光突然熄灭，礼堂里一片漆黑。

几秒钟以后，舞台上的灯亮了，克明宪出现在讲台上。

信徒们经常在视频里看到克明宪宣讲教义，但很少见到本人。沙梨奈也只是在东京参加赤天界大集会时见过克明宪一次，今天是第二次。

*

吉井香织手上的纸片型显示器上，显示着赤天界教祖克明宪的详细资料。这是九科特别提供给她的。读完以后，她抬起头，叹了一口气。

她现在坐的这辆无人驾驶汽车是公车。本来办私事不能使用公车，是加东洋介以"九科的紧急要求"为名，把这辆公车借来给吉井香织用的。车子顺畅地行驶在高速公路上，距离目的地还有二十五分钟的车程。行驶在高速公路上的无人驾驶汽车，一律由高速公路管理局调整车速，不会发生堵车。

人哪，往往会有超出自身能力的愿望。根据时代和社会的状况，有那样愿望的人就成了英雄，成了救世主，成了神。所谓超人，从根本上来讲就是一种幻想。一旦出现自称超人的人，虽然觉得可疑，人们心底总会萌生一种期待——说不定是真的。越是感到不安和恐惧，期待越是强烈。克明宪不过是巧妙地利用了人们的这种心理，这样说信徒们肯定不服气，他们会说：不对，能当教祖的人，当然不是一般人。他们已经被幻想剥夺了正常的判断力。

香织又把关于克明宪的资料看了一遍，字里行间浮现出一个无法融入现实社会、误入歧途的男人形象。

克明宪原名鸳原笃志，从小学习成绩优秀，运动能力超群，被人们称为秀才。但就在他进入一家大公司，要大展宏图的时候，发生了一件事。他被控告强奸了一位初次见面的女性。尽管鸳原笃志说是女方自愿的，最后还是为了和解，不得不付给对方一笔赔偿费。

那家大公司还是把他解雇了，于是他创办了自己的公司。但因为自尊心太强，错失了很多次机会，公司破产，其间他还曾喝醉酒打人。

也许是从此就无所顾忌了吧，他开始从事不正当经营，干起专门欺骗小孩和老人的买卖。天资聪颖的他很快就掌握了骗人的技巧，跑遍全日本，赚了个盆满钵满。

他偶然跑到见和希市的时候，正赶上菌落云降下造成的惨剧。看到民众惊恐不安的样子，他觉得赚钱的机会来了，于是利用传销和催眠推销掌握的操控人心的技术，顺利地创立了宗教团体赤天界，改名克明宪，集教祖与教主于一身。

但是，赤天界的发展一开始并不顺利。赤天界并没有像克明宪期待的那样，随着人们对菌落云越来越感到不安，信徒就越来越多，甚至困难到差点解散。

七年前，Nakamura Cheyenne 彗星的发现给赤天界带来了转机。克明宪宣扬："那是赤天神为了拯救人类派来的大船，只有被赤天神选中的人才能坐上那艘大船。想从这个就要毁灭的地球逃脱的人，相信赤天神吧！已经没有多少时间了！"然后全力开展传教活动。

成败在此一举，不行再想别的辙——克明宪决定赌上一把。他把教团的存在期限定在七年后 Nakamura Cheyenne 彗星最接近地球的时候。

没想到这次押宝押对了，赤天界的信徒暴增。不管天上的是彗星，还是赤天神的大船，总算是一个经过确认可以肯定的事实，这给人们的心理造成了超出想象的强烈冲击。七年后也可以说是一个绝妙的设定。过于遥远的未来会使人们觉得难以捉摸，太近则会让人不安。后来又出现了很多类似的新兴宗教，但由于赤天界领先了一步，其优势地位一直没有被撼动过。

赤天界的信徒一时号称达到了数十万人，其实顶多也就是两万人。尽管如此，对新兴宗教来说，也是一个了不起的数字。

但是，当初曾是蓬勃发展的起爆剂的 Nakamura Cheyenne 彗星，现在却把赤天界逼入了死胡同。也许克明宪考虑过在适当的时机解散赤天界，卷款逃走吧。但具有讽刺意味的是，由于教团迅速扩大，逃走已经成为不可能的事，那些狂热的骨干成员就不会允许教祖逃亡。也许克明宪考虑过在事情败露之后自我了断吧。他已经不年轻了，这次再摔倒，就不可能爬起来了，而且他已经没有接受失去一切的力气了。

失去最后一丝希望的克明宪，最终选择了极其卑劣的手段。他密令几个亲信准备了氰化钾，然后向信徒们灌输"只有脱离了肉体的灵魂，才能坐上赤天神的大船"的思想，到时候让信徒们集体自杀。刚才推出来的，就是保存在仓库里的氰化钾。

也就是说，克明宪最初想到的，是喝氰化钾集体自杀。后来不知为什么改变了方针，又要信徒以人体炸弹的方式与无辜的民众同归于尽。

至少在一年以前他们就开始准备炸药了，但发现购入炸药极其困难，只能自己制作。三个月前，他们租了一套公寓，开始自制炸药。为什么选在那么一个不合适的地方呢？

"因为那套公寓是空着的。"九科科长加东洋介气愤地说,"真不敢相信,可这是真的。这些外行人真是可怕。"

关于由集体自杀转向制作炸弹的原因,九科分析出以下两点。

第一,克明宪吸毒。自从制定了集体自杀的方针后,克明宪就开始吸毒。毒品使他言行异常,他患上了严重的被迫害妄想症。就算不能说毒品是主要原因,但使事态恶化应该是可以想象的。

第二,克明宪的意识深层流淌着报复社会的感情。他憎恨这个社会没有认可他的才能,憎恨拒绝认可他的人们,这种憎恨和他对前途的绝望融合起来,驱使他采取恐怖袭击的手段,报复社会。

这些分析到底有多少是正确的,香织说不上来。但是,利用炸弹进行恐怖袭击的计划失败后,克明宪就带领三百一十九名赤天界信徒和三十四名教团骨干成员集体自杀,是不容否认的事实。香织在资料里看到的克明宪,是一个把人类的软弱和邪恶凝缩在一起的、应该被人类无情唾弃的败类。

*

我要和这个男人一起死吗?

沙梨奈漠然地抱着这种预感的同时,抬起头来看着站在讲台上的克明宪。克明宪穿的还是那件带金色刺绣的纯白色衣服,衣服非常宽大。在东京那次大集会上,聚光灯只照着他的上半身,今天,他的全身都沐浴在从舞台顶部洒下来的灯光里。

克明宪出现后,一句话都没说。他紧咬牙关,面部肌肉僵硬,睁得大大的眼睛盯着前方的虚空,一眨不眨,就连呼吸都看不出来。沉默在继续。

众信徒大概已经开始意识到,他们将喝下那白色罐子里的红色液体,然后死去。所以他们在等着教祖说话,说一些可以减轻对死亡的恐惧的话，说一些听了以后就不用担心、就可以安心的话。

克明宪伸开了双臂。

金色的刺绣闪闪发光。

"刚才，赤天神对我说……"

克明宪的声音通过麦克风渗入每个信徒的心灵。

"他已经确认你们的信仰都是十分坚定的，马上就可以坐上他的大船了，用不着去拯救那些不信仰赤天神的人了。赶快上船吧！大船不能更接近地球了，因为地球已经变得污秽不堪了。大船今天晚上就要离开地球远去，再也不会来了。赤天神说，想到赤天界来的信徒们，赶快上船吧！赶快上船吧！"

克明宪伸开的双臂慢慢收回，继续说道。

"本来，我们计划利用爆炸时产生的能量，飞到赤天神的大船上去，但是直到今天都没准备好炸药。当我把这种情况告诉赤天神的时候，赤天神送给我们一种新的能量。放在大家面前的，就是赤天神送给我们的赤天水。喝了这赤天水，我们不但能从肉体的束缚中解脱出来，还能一瞬间飞上赤天神的大船！"

克明宪咄咄逼人的目光在信徒们的头上扫来扫去，扫遍了每一个角落。

"你们之中也许有人不安，觉得大船离我们还很远。说实话，比当初预计的距离的确是远了点。但是赤天神说了，只要我们这些被选中的信徒，同时从肉体的束缚中解脱出来，每个人产生的能量互相影响，总能量就会逐渐增大，依靠巨大的能量，我们就能很轻松地到达赤天神的大船！"

说到这里，克明宪再次伸开双臂。

"请大家不要忘记，我们都是赤天神亲自挑选的。只要我们这些信仰赤天神的人一条心，就没有做不到的事！但是……"

克明宪把双臂放下来，伸出右手的食指，指点着信徒们。

"只要少了一个人，就不能产生足够的能量，其结果呢，就是我们的灵魂，一个也到不了赤天神的大船上。我们的灵魂，将永远在黑暗的宇宙里彷徨！"

克明宪把右手放下来。

"这是赤天神对我们最后的考验！考验我们的时刻到了！考验我们每个人升入赤天界的信仰是否坚定的时刻到了！"

克明宪停顿一下，做了一次深呼吸。

"现在，让我们一起飞到赤天神的大船上去吧！"

克明宪猛地把下巴往回一收。

"好不好？"

"好！"

响应的只有几个教团骨干成员。

众信徒还深陷于困惑之中。

"好不好！"

"好！"

"好不好！"

"好！好！"

但是，接下来，多年养成的习惯抬头了。

"好不好！"

"好！好！好！"

"好不好！"

"好！好！好！好！"

教祖每问一次，就会增加几个响应者。思考之前，身体先开始反应了。

"好不好！"

"好！好！好！好！好！"

"好不好！"

"好！好！好！好！好！好！"

号召和呼应犹如物理学上的共振现象，越来越强烈，信徒们的大脑里一片空白。

"好不好！"

"好！好！好！好！好！好！好！"

"好不好！"

"好！好！好！好！好！好！好！好！"

这时，大礼堂里所有的灯全亮了。

信徒们兴奋得满脸通红，热气腾腾。

高簇舞再次来到中央，她的眼睛已经通红。

"现在开始领取赤天水！不要着急，按顺序来。我们要满怀感激之情领取赤天神给我们准备的赤天水。领取之后先不要喝。正如教祖所说，我们的灵魂如果不同时脱离肉体，就产生不了足够的能量。大家听好了，此时此刻，赤天神在天上看着我们呢。看着我们的态度，看着我们的表情，看着我们的心，看着我们的信仰是否坚定。我们要时时刻刻把赤天神放在自己的心上，时时刻刻对赤天神满怀感激之情。让我们一起到那个永生的世界去吧！让我们一起到赤天界去吧！"

信徒们按照教团骨干成员的安排，从最右边一列第一个人开始，一个挨一个地用纸杯领取赤天水。第一个人领完以后要走到那一列的最后一个人的后边，等着前面的人依次一个一个地往前挪动，直到最后一个人领完，第一个人就又回到了最前面。沙梨奈站在她那一列的最前面，领完也走到最后，等前面的人都领完了，她又回到了最前面。

"大家注意了！先不要喝。在场的这些人，只要少了一个，我们就上不了赤天神的大船！大家听好了，一个也不能少！"

沙梨奈呆呆地看着自己手上的东西。随便什么地方都能买到的纸杯里，是半杯透明的红色液体，散发着廉价果汁的甜腻味道。喝了这个就能死吗？在死面前，会是怎样一种心情呢？沙梨奈的内心一点感觉都没有。也许是因为形势变化太快，顾不上去感觉吧。既然如此，就赶快死了吧，再耽误时间，说不定脑海里又会浮现出某个没用的想法。

"大家都领到赤天水了吗？"高篠舞大声地问道。

沙梨奈抬头一看，高篠舞手里也拿着一个盛着红色液体的纸杯。

"请大家再确认一下，看看前后左右的人手上是不是都拿着纸杯，纸杯里是不是都有赤天水！少了一个人，所有的人就都上不了赤天神的大船啦！"

沙梨奈也按照高篠舞的吩咐，看了看前后左右的信徒。信徒们一个个脸色苍白，呼吸急促，拿着纸杯的手不停地颤抖。把他们留在这里的，与其说是信仰，倒不如说是作为集团一员的义务。

可是，沙梨奈自己呢？

高篠舞退到一侧，向克明宪报告。

"我们，全体赤天界的忠诚信徒，已经做好了准备！教祖！请您下命令吧！"

克明宪威严地点点头，把放在讲台上的纸杯拿在手上举了起来。红色液体在纸杯里晃动着，沙梨奈也看得清清楚楚。

教团骨干成员们也把纸杯举了起来。

全体信徒也学着他们的样子，把纸杯举了起来。

"我要向赤天神请示。我们已经准备好了，赤天神！您可以把我们引导到大船上去吗？赤天神回答可以之后，我会大声说一句'开始'，大家听到我说'开始'以后，要把纸杯里的赤天水一口气喝完，动作绝对不能慢了，一滴也不能剩下！一定要集中精力听我的指示！喝了赤天水，所有的人都会变成永恒的生命体，坐上赤天神的大船！我们马上就可以跟赤天神见面了！"

沙梨奈感觉到自己的心脏剧烈地跳动起来，还感觉到自己的呼吸，感觉到自己的体温，甚至在这个瞬间，感觉到寄宿在肉体内的生命本身。

克明宪闭上了眼睛。

"赤天神！请引导我们去您的大船！"

一秒，两秒，三秒……数秒过去了。

沉默变成了有质量的东西，越来越沉重。

沉重的沉默达到极限的时候，克明宪睁开了眼睛。

开始！

但是，克明宪并没能发出声来。他的头部鲜血飞溅，身体后仰，重重地摔在了舞台上。

"千万不要喝！"

几个人大叫着冲上舞台。四个，不，五个！第一个冲上去的是一位女士，她一把抓起讲台上的麦克风。

"大家拿在手上的东西，千万不要喝！那不是什么赤天水，是加了氰化钾的果汁！喝了就是死，哪里也去不了！"

本来已经锁上的三个出入口的门同时被打开，冲进来好几批武装警察。教团骨干成员们转眼被控制起来。高篠舞把纸杯送到嘴边，正要喝掉纸杯里的红色液体，纸杯被警棍打飞。高篠舞蹲在地上大哭起来。

信徒们都跟冻僵了似的愣住了。

"大家不要怕！我们不会伤害大家的！请大家慢慢把纸杯放在地板上！"

沙梨奈定睛一看，拿着麦克风的人是河本朋香。她的左右各有二人，其中三人是教团骨干成员，一人是结城麻耶。一个个表情严厉得可怕，就像变成了另外一个人。

"请大家把纸杯放在地板上！"

信徒们就像咒语被解除了似的，纷纷回过神来，把纸杯放在地板上。周围的空气缓和了。沙梨奈没办法，只好附和着周围的人，把纸杯放在了地板上。

"大家吓着了吧？为了保证大家的生命安全，我们只能采取这样的非常手段。今天发生的事情嘛……"

那位叫河本朋香的女士，开始向信徒们做详细说明。

这是在演什么戏啊……

沙梨奈想笑。真没意思，简直太没意思了！十七岁那年就死了该多好，干吗要拖延到现在呀？当时，一咬牙从公寓的楼顶上跳下去，把头盖骨摔个粉碎，就用不着这么恶心了，就用不着看这个世界了，就用不着让自己成为现在这样了！

"真的，为什么？为什么会是这样？问你呢，香织！"

沙梨奈又把脚下的纸杯拿了起来。

"那位女士！请把纸杯放在地上！"

站在舞台上的一个人眼尖，见状大叫。

"沙梨奈！"

河本朋香脸色大变，疯了似的尖叫起来。

沙梨奈悠然地将纸杯中的液体喝了个精光。

再见了，不争气的我！

*

沙梨奈站在公寓的楼顶上，所站之处离楼顶边缘连五十厘米都不到，只要再向前迈一步，她十七年的人生就结束了。强风从下面吹上来，把她的校服裙子吹得鼓胀。

她觉得自己好像做了一个很长的梦。一个活生生的、特别现实的梦，简直就跟亲身体验过一样。莫非那就是自己的未来吗？难道是现在的我，在幻觉中看到了自己的末路吗？如果是这样的话，还是在这里结束为好，那样的未来，还是不要的为好。

沙梨奈忽然抬起头来看了看天，不由得屏住了呼吸。

头顶上的天空，布满了红色的云块。恶毒的颜色浓淡不同，在空中剧烈地翻滚，疯狂地卷起一个又一个旋涡，不时会有红色的云块，像红色的闪电劈向大地。那是菌落云。但是，沙梨奈还从来没有见过这样的情景。什么时候发展到如此严重的地步了……

不对！

这不是现实！

刚才看到的一切才是现实。自己站在公寓的楼顶那天以后，又活了十八年。我记得最后发生的事情是喝了那半杯红色的液体……

这么说，我已经死了？

我现在是在死后的世界里呢？

还是在死前看到的梦一样的东西呢？

沙梨奈走到楼顶的边缘。下边不是冰凉的柏油马路，而是柔软的白色的光。她盯着那白色的光看了一阵，感觉自己被安详包围了，被安详吸进去了。啊，对了，跳下去就轻松了。什么也不用想了，跳进那白色的光里就是了。

身后突然响起尖厉的叫声。

是放在铁网护栏另一侧的书包里发出的手机铃声，有人来电话了。

奇怪！刚才分明把手机关机了呀！而且，我不记得设定过这样的手机铃声啊。

再回忆到目前为止思考过的事情，对了，这本来就不是现实。

手机铃声还在响。沙梨奈觉得还是应该接电话，于是离开楼顶的边缘，翻过铁网护栏，拿起书包把手机掏了出来。咦？好像在哪里见过这个手机，但不是自己的。屏幕上显示的电话号码也没有印象。

按下接听键，把手机贴在了耳朵上。

"沙梨奈！"

沙梨奈听到的是香织的声音。

"回答我！沙梨奈！你醒醒啊！"

沙梨奈的大脑一片混乱。

这声音也是幻觉吗？

可是，通过声音，确实能感到香织的存在。沙梨奈相信，手机是接通的。

"不要死！姐姐！你可千万不要死啊！"

声音很弱，已经泣不成声了。

她在哭。

香织在哭？

为了我，香织在哭？

"别这样啊，姐姐！别这样离开我！"

香织？我那个可爱的、狂傲的、可恨的妹妹？沙梨奈的脑海里，关于香织的各种各样的记忆慢慢复苏。在那个灾难之夜，自己一边拼命骑自行车，一边盯着前面那个纤弱美丽的背影；在遗体安放处，看到名单上母亲的名字的时候，紧紧握着沙梨奈的小手；香织也没有多么强大，那么娇小的身子，能有多强大？

"姐姐，那天你跟我说，我对你说的那句话太过分了，对吧？其实，我一直在想怎么向你道歉呢。"香织也不管沙梨奈是不是在听，只顾一个人说下去，"你给我看那本存折的时候，我心里高兴极了。可是由于不好意思，不知道为什么，就说了那样的话……"

沙梨奈只是无言地听着。

"我要是早点联系你，早点跟你见面，多跟你谈谈心就好了……姐姐！原谅我……请你原谅我……"

"算了，香织，别说了。"沙梨奈紧握着手机说，"香织，我还打算向你道歉呢。"

从心底涌上来的想法，用朴素的语言说了出来。

"对不起香织，我是那么一个没出息的姐姐。如果可能的话，我想做得更好，可是，我做不到啊。"

"什么？姐姐！你说什么？我在这里呀！"

"真的很对不起……"

"姐姐！不要死！我不要你死！姐姐——"

"香织，我能有你这样一个妹妹，真是太好了。你想做什么都能做成。我就放心地到妈妈那边去了。虽然在那边，妈妈也少不了骂我，那我也得去啊……"

这是怎么回事啊？

有生以来第一次感到如此满足。

"香织，从小到大，虽然跟你闹过不少别扭，但最后能这样谈谈，我很高兴。"沙梨奈自豪地说，"香织，你是值得我骄傲的好妹妹。香织，谢谢你……"

"姐姐！别……不……不要！不要啊！"

沙梨奈将手机关机，放进书包里，又把书包放在地上。

抬头看看天，刚才布满天空的菌落云一片都没有了。现在沙梨奈看到的，是透明的碧蓝的天空。

没有什么值得遗憾的了。

沙梨奈再次翻过铁网护栏，站在楼顶的边缘。

白色的光在召唤她。

知道了，我现在就去。

她闭上眼睛。

意识朦胧。

身体向前一倾。

突然，她的手被人抓住了。

"咦？"

她不由得站稳身体，回头看去。

没有人。

但是，她能感觉到，右手被人紧紧抓着，是要拉住她的手的感觉。

不是香织的手。

而是一只更大、更温暖、更和蔼、更有力、更严厉、更令人怀念的手。

"妈妈……"

第三章　新阶段

1

有人从身后抓住了吉田稔麿的肩膀。

是桂小五郎。

"没有必要白白死去。像你这样的天下奇才,这样死去太可惜了。"

吉田稔麿回过头来,那可以射穿人心的视线落在桂小五郎脸上。

"同伴去战斗,我不能袖手旁观。"

桂小五郎大惊,松开了抓着吉田稔麿的肩膀的手。真没想到吉田稔麿是这样一位内心充满激情的男子汉。看来自己对他还不太了解啊。

突然,吉田稔麿微微一笑。

"的确,你是对的。但我也要去!"

太阳照进来,病房里很明亮,朗读的声音在安静的房间里回响。

那是一本以日本幕末时代为背景的历史小说。

听小说的老人听着听着打起鼾来。

朗读者并不在意,继续朗读下去。

"等一下！"桂小五郎递过来一杆长柄扎枪。

"拿上！"

"多谢！"吉田稔麿抓起扎枪跑出藩邸。

"大伙儿等等我！"吉田稔麿飞奔起来。

目标是必死之地——包围新选组的池田屋。

"我最喜欢这种场面。"老人微微睁开了眼睛。

"布上先生，您醒啦？"

"对不起对不起，刚才睡着了。你没生气吧？"

"看您说的，怎么会呢？为您朗读小说我也可以放松，我还应该谢谢您呢。"

"时间到了吧？"

已经超过了规定的两个小时。不过，所谓的规定，并没有那么严格。早点结束晚点结束都没太大关系，可以灵活掌握。

"念到这里正好告一段落，挺好。"

"星期三我还过来，接着为您朗读。"

"嗯，我等你。"

"布上先生，谢谢您叫我过来为您朗读。我走了，再见！"

吉井沙梨奈说完在书里夹上书签，把书放在床头柜上，站起身来。

走出医院，夏日的骄阳晒得她立刻出了一脖子的汗。她顾不上擦汗，掏出便携式电子设备 AKUFU 跟自己的女老板田村早纪联系。

"竹芝医院的布上先生这边，刚朗读完。"

"辛苦了。对了，吉井，这边有个急活，晚上七点的。本来应该是茅野去的，可是她的孩子突然发烧，去不了了。"

"对不起，今天跟我妹妹约好一起吃晚饭的，我们很久没见面了。"

"哦，就是那个值得你骄傲的妹妹吗？"

"我那么说过吗？"

女老板咯咯咯地笑了，笑声很美。

"知道了，我再找别人，你跟妹妹一起去吃晚饭吧。"

如今买任何一本书，都可以在网上下载语音版，声音虽说是电脑合成的，但跟真人也没有多大区别，甚至还可以根据个人喜好，选择声音的年龄和性别。在这样一个时代，成立一家上门为顾客朗读的公司，一般人是不敢想的。

"说到底，就是给顾客唱催眠曲。"

沙梨奈面试的时候，女老板田村早纪是这样对她说的。

"我们的工作，并不单单是让顾客享受真人朗读的声音，还要让顾客感觉到自己在受到别人的关注，体会一种存在感。就像一个小孩子有母亲在身旁守护就会觉得安心。所以，朗读到一半的时候很多顾客会睡着，那也没关系，你不必在意，继续读下去就是了。"

一个有体温的人在身旁的感觉，用虚拟现实的技术是无法再现的。临床研究发现，听真人朗读，对增进心理健康和减轻疼痛有明显的效果，有具体的数据支持。

"有人会说，跟顾客聊聊天不是一样吗？其实不是的。首先是第一次见面很难沟通，特别是有人不善于沟通。在这种情况下，朗读可以避免沉默的尴尬。最重要的是，朗读要像模像样，这个像模像样是最关键的。你总不能真的给一个大人或老人唱催眠曲吧？"

田村早纪这家叫"为您朗读"的上门朗读服务公司是五年前成立的。那一年她三十二岁，毅然决然地给自己持续了十年的婚姻生活画上了终止符。她上高中的时候是播音俱乐部的，梦想是当一名电视播音员。她对自己的声音充满自信，那么如何发挥自己的特长呢？想来想去，她决定成立一家上门朗读服务公司。

以前有志愿者在图书馆为读者朗读，但是顾客必须到图书馆去，时间也受到制约。如果按照顾客方便的时间上门提供朗读服务，会不会是一桩很好的生意呢？那时候她就意识到上门提供朗读服务属于心理健康护理了。

开始是她一个人，顾客非常满意，后来一传十，十传百，评价越来越高，她就开始雇用员工。现在公司已经有二十四名员工了。顾客里有布上先生那样要求定期服务的，也有需要的时候就打电话过来临时预约的。

"只为自己一个人朗读，其实是享受非常奢侈的特殊服务。为了让顾客意识到这一点，我们故意把价位定得比较高。当然也是为了保证公司能够顺利运营。"

工资根据个人业绩支付。标准服务时间是一次两个小时。按计时工资来说是很高的。

"但是，既然我们把服务价格设定得比较高，就必须保证服务质量。所以，在正式上门提供服务之前，要学习必要的技术。"

田村早纪亲自给新员工上课，传授朗读技术。学习内容从发声方法，到朗读的抑扬顿挫、语速、换气的时机，等等，可以说是全方位的。学习结束后，还要跟田村早纪一起体验如何上门服务。去的地方有医院，有康复中心，高龄顾客最为多见。见到那些老人，沙梨奈总会想起自己的外公。

沙梨奈进这家公司已经一年多了，早就习惯了这份工作。她的生活和精神状态也都安定下来了。没想到自己的人生还会有这么平稳的时期。那时候没死掉，真是太好了。

那天——

沙梨奈喝下的氰化钾，完全可以夺取她的生命。多亏河本朋香他们采取了适当的措施，才救了她一命。在医院的病床上醒过来时，她看到了哭成泪人的香织。

出院后，沙梨奈在香织租的公寓里住了两个多月。姐妹俩一起生活的日子里，每天晚上都要聊很久，好像有说不完的话。

后来，沙梨奈找到了现在这份工作，就自己租了一间公寓，从香织那里搬出来了。姐妹俩经常联系，互相报告近况，但由于香织的工作太忙，见面的次数不太多。姐妹俩已经快半年没一起吃过饭了。

　　但奇怪的是，这次见香织之前，沙梨奈感到莫名的烦躁。

　　香织说有事要跟我商量，到底是什么事呢？

*

　　香织抬起头，不好意思地笑了笑，马上又低下头，开始用叉子戳盘子里的开胃菜。一边戳一边说："也没什么大事，算了，不说了。"

　　沙梨奈拿着刀叉的手不由得停住了。

　　是香织想见面的，还说有事要跟我商量。好不容易才预约了这家很有名的意大利餐馆，沙梨奈可期待了。

　　这家意大利餐馆位于住宅区。餐馆不大，但就餐环境特别好，开胃菜特别好吃。可是，香织的样子有点怪。先不说晚来了半个小时，她工作忙，也无可厚非。可怎么看都像是有心事的样子，而且显得非常疲劳。在一起住的时候，香织经常喝啤酒，也喝红酒，可是今天却要了一杯矿泉水。

　　"香织，你没事吧？"

　　"嗯，没事啊……怎么了？"

　　"你看上去很疲劳。"

　　"所以我想和你一起吃顿饭，松口气嘛。"香织显得很不自然。

　　"又是菌落云的事？"

　　香织"啊"了一声，看了沙梨奈一眼。

　　"又有不好的信息？"

　　"那也不是……"

　　这种犹犹豫豫的态度不像香织，情况也许非常严重吧。

"对了，上次我喝了氰化钾，不是差点死了吗？你跑到医院去看我，拉着我的手，哭着叫我，你还记得吧？"

"啊……记得呀。"

"那时候我做了一个梦，梦见满天都是红云，可吓人了。将来会变成那个样子吗？"

"至少我们这一代成不了那个样子。"

沙梨奈松了一口气。

"我们这一代不用担心了？那太好了，这我就放心了。"

香织把叉子放在盘子里，说道："也许我放心不下。"声音低沉而灰暗。

"你这话是什么意思？"

香织害羞地垂下头，翻着上眼皮看了沙梨奈一眼。

"啊？"沙梨奈说话的声调都变了，"你没骗我吧？"沙梨奈明白香织今天为什么不正常了，"难道……你……有了？"

香织一口酒也没喝，脸却红了。

"真的呀？"

香织点了点头。

沙梨奈完全理解目前的状况用了相当长的一段时间。在这种情况下，应该问什么呢？

"那……那个男的是谁？"

香织瞪大眼睛，使劲儿摇了一下头。

"说不出口。绝对会被姐姐看不起。"

"是个被人看不起的男人？"

"不是那个意思……"

"怀孕的事，你已经告诉他了吧？"

"没法告诉他，我没法告诉他呀……"

这么拿不定主意的香织，沙梨奈也许是第一次见到。

"你说有事要跟我商量，就是这件事？"

"对不起，这种事，我也只能跟姐姐说。"

"你都想好了吗？"

"还……还有点……"

"不过，你已经决定把孩子生下来了，对吧？"

"其实，还在犹豫……"

"也许这话不该我说，你都这岁数了，这个要是不要，以后再想生就难了。"

"这个我懂……不过，赶上这样一个时代……"

"既然如此，为什么喝矿泉水？"

"啊……"

"以前在这里吃饭，你都是喝红酒吧？"

香织好像刚刚意识到似的，盯着杯子里的矿泉水看了很久。

"恭喜你香织！你的心，已经是肚子里那个孩子的母亲了！"

沙梨奈高兴得眼泪都流出来了。她一边擦着眼角的泪水，一边掩饰地笑了笑。

"啊，我想起来了！是不是那个人？你大学时代的朋友，在美国的夏果研究机构工作的那个精英？是个好男人嘛！"

"不，不是他。"

香织当即否定，看上去不像是撒谎。

"那个幸运儿，到底是谁呀？"

2

"真是的，想象力可真够丰富的……"

池边润太看着电脑屏幕，不由得嘟囔了一句。

关于菌落云的传说和谣言，今天在网上也不断产生。最近引人注目的谣言是供人居住的密闭城邦，说什么美国和中国已经进入实验阶段，几年之内就要开工建设了。还说日本总算征到了实验用地。日本平原地区本来就很少，几乎没有适合建设密闭城邦的地方。于是有人建议从半山腰开挖，建设地下型密闭城邦。虽说这样比从平地往下挖的工期短，成本也低，但比起平地型，地下型的缺点太多，建设得不偿失，设计上的自由度也很受限制，最后没有被采纳。

也有人说，上述那些话都是胡说。其实利用大山建设"护照城郭"也有很多优点，不过围绕着土地使用权问题，执政党里一位权力很大的政治家施加了压力，才得出不正确的结论，致使上述建议被曲解。

"这还用得着施加压力吗？"池边润太又嘟囔了一句。

平地型是最合适的，这在世界上已经取得了共识。日本呢，采取平地型和利用大山的地下型并行的方针，是最理想的方案，但是人力、资材、大型建筑机械以及预算，都会受到限制。为了能使在有限的条件下建设的密闭城邦最大限度地收容居民，应该尽可能地多建设效率最高的平地型的——任何人冷静地思考一下，都能得出这样的结论。

"都是想怎么说就怎么说，反正也用不着负责任！"池边润太还在咕哝。

尽管如此，凡是关于"一部分人得到了不正当利益"的话题，都能很容易刺激人们的感情。因为话题很简单，一旦相信了，别的可能性就不予考虑了。特别是关系到菌落云的话题，很多人精神压力很大，只要有人煽风点火，马上就会燃起熊熊大火。

"要注意啊……"又是池边润太。

"池边先生，最近怎么老是自言自语啊？"

长着一张娃娃脸的青叶洋子问道。青叶洋子三十多岁，已经结婚了，说话的时候眼睛也没离开电脑屏幕。

"是吗？"

"可不是嘛，自从若木先生调走以后，池边先生老是自言自语。"

干什么都慢腾腾的年轻人今冈多吕跟青叶洋子意见一致。

科长助理若木佑三个月前调走了。

"今冈！你小子就知道说一些没用的废话，好好工作！"

三个月前担任新助理的根岸敦夫，挺着啤酒肚说话了。

"哎哟！若木先生调走之前，是谁最爱说一些没用的废话呀？"

青叶洋子挖苦了根岸敦夫一句。

"少啰唆！"

大家你一言我一语，就像在说群口相声。

谨慎地看着眼前景象的，是若木佑调走之后新来的永井连。永井连是一个身材瘦长，皮肤白皙的帅小伙儿，不爱说话，谁也不知道他在想什么。

"根岸先生，关于密闭城邦的事，我们是不是应该采取行动啊？"永井连问道。

"啊，这事啊？"

根岸在自己的电脑屏幕上确认了一下。

"这可是让在野党高兴的话题。快到选举的日子了。"

"还是应该再观察一下比较好吧？"青叶洋子插嘴，"事情好像还没有那么严重。谣言传着传着就会让人厌烦，自己就消停了。我们采取行动，说不定会起反作用。"

"会起反作用吗？"

门开了，科长吉井香织回来了。今天有信息通报会，以前是三个月一次，现在改成一个月一次了。

所有职员停下手头的工作，把椅子转向科长。科长每次参加完信息通报会，总是第一时间向大家传达。把这些信息及时准确地传达给民众，是四科的工作。

"现在向大家传达信息通报会的内容。"

吉井香织在自己的椅子上坐下来。环视了大家一眼，跟池边也对了一下眼神。香织装作若无其事，把视线落在手中的材料上，池边也配合香织低下了头。虽然可以竭力做出什么都没发生过的表情，心脏却诚实地剧烈跳动起来。

吉井香织用平淡的口气把刚从美国夏果研究机构得到的最新信息传达给大家。氧气浓度还在下降，没有停止的迹象。眼下虽然还不会对人体产生明显的影响，但不断降低的数值削减着人们的期待。出现在赤道上连接起来的菌落云，也就是菌落云带，正在慢慢延长。目前尚不明确为什么会发生这种现象，不要说菌落云带，就连菌落云本身发生的原因，到现在也没有研究出来。解开了一个谜，紧跟着就会出来十个谜，把已有研究成果完全否定，这样的情况已经发生多次了。

"还有，大西洋发生了菌落云大规模降下的现象，如此大的规模，迄今为止一次也没有观测到过。"

房间里的气氛紧张起来。

"宽四千米，长二十三千米的带状菌落云落在了海里。详细情况正在调查，据说海面附近有些地方的低氧状态持续了将近两个小时。"

如果躲进紧急避难箱，氧气刚好够用。

"这也是所谓的新阶段发生的事情吗？"青叶洋子问。

"可以这样说吧。"

"比起氧气浓度降低的问题来，这个问题更紧急。"

根岸敦夫说话的声音都变得僵硬了。

"来自美国夏果研究机构的信息就这些了。各位还有什么问题吗？"

"科长，您看看这个。"根岸敦夫敲击着电脑键盘，对吉井香织说，"这里有一条谣言，说政治家对密闭城邦的设想施加了压力。"

吉井香织看了看自己的电脑屏幕："原来如此。您的意思呢？"

"我认为应该再冷静观察一下。"

青叶洋子又插嘴了。

"如果我们采取行动，搞不好会刺激造谣者。"

"但是，"池边开口说话了，"等火山喷发就晚了，现在采取行动还能封住。"

吉井香织沉默着，似乎在权衡两者的意见。

忽然，吉井香织抬起头来，"池边君。"说着投过去冷静而清澈的视线。

池边正面接受了那视线。

"在！"

"现在采取行动，你打算怎么处置呢？"

"先按照行动守则的要求，把谣言接过来，然后发出否定的信息。当然，在否定的同时，要同时粘贴基于数据的客观论据的链接，然后观察人们的反应。

"有一点必须引起我们的注意，那就是相信谣言的人们并不在意语言的逻辑性，只要那个谣言能成为感情的发泄口，就足够了。在这样一个时代，很多人都有把自己内心的不安和愤怒甩给别人的冲动。采用封堵的方法，在某种意义上来说，比静观还要危险。"

根岸敦夫连连点头。

"科长说得对。有时候让人们发泄一下也是必要的。"

"但是……如果谣言影响了舆论，影响了选举，使现在的计划受挫，导致日本的密闭城邦建设晚于其他国家，最终受损害的还是一般民众。"池边为自己的观点辩护。

"不能置之不理。谣言如果能自然消失当然最好不过。请继续监视！"

吉井香织说话的时候一直盯着池边的脸，连眼睛都没有眨一下。

"没问题吧？"

池边深深地吸了一口气。

"明白了！"

"喂，池边君！"

会议结束后去厕所的时候，青叶洋子在楼道里叫住了池边润太。

青叶洋子看上去很快活。

"什么事？"

"我问你呀……"青叶洋子压低声音，"你跟科长之间发生什么了吗？"

"什么都没发生！怎么可能发生什么事情呢？你胡说什么呀？"

池边润太说话的声音很大，在楼道里回响着。

糟糕！反应过度了。池边润太压低了声音："为什么？您为什么问这样的问题？"边问边拼命使自己恢复平静。

"嗯……怎么说呢，听话听声，锣鼓听音，我是从刚才你跟科长的对话里听出来的。我觉得池边君跟科长的距离缩短了，觉得你们俩贴得特别近。"

池边润太脸上都快冒汗了。

"开……开什么玩笑……"

想一笑了之，却没做到。

"比如说……"青叶洋子故意停顿了一下。

池边润太本以为青叶洋子会用审视的眼神看他，没想到青叶洋子用鼻子哼了一声。

"啊，那是不可能的。不可能不可能。是我脑子出问题了。不好意思，那是不可能的。"

青叶洋子嘻嘻地笑着回办公室去了。

3

气象监视厅综合研究所第三会议室。

弓寺修平任部长的有害云块研究部开会，一般都使用第三会议室。十九名职员集合在一起，这个会议室大小正合适。

"这个 C433E 号菌落云，很难消失啊。"

弓寺双臂抱在胸前，看着正面墙上的主屏幕说道。

映在主屏幕上的，是以日本列岛为中心的世界地图。地图上红色的部分，是此刻菌落云分布的状况，那是各国的人造卫星收集的数据经过处理之后的映像。

首先映入眼帘的是赤道附近的一群菌落云。其他地区的菌落云都是时而出现时而消失，时而升高时而下降，而赤道附近那些菌落云却一直滞留在上空。这种现象被称为菌落云带，而赤道附近的菌落云带，简称赤道带。

据观测，三天前，赤道带北侧鼓起了一个大肿瘤似的凸起。那个凸起越来越大，底部越来越细，最后完全脱离赤道带。从赤道带分离出来的菌落云呈椭圆形，南北长直径为一百二十千米，东西短直径为九十五千米，最厚的地方达七千米，最薄的地方也有一千米。这么大的一块单独的菌落云，是前所未有的。上个月在大西洋降下的那块菌落云，跟这块比起来简直就是一粒黄豆。气象监视厅将这块菌落云命名为 C433E，是重点监视对象。

C433E 现在的位置是北纬 19.25 度，东经 165.5 度。像台风那样卷着旋涡，保持着椭圆形的形状，缓慢地向西北方向移动。那样子简直就像一头巨大的怪物。虽说目前还在遥远的太平洋，由于上空气流变幻不定，也不能完全否认它有可能到达日本。

"这种情况还是第一次见到。"副部长神田皱起眉头，"等着吧，以后还会出现很多第一次见到的菌落云。"

不用说，今天会议的主题就是 C433E 今后的动向和对策。在一定情况下，可能需要制订广域避难计划。万一 C433E 降落到日本本土，将造成前所未有的灾难。

弓寺的视线离开主屏幕，对参加会议的职员们说：

"现在开会！首先让我们预想一下 C433E 的移动路线。"

4

货船的汽笛声划破夜空。惠子突然感到一种强烈的冲动传遍全身，但最终还是被残存的理性碎片绊住，总算忍住了。

邦彦知道惠子内心已经卷起万丈波澜，故意装作没看出来。他走近栅栏，一边呆呆地看着下面的海港，一边吸烟，过了一会儿才转过身来，和蔼地笑了。

"天凉了，该回家了。"

"不！我不想回家！"

邦彦吃了一惊。这倒不奇怪，但是更吃惊的是惠子。

"今天晚上你能一直和我在一起吗？"

惠子控制不住自己了。她甚至觉得这些话不是从她的嘴里说出来的。这些话好像获得了自由的小鸟，欢快地飞了出来。但是，她在感到绝望的同时，又有一种解放感。是的，用不着怀疑，这些话是我说出来的。这是我有生以来第一次要为自己活。

"可是，惠子，这样的事最好……"

都到这时候了，邦彦还在坚持他的品行端正！惠子好生懊悔。不能就这么便宜了他！我要把他的品行踩个稀巴烂！

"女人都把话说到这个份儿上了，你打算什么也不做吗？"

邦彦把烟头扔在地上，用鞋底踩灭。

吉井沙梨奈拿着平板电脑念完这一段，抬起头来看了看躺在床上的冈部真子。

"是的是的，就是这个！"

冈部真子高兴地叫起来，脸上浮现出欣喜的笑容，皱纹显得更深了。

"没错！就是这个！"

"能帮您找到，真是太好了。"

上门提供朗读服务的公司"为您朗读"，原则上要朗读顾客指定的书籍。顾客手上有书的好办，可是有的顾客只指定一个书名，公司就得帮顾客找，帮顾客买。费用当然由顾客出。

但是，冈部真子的情况有点特殊。她希望朗读给自己听的，是五十年前出版的一本恋爱小说。小说的名字她已经忘记了，只记得描写了一个非常检点的女人性冲动觉醒之后跟各种各样的男人恋爱的故事。类似的小说多如牛毛，要想找到可不是一件容易的事。吉井沙梨奈拜托冈部真子尽可能地回忆小说的细节，由她上网查找。经过筛选，她把类似的小说的书名列了一张表让冈部真子挑选。结果选中了刚才吉井沙梨奈朗读的这本《不是恋情，也不是爱情》。纸质书根本找不到了，幸运的是它已经被制作成电子书，沙梨奈把小说下载到平板电脑里，拿到冈部真子这里来。

"当时，我可向往惠子的活法了。"冈部真子说着呼出一口热气，"如果我能像她那样活着，该有多好啊！"

"我现在读着心里也是怦怦直跳。"

冈部真子眯缝着眼睛点点头。

"我呀……瞒着我老公，跟别的男人幽会过。大概是结婚第七年的时候吧。"

她下了很大决心似的说完这句话，视线慢慢地转向天花板。

"是个好男人，真的，是个非常好的男人，长得也特别帅。"

说到这里，冈部真子的脸红了。

"跟他交往了两年，结果还是分手了。不是不喜欢他了，而是觉得对不起我老公。"

沙梨奈把平板电脑放在膝盖上，静静地听冈部真子往下讲。

"当时要是一咬牙跟他在一起，会是怎样的人生呢？直到现在我还经常这样想呢……唉——选择了那个，又放不下这个，我真的想了很多很多。"

沙梨奈感慨地点了点头。

"你是个好人。"冈部真子突然说。

"是吗？"没想到冈部真子会这样说，沙梨奈觉得有点不好意思，"我还是第一次听别人这样说我呢。"

"你一定经历过很多事情。"

"我接着为您朗读吧，还有的是时间呢。"

"那就拜托了。"冈部真子闭上了眼睛。

沙梨奈继续朗读下去。

一瞬间，沙梨奈想到了香织。

5

悼念仪式上，人们正在默哀。

刚才在舞台上致悼词的是见和希市的市长大迫鼎。去年竞选市长的时候他才三十七岁，是一位很年轻的市长。

见和希市举行的集体悼念仪式，到今年已是第十九次。会场在市政府斜对面文化会馆的大礼堂里。前半部分的座位是给死者家属留的，但空位很多。后半部分的座位是留给普通参加者的，至少有七成的位子是空的，来的大多是老人。估计以后悼念仪式的规模得缩小了。

池边润太已经有十年没有参加过悼念仪式了，小时候倒是每年跟着父亲来。平时爱说爱笑的父亲只有这天很少说话，酒却喝得很多。

父亲每年一定要参加悼念活动的理由，润太高中一年级的时候才知道。

那天，润太跟一个女同学约好去看电影，父亲不让他去，润太不听。父亲让润太坐下，给他讲了那个叫泽田刚的年轻人的故事。

"我能活到现在，都是因为有泽田刚。"

见和希市发生灾难那天，菌落云落下之后，由于大意从车上下来的父亲，吸入了氧气浓度极低的空气，晕倒在地。把父亲抱起来重新塞进车里的，就是当时才二十三岁的泽田刚。父亲得救了，但救助父亲的泽田刚却没能回到车里，死在了车外。

"正是因为泽田刚牺牲自己救了我的命，你现在才能过着无忧无虑的日子，我们有责任把他托付的东西保护好，传给下一代。为了不忘记这一点，这一天我们一定要去参加悼念活动。"

但是，刚刚十六岁的润太，还不能理解父亲的情怀。

"我想做我想做的事！不希望别人对我指手画脚！"

"不要以为你活到现在靠的全是你自己。如果没有泽田刚，你小子上得了高中上不了高中还说不好呢！"

"我又没拜托他去救你，是他自己愿意那样做的！"

父亲打了他，那是第一次，也是最后一次。结果，他没有跟女同学一起去看电影，但再也没跟父亲一起去参加过悼念活动。自那以后，都是父亲一个人去。

为什么今年润太特意回老家参加悼念活动呢？因为父亲腰部骨折，躺在医院里动弹不得。总之，是父亲要他作为代表去参加的。母亲把父亲的意愿转达给润太，润太老老实实地答应了。父亲原以为润太不会回来，润太出现在医院病房里的时候，父亲高兴得流出了眼泪。父亲老了——润太心里一阵悲凉。

市长讲话结束后是来宾致悼词，遇难者家属发言，献花。先是市长、来宾和遇难者家属代表献花，接下来是普通参加者献花。父亲嘱咐润太一定要献花。

润太从座位上站起来排队献花的时候，一位女士吸引了他的视线。

那位女士也在排队献花，秀丽且凛然的背影是那样熟悉。女士双手捧着鲜花，把花放在献花台上，双手合十默哀，然后离开。

润太看到了女士的侧脸。

"……科长？"

润太真想立刻跑到科长身边去。可是，即便跑过去，在这种地方又能说些什么呢？而且还发生过那种事……

吉井香织没有注意到润太的存在，献完花就走出了礼堂。

润太松了一口气，又觉得很遗憾，他怀着这样的心情去献花。

他把鲜花放在献花台上。

"泽田刚先生，您救了我父亲的命，我由衷地感谢您，您的大恩大德我永远不会忘记。"

润太在心里默念了自己的悼词后，忽然问了自己一个问题：如果我是泽田刚，能像他那样行动吗？十六岁的时候生泽田刚的气，说不定就是因为这个。自己做不到，自己输给了泽田刚，所以才会生他的气。

"泽田刚先生……我敬佩您的勇气！"

深深地鞠躬之后，润太走出礼堂。下了台阶穿过大厅，心想应该先去向父亲汇报。

"啊……对不起！"

润太差点撞到圆柱后面走出来的人。

"池边君？"

原来是吉井香织。

潇洒的长裙，时髦的手包，在远离职场的地方见面大概还是第一次。也许正是因为这个吧，跟平时的印象不太一样。走过三十四年人生道路的女性，有很强的存在感。

"科长也来参加悼念活动？"

润太说话的声调很高，显得有些不自然。

"我每年都要回来为母亲扫墓，但从来不参加这边的悼念活动。今天也不知道为什么，觉得应该参加，于是就过来了。池边君每年都来吗？"

"不是的，今天是替我父亲来的。"

润太简单地说明了一下情况，但没提泽田刚的事。

"你父亲不要紧吧？"

"没有生命危险。医生说出院以后经过康复治疗就能像以前那样走路了。"

"是嘛。让你父亲多保重。……那么，我们东京见。"

吉井香织简单寒暄了几句，就转身走了。但在混入人流之前，她又站住了。只见她仰起头看了一会儿天，又转向润太。在那个瞬间，润太感到一股气浪似的东西扩散开来，似乎跟迄今为止完全不同的人生就要开始了。

吉井香织回到润太的身边。

她明亮的眸子闪着强烈的光。

"那个……池边君。"

"啊。"

"我们到那边去，边走边谈怎么样？"

文化会馆附近有一座很大的公园，叫中央公园。虽然没有滑梯、秋千之类供孩子们游玩的设备，但有一个宽阔的草坪广场，还有围着小丘的供游人散步的小路。如果边走边谈，绝对是一个好去处。

润太小时候经常来这里玩，对他来说，这里是一个值得怀念的地方。现在，他就和吉井香织一起走在令人怀念的小路上。润太心想：对于吉井香织来说，这里可能也是一个令人怀念的地方吧。太阳光还很强烈，但小路两旁都有树木，并不会让人觉得非常炎热。

"关于那天晚上的事……"

"我没有跟任何人说过。"

"谢谢你。不过，我今天不是想说这个。"吉井香织说话的声音虽然不大，但非常坚定，"要不要跟你说，我一直在犹豫。可是，第一，早晚你也会知道；第二，就是不让你知道，你也会怀疑。而且，我并不打算辞掉这份工作。"

科长到底想说什么呢？

"这话我不会说第二遍，你要好好听着，绝对不许问我为什么。"

香织站住了。

润太也站住了。

"我怀上了你的孩子。"

香织盯着润太的眼睛。

"我要把他生下来。"

毅然决然的态度。

"我不会给你添麻烦的。在所里我不会对任何人说你是孩子的父亲，孩子由我负责抚养成人。不过，我觉得这事还是应该告诉你。你有知道这件事的权利。"

香织一口气说完上面那些话，深吸一口气，又慢慢吐出来。

"我要跟你说的话，就这些。"她笨拙地笑了笑，"对不起。"

科长为什么要道歉呢？

润太不知道说什么才好。

"我得走了，今天我必须返回东京。"

香织转身就走。

润太站在那里发愣。

若木佑要调走，四科全体职员为他开了一个欢送会。吃完晚饭又去酒吧喝了酒，然后就各回各家了。润太和吉井香织回家的方向一致，两人一起向车站走去。

前往车站的路上，收到了有害云块降下的警报。

那时路上人还不少，跑到地铁站去避难肯定来不及了。没办法，两人一起钻进了紧急避难箱。这种避难箱最多可以供六个人避难，可是那天晚上一下子进去了十个人。润太和香织的身体紧紧地挨在一起，等着低氧风暴过去。

但是，那天晚上的低氧风暴一直没有停止的意思。避难箱里的氧气浓度越来越低。紧急避难箱里没有制氧机，在超员的情况下，氧气消耗得很快。

润太第一次担心自己也许会死。

香织也脸色苍白，非常恐惧。她的脑海里一定在回放见和希市受灾的情景。润太握住了香织的手，香织也回握润太的手。幸运的是在紧急避难箱里的氧气被消耗完之前，低氧风暴过去了，外面空气里的氧气浓度渐渐恢复了。

"求求你……什么也不要问，跟我来。"

为什么她要那样做呢？润太不明白。只是偶然想那样了，还是极度的精神压力造成的呢？的确，那时候润太的心情就是：不管做点什么，只要能找到自己还活着的感觉就行。也许人在意识到自己马上就要死掉的时候，不管怎么都想得到一个自己还活着的证据。

润太和香织就像要向对方证明自己还活着似的，紧紧地拥抱在一起，疯狂地做爱。从酒店出来以后，香织对润太说了声"对不起"，然后叮嘱道：

"我这样说也许太自私了——今天这件事就当没有发生过。"

润太回过神来的时候，已经看不到香织的身影，太阳也不是正当头了。润太看到前面有一条脏兮兮的长凳，现在也顾不上那么多了，走过去就坐在了上面。

润太直到刚才都没有想过香织可能会怀孕。回想一下，当时确实没有使用避孕用具。对此自己应该负责任。那时候根本顾不上去想是否应该采取避孕措施。

"我……"

润太用双手蒙住了脸。自己的人生发生了根本性的转变，可是思想还跟不上。我不是在做梦吧？那天晚上的事，香织怀孕的事，都是在做梦，醒来以后就能像以前那样生活了……

"不对！"

老老实实地面对现实吧！

面对现实，向前走！

这才是我应该想的，应该做的。

那孩子是自己和香织的生命的继续，他很快就要来到这个世界上，来到这个正在走向灭亡的世界上，还要作为一个人活下去，担负起也许根本没有的未来……

润太抬起头站了起来。

掏出便携式电子设备 AKUFU，找到香织的名字。

就要按下通话键的时候，忽然停了下来。

犹豫再三，又把 AKUFU 放进了口袋里。

日暮西沉。

*

特快列车已经做好了发车的准备。刚才在站台上排队的旅客们已经上车，找到自己的座位坐了下来。可是，我还坐在站台的椅子上，想站却站不起来。

如果说自己对那天晚上的事情不感到羞耻，那是骗人的。不但感到羞耻，而且非常后悔。如果润太告我性骚扰，我无法反驳。那是刹那间的愚蠢行为。但是，为了不使自己精神失常，除了那样做以外，别无选择。

自己以前也有过几乎失去活着的感觉的时候，那时候还在上大学。考上大学之前，我为了向那些嘲笑母亲的浑蛋复仇，拼命地学习。因为有明确的目标，所以活得非常充实，一点都不觉得苦。人生的目标集中在考重点大学上，别的事情根本顾不上考虑。

从考上重点大学，站在目标上的时候起，现实感逐渐远去的烦恼一直伴随着我。自己真的存在于这个世界上吗？一切都是幻觉吧？这样的疑问一直萦绕在我的脑海里。

新月纪灾难那天，我目睹了死亡，亲身体验了死亡的预感带来的恐怖，并经历了母亲的死。但是，那些都是发生在现实世界的事情吗？躺在体育馆蓝色的塑料布上面的，不是母亲，而是我吧？我早就死了，只不过自己没有意识到吧？

颤抖的手掀开单子，看到的是自己死去的脸——我已经做过无数个这样的梦了。有了性经验以后，我一度觉得自己有了活着的感觉。但是，当我意识到为了得到这种感觉而开始的性行为，不但伤害自己，而且伤害对方以后，我就开始跟恋爱保持距离了。

从事现在这份工作的初衷，是想通过涉及跟菌落云相关的事情，克服母亲去世以来一直没有消除的恐惧心理，逐渐找到活着的感觉。事实上，走上社会以后，我觉得自己已经好了。但是，菌落云降下的遭遇，让我认识到自己的感觉是错误的。

迄今为止，我只经历过两次接到警报后避难的事情，巧的是这两次他都在我身边。我参加过多次避难训练，自认为一旦灾难来临就能够冷静地行动。但是，当菌落云真的降下来的时候，新月纪的记忆就复苏了，我的身体不住地颤抖，根本就控制不住。体育馆里并排摆放的尸体，掀开单子的时候母亲苍白的脸，沙梨奈的脸，还有我的脸……我拼命忍着，才没有叫出声来。

第一次遇到菌落云降下的时候，幸亏持续的时间不长，低氧风暴很快就过去了。但是第二次，低氧风暴肆虐的时间太过漫长，我甚至以为永远都不会停止。在那个没有制氧机的紧急避难箱里，幻觉让我以为自己变成了死尸并急速腐烂。那时候，现实与幻想的界限已经被打乱了，我需要某种东西把自己拉回现实世界中来，需要做一件事，用全身的细胞证明我还活着……

我做了一件对不起他的事。不过，那时候有他在我身边，真是太好了。他……他真好！

我终于回到了现实当中。可是现在，具有讽刺意味的是，沉重的现实要把我压碎了。肚子里的孩子，我要把他生下来，还要一个人把他养大。虽说这是自作自受，但这个残酷的事实，真的好可怕。

所以……

我在盼望着，盼望着不该盼望的……

我希望他在我的身边。

希望他一直在我的身边。

我只要他在我的身边，别的什么都不要。

发车铃声响了。

我站了起来。

我好像感觉到了什么，向那个方向转过脸去。

有一个人正顺着台阶跑下来。他跑得气喘吁吁，一边跑一边寻找什么，拼命地寻找。当他看到我的瞬间，眼睛里放射出明亮的光。

他跑过来了。

他朝我跑过来了。

发车的铃声还在不停地响。

我祈祷着。

一个劲儿地祈祷着。

万能的神啊！浮现在我眼前的，千万不要是幻觉啊！

*

润太听到了发车的铃声。

他顺着台阶往下跑，跑上了站台。列车的门还没关上，不知道
香织坐的是不是这趟车，但根据时间推算可能性很大。先上去再说！

就在这个瞬间，润太不由得屏住了呼吸。

站台上为数不多的几个旅客当中，有一位女士正在看着润太。

还没有来得及思想，润太的身体率先反应，他竭尽全力跑了过去。

"池边君！"

没有时间喘息，没有时间思考，必须把只有在这个瞬间才能说
出的话说出来。

这个瞬间不会再来第二次。

"我……"

润太拼命控制着就要爆发的情感，一口气说下去。

"我一直都很喜欢你，一直憧憬着和你在一起。不是把你作为上
司，而是把你作为一个女人。虽然我还是一个不值得依靠的男人，
但我会努力的，我会对你好的。我要和你在一起，和我们的孩子在
一起，我愿意一辈子陪伴在你的身边。你不用急着答应我，回东京
以后慢慢想，想好了再回答我。我等着你。"

发车铃声停了，列车已经慢慢远去。

＊

四科的办公室里完全沉默了。

根岸敦夫就像一条缺氧的金鱼，嘴巴一张一合。

青叶洋子就像冻僵了似的，一动不动。

今冈多吕的灵魂离开了他的肉体，不知飞到哪里去了。

永井连的眼神里有几分不知所措。

"结……结婚？"

青叶洋子尖叫起来。

"还有，"站在润太身边的香织用平时那种冷静的口气说道，"我从新年开始休产假。"

青叶洋子呆若木鸡，用颤抖的手指，指指润太，又指指香织。

"我的话说完了。"

香织坦然说道。

"我的话也说完了。"

润太把胸脯挺得老高。

6

气象监视厅决定发布特别警报

巨大的有害云块 C433E 正在接近日本，气象监视厅决定发布特别警报。这是第一次在还没有降下征兆的情况下发布警报。

若 C433E 降落到地表，将造成半径五百千米到六百千米的范围严重缺氧，持续时间最长的地区可能会超过二十四小时。

收到特别警报的国民，要留意上空菌落云的最新信息，减少不必要的外出，情况异常时，要迅速进入就近的建筑物内避难。

另外，由于紧急避难箱里没有制氧机，C433E 降落到地表时恐怕难以应付。除非万不得已，不要使用紧急避难箱。

第四章　C433E

1

"看样子今天晚上就有可能过来。"

田村早纪盯着平板电脑，小声嘟囔了一句。她已经卸了妆，皮肤倒是跟她三十八岁的年龄相应，但由于她的表情丰富，看上去还是要比实际年龄年轻。她穿一身淡灰色的居家服，很随便地半躺半坐在一张躺椅上。

"眼下在什么位置？"

吉井沙梨奈一边问，一边把喝干的啤酒罐放在茶几上。

"北纬 32.0 度，东经 139.35 度。六个小时后到达关东地区上空的可能性为 90%，预报说只是从上空通过而已。"

昨天下午一点三十，气象监视厅给关东地区到东海地区的居民发出了特别警报。巨大的菌落云 C433E 虽然还在太平洋上空，但随着时间推移，警报覆盖区域不断扩大，到达时间也在提前。目前警报的覆盖区域已经扩大到整个本州地区，以及四国地区和九州南部。

"小笠原群岛的天空也成了这个样子，你看！"

田村早纪把平板电脑的屏幕转向沙梨奈。

"真像是电影啊。"

电脑屏幕上播放着天空中布满黑红色乌云的映像，只看一眼就会吓得人心跳加快。C433E正从小笠原群岛上空通过，但特别警报还没有解除。

"这部电影会是怎样的结局呢？"

田村早纪恐怖地缩着肩膀。

为了提高和维持朗读技巧，上门朗读服务公司"为您朗读"会对职员定期进行辅导，老板田村早纪亲自授课。特别警报发布的时候，沙梨奈正好在接受辅导。

关于从赤道带产生的巨大菌落云，气象监视厅十天前就发布了最新观测信息。那时候还不知道这块巨大的菌落云向哪个方向移动。后来确认其将接近日本列岛，才决定发出特别警报，在日本全国引起了骚动。

最大的问题是无法预测C433E降落到地表时，空气中的缺氧状态到底会持续多久。连气象监视厅内部的意见都不一致，有人认为会持续一个小时，有人认为会持续七十二小时，得等到降落下来才能做出判断。不用说紧急避难箱，就连正式避难所里的供氧设备，连续运转时间最长也就是二十四小时，当初设计的时候没有考虑过连续运转好几天的问题。如果低氧状态持续二十四小时以上，就算是在正式避难所避难，也免不了因缺氧而死亡。

而且，菌落云降下时产生的风暴也会带来巨大灾难。这块菌落云是超大型的，伴随着长时间的暴风，也不排除产生飓风的可能性。

田村早纪理解事态的严重性，因此暂停了上门朗读服务，等特别警报解除再说。可以说很早就下了决断。

"吉井小姐打算怎么做？"

"储备好食品，蹲在家里不出门。"

"家里有制氧机吗？"

C433E 成为人们议论的话题之后，沙梨奈也考虑过买一台制氧机，但为时已晚。几乎所有网上商店的制氧机都卖光了，偶然查到一两件也贵得惊人，完全超出了沙梨奈的经济能力。

　　"如果你愿意，就来我家住吧。"

　　"住您家？"

　　"我家虽然不大，但有一台家庭用制氧机。万一菌落云降下来，生存下去的可能性应该比你那里大一些吧。"

　　"可是，如果多一个人，您能使用的氧气就会减少一半啊。"

　　"说老实话，在那种时候，一个人在家里是很可怕的。要是两个人在一起，不但可以互相壮胆，还可以互相有个照应。"

　　就这样，沙梨奈带着洗漱用具和换洗衣服等物什，住进了田村早纪家。两个人年龄差不多，所以有很多共同的话题。田村早纪虽然结过一次婚，但没有孩子，现在跟沙梨奈一样，也是单身。

　　吃着田村早纪亲手做的家常菜，聊着两个人都感兴趣的话题，吃完晚饭洗个澡，沙梨奈觉得特别舒服，加上喝了点啤酒，就更放松了。

　　"我觉得那一天就要来了。"

　　田村早纪把手上的平板电脑放在一旁，拿起啤酒罐喝了一口啤酒。

　　"那一天？"

　　"对呀，世界灭亡的那一天。"

　　"不是说，我们这一代还不要紧吗？"

　　"听别人这样说就能得到安慰？"

　　田村早纪有点醉了，眼睛周围泛着红晕。

　　"人类就这样灭亡之后，再过几百万年，几千万年，肯定还会诞生有智能的新生命体。新生命体诞生了，能看到人类留下的痕迹吗？"

　　"一定会有什么留到那时候吧，就像我们现在能看到的化石。"

　　"我觉得呀，会以某种形式，留下一个又一个的故事。"

"故事？"

"不是伟大的历史文献或高尚的文学作品，而是记录我们愉快的日常生活的故事。形式嘛，恋爱小说、历史小说、推理小说、奇幻小说、科幻小说、黄色小说……都可以。可以采取各种各样的技术，据说如果利用石英玻璃作为记忆媒体，超过 1 亿年都不会劣化。"

"1 亿年……晕！"

"新生命体如果能解读出来，就能知道我们每天是怎么生活的，还能理解我们的精神世界，了解我们想过什么，追求过什么，为了什么欢喜过，为了什么愤怒过，为了什么悲伤过，为了什么快乐过……现在我们为顾客朗读的故事，1 亿年以后诞生的新生命体读后也一定会感动的。一想到那个场面，你不觉得很兴奋吗？"

田村早纪的脸上浮现出无力的笑容。

"我呀，常有这种离奇的想法，不这样想啊，就觉得难受。不管怎么说呀，我还是希望人类能想方设法存在下去。"

田村早纪说着说着，就变成了自言自语的口气。

"生活在这个没有未来的世界上，如果只为了自己活着，也可以很快乐。但是，如果没有人生目标，就会觉得很没意思。自己应该知道自己有多大分量。"

"您说得很对。"

"不只为了自己，还应该努力为别人做点什么。一想到这个呀，就会从心底涌上来一股从来没有过的力量，你说是不是这样？"

"我能理解您的意思。"

"啊……我应该为了什么而活着呢？"

"您创办的这家公司，非常受顾客欢迎呢。"

"我指的不是这个。不过，听你这么说，我很高兴。谢谢你！"

"不不不，看您说的……"

"吉井小姐，你想过人为了什么活着吗？"

沙梨奈想了想。

　　"年轻的时候，有一个时期是为了我妹妹活着。不过，现在回想起来，那也许只是为自己找了个活下来的理由。"

　　"为自己……找理由？"

　　"或者可以说是陶醉于自己勇敢地尽到了当姐姐的责任吧。我觉得我从来没有面对人生的勇气。"

　　"现在你就有面对人生的勇气啊。"

　　"这我还不敢说，不过，那种把自己逼进死胡同的痛苦倒是没有了。"

　　"肯定没有嘛。吉井小姐又恬静又温和。"

　　谈到这里，沙梨奈忽然想顽皮一下。

　　"可是，我想过自杀，喝过氰化钾。"

　　"真的吗？"

　　"上高中的时候，我还打算跳楼自杀，结果没跳下去，算是自杀未遂吧。"

　　"……没想到你还有如此波澜壮阔的人生。"

　　"可不是嘛。自己说出来，真不好意思。"沙梨奈轻轻笑了一下。

　　"你怎么还笑了？"

　　"啊，我已经把自己自杀的事当笑话看了。"

　　"原来如此！"田村早纪好像觉得什么晃眼似的眯起眼睛，"喂，我问你一件私密的事情，可以吗？"

　　"什么事啊？"

　　"你要是不想回答，就直接说不想回答，不要客气。"

　　沙梨奈点了点头。

　　"你怀过孕吗？"

　　"……没有。"

　　"有没有想过生一个孩子？"

"也不是根本没想过，只是……只是没有过那样的机会。"

"是吗……"

"您怎么想起问这个来了？"

"我都到了这个年龄，还没有怀过孕呢。"田村早纪说话的声音里充满了寂寥，"跟我老公离婚的原因，就是在要不要孩子的问题上意见不一致。"

"您老公不想要孩子？"

"不是的。我老公想要，我有点犹豫。"

沙梨奈用不解的目光看着田村早纪。

"这还用说吗？赶上这样一个时代……"

沙梨奈不由得"啊"了一声。

"怎么了？"

"我妹妹也说过同样的话。赶上这样一个时代……"

沙梨奈把香织意外怀孕的事告诉了田村早纪。

"你妹妹打算怎么办？"

"她打算把孩子生下来。幸运的是，那个男的也支持她。"

目前，香织已经跟池边润太订婚并同居了。两个人工作都特别忙。关于 C433E 的谣言泛滥成灾，为了应对那些谣言，香织领导的四科忙得四脚朝天。池边润太一再提醒她怀孕还没有进入安定期，不能太勉强了，但香织那脾气根本不听人劝。沙梨奈第一次见池边润太的时候，千叮咛万嘱咐他照顾好香织。润太肯定在心里抱怨：这个大姨子，婆婆妈妈的，真啰唆。

"你妹妹真棒！战胜了这个时代谁都会有的不安感，说明她是一个相信未来的坚强的人。我要是也能像你妹妹那样就好了。"

田村早纪的话里带着明显的后悔之意。

"您想要孩子？"

"怎么说呢……"田村早纪低下头，内心好像很迷茫，"事到如今，忽然又想要孩子了。真想问自己：为什么时至今日才想要孩子呢？"

"现在也不晚呀。"

"不晚是不晚，但跟谁生啊？"

"您前夫呢？再婚了？"

"恐怕已经再婚了吧。他是因为想要孩子才跟我离婚的嘛。"

"联系他一下怎么样？说不定他还单着呢。"

"他要是还单着，就能复婚？"

"如果在要孩子这一点上达成了一致，就没有不在一起的理由了嘛！"

"那倒也是……"

田村早纪沉默了数秒之后，就好像从烦恼中解脱了似的笑了。

"好！等活过了今晚再考虑这件事！"

*

已经晚上十点多了，池边润太和四科的职员们还一个都没回家。今天他们从一大早就盯着电脑屏幕，不停地敲击着键盘，对付随着C433E 的接近而散布在网上的谣言。

都有些什么样的谣言呢——

"媒体还没有报道，C433E 已经有一部分落在了小笠原群岛，岛上居民全部死亡。东京也逃不脱同样的命运。想活命的话现在就去避难所吧！赶快逃命啊！"

"C433E 就算降下来，也会被山脉挡住，所以日本海一侧是安全的。至于太平洋一侧嘛，很遗憾，两个字：毁灭！"

"田渊首相已经逃到国外去了？是真的吗？竟有这样的国家领导人，真让人不敢相信！"

"现在卖的制氧机根本不能制氧，都是假货！绝对不要用！用了必死无疑！"

"听我朋友说，C433E 是美国秘密研制的气象武器。我那个朋友认识 CIA（美国中央情报局）的人，肯定是从 CIA 得到的信息。还用得着去核对吗？在现在这个世界，这是常识。"

……

当然，菌落云并没有在小笠原群岛降下，居民也没有死亡。田渊首相一直在官邸的菌落云对策办公室里，各位大臣也都在坚守岗位。市场上销售的制氧机一直由质检部门负责检验，即便有氧气浓度不够标准的劣质品，也是极少数。所谓气象武器之说就更不值一驳了，特意发文辟谣，反而显得自己太傻。

但在目前的情况下，民众很容易陷入极度恐慌。平时可以置之不理的谣言，现在却要拿出证据指出其错在哪里，发出正确的信息进行中和。这样的工作不是做一次就完了，而是需要反反复复地做。

池边润太他们看了一眼科长的办公桌。

吉井香织紧盯着电脑屏幕，眼睛里布满血丝。谣言每时每刻都在互联网上传播，四科要随时追踪，及时应对。谣言爆炸性地扩散的时候，需要统筹全科的力量。随机应变地发出指令的是科长香织。昨天晚上，有害云块对策部召开的紧急会议开了很长时间，香织都没能回家，在办公室的沙发上将就了半宿，肯定没睡好。

润太突然猛地吐了一口气，站起身来，大步地走到科长的办公桌前，面对香织站在了那里。

香织从电脑屏幕上抬起头来，不仅眼睛是红的，眼圈也是黑的。

"有事吗？"

"科长，你该休息了，今天就到这儿吧。"

香织对润太的话一点兴趣都没有，视线重新落在电脑屏幕上。

"我说过的话你应该记得吧？不能把个人感情带到办公室里来。回去继续工作吧！"

润太弯下身子靠近香织的脸："你不是普通的身体啊。"

"我自己的身体我自己最清楚！现在的首要任务是，C433E 就要来到关东地区上空，我不能在这个节骨眼上离开！"

"C433E 的事今天晚上不可能了结，也许会持续很长时间。像你这样拼命，万一病倒了，会影响整个四科的工作。请你冷静一点！"

"我很冷静。"

"你得爱护一下自己的身体。肚子里的孩子万一有个三长两短……"

"太夸张了！"

"别这么任性好不好？如果造成不可挽回的后果，悔之晚矣！"

香织把双手放在桌子上，抬起头来看着润太。

"润太，你也太执拗了吧？"

"是你太固执了！"

这回香织真生气了，瞪着润太不再说话。

润太控制着自己的情绪，耐心地对香织说道："姐姐曾严厉地对我说，千万要把你照顾好。就算我求你了还不行吗？今天就别再坚持了，回家休息吧。"

"对不起……我说两句行吗？我知道在这种时候我站出来说话属于多管闲事……"

润太回头一看，是科长助理根岸敦夫站了起来，青叶洋子、今冈多吕和永井连也都转过来看着这边。

"我们最不希望发生的事情，就是科长病倒。不会休息就不会工作，今天科长就先回家休息吧，剩下的工作就交给我们来做。请相信你的部下，我代表大伙郑重地向科长提出请求。"

根岸敦夫说完深深地向香织鞠躬，另外三个人也都站起来深深鞠躬。

"你们……"

润太被大家突如其来的请求感动了。

香织也被感动了，眼睛里闪过一丝犹豫的光之后，诚恳地对大家说：

"我知道了。恭敬不如从命，那我就听大家的，谢谢你们！"

根岸他们松了一口气，脸上露出微笑。

"但是，如果发生紧急情况，一定要及时跟我联系。"

"科长就放心吧！"

香织很快做好回家的准备，走出了办公室。

"啊，我也出去一下。"

润太紧跟在香织身后。

"我没问题的，你赶快回去工作吧。"

香织的声音在颤抖，好像马上就要哭出声来了。

润太默默地走在香织身边。

办公楼内跟白天一样，几乎所有人都在工作。大概有很多人昨天就没有回家。

两个人上了电梯。

"回家的时候一定要坐出租车，绝对不能在外面走。谁也不知道菌落云什么时候降下来。"

"……嗯。"

"吃点好吃的，睡到明天中午再起来。"

……

"还有……刚才我说话声音太大了，对不起。"

香织没有反应。

润太偷偷地看了看香织的侧脸，发现她面颊的肌肉僵硬。

"……你生气了？"

香织摇了摇头。

"对不起，让你担心了……我觉得我的精神状态不太好……"

"那也不奇怪，状况这么坏……"

"坏是坏……不过……我觉得自己很可怜。"

泪水盈满了香织的眼眶，她闭紧了嘴巴。

电梯到了地下一层。这里的停车场一般都停着无人驾驶出租车，但也有一辆都没有的时候。幸运的是今天有三辆。

人一靠近，感应自动车门就开了。

"路上小心。"香织回过头，把手轻轻放在润太的脸上，轻轻吻了一下他的嘴唇，"工作就拜托给你们了。"

"放心吧。"

"谢谢你润太，真的。"

香织勉强笑了笑，上了出租车。车门自动关上，车子慢慢启动了。润太看着香织乘坐的出租车爬上出口的斜坡，消失在视野中，深吸一口气，用右拳在左掌上使劲儿地打了一下。

"太好了！"

急急忙忙回到四科，刚进门，根岸敦夫、青叶洋子、今冈多吕就一齐回过头来，注视着润太，还都咧嘴笑着。

润太不由得倒退了一步。

"你们怎么了？干吗这样看着我？看得人家好难受。"

"怎么都不——怎——么！"

四个人爽朗地笑了，然后转向自己的办公桌，盯着电脑屏幕继续工作。

*

香织舒舒服服地坐在无人驾驶出租车的座椅上，慢慢闭上了眼睛。睡魔很快就把她吸住，她觉得自己就要飘起来了。不好！要是睡着了，几个小时都醒不过来。香织赶紧用双手轻轻拍了拍自己的脸。

夜晚的大街上几乎没有人。偶然看到一个，也是一边注意着天空的样子，一边急匆匆地赶路。C433E 跟一般的菌落云不一样，降下时很可能来不及预报。关于这一点，气象监视厅已经反复警告过了。C433E 的厚度达六千多米，人工卫星根本捕捉不到其内部温度的变化。就算眼下没有降下的征兆，如果感应器感应不到的部分温度降低，突然降下的可能性也不是没有，特别是晚上根本看不到上空的样子。如果像以前那样，感觉到奇怪的风再避难，就来不及了。

新月纪发生的菌落云灾难，好像是很久以前的事情了。不管怎么说也已经过去了十九年。自己变了，沙梨奈也变了，更主要的是，世界变了。

今后的形势会更加严峻，令人绝望的灾难也会不断发生。为了能把人类灭亡的时间往后推一点，为了能让人类生存的时间长一点，必须一件事一件事地认真应对。

"一定要坚强起来……"

香织下意识地把手放在了腹部。

*

有害云块速报 C433E 到达日本本州岛上空

根据气象监视厅最新发布的信息，今天凌晨二时十四分，巨大有害云块 C433E 的北端已经到达伊豆半岛上空。

C433E 已经发展成东西宽 50 千米，南北长 120 千米，正以非常缓慢的速度北上。此后，从关东到东海这一广大区域，将被 C433E 长时间覆盖。

气象监视厅尚未观测到 C433E 降下的征兆，但认为有必要继续以最高警戒级别监视。

另外，未被 C433E 覆盖的地区，也有可能受到其降下时产生的低氧风暴影响。气象监视厅提醒广大民众一定要提高警惕，千万不能疏忽大意。

*

黑暗中躺在床上的吉井沙梨奈忽然醒来，发现自己只穿着内衣，旁边熟睡的田村早纪也只穿着内衣。自己的睡衣和田村早纪的居家服都叠好放在榻榻米上。昨天晚上的事情记不清了。头有点疼，说明喝了不少啤酒。

"管它呢……"

沙梨奈不再回忆昨晚到底发生了哪些事。

为了不把田村早纪惊醒，沙梨奈蹑手蹑脚地下床，穿上睡衣，走出卧室。穿过黑暗的走廊，来到厨房，拿起杯子接了一杯净水器里的水喝下去。打开客厅的灯，看见桌子上摆满了空啤酒罐和空葡萄酒瓶，还有很多吃剩下的点心和坚果，椅子也乱七八糟的。沙梨奈心想：早上起床再收拾吧。想到这里不由得抬头看了看墙上的挂钟。啊？

已经上午八点多了，早应该天亮了呀，可是客厅东面的窗户一点亮色都没有。米色的窗帘透进来的，是下暴雨时那种黑压压的天色。但听不到一点雨声，周围异常寂静，让人毛骨悚然。

沙梨奈感到恐惧，心脏狂跳起来，但她还是走到窗前，拉开了窗帘。

*

"对不起，我睡过了……啊？"

润太急急忙忙地从休息室里跑出来，回到办公室一看，只见根岸、青叶、今冈和永井四人正并排站在黑洞洞的窗前往外看。

"你们干什么呢？看夜景呢？"

"夜景？"

根岸保持着双手叉腰的姿势转过身："你看看现在几点了？"

"几点了？八点半……"

润太话没说完就理解了眼前的状况，急忙跑到窗前往外看。

看着外面天空的样子，润太说不出话来。

"看到这样的天，真叫人心碎呀。"

青叶洋子小声嘟囔道。

*

香织的双腿在颤抖，不是因为刚才的洗澡水太凉。

窗外的城市沉入了被染上红色的黑暗之中。覆盖在城市上空的，是一望无际的黑红色的云。黑乎乎的云层底部垂下来很多毛细血管似的红线。太阳早就升起来了，可是一丝光线也透不过来。

"这就是……C433E 吗？"

香织在电脑上多次看到过 C433E，但这块巨大的不吉利的菌落云出现在头顶的时候，还是有一种被压垮的恐怖感。沙梨奈说，她喝了氰化钾昏迷时，在梦中见到的就是这样的景象。当时香织还安慰她，我们这一代人不会看到那样的景象的。

*

"无人机四架，已经全部到达指定位置。准备完毕！"

副部长神田对弓寺修平说道。

在气象监视厅综合研究所的操作室，有害云块研究部将进行特别观测。所有监视器画面的左半边，显示的都是 C433E 的立体透视

147

图。用绿色细线圈起来的C433E上方，有从1到4的四个数字在闪亮。监视器画面的右半边被分成四块，每一块显示的都是直播，都标明了编号。现在，所有画面都是深红色的，都是从上空拍摄的C433E的实际映像。

"好！一号无人机，冲进去！"

监视器画面上闪烁的"1"停止闪亮，移动起来，表示一号无人机接近了C433E。无人机拍摄的画面开始显示其上部表面的样子。红色海浪般慢慢翻滚的菌落云非常清晰。

"跟迄今为止出现的菌落云不一样啊。"

弓寺修平盯着自己那台监视器画面，声音僵硬。

"没有以前常见的那种尖锐的凹凸。跟在赤道带的样子也不一样。"

盯着旁边另一台监视器的神田附和道。

监视器画面上的映像剧烈摇晃起来，一号无人机从C433E上部中央冲了进去，继续潜入其内部。

"还有十秒钟到达投放高度。十、九、八、七……"

一号无人机的操纵员开始倒计时。

弓寺修平屏住呼吸，凝视着监视器画面。

"……二、一，投放观测球！"

画面"1"散开了火焰般红色的亮点，一共二十四个观测球。红色亮点向四面八方散开，各自开始了螺旋形运动。运动复杂而富有变化，但绝不是没有规律。

"这……这是什么呀？"

观测球是为了观测菌落云而开发研制的白色球体，直径三十五毫米，根据其形状，也有人叫它们乒乓球。材料虽然是金属，但球体上有无数真空的小孔，所以很轻。内藏的感应器不但可以测定菌落云的温度、湿度、气压，还可以根据位置的变动测定菌落云内部气流的速度和流动的方向。观测球传回来的大量数据经过人工智能系统处理，探测结果可以立刻出现在监视器画面上。

"这也和赤道带完全不一样。难道不是菌落云，而是其他种类的云？"

"绝对不能大意！先收集数据，然后仔细研究。"

"……好的。"

"二号无人机，出发！"

*

请看！这就是现在东京的上空！阴森恐怖的菌落云笼罩着东京。仔细看会发现，菌落云表面有一层红色的东西。巨大的菌落云正以非常缓慢的速度向北移动。

接下来让我们看看笼罩在菌落云下面的首都吧。现在是上午十一点二十分，但一点阳光都没有，光线比日落后还要暗，而且所有建筑物都被染上了红色，给人非常不吉利的印象。

从建筑物窗户透出的灯光约有平时夜间的六成，车流量不到平时的一半。路上的车都开着大灯，几乎没有在外面行走的人。我们报道组为了防止意外发生，现在都背着空气呼吸器现场直播。

整理一下到目前为止得到的信息。地铁、公交车等公共交通工具还在正常运行，但东京将近一半的企业要求员工待在家里，大学、中小学、幼儿园一律停课。

与此同时，一些年轻人聚集在公园唱歌跳舞，高声喧哗，引起周围住户的不满并报警。警察前去制止，年轻人却满不在乎地说，还能活几天啊，不趁现在快活快活，死了多冤哪！

湾岸地区还出现一个裸奔的男人。男人一丝不挂，一边奔跑，一边大喊大叫，目前已被警察带走。类似的情况各地都有发生，它们与巨大的菌落云 C433E 是否相关还不能明确，但社会心理学家古野敦子教授指出：被从未经历的异样气氛包围时，人可能会出现一般情况下绝不会有的行为。希望引起大家注意。

另外，根据气象监视厅的判断，C433E还是没有降下的征兆，但情况也有发生急剧变化的可能，因此特别警报不但不能解除，还要维持最高级别的警戒。

需要提醒大家的有以下几点。第一，如果在室外遇到C433E降下，或者感觉有可能降下的时候，要马上进入建筑物内避难。第二，要尽量选择空间大、密闭性好的建筑物。第三，紧急避难箱虽然不适于长时间避难，但是在附近没有适当的避难所的时候，也不要犹豫。第四，闻到腐败的臭味时，要尽量憋住气不呼吸。第五，居家时，平时要经常开窗换气，保持房间内空气新鲜，氧气充足。第六，建筑物里一直运转的换气设备，如果不会在室外氧气浓度降低时自动关闭，一定要手动关闭，并关闭进气口。第七，自己家的房子如果密封不好，要去指定的避难所避难。以上七点请大家务必互相转告。

再重复一遍。根据气象监视厅的判断，C433E还是没有降下的征兆……啊，现在得到了新的消息。中区发生了火灾，有目击者称不止一座建筑物起火，还有……什么……好的……中区的火灾，好像是因为发生了小规模的暴动。详细情况还不清楚。等前方发过来最新信息，再向各位观众报告。

2

到达本州岛的C433E继续向北移动了一段距离，开始转向东北方向，进入太平洋。现在位于北纬40.5度，东经147.46度的公海上，依然保持着原来的规模。特别警报已经完全解除，没有观测到有害云块下降的情况。

利用无人机和观测球得到的数据已经解析完毕，今天要在内务省国土保全局有害云块对策部的会议上向与会者报告。报告人是气象监视厅综合研究所有害云块研究部部长弓寺修平。

"也就是说，C433E以后既不会降下，也不会消失，是这样吗？"

提问的是立肋源三的继任者桐生胜人。今年才三十九岁，年轻有为。他以前一直担任一科的科长，从今年起担任有害云块对策部部长。他脑子聪明，身材魁梧，上帝似乎把最优秀的品质都放在了他一个人身上，简直就是把精英具象化的标本。

弓寺修平答道："这还不能断言。但我认为，C433E今后继续飘浮在地球上空的可能性是很大的。而且，这是我们的推测中最坏的情况。"

"最坏的情况，是什么意思？"

桐生部长用不含任何感情的口气问。

"我们得到的数据明确显示，具有永久存在性质的C433E是菌落云进化而成的。这样的话，以后赤道带还会产生C433E这样的菌落云。厚达六千米，包含色素的巨大云块如果持续出现在天空，太阳光就照射不到地表。这一块不消失，赤道带还会不断产生新的，最终进化型的菌落云将覆盖整个地球。地球的热量收支平衡被打破，海流、气流全都改变，气候就会发生急剧的变化。地球恐怕就会变得异常寒冷。太阳光进一步减弱，光合作用受到阻碍，氧气浓度当然会进一步降低。农作物产量将会减少，世界性粮荒将无法避免。我们必须重新考虑对策，留给人类的时间绝对没有二百年！"

说到这里，弓寺修平环视会议室。

"这就是我说最坏的情况的理由。"

3

C433E从头顶上过去三个月了。吉井沙梨奈可以感觉到，自那以后街上人们的表情变了。虽然那变化就好像在水渠里滴入一滴墨汁，是用肉眼捕捉不到的细微变化。

"刚才这段，感情投入有点过了。"

田村早纪正在对吉井沙梨奈的朗读技巧进行辅导。

每个月的这一天，吉井沙梨奈都要接受一次田村早纪的朗读技巧辅导。上门朗读服务不只是小说，还有诗歌、纪实文学，有时甚至有古文和汉诗。就小说而言，类别不同，朗读的方法也不相同。对沙梨奈来说，这都是掌握基本功后向她提出的更高要求。朗读是一门很深奥的艺术。

"这种作品，控制着感情朗读，效果反而会更好。你再读一遍。"

辅导一小时就结束了。不但不交辅导费，工资还照发。辅导结束后，两人喝茶、吃点心、聊天。话题从工作和生活上的苦恼，到看完某部电影的感想，文艺界的闲话无所不谈。对田村早纪来说，辅导员工固然重要，但跟员工一对一地交谈更重要。

"沙梨奈，有一件事向你报告。"

田村早纪端起咖啡送到嘴边，轻松地说道。今天的点心是法式栗子蛋糕，说是在一家评价很高的点心铺买的。

"啊，莫非是……"

沙梨奈用叉子叉起一小块蛋糕送进嘴里，栗子的香味立刻在嘴里散发开来。

"是的，跟前夫见面了。这种蛋糕好吃吧？"

说着，田村早纪用叉子叉了一大块，送进嘴里大嚼起来。

"好吃，特别好吃！"

田村早纪笑了。

"怎么样？您前夫有变化吗？"

"没有，还一个人过呢。这下我放心了。"

上个月接受辅导的时候，沙梨奈听田村早纪说，前夫离婚后再婚过一次，但跟那个女的过不到一起，又离了，后来一直单身。

"这么说，你们又可以在一起了？"

"大概吧。"

"太好了！恭喜恭喜！这下可以要孩子了。"

沙梨奈是故意用这种轻松的口气说的，但是看到田村早纪没有什么反应，就赶紧收起笑容，认真地道歉。

"对不起，我说话太随便了。"

"没有没有，我并没有怪你呀。"

田村早纪说着又叉了一块蛋糕送进嘴里。

"您是不是又犹豫了？"

"是的。不过……"

"人类灭亡，看来比预想的要早。"

沙梨奈的心情沉重起来，连她自己都感到意外。她看着田村早纪的脸，不再说话。C433E 后遗症，已经影响到这里了。

"像我们这样的庶民百姓，恐怕进不了密闭城邦吧。"

两个月以前，政府决定密闭城邦的建设计划大幅度提前。本来是为了减轻民众的不安情绪，没想到适得其反，成了形势极为严重的佐证，结果是人心惶惶。

而且，能够住进密闭城邦的只有少数人，这就必然会发生遴选，残酷的事实把人们正常的判断力完全扭曲了。

必须接受的残酷现实使人们郁闷得发疯。郁闷终于转化为憎恨，憎恨的是那个建设密闭城邦的计划。如果只能有少数人活下去，还不如大家一起死——这种主张获得了民众，尤其是中老年民众的广泛支持。

"如果是那样的话，就让我们这一代当地球上最后一代人类吧。看来以后不管付出多大的努力，情况也不会变好。干吗还要生一个只能给自己带来悲伤的小家伙呢？你说是不是这么个道理。"

一位有识之士对当前的舆论感到担忧和恐惧，他发出警告说，迄今为止的人类社会不仅会因为宗教、人种、国家而分裂，同一个社会里还会由于统治阶级和被统治阶级、富有者和贫穷者造成分裂。但是，比起上述原因造成的分裂，以后的人类社会发生的分裂将是前所未有的。拥有生存可能的人们与失去生存可能的人们之间，就是这种前所未有的分裂。最大的问题是，拥有希望的人们蔑视绝望，而被绝望夺去心智的人们却憎恨希望。最后将会导致人类互相敌视，互相残杀。这就是我们将迎来的时代。

"这是你们俩商量的结果吗？"

"可以说是吧。"

"可是，您不是还在犹豫吗？"

"什么？"

"刚才您就是这样说的呀。"

"我那样说来着吗？"

田村早纪瞪大了眼睛，表情随即缓和下来。

"……的确，也可以说还没有完全放弃。"

虽说承认了，但承认得不是很痛快。

"以前，您前夫说过想要孩子，对吧？"

"说过是说过，现在情况变了嘛。"

田村早纪耸了耸肩，意思是：没办法呀。

"如果是沙梨奈你呢？你怎么办？"田村早纪反问，"现在这种情况，你要是有生孩子的机会，你会生吗？"

沙梨奈想了一会儿才回答。

"我嘛……我从来就没有过想生孩子的愿望。"

"是这样啊。"

"也许是因为我有个妹妹。"

田村早纪歪着头，想听沙梨奈继续说下去。

"我现在虽然不像以前那样，仅仅是为了妹妹活着，但有她在，

154

我在精神上就特别轻松。我不想让她感到压力，不过这种话我从来没有对她说过。"

"你说的这些话，我大体上能理解。不过，我的情况跟你还不太一样。"

"有什么不一样？"

"我想体会一下，让一个新生命诞生到这个世界上，是怎样一种工作。"

"工作？"

这话倒是像田村早纪说的，但沙梨奈还是不由自主地用疑问的语气重复了一遍"工作"这两个字。

"我认为，生孩子是人的身体完成的一项最伟大的工作，是赌上性命做的工作。"

田村早纪用慷慨激昂的口吻说起来。

"如果我的身体具备那样的能力，我想要用用看。我想把一切用尽了再去死。如果不这样做，我绝对会后悔的！"

说完，她使劲儿呼出一口气。

"真有意思。"

田村早纪愉快地看着沙梨奈的脸。

"跟沙梨奈这么一聊啊，我又想生孩子了！"

4

"怎么办？"

太田奈保子医生拿着超声波检测仪的手一边来回移动一边问。检测仪就像一把涂鸦的大毛刷，在吉井香织隆起的肚子上抹来抹去。

"想知道是男孩还是女孩吗？"

"已经能看出来啦？"

躺在诊察台上的香织激动地问。

"错不了，我敢肯定。"

香织看了旁边的润太一眼，润太点了点头。两人在家里已经商量好了，为了给孩子取一个好名字，最好早点知道是男孩还是女孩。润太把这些想法告诉了太田医生。

"那我就告诉你们。做好准备了吗？"

"做好了！"香织和润太齐声回答。

"是个男孩！"

香织笑了。那是润太见过的香织最美的笑容。泪水盈满了润太的眼眶。

"胎动力量很大，我早就觉得是个男孩了。"香织说道。

今天是第三次定期检查。妊娠进入第七个月，腹部明显膨大起来，仿佛就要从体内渗出来。母体发挥了事先预备好的功能，为最后的生产做着切实的准备。

香织感慨万端。

"男孩子呀，得给他想个好名字。"

"……嗯！"

"咦？润太，你哭了？"

"一想到孩子在你的身体里健康地成长，不知为什么，就很感动……"

"哎哟哎哟，真是个爱哭的爸爸。"太田医生跟润太开了个玩笑，然后温和地看着香织说，"爱动感情不是坏事，不过呢，你要好好'调教'他，让他成长为一个坚强的好爸爸。"

两人在离家三十分钟车程之内寻找产科医院，最后选中了太田产科诊所。候诊室和诊察室都让人感到温暖，医生和护士也很热情，香织立刻就喜欢上了这里。

"刚才的血液检查也未见异常，但还是不能大意。以后孕妇内脏的负担会很重，在控制体重方面要加倍注意。如果发生出血或腹痛现象，要立刻跟我联系，不管什么时间，千万不要客气。还有，这位爱哭的爸爸……"

太田医生直视着润太。

"要成为他们母子的坚强后盾。"

走出产科诊所，沐浴在晚秋的阳光下，令人神清气爽。抬头看看天上，没有一块菌落云。眼下应该没有什么危险。

"今天咱们走着回家吧。"

香织深吸了一口气，提议道。

"不冷吗？风挺凉的。"

"不要紧的。医生说了，要尽量活动身体，不能老躺着、坐着。"

"我担心你活动太多了。"

"那时候再请润太帮我。"

润太苦笑了一下。

"真拿你没办法。好吧，慢慢走啊。"

最近润太见过香织呼吸困难的样子。这种情况太田医生解释过了。因为胎儿越来越大，压迫了内脏，并且胎儿也需要大量的氧气。母体运动量加大就会感到呼吸困难。女人生孩子，真是一个赌上性命的工作。不是夸张，就是字面上的意思。不管多么难受，工作永远放在第一位——香织就是这个脾气。如果香织能把全副精力放在生孩子上，润太愿意向她鞠躬，不，下跪也行。

"香织，你可真厉害！"

"我哪里厉害了？"

香织转过头来，微笑着看着润太问道。润太又被香织的笑容感动了，再次热泪盈眶。

"什么都厉害。"

大街上静悄悄的。机动车道上的汽车倒是一辆接着一辆，走在便道上的人很少，沿路的咖啡馆里有人悠闲地喝着下午茶。微风吹动路边的树木，树叶发出沙沙的声响。

　　"这样肩并肩地走在一起，让我想起了那天的事。那天跟今天不一样，很热。"

　　"啊，参加完悼念仪式，在见和希的中央公园？"

　　那天，润太听香织说她怀孕了，而且孩子是他的，他觉得周围的世界一下子全变了。不安和困惑，搅得他头都晕了。但是他知道，香织的不安和困惑，比他要严重好多倍。

　　"看到润太追进车站的身影的时候，我还以为是幻觉呢。"

　　润太有点不好意思。

　　"其实，那天的事，我都不记得了。"

　　"咦？不记得了？"

　　"我一心只想着把心里话告诉香织，拼了命地往车站跑，别的什么都没想。"

　　"对了，你忘了向我求婚了吧？"

　　"对不起……"

　　香织用难以置信的眼神看着润太。

　　"我可是一字一句记得清清楚楚。我给你背诵一遍吧。"

　　"你饶了我吧。"

　　"你可真是的，怎么把这么重要的事情给忘……哎哟！"

　　香织突然停下脚步，双手捂住了肚子。

　　"胎动？"

　　"儿子狠狠地踢了我一脚，他还从来没这么重地踢过我呢。"

　　"这么说，儿子已经有听觉了？"

　　"大概听见咱俩刚才的对话了。"

　　"真盼着儿子早点出生，加入咱们的对话。"

"是啊……我也……"

香织的情绪突然变得低落，表情也黯淡下去。

"香织，你怎么了？"

"把这个孩子生下来，真的好吗？"

"……你怎么突然……"

"我知道，现在想什么都没有意义了。不过，一想到孩子就要生下来了，我就不由得这样想。他来到这样一个世界上，能幸福吗？"

太田医生说过，女人在妊娠期间，由于体内激素发生急剧变化，感情摇摆幅度很大，容易走极端，有时会突然不高兴，有时会无缘无故地哭泣，嘱咐润太要有精神准备。

"对不起……我这个人确实有点怪。不说了。"

香织加快脚步，走到前面去了。

润太赶紧追上去，和香织并肩走在一起。不管怎么说，在香织感到不安的时候安慰她，是自己的责任。

"香织，我理解你刚才说的那些话。特别是现在，整个社会气氛全变了。比如有人说菌落云是外星人制造的，要是在以前，肯定被嗤之以鼻。"

香织点头表示同意。

"我真服了那样的说法了。"

"咱们科的科长助理根岸先生喜欢看科幻小说，他对这种说法特别感兴趣，还真不是当笑话说。"

关于菌落云，以前就有人认为"绝对不是自然发生的"。由于气象学的常识无法解释，所以"菌落云是人为制造"的说法一度甚嚣尘上。但它是谁制造的呢？

有人说是某个大国研发的气象武器，这被认为是愚不可及的。但是，C433E出现以后，也不知为什么，人们又开始寻找其他制造者了。找来找去就找到了远比人类文明还要先进的外星人身上。

最初，人们都认为这种说法是荒唐无稽的，就连负责监视网络舆论的四科都没有当回事，认为这种说法早晚会自消自灭。但是，跟润太他们的预想相反，"菌落云是外星人制造的"这一说法越传越广，相信的人也越来越多。

人们为什么会相信这样荒唐无稽的说法呢？关键是后面还加上了一句"人类应该跟外星人交涉，让外星人把菌落云撤走"。如果说人类在绝望的状态下，希望有救世主拯救人类的愿望还有几分现实意义，那么当所谓的救世主演变成外星人，一切就完全成了虚构的。

但是，越来越多的人不把这种说法当作玩笑，而是认真接受。不用说，他们从根本上认为外星人就是跟菌落云有关，认为这是不容怀疑的事实。

"也许人们的承受能力已经达到极限了。"

香织恢复了作为四科科长说话的口气。

"构成这个社会的基础已经到了崩溃的边缘。我觉得很危险。"

现在的香织并不是被感情左右，而是非常冷静地分析社会现实。她是在冷静分析的基础上说出这番话的。

"也许这孩子还活不到老年，人类就灭亡了。他在绝望中哭泣着死去的时候，也许会怨恨我们，既然如此，干吗要生他呢？"

"香织，就算我们的孩子赶上了人类灭亡的时刻，也绝对不能说他的人生没有意义。谁也没有权利这样说。当然，我们也没有。"

香织默默地听着。

"香织，我认为，在怎样的人生当中都能找到快乐，哪怕只是一个瞬间的快乐。甚至只是为了那个瞬间的快乐，也值得降生到这个世上。哪怕只有短短的一瞬，我们也肯定会觉得，降生到这个世界上真是太好了。"

比如现在这个瞬间。

"人死，是件悲伤的事。不管什么样的人生，早晚都会结束。但不能因此就说人生没有意义。就算人类马上就要灭亡，我也不认为从现在到灭亡这段时间的人生没有意义。看着人类走完最后一程，这不也是我们应尽的职责吗？"

"看着人类走完最后一程……"

"而且，这孩子是连接我们的纽带。他的存在绝对不是没有意义的！"

"你说得对！"香织抬起头来。

"润太……"

这声呼唤像是从某个遥远的地方传来。

"……谢谢你！"

科长的表情又变成了妻子的表情。

此时此刻跟香织的交谈，自己眼中看到的景色，皮肤感受到的太阳的温暖，以及飒飒秋风，润太一辈子都不会忘记。他相信，几十年以后，两个人还会想到这一天，还会一起谈到这一天。

*

"医生！怎么会流这么多血……"

"马上输血！"

"我的诊所处理不了，要赶快送大医院，你也一起去！"

"香织！你可要挺住啊！"

"先生请在外边等候，不要进手术室！"

"到底是怎么回事？为什么没有呼吸了？"

"羊水流入了孕妇的血管，非常危险！"

"血压上不去！"

"闪开！"

"再来一次！"

"不可能！这不可能！"

"……怎么会这样……"

"香织！你醒醒！你醒醒啊！"

你睁开眼睛啊！

第二部

未来的残骸

1

回过神来，我已经向隆浩撞了过去。隆浩高大的身躯撞倒了身后的课桌和椅子，一屁股坐在地板上。虽然已经放学了，但教室里还很热闹。一半以上的学生还没回家，正在热烈地谈论着今天发生的趣事。突然发出的巨响，使热热闹闹的教室安静了下来。隆浩怒目圆睁，大叫起来。

"你敢打我?!"

隆浩一下子从地板上爬起，向我扑过来。隆浩虽然不胖，但身高足有一米八，肌肉发达，体重比我至少重五千克，力气也很大。我对自己刚才的行为还不能理解，呆呆地站在那里，根本没有想过如何对付隆浩的进攻，结果被隆浩扑倒了。幸运的是后脑勺没撞在桌子角上。还没来得及感谢幸运之神对我的眷顾，隆浩已经骑在我的身上，右手抓住了我的衣襟。他又伸出左手，要抓我的头发。我抬起右手拨开他的左手，顺势挥起右拳朝他的脸打了过去。打到之前又突然松开拳头，一巴掌挥在他的左脸上。手心的疼痛惊醒了我，我总算清醒过来了。

我这是怎么了？疯了吗？

隆浩挥起大拳头朝我砸下来。拳头从我的鼻尖掠过。那一拳要是打在我的脸上，肯定是一个满脸花。怒火冲上了我的头顶。

"不要用拳头嘛！"

接下来就是小孩打架了。我和隆浩你一巴掌我一巴掌地对打，在地板上翻滚，撞到课桌上，撞到椅子上，互相拉扯，刚爬起来又摔倒，摔倒了再爬起来继续打。

"别打了！"

班委北仓小春大喊一声。她从一年级开始学习成绩就是全班第一，虽然是个女孩子，但性格直率，充满自信，连老师都不怕。

"上岛君！赶快把他俩拉开！你这个男班委，怎么当的？"

"我最怕打架了，我可不敢靠近……"

上岛淳也是班里的秀才，但他没有北仓小春胆量大。

"行了行了，池边君，城内君，都冷静一点，别打了！"

听声音是皆川保。皆川保是个男同学，长得圆乎乎的，性格也是圆乎乎的，温厚柔和。遇到同学打架，他绝对发挥不了作用。此时需要的不是这种性格的人，而是能够毫不犹豫地采取行动的人。

"你们两个，都给我住手！"

低沉而清晰的声音响起的同时，我和隆浩的耳朵被人揪住了。

"哎哟……"

"疼……疼……疼死我了！"

揪住我们耳朵的是久米健太郎同学。他是剑道部的，今年秋天开始担任剑道部的主将。平时很少说话，但在关键时刻总是具备强烈的存在感。由于久米健太郎的直接介入，扭打在一起的我和隆浩终于分开了，不，应该说是不得不分开了。

我喘着粗气环视四周。周围的桌椅被弄得乱七八糟，隆浩捂着被揪疼的耳朵瞪着我。如果不是久米健太郎站在我俩之间，第二场战斗马上又得开始。

"这是怎么回事？"

也不知道是谁跑到办公室告状了，班主任宫口老师鼻子喷着热气跑进了教室。这位女老师教现代国语，三年前刚来到这个学校的时候穿的衣服特别有品位，现在则总是一身带黑条的白色运动服。她个子不高，长得很可爱，但总是给人一种说不出的威严感。只要她一瞪眼，再淘气的男生也会挺直腰板站好。现在，我和隆浩就保持着立正的姿势，规规矩矩地站在那里。

宫口老师跨过被撞倒的桌椅来到我和隆浩的面前，严厉地瞪着我们。

"说吧，是怎么回事？"

我和隆浩对视了一下，但只有一瞬间，马上就把脸转到一边去了。

宫口老师叉着腰，看了看还在教室的学生们。

"其他同学都回家吧。"

同学们都松了一口气。

"好的。"

"老师再见！"

北仓小春无可奈何地摇着头，上岛淳一副与己无关的样子，皆川保一脸轻松，久米健太郎不愉快地揉着肩膀，一个接一个地走出了教室。

宫口老师看着最后一个同学走出教室，转过脸来看着我和隆浩。

"你们俩！"

我紧张得要命，感觉回答一个字都会被老师扇一个嘴巴。

"先把课桌和椅子摆放回原位。预备，开始！"

宫口老师说完"啪"地拍了一下手。

我和隆浩争先恐后地整理课桌和椅子，宫口老师站在讲台上，抱着胳膊看着我们。

"报告！摆好了！"

我们齐声向宫口老师报告。

"好的。"

宫口老师说话的口气缓和了一些。

"那你们就说说吧，到底怎么回事？"

先说话的是隆浩。

"我正像平时那样说话的时候，池边琉璃同学突然大声喊了一句什么，然后就向我扑了过来，我也不知道是为什么，也没听清他喊的是什么。"

"池边君，是这样吗？"

"是。"

我避开宫口老师的视线答道。

"你为什么要那样做？"

"我也不知道是为什么。"

"你扑向城内君之前，喊了什么？"

"我忘了。"

"浑蛋！少来这套！"

"城内君，安静！"

隆浩虽然不服，但还是安静了下来。

宫口老师重新把目光转向我。

"池边君，你跟城内君不是好朋友吗？动手肯定得有理由啊。因为什么生城内君的气了呢？"

"没有，隆浩同学挺好的。"

宫口老师颇感意外，皱起眉头，"好像有什么事吧？能向我们解释一下吗？对老师，对城内君，都得有个交代呀。"

我知道应该对老师和隆浩有个交代，但我解释不了。

"池边君，只要我们能听明白，不，听不明白也没关系，把你的想法说出来就行。"

"怎么说呢……"

"嗯？"

"最近，我心里特别烦躁，烦躁的心情找不到发泄的地方。大概是烦躁超过了我能够忍耐的限度，要爆发的时候，正好隆浩同学在我面前，就向他扑了过去……"

"什么狗屁理由！"

宫口老师瞪了隆浩一眼，问我：

"池边君，让你烦躁的东西是什么呢？"

"我自己也不知道是什么。"

"考大学？"

"我觉得不是。"

宫口老师想了想，耐心地对我说：

"趁这个机会，把憋在心里的话说出来吧。对学校，对老师，对家里人，心里有什么，尽管说出来，说出来就不烦躁了。"

看来我要是不说出点什么来，宫口老师是不会放过我的。

"勉强说的话……应该是……"

"应该是什么呢？"

"……说不出来，真的不知道让我烦躁的东西是什么。"

"什么？"隆浩愤怒地叫起来，"刚才你自己心里想了些什么，难道真的不知道？"

"我真的说不出来嘛！"

宫口老师盯着我看了一会儿，吐了一口气。

"说不出来就算了。总之，今天是池边君先动的手，这没问题吧？那么，池边君，向城内君道歉！"

"就在这里？"

"对！"

我把身子转向隆浩。

"对不起，是我不好。"

隆浩看都不看我。他脸上的表情与其说是愤怒，还不如说是困惑。

"城内君可能还在生气，不过呢，既然池边君已经真诚地向你道歉了，你就原谅他吧。今天的事就算解决了，怎么样？"

"既然老师这样说……"

"那太好了。那么，你们俩握握手。"

"啊？"我们俩同时惊讶了。

"道歉了，原谅了，就等于和好了呀，总得握个手吧。"

我很不情愿地伸出了右手。

隆浩很僵硬地伸出右手握住了我的手。

宫口老师从讲台上走下来，用她柔软而温热的双手，一上一下包住了我和隆浩的手。

"以后不要再打架了。"

说完上下两只手同时用力，四只手紧紧合在了一起。我感觉就像被宫口老师紧紧拥抱了一下，激动得全身发热。

"一言为定，好不好？"

"好，好……"

我从嗓子眼儿里挤出两个字来。

"城内君也表个态。"

隆浩的脸逼近我的脸。

"啊……不……不再打架。"

"很好。这件事就算解决了。明天见！"

宫口老师淡淡地一笑，松开双手，拍了拍我和隆浩的手，转身走出教室。

我的右手还残留着她的体温。

那是成年女性的体温，带着些微的香气。

"……刚才这一幕……算是什么？"

我呆呆地自语，心脏还在剧烈地跳动。

"这就是所谓的青春一页吧。"

别看隆浩是个一米八的身材魁梧的大汉，有时候说出话来也蛮有诗意的。

走出学校往天上看，橘黄色的云彩犹如编织的花边，在高高的天空上流动。西边的天空中，开始发红的太阳下沉的同时变得越来越大。

在黑夜到来之前柔和的光线里，我和隆浩一边往车站方向走，一边兴奋地谈论着宫口老师。宫口老师长得很可爱，被她批评的时候虽然有点害怕，但一点都不讨厌，甚至还有几分快感。"琉璃，你那是性变态！""哪里，正说明我健全啊。""管你健全不健全！刚才那一幕，真叫人热血沸腾啊！""啊，热血沸腾！真没想到她会握我们的手！""我……我差点亲了她一口！""那就太棒了！""肯定被她扇一个大耳光。""那才是最高的享受呢！""你小子绝对是性变态！""好了好了，别再往下说了。咱们说的这些要是让老师知道了，咱们就都完蛋了。""说不定老师就在咱们后边跟着呢。""那咱俩就都没命了！"

我们俩哈哈大笑着回头看了一眼。

宫口老师当然不在我们的身后。

"喂，隆浩。"

我们转过身来继续往前走的时候，我严肃地叫了隆浩一声。

"刚才，真的……真的很对不起。"

"算了，都握了手了。"

"我真的不知道是怎么回事。为什么一下子就向你扑了过去呢？根本就控制不住自己。虽说偶然也生过你的气……"

"肯定有啊。"

"可是，也不至于突然就把你扑倒啊。"

隆浩没反应。

"隆浩，你怀疑我说的是假话？"

"没有没有。"

"那你怎么突然不说话了？"

"这个嘛……我仔细想了想，最近我自己好像也有点奇怪。"

"哪里奇怪了？"

"如果是以前的我，琉璃向我扑过来的话，我肯定反应不过来，会站在那里愣半天。可是呢，最近我老是觉得你会突然向我扑过来，好像我正等着你那样做呢……"

太阳已经落到建筑物后面，天气有点凉了。

隆浩抬起头来。

"不，不是好像，就是正等着你那样做呢。"

"啊？"

"我也跟琉璃一样，心里一直特别烦躁，好像有一团乱麻把胸口塞得满满的，老想把它拽出来，一直在等发泄的机会。所以你扑过来以后，我立刻就爆发了。不过呢，不管我多么愤怒，也不会用拳头打你。"

我不由得摸了摸自己的鼻头。的确，那一拳要是打在我的鼻子上……想起来真是叫人不寒而栗。

"……我们两个人，都不是以前的自己了吗？"

"问题是，我们烦躁的是什么，我们为了什么烦躁？"

"宫口老师的身材？"

"琉璃！又没正形！"

两人哈哈笑了一下。

"不过呢，让人烦躁的事情有很多，包括宫口老师的身材。"

172

“承认了吧？”

“可是，今天我们的烦躁，跟那没有关系。怎么说呢……好像是……找不到发泄的地方的愤怒，撞到一起了。”

“找不到发泄的地方的愤怒？我身体里有吗？”

“人的身体里呀，有一种叫下意识的东西。在下意识里呀，塞满了连自己都不知道的感情什么的。”

“隆浩的下意识里，塞满了找不到地方发泄的愤怒？”

“说不清楚，好像有，也好像没有。”

“噢，下意识嘛。”

我仰起头来看了看天空。还没完全暗下来的夜空中，星星已经开始眨眼睛了。

对了，今天还没有看到过。

菌落云。

到家时，天已经完全黑了。今天没有看到一片菌落云。也许它出现过，只不过我没看见，也没收到警报。大概是因为今天心情比较放松吧。不对，应该是因为跟隆浩打了一架，才发泄了堵在心里的烦躁。

我跟父亲住的这座公寓，去学校坐车加走路需要三十分钟。两个人住足够宽敞，父亲下班又很晚，几乎就是我一个人住。特别是最近，父亲正在做一个重要的项目，半年来在家里跟他没见过几面。今天也是，从学校回到家一看，等着我的还是寂寞的空间。

天色已晚，家里的电灯感应到人体的温度自动地就亮了。我走进自己的卧室，把书包扔在床上，先去洗脸间洗手。从外边回到家里马上洗手的习惯，是父亲从小培养出来的。不洗手就特别难受。

洗完手以后，我站在摆放在飘窗窗台上的监视器前面。过了一会儿，画面就自动亮了，无声的视频开始播放。虽然点一下静音开关就会有声音，但父亲说无声的好，这台监视器就一直设定为静音。

我向画面上一位脸上露出幸福笑容的女士打招呼。

"妈妈！我回来了！"

妈妈是生我那天去世的。那样的情况绝少发生，一旦发生就有生命危险，不幸就发生在妈妈身上了。"运气不好啊。谁也没办法，谁都救不了她。"沙梨常常这样对我说。沙梨是妈妈的姐姐，我的姨妈——吉井沙梨奈。我从小就叫她沙梨，她特别喜欢我这样叫她。

"你可千万不要埋怨自己哟。如果你觉得妈妈的死怪你，最伤心的就是妈妈。你要把胸脯挺得高高的，堂堂正正地活着！"沙梨还常常对我说这样的话。所以，在我的生活中，并没有为负罪感烦恼过，现在我对自己的存在也抱着肯定的态度。沙梨特别关心我的成长，经常过来陪伴我，就跟我的亲生母亲一样。至于在内务省国土保全局工作的父亲，我都不记得他跟我一起玩过。每当我向父亲抱怨的时候，父亲总是说："你小子忘了呗！"

离开监视器，画面就自动消失了。我也觉得静音好。如果看着妈妈的视频还听着妈妈的声音，心理距离就太近了。跟死者还是应该保持一定的距离，即便死者是自己的亲人，也应该如此。这是沙梨教给我的。

但是，父亲选择静音的理由跟沙梨教给我的理由是不一样的。最初那视频是有声音的。父亲一看那带声音的视频，就会趴在地上号啕大哭，半天都爬不起来。这也是沙梨告诉我的。

跟母亲打完招呼，我从冰箱里拿出一盒牛奶和一个晚饭用的全能营养棒，走到客厅的沙发上坐了下来。投影电视的画面投在正面的白色墙壁上，什么时候都可以看到最新的新闻。

所谓的全能营养棒是一种综合营养食品，虽然不那么好吃，但只吃这个加上喝水就能长期维持生命。我咬了一口全能营养棒，一边嚼，一边说了声"播放"。

174

头条新闻是关于 FCB 的。FCB 是英语 Floating Colony of Bacteria 的缩写，直译成日语是细菌浮游群体的意思，也就是菌落云。菌落云跟云，从根本上来说是完全不同性质的东西，这一点人们已经达成了共识，所以最近不再使用"菌落云"这个词，而是用 FCB 来代替。新闻报道里，气象监视厅的公告里，都使用 FCB 这个英文缩写。

今天的电视新闻上说，好像有一块巨大的 FCB 正在接近东京。这已经是今年的第三块 FCB 了。如果这块巨大的 FCB 继续向前移动，很可能覆盖东京一带。这种巨大的 FCB 跟散见的小型 FCB 不一样，落下的概率不大。尽管如此，为以防万一，到时也会发布特别警报，原则上学校要停课。

第二条新闻也跟 FCB 有关。说的是由于大气中的生物气溶胶增加，到达地表的太阳光正逐渐减少。专家认为，生物气溶胶增加的原因，是 FCB 繁殖的细菌大量进入了大气中。在 FCB 的影响之下，出现了很多异常现象。农作物受到严重打击，尤其是香蕉等热带水果，以及咖啡豆和大杏仁，受到的打击是毁灭性的，日本国内根本买不到了。大气本身也变得浑浊起来，太阳光越来越弱。由于日照不足，不但农作物减产，植物的光合作用也受到阻碍，大气中的氧气浓度正在以越来越快的速度下降。

在室外可以自由呼吸的日子，顶多还有二三十年。有说法称，氧气浓度即使降到 18%，人类也可以慢慢适应，但适应总有个限度吧。

不管怎么说，地球上氧气不足的那一天终将到来，这只是时间的问题。为了能使人类继续生存，各国都在集中精力建设巨大的密闭城邦。这种密闭城邦可以供十万人居住，即使将来空气中的氧气浓度降到 10% 以下，密闭城邦适于人类生存的环境至少也可以保持一百年，设计上是保持五百年。

日本国内第一个密闭城邦的建设地点选在父母的出生地见和希市。理由有如下几条：一是市民积极支持；二是人口少，土地征用在短期内即可完成；三是见和希市地处平原；四是那里有一条大河，可利用的淡水资源丰富；五是见和希市在人类历史上是一个具有特殊意义的地方。

这个密闭城邦被命名为"新月纪Ⅱ"，土地征用和居民迁居完成后，马上就开始施工。日本的建筑承包商们调集了大量最新锐的建筑机械，人力、物力、财力总动员，正所谓全力以赴。即便这样，从开始施工到建成也要十三年。完成以后，还要试运行。逐渐达到完全密封的状态，恐怕还需要好几年。

的确，在密闭城邦里，能源、粮食、氧气都可以自给自足，可以说是人类最后的堡垒。但是，建设费用极其昂贵，政府拨出预算并不是一件容易的事，殃及其他行业是不可避免的。日本在密闭城邦的建设上远远落后于其他国家，建筑材料已经很难弄到手了。最严酷的现实是，日本最多只能建设三个密闭城邦。

也就是说，日本一亿多人口，能住进密闭城邦的，只有区区三十万人。留在外面的人们呢？呼吸着浓度逐渐降低的氧气，眼下活着的这一代人也许还能终老天年，但那种慢慢窒息而死的日子，绝不是任何人所希望的。

那么，怎样从一亿多人里挑选三十万人，住进密闭城邦呢？找到一个大家都能接受的方案可没有那么简单。官方的意见是：与密闭城邦的建设并行，边建设边议论，在密闭城邦建成的同时，拿出一个可行的方案。有人批评说，这是不负责任的，但父亲认为，为了不影响密闭城邦的建设，这也是没有办法的办法。

怎样挑选三十万人的议论迟迟没有任何进展，但就在此时，一个政府秘密制定的试行方案被泄露。根据那个试行方案，官僚阶层和精英阶层可以得到特殊优待。这样露骨地歧视下层民众，自然引起了广大民众的强烈不满。但是，父亲认为，为了能使十万人规模的封闭社会顺利地维持运营，优秀的官僚和专家是不可或缺的。优待政策有其道理，但是，在制定这个试行方案的时候，应该首先考虑的是，在情绪化的反对意见面前，所谓的道理能不能通过。

这个秘密文件的泄露，成了再次点燃反对建设密闭城邦运动的火种。

一位经常在媒体露面、拥有众多崇拜者的名人，长着一张好像领悟了人生真谛的脸。他曾在电视上慷慨陈词。

"为了让一小部分精英活一百年，我们这些平民百姓就得做出牺牲吗？那些整天想着金钱和地位的无耻之徒浅薄地延长寿命的样子，除了丑恶，还能是什么呢？与其那样做，还不如大家一起纯洁而平等地死去。我认为，人类这个具有智慧的生命体走向灭亡的时候，一定是非常美丽的，非常值得自豪的。留给我们的工作，就是亲手给自己的历史打上一个终止符！这是一个伟大的终结！这样不是很好吗？"

"伟大的终结"这句话，接下来他又像念咒语似的重复了好几遍。在人类灭亡这个绝望的黑暗中，这句话仿佛放射出了一道光，具有一种魔力。

这种可以称为临终快感的理论，让人感到兴奋和陶醉，马上就传遍了整个社会，并迅速深入人心。对于狂热的民众来说，密闭城邦简直就是对人类伟大事业的玷污，是不可原谅的东西。其实，这种呼声的背后，隐藏着他们的本意：反正也活不成了，就拉着那些精英一起去死，临死也要拉个垫背的！

为了得到更多选票而神魂颠倒的政治家们，当然不可能放过这个机会。后来的众参两院同时选举，第一大在野党共新党，喊出了"伟大的终结"这个富有魔力的口号。他们的竞选公约只有一条：立即停止建设密闭城邦。共新党过去的主张是，"要建设住得下所有国民的密闭城邦"，现在居然说一个也不建了。共新党把"伟大的终结"当作政治工具，恐怕也太迂腐了。

选举的结果，共新党的得票数大大超出预想，取得压倒性胜利，掌握了政权。最感到困惑的，也许是共新党的领导们。立即停止建设密闭城邦，本来是为了多捞几张选票提出的口号，摆个姿态而已，谁也没有想到仅靠一个选举公约就成了执政党。他们完全低估了临终快感的能量。

出乎预料的大胜利，剥夺了他们修改公约的权力。在"伟大的终结"这个狂热的浪潮当中，掌握了政权的共新党，只能决定停止密闭城邦"新月纪Ⅱ"的建设。

"新月纪Ⅱ"已经建设了三年，一个命令下来，立刻停止施工，撤走所有的大型建筑机械和设备，建筑工人也打道回府了。见和希市原有的建筑物被拆除，密闭城邦连个影子都没有，形同一片原野，直到现在都无人问津。

"狗屁伟大的终结！不能就这样随随便便地结束！"

嘴里冒出来的话使我陷入无限的空虚。攥着刚吃了一口的全能营养棒，我沉入了思考的世界。

墙上巨大的投影电视画面不再播放关于 FCB 的新闻，开始报告足球联赛的比赛结果。

2

长期当政治家的人，最早发生变化的是眼睛。黑眼球会变大，会放射出深沉的光，总之会变成一双独特的眼睛。不管是好政治家，还是坏政治家，都很有威严。池边润太看着坐在自己对面沙发上的那个国会议员，得出了以上感悟。

国会议员大迫鼎，五十四岁，在见和希市当过一任市长之后，作为当时还是在野党共新党的候选人，出马竞选众议院议员。结果戏剧性地战胜当时的执政党中号称坚如磐石的老议员，成功当选，并已连任五届。现在是共新党的中坚力量，据说很快就会成为高层领导。

"我选择共新党，是因为在建设密闭城邦问题上，共新党比新民党更积极。没想到会是这样一个结果。"

大迫鼎的语气很平淡，说话时眼睛一直盯着手上的平板电脑。

"池边先生也是从新月纪出来的。"

"是的。在一年一度的悼念仪式上还听过您的致辞。大概是十七八年前。"

大迫鼎的视线终于离开了平板电脑，抬起头来。

"你干得不错！"

"承蒙夸奖，不胜惶恐。"

润太低下头去。

"不过，改变党内的潮流也不是一件容易的事，可能需要相当长的一段时间。关于这一点，你得有思想准备。"

"明白了。民众感情的风向没有改变的时候，不能再提建设密闭城邦的计划。"

内务省国土保全局有害云块对策部，八年前增加了六个科，从十科到十五科，统称 S 科，专门负责密闭城邦的建设计划等事宜。润太是十三科的科长，半年前任命的。

十三科负责制定搬迁市民的相关制度。密闭城邦的建设计划虽然被叫停，但不等于完全消灭。执政党里像大迫鼎那样的建设推进派并不在少数，在他们的努力之下，关于密闭城邦的相关法律条文没有被废止，而是完整地保留了下来。

"新月纪Ⅱ一定要建设好。就算是作为见和希市的前市长，我也不能看着那地方永远是一片原野。而且项目的招商方针是我制定的，我有这个责任。"

润太不住地点头。

大迫鼎说话的声音温和起来。

"对了，池边先生，你为什么要去十三科？"

润太不明白大迫鼎为什么要问这样的问题。

大迫鼎一边把平板电脑还给润太，一边说："试行方案被泄露，十三科成了破坏新月纪Ⅱ建设的罪魁祸首，当时的科长被撤职，科员也都被调走了，等于把十三科解散了。听说还是池边先生自己要求去的十三科，这是为什么呢？"

"因为谁都不想接这个烂摊子。"

润太一边回答，一边把平板电脑接了过来。

"但是，这等于火中取栗啊。这个科长不是那么好当的吧？"

润太低着头犹豫了一下，内心忽然涌上来一个想法，并马上说了出来。

"我不能眼看着建设计划就这样泡汤！"

他抬起头来。

"在密闭城邦里至少能活一百年，足够孩子们活一辈子的。还不要说从理论上来讲，密闭城邦可以存在五百年。这么长的未来，不能因为我们脑瓜一热就放弃！"

大迫鼎脸上的表情消失了。

糟糕！这是在批评共新党脑瓜一热呀！润太不知道怎样解释才好，冷汗都冒出来了。

"这个嘛……同感……同感。"

大迫鼎的脸上露出了值得信赖的微笑。

"不好，刚才说的话太过分了。"

润太从议员会馆里出来，坐上出租车以后，懊悔地抱住了头。

本来在心里一直叮嘱自己，跟国会议员见面的时候，精神一点也不能放松，可是说着说着就忘乎所以了。说了批评执政党的话，以后人家不让我进门也没有什么好奇怪的。幸亏大迫鼎是个能理解自己的执政党的国会议员，才没出大问题。也许因为是同乡吧。

润太回到十三科，马上就删除了平板电脑里给大迫鼎看过的计划草案。本来这种特殊的平板电脑有多重密码锁定，而且主人只要离开它一百米以上，里面的数据马上就会自动删除，但自从泄密事件以来，规定所有数据必须马上删除。其实对于泄密来说，这种规定只不过是一种自我安慰。

天已经很晚了。润太仅有的两个部下也处理完手头的工作，已经回家了。夜深人静的时候待在寂寥的办公室里，时间好像停止了一样。

半年以来，润太他们十三科从零开始研究了一项制度，即如何选定住进密闭城邦的国民的制度。

这个制度简单来说是这样的。

首先由本人提交希望住进密闭城邦的申请，然后由人工智能系统在申请者中确定人选。人工智能系统里设定的最优先的课题，是如何顺利地维持运营十万人规模的闭锁型社会。要让人工智能系统全面掌握心理学、社会学方面的研究报告，历史上的记录等知识，根据从申请者年龄、学历、工作经历、病历、家庭成员、纳税额等方面得到的数据，诸如什么职业的，什么阶层的人，按照多大的比例，用怎样的形式住进闭锁型社会，才能最大限度地减少闭锁型社会崩溃的风险，综合分析后做出判断，选定最适合住进密闭城邦的人。整个过程不允许任何人为的操作或介入，统统由人工智能系统完成。入住后，要在密闭城邦完全封闭之前，建立一个跟日本政府完全没有关系的政权，调整好自治机能。新的统治形态，很可能会以人工智能系统为中心。

跟以前泄露的试行方案相比，新方案排除了对特定阶层的优待政策。即便你是大臣，也不能无条件入住。政治家和官僚要对整个国家负责到底。

润太认为，即便这样也很难说服民众。舆论调查显示，半数以上的民众希望采用完全的随机抽样法，不附加任何条件。但是，高学历、高收入人群的舆论调查结果则完全相反。他们当中的大多数人认为，必须附加某种条件，不能采用完全的随机抽样法。

实际上人工智能系统到底怎么判断，不到正式遴选的时候是不知道的。如果系统重视多样性，各个阶层的人都会按照相应的比例被选上。

虽然准备工作在扎扎实实地进行，但是，围绕着那个号称"伟大的终结"的骚乱，根本没有平息的迹象。如果密闭城邦计划真的被取消，润太他们没日没夜地工作取得的成果，都将化为徒劳。在这样的大环境下，保持工作热情是非常难的。S科已经有人辞职了，自己还能坚持多长时间呢……

"不想那么多了，回家！"

润太就像被自己的声音拉了一把似的，从椅子上站了起来。

到家的时候已经半夜十二点多了。润太悄悄走进家门，像往常那样站在飘窗的窗台前。窗台上的小型监视器亮了，无声的视频开始播放。跟香织生活在一起以后，为了留下妊娠记录，润太经常给香织录像。

"香织，我回来了。"

画面里的香织一边笑，一边在说着什么。香织戏谑地瞪着他，转眼又哈哈大笑起来。在四十三岁的润太看来，当时三十四岁的香织好年轻啊。结婚的时候香织比润太大八岁，不知不觉中，润太的年龄早就超过香织了。

"香织还是那样，一点都没变。那是当然的嘛。"

润太好像听到了香织的呼唤，那呼唤声从遥远的地方传来。润太——

不好！润太胸中积聚起一股热浪，以不可阻挡的势头涌了上来。也许是因为工作告一段落轻松了许多吧，今天的感情格外脆弱。

"香织啊香织……你干吗要死啊……"

不行！不能这样向香织撒娇啊！

要向前看！

要越过这道坎！

为了孩子也不能这么软弱！

润太在心里责备着自己。

可是，他累了，想依偎在香织怀里休息一下。

他想跪在地上大哭一场。

他想沉浸在回忆中，向香织诉诉苦。

香织，可以吧。

就今天这一次。

从明天开始我一定坚强起来。

就今天这一次。

"香织，我……"

"爸爸！"

润太吓了一跳，回头一看，是儿子琉璃。琉璃把两手揣在裤兜里走进了客厅。

"……看把你吓得，我是你儿子。"

"嗯，知道你是我儿子。"

"刚回来呀？"

"嗯，刚回来。"

润太竭尽全力使自己恢复平静。

"还没睡啊？明天不是还得上学吗？"

"我有一个问题想问你。"

"用 AKUFU 联系我嘛。"

"不是怕影响你工作嘛。"

"等一下。"

润太从冰箱里拿出一罐啤酒，坐在沙发上。拉开啤酒罐，一口气喝了半罐。长吐了一口气，总算安定下来了。

"有问题想问我？问吧。"

3

走进教室以后，我首先寻找隆浩的身影。隆浩还没来。我先到自己的位子上坐下来再说吧。仔细想想也没什么奇怪的，隆浩每天都比我来得晚。我想用 AKUFU 联系他，又觉得这种事还是当面说比较好。而且，通过短信用简短的句子传达想法，我也没有那个自信。

咦？我忽然觉得今天的教室跟平时不一样，急忙环视四周。

气氛不同寻常。

今天教室里不那么安静。

以往每天早上这个时间，已经到校的学生不是默默地自习，就是跟旁边的同学小声聊天，大家都很谨慎，怕影响了别人。可是今天，同学们都很轻松，好像从重压之下解放出来了，每个人的表情都很明朗。更主要的是，大家总是不时看我一眼，脸上还浮现出谜一般的微笑。不是愚弄人的嘲笑，好像是发现了希望之星那样的羡慕的微笑。连平时从来不跟我打招呼的女生也亲切地向我道一声"早上好"。

隆浩进教室的时候也是，同学们兴奋的视线像电流一样射向他。隆浩大吃一惊，一瞬间停下了脚步。

隆浩看到我，扬起手来说了声"早"，然后马上来到我身边。

"发生什么事情了吗？同学们怎么都这表情？"

"因为昨天打架斗殴的两个家伙进教室了吧？"

"打架了？真的吗？谁跟谁打架了。"

我以为他是装蒜。

"噢，你和我呀。"

他好像已经把我俩昨天打架那件事忘记了。

"为什么咱俩打了一架，同学们就都有精神了呢？"

"心里烦躁的大概不止咱们两个，也许大家心里都很烦躁。"

"什么？"

"大家跟我们俩一样，心中都积郁很久了。我们俩那么一爆发，大家也跟着轻松了一点。"

"这么说，我们两替大家发散了心中积郁？"

隆浩的脸上浮现出感动的表情。

"那么，大家是为什么事情烦躁呢？宫口老师的……"

"现代国语课挺有意思的，肯定不是为这个。"

隆浩尴尬地笑了。

"大家心里怎么想，我不知道。"

我招手让隆浩靠近一点。

"至少我知道自己是为什么烦躁了。"

"哦？你是为什么烦躁呢？"

"伟大的终结。"

隆浩倒吸了一口气。

我继续说："具体来说呢，就是密闭城邦的建设停止了。密闭城邦如果建成了呢，虽说我不一定能住进去，但可能性总还有那么一点点。而如果密闭城邦根本就不建了，那可能性就是零了。我觉得这就是心情烦躁的原因。心情烦躁又找不到发泄的地方，于是我就跟你打起来了。"

"你这个说法听起来让人觉得含混不清。"

"那是因为我们还没有任何真实的感触，所以无法确认心中的愤怒到底是什么。"

"你到底什么意思啊？我怎么越听越糊涂啊。"

"我想了想原因。恐怕呀，这是因为我们听到的一切都是传闻。关于密闭城邦的事，我们听到的也都是传闻。比如停止建设的原委，也就只能看网上的信息，看电视新闻，听家长讲。但是，只靠这些，自己心中确实会烦躁、愤怒，总是不愿意接受。所以呢，我觉得应该先去现场看看。"

"现场？"

"对！去已经停工的密闭城邦新月纪 II 的施工现场。当然，就是看了我们也不能怎么样。要是问我看了会有什么不一样，说老实话，我也回答不了。实际看到的东西印象过于强烈，相反会使我们的认识更加偏颇也说不定。尽管如此，我还是想到现场去看一看。我甚至认为，我们必须去现场看一看。"

隆浩惊讶地看着我，脸上分明写着一行字:你小子真的是琉璃吗？

"所以呢，这个星期天，我要去见和希市。隆浩你也跟我一起去吧。"

"……施工现场，现在……进得去吗？"

"里边应该进不去，不过，可以靠近看一看嘛。就算站在外边，也能看到里边的情况，明白个大概。你就说去不去吧？"

"这个星期天，我跟我女朋友约好了去水族馆的……可是，哥们儿叫我去，我能不去吗？就这样定了。我跟我女朋友说一下，去水族馆的事，以后再说！"

"你小子，用得着在我这里演戏吗？"

"喂！"

班委北仓小春不知什么时候站在了我们身后。

"我也想跟你们一起去，可以吗？"

"什么？"

"你们俩刚才说的话，我都听到了。"

北仓小春一瞬间垂下了眼皮，马上又看着我说："我也一直接受不了'伟大的终结'这个口号，虽然大人们嚷嚷得挺欢的。"

"我不反对。"

"我也无所谓。"隆浩紧跟着我表明了态度。

北仓小春的表情松弛下来。

"太好了！三个人一起去！"

"等等！"

一个硬邦邦的声音插了进来。

"我也想跟你们一起去。"

上岛淳！真让我出乎意料。

"哎哟，上岛君，不学习啦？"北仓小春故意大惊小怪地问道。

"我真的很想去，求求你们带我去吧。"

平时那种冷笑着看人的态度一丝一毫都没有，他是认真的。看来他的内心也很烦躁。

"好啊！咱们四个一起去！"

隆浩表示赞成，北仓小春勉强地点了点头。

这时，又有两位同学走了过来。

"我也想去……"

说话的是一向比较腼腆的皆川保，在他身后，是一言不发的久米健太郎，他的表情表示，他也想去。

4

小关伸吾站在病房门前。

他绷紧神经，敲了敲病房的门。

"请进！"

病房里传出来的声音很有张力，比想象的要好得多。小关伸吾松了一口气。

平复一下紧张的心情，推开门走进病房。

他随手关上门，端正姿势面对病床上的人。

上半部摇高了的可调节式病床上，躺着一个消瘦的男人。他的左手背上插着输液管，除此之外没有其他束缚他的东西。至少从外表上看是这样。

"弓寺老师，好久不见了。"

"啊，小关君，好久不见。"

弓寺修平放下手中的平板电脑，冲小关伸吾笑了笑。

"坐下吧。"

小关伸吾按照弓寺修平的盼咐坐在病床旁边的一把椅子上。

"我们有多少年没见面了？你回到本部以后，这是第一次见面吧？升迁很顺利吧？"

"也就是个打杂的，干点力气活。"

"哟！"弓寺修平瞪大了眼睛，"小关君什么时候学会谦虚了？"

"老师，您就饶了我吧。"

弓寺修平哈哈大笑起来。

但笑声马上就停止了。

"小关君，听说我病了以后，吓了一跳吧？"

"……是的。"

"没想到退休之前得了这么个绝症。"

188

医生说，弓寺修平最多还能活三个月。

但是，在这里说这些还有什么意义呢？

"今天小关君来看望我，是夏果研究机构安排的工作？"

"啊……"

其实不是工作，是小关伸吾听说弓寺修平病倒以后，想来看望他，想在他还活着的时候，再跟他谈谈。不能像以前对香织那样，再留下后悔。

"小关君工作那么忙，还抽出时间来看我，真叫我过意不去。"

弓寺修平说到这里，呼吸变得急促起来。小关伸吾想，最好让病人少说话。

"夏果研究机构那边，又有什么新消息吗？"

尽管已经病入膏肓，但弓寺修平一谈到工作，还是两眼放光。小关伸吾很高兴。

"外太空疏散计划的第十九颗，也就是最后一颗探测卫星，将于下个月发射升空。按计划二千五百年以后到达目的地——外太空的某个可能适合人类居住的行星。"

"二千五百年以后啊……"

美国政府为了把资金最大限度地用在密闭城邦的建设上，决定停止外太空疏散计划。该来的终于来了。

"从第十五颗探测卫星开始，每颗卫星里都有刻着人类信息的石英板。如果外太空存在比地球上的人类科学还要发达的智慧生命体，并且能解读石英板上的信息，就会知道制造卫星的是怎样的生物，这种生物有怎样的历史和文明，还会知道卫星是从哪个星球发射到宇宙的，知道地球是一个怎样的星球。"

"为了消灭上空的细菌而合成的人工细菌进展如何？"

"虽然开发了各种各样的人工细菌，都在 FCB 上进行了试验，但没有任何效果。"

"代替人工细菌的纳米机器人呢？有没有效果？"

"纳米机器人也……"

"也不行啊……"

苦涩的沉默。

"还能维持多长时间？"弓寺修平做了个鬼脸，"我指的不是我，是人类。"

小关伸吾点了点头。

"根据夏果研究机构的最新预测，氧气浓度降到 18% 以下，用不了二十年，降到人类不能生存的 10% 以下，用不了五十年。如果人工智能系统的计算没有错误的话。"

"有没有钝化的征兆？"

"很遗憾。"

一脸疲劳的弓寺修平仰头看着天花板。

"如此急剧的变化，能够生存下去的脊索动物，恐怕只有少数几种鸟类。"

"人类不能生存吗？"

"能是能，但生不了孩子。"

像人这样的胎盘哺乳类动物，在构造上，胎盘繁殖系统为了培育胎儿，需要丰富的氧气。如果氧气只能勉强维持母体生存，就不会有足够的氧气到达胎儿的身上。结果就是流产或死产，人类将无法繁衍。

"不过，在达到生物学上的极限之前，社会恐怕早就维持不住了。"

的确，由于生态系统和气候的变化，粮食恐慌、经济停滞、纷争爆发、社会治安恶化等问题，要比氧气浓度低带来的问题严重得多，会更早地使人类陷入走投无路的境地。

"然后呢？"小关伸吾问道。

弓寺修平瞪了他一眼。

"怎么了？"

"怎么了？夏果研究机构下一步打算是什么？"

"哪还有什么下一步……"

"这可不像你小关君说的话。我听说你一直是个乐观主义者。"

"您听谁说的？"

"吉井香织啊。"

听弓寺修平突然说出"吉井香织"这个名字，小关伸吾显得有些狼狈。

"虽说她已经去世很久了，但总觉得是昨天才听到她的死讯。"说到这里，弓寺修平的眼睛里充满了忧郁。

"比我年轻，比我有才能的人死在我前面，是让我最伤心的事。小关君，你认识她的丈夫吗？"

"以前见过面，但不知道他现在的情况。"

"我住院很久了，关于他的情况也只是听说。工作很努力，吉井香织给他留下的儿子已经上高中二年级了。哎——我们怎么能不老啊。"

弓寺修平笑了，眼睛里却滚落出大颗泪珠。

"弓寺老师……"

"我们多么无能啊，都不能给孩子们一个未来。"

"弓寺老师，我还没有放弃努力呢！"

小关伸吾激动起来。

弓寺修平吃了一惊似的睁大眼睛，微笑着点了点头。

"是啊，是啊，这才是小关伸吾啊！"

5

那就开始吧！

吉井沙梨奈穿上一条身后系带的围裙，铆足了劲。她先往电磁炉上的厚底不锈钢大锅里倒了一点菜籽油，再把一盘切成一口就能吃下的猪肉块放进去，按下加热开关。菜籽油煎肉发出扑哧扑哧的声音，顿时香飘四溢。不愧是日本的国产猪肉，香味既有广度又有深度。用长柄筷子翻动肉块，肉块在锅底滋滋作响，听起来叫人心旷神怡，香味也随之四溢。肉块表面变色后，开始往锅里放蔬菜。

先放切成跟肉块同样大小的胡萝卜。现在胡萝卜很容易买到，而且也不贵。要按照规定的数量放。不能因为便宜就放太多，那样味道就不好了。

接下来往锅里放土豆，当然也是跟肉块切得同样大小的土豆。买这点土豆可费了大劲。附近的超市没有，上网查了半天才查到一家，且贵得惊人，要是在平时，沙梨奈绝对不会买这么贵的土豆。

最后放洋葱。虽说现在洋葱也不好买，但还不像土豆那样困难。只要不嫌贵，附近的超市就能买到。

材料放进锅里，就要不停地翻炒，不能煳了锅底。三种蔬菜也都炒出了香味，沙梨奈的心情平静多了，这可是贵重的香味啊。炒得差不多了加水煮一会儿。撇去浮沫的时候，米饭蒸好了。大米也是在超市买的。农业歉收已经是常有的事了，米价也在不断上涨。也许白米饭进不了庶民的口的日子，也为期不远了。

肉和菜都煮软后放咖喱粉。咖喱粉慢慢融化，令人怀念的带有刺激性的咖喱香味就从锅里冒了出来。这种咖喱粉是老牌子，叫人高兴的是一直没涨价。也许这就是所谓老字号的气魄吧。

最近不只食材，就连日用品都难买到了。原因嘛，除了产量减少，流通的基础设施也已经七零八落。这个社会似乎已经没有维持物资流通的能力了，当然最大的原因还是推动经济运转的体系几近崩溃。

全世界的股票和债券持续下跌。按照一般规律，下跌到一定程度会突然止跌上涨，但这次将有价证券卖掉换成现金的潮流不可阻挡。从证券市场撤下来的现金都用来买贵金属，造成贵金属特别是黄金价格一路上扬。全世界都开始摸索密闭城邦的经济模式，至于那是怎样一种经济模式，谁也不知道。在密闭城邦里，会承认私有财产不可侵犯吗？股票、债券，美元、日元、人民币，电子支付方式还能流通吗？会不会回到以物易物的原始交易方式？

日本的密闭城邦停止建设，成了国内货物短缺的主要原因。日本人对于未来的悲观情绪越来越严重，资金流向国外，日元贬值，引起进口物资价格大幅上涨。建设密闭城邦本来是一项需要巨额投资的基础建设计划，一旦停止，本来就很衰弱的经济减速得更快，消费者的心理趋向冷漠。看透了这个国家的有钱人纷纷移居海外，试图加入外国籍。然而事到如今，不管有多少钱也很难做到了。既然国家不管，总应该有人管吧，于是有传言说，某个大企业正在研究建设民营的密闭城邦。那家企业赶紧站出来辟谣。

咖喱汁煮好了。盖上盖子，电磁炉调至保温挡。

看了看时间。

该来了。

就在这时，可视门铃响了。

都没通过可视门铃屏幕看看是谁，沙梨奈就跑过去开了门。

"琉璃——"

沙梨奈扑了过去。

"沙梨——好想你哦！"

琉璃用有力的双臂一下子抱住了沙梨奈。

两个人拥抱了好一会儿才放开。沙梨奈仰起头看着琉璃。

"又长高了，都快不认识了。"

"我每次来你都这么说。"

"谁让你长那么快的！"

琉璃比父亲润太高出了一大截，胸脯也越来越厚实，已经长成叫女孩子恋慕的男子汉了。一想起眼前这个男子汉就是以前那个安安静静的小男孩，沙梨奈不由得眼圈发热。

"好香啊！啊——咖喱饭！"

"你平时总是吃全能营养棒，今天给你改善一下，想吃吧？"

"想吃想吃！"

"别急，吃饭之前——"

"那当然。要洗手——"

琉璃笑了。

在他的笑脸上，沙梨奈看到琉璃小时候的面影，如焰火般腾空而起。

琉璃洗手的时候，沙梨奈准备餐桌。在盘子里盛上半盘白米饭，再盛好咖喱汁的时候，琉璃回来了。

"哇——太棒了！"

"快吃吧。我做了很多，别客气，多吃点！"

"那我就开吃了啊！"

琉璃坐在餐桌前，拿起勺子，连米饭带咖喱汁舀了一大勺送进嘴里，闭上眼睛大叫。

"太好吃了！我好久没吃过土豆了，你这是真土豆吧？"

"那当然！"

"啊！这肉……"琉璃咀嚼着，瞪大了眼睛，"这是什么肉啊？入口即化，好吃死了！"

"这叫后臀尖，也就是猪大腿那个部位的肉，越煮越软。好不容易才买到的。快吃，趁热吃，凉了就不好吃了。"

沙梨奈坐在琉璃的对面，手托着下巴不再说话。看着琉璃狼吞虎咽地吃着自己做的咖喱饭，她全身心都被幸福感包围。同时，她不由得想到一个问题：像这样给琉璃做饭，还能再做几次呢？

"沙梨，你怎么不吃啊？"

"我刚才吃过了。"

"我能再吃一盘吗？"

"再吃多少都没问题，管够！"

琉璃吃了四大盘咖喱饭才打住。十七岁的高中男生，正是食欲旺盛的时候。幸亏今天做得多——沙梨奈松了一口气。

"沙梨，我吃好了。太好吃了！谢谢你！"

"我也谢谢你！"

"为什么？"

"不为什么。喝咖啡吗？"

"有吗？"

"有啊，不过是速溶的，现在根本买不到咖啡豆，现磨的喝不上了。"

"速溶的也很奢侈啊。"

现在，速溶咖啡也成了高级品。至于在家里现磨咖啡豆，除了贵族阶层以外，一般老百姓是享受不到了。

"啊，这也够享受的了。"

琉璃喝了一口速溶咖啡，满意地说道。

沙梨奈给自己也冲了一杯，坐回琉璃的对面。

"琉璃，谢谢你来看我。"

"说什么哪沙梨，这么说也太见外了吧？"

"我一直盼着你来看我，可是你根本就不来嘛。"

"沙梨的工作也很忙嘛。"

"这么客气，琉璃才见外呢。"

"你都当老板了嘛，还能不忙？"

"跟琉璃聊天，什么时候都能挤出时间来。说说吧，今天有什么新闻。"

"第一个是关于我爸爸的。"

"润太怎么了？"

"上星期的事。有一天，他半夜回到家里，站在我妈的视频前面哭了。"

"放在飘窗的窗台上那个小监视器？"

"我假装没看见他哭。"

"聪明！干得好！"

"我想安慰他几句来着，可是，那种情况下应该说些什么，我实在不知道。"

沙梨奈惊奇地看着琉璃的脸，心想：这孩子，什么时候学会这样说话了？以前他可是只考虑自己，不考虑别人的……

"沙梨，要是你，你怎么办？"

"我嘛，我也会假装没看见。润太是大人，不用为他担心。"

"是吗？"

"大人有时候也会在半夜哭的。"

"沙梨也是吗？"

沙梨奈微笑着没说话。

"……原来是这样啊。"

"润太应该再找一个女朋友。还没有吗？"

"好像还没有。"

"对了，琉璃，我问你，润太要是再婚，你不反对吗？"

"那是他的人生，他喜欢怎样就怎样。如果因为我忍着，我反而觉得为难。"

"润太要是跟别的女人结婚，你不觉得你妈很可怜吗？"

沙梨奈觉得自己这个问题有点过分了，没想到琉璃很干脆地反问道：

"我妈是那样的人吗？"

这话让沙梨奈听着特别舒服。

"我觉得不是。"

"就是嘛！"琉璃笑了。

这孩子，真厉害！

"咱们不说润太了，说说琉璃吧。交女朋友了吗？"

"我嘛，还没有考虑……"

"有喜欢的女孩子吗？"

对这个问题，琉璃的反应有点迟钝。

"这么说是有啦。你就告诉我，现在浮现在你脑海里的人是谁吧。"

琉璃的脸突然红了。

哇——沙梨奈真想拍手。

高中生好纯洁啊。

"同班同学？"

"不是……不是同班同学……"

"莫非是老师？"

琉璃的脸更红了，还低下了头。

琉璃太纯了！

"这么说，一定是现在那个漂亮的班主任老师！好像姓宫口。我明白了，琉璃喜欢的人是宫口老师。"

琉璃没有否定。

沙梨奈既感动又吃惊。

"琉璃也喜欢比自己年龄大的人啊。真是有其父必有其子啊！"

琉璃抬起头来。

"对了，我妈和我爸结婚的时候，我妈就比我爸岁数大。"

"好像是大八岁。"

"啊？"

"怎么了？"

"宫口老师也比我大八岁。"

琉璃愉快地笑了。

"你怎么那么高兴啊？"

"没有……没什么……"

"琉璃真好，每天都很愉快。"

"这个我不否认。"

沙梨奈好不容易才忍住笑。

"对了，沙梨，还有一件事……"

琉璃说话的语气突然变了。

"还有一件事，不应该说是新闻，应该说是报告。"

"报告？"

"我去了一趟见和希市。"

见和希市。

沙梨奈觉得自己是第一次听琉璃说出这个地名。

"我想知道这个世界正在发生什么。只在网上查阅有关信息，总觉得还差点什么。所以，我亲眼去那边看了看。"

*

"本来我打算就咱俩去的。"

"为什么一下子来了这么多人啊？"

"那谁知道……"

我和隆浩一边往前走，一边回头看了看。

走在我们身后最前面的，是班里学习成绩最好的班委北仓小春。牛仔裤，球鞋，格纹罩衫，驼色的帽子，背着一个红色的小双肩背，看上去是一个去郊游的少女。她旁边那个女孩子叫江口由香里，穿着一条轻飘飘的裙子，迈着轻快的步子，好像要飞起来似的。她的学习成绩属于下等，但性格特别好，又开朗又快乐。她哈哈大笑的声音，整天在教室里回荡。在学校里，应该没人看见过这两个人在一起。

"跟小春姐说话还挺有意思的，我一直以为她这个人很难交往。"隆浩转移了话题。

"你别老是小春姐小春姐的好不好？多伤人哪，人家才十七岁。"

"那就叫小春儿？"

"嗯，这还差不多。"

"我今天发现啊，小春儿……"

"怎么了？"

"乳房真够大的。"

"你看上她了？"

两个女生的后边是上岛淳，穿得很朴素。下火车后，戴上了一副最新式的眼镜型终端，但从远处看一点都不显眼。此刻他正双手比画着，向皆川保解释什么。皆川保频频点头。皆川保穿一件黄色的风衣，戴一顶黑帽子。这身打扮挺适合他的。

再后边是剑道部的主将久米健太郎。不知为什么，他穿的是校服，而且一点都不觉得不好意思。态度堂堂正正的久米健太郎的身旁是我们班的美女益子礼良，直直的长发显得成熟稳重。她在教室时非常安静，表情稍显灰暗，给人孤傲的印象。听她说想参加的时候，我吃了一惊。虽然她和久米健太郎肩并肩走在一起，但一直没说话。这两个人在一起愉快地交谈，是令人难以想象的事。

走在最后面的一男一女跟久米健太郎和益子礼良拉开了一段距离，好像在构筑两个人的世界。男生叫二日市，女生叫岬绫音。他们俩在恋爱，这是全班同学公认的。据说这两个人之间已经达到了心有灵犀一点通的境界，不用说话，单靠眼神就能交流感情。

那天早上，我和隆浩商量要去见和希市看看，班里一半以上的同学都说要跟我们一起去。当时我以为大家也就是说说而已，没想到星期天早上集合的时候，加上我和隆浩一共来了十个人，也就是说，班里三分之一的同学都来了。我的突发奇想,竟然演变成一次自发的大规模活动。

"池边君,还有多远啊?"北仓小春问。

我用手上的便携式电子设备 AKUFU 确认了一下,回答道:

"走了还不到一半呢。"

从出站口出来,我们看到的是古老的大街,街上几乎看不到一个行人。而且这里还不是见和希市,而是邻县的辰巳市。见和希市的车站已经没有了,离得最近的车站就是辰巳站。怎么去见和希市呢?公交车早已全面停运,连车站都废除了。本以为车站外面会有无人驾驶出租车的,结果一辆都没有。街上也很少有车辆通过。眼前的情景,让人不由得想起"幽灵都市"这个词。按照上岛淳的说法,与其说这是密闭城邦建设停止的余波导致的,不如说这就是地方城市的现状。不管怎么说吧,我们十个人只能走着去见和希市了。从辰巳站到见和希市,单程十三千米。

一个小时以后,我们穿过辰巳市城区,来到杂草丛生的平原。以前这里好像都是稻田。我们找到一条笔直的步行专用道,正向着东方前进。

"休息一会儿吧。"北仓小春提出要求。

"休息?连个坐的地方都没有,怎么休息?"

北仓小春也不答话,默默地取下双肩包,从里面拿出折叠成四角形的东西,摊开一看,是一大块郊游时铺地用的塑料布。

"不愧是小春儿啊,我真的爱上她了。"隆浩在我的耳边小声说道。

既然已经铺好了,大家就把背包放在塑料布的中央,背对背坐了一圈。路面有些凹凸不平,但并不太凉。

一行人是早晨坐始发车出来的,现在还不到中午。但没想到坐不上出租车,眼下只好步行。虽说单程就得走三个小时,今天赶回东京应该也没问题。

"快看哪！ FCB！"隆浩突然叫道。

大家朝隆浩指的方向一看，纷乱的白色云块当中，只有一块是鲜红的。

"如果在这地方收到了避难警报，去哪里避难啊？"隆浩问道。

我回答说："是啊，附近好像没有紧急避难箱。只能跑回城里，找个合适的建筑物。"

"来得及吗？"

"万一降下来，我们大家都得死吗？"江口由香里不安地说。

"我不想死在这地方！"北仓小春也嚷嚷起来。

"可是，降下的可能性不能说没有吧？"

"那个不会降下来的。"上岛淳冷静地说，"形状很整齐，颜色也不深。"

"绝对不会？"

"我绝对不敢说。"

这时，皆川保说话了："到了那时候再说那时候的事！"

"皆川君真棒！处变不惊。"江口由香里钦佩地说。

也许是不好意思了吧，皆川保把黑帽子压得更低了。

"看来，人类还是得灭亡啊。"

隆浩看着那块 FCB，自言自语道。

好长时间没人搭话。

过了一会儿，我说："就别操心人类了，想想我们自己还能活几年吧。"

"二十年？"北仓小春用的是询问的口气。

回答北仓小春的，又是上岛淳。

"快的话，二十年以后，氧气浓度就会降到 18% 以下。人类会感到呼吸困难，但还不至于死亡。"

"呼吸困难啊？好难受啊，我不喜欢。"

江口由香里说话的声音低沉下去。

"什么时候人类就不能生存了呢？"

"一般认为是五十年到一百年以后。那时候，氧气浓度会降到10%以下，人就完全不能生存了。有些人在氧气浓度为14%的时候就会死亡。因此，我们这些人到底什么时候死，也不能一概而论。而且，预测也会有变化，更早的可能性也是有的。最初的预测说，氧气不足的情况将于二百年以后发生。这不是已经发生变化了吗？"

"也就是说，应该做好还剩下二三十年的思想准备。我们这些人，到时候也就是三十七八岁或四十七八岁，还能活二三十年，也知足了。"

"可是，现在和以后，还会有孩子出生啊。"

益子礼良是说话声音比较低沉的女生。她突然开口让大家感到意外，她的话更让大家感到意外，同学们的视线一下子集中在了她的身上。

"啊，对不起，这事跟小孩子没关系吗？"益子礼良以为自己说错了话。

北仓小春非常果断地摇了摇头。

"当然有关系啦！益子同学说得对。光考虑自己不行，也得考虑考虑下一代。"

益子放心了，脸上浮现出笑容。她身旁的久米健太郎胳膊抱在胸前，点了点头。

"喂！绫音同学，以后，你们以后要结婚的吧？"

突然提出这种问题的，除了江口由香里不会有别人。大家吃了一惊，没想到她的下一个问题更是把大家吓了一跳。

"打算生孩子吗？"

"嗨！江口同学！说什么哪？"

隆浩惊慌失措，赶紧制止。

"怎么啦？"

江口由香里完全不当回事。

"不管怎么说……我们还是高中生呢！"

"我又没说让他们现在就生孩子。"

"那当然更不能说了！"

江口由香里不理会隆浩，继续问岬绫音："你们是怎么打算的？"

二日市和岬绫音互相看着对方的脸，眼睛一眨不眨地对视了几秒钟以后，同时面向大伙。心有灵犀一点通——他们已经沟通好了。

"我们想要孩子。"

岬绫音的脸红了。

江口由香里惊得张大了嘴巴，表情变得认真起来。

"世界都成了这样，你们还想要孩子？"

"嗯。"

岬绫音说话的声音里，既没有迷茫，也没有悲壮。二日市和岬绫音的脸上，充满了炫目的希望。

不可思议的沉默中，一种炽热的、能量般的东西在我的胸中流淌。那是什么呢？也不知为什么，我差点哭了。

"……为什么？"江口由香里还在追问。

"因为，我们从来不认为自己没有未来。"二日市答道，"现实确实是严酷的，但我们决不能败给严酷的现实，所以我们决定参加今天的活动。我们要亲眼看看严酷的现实。"

我站了起来。

"怎么了？"

隆浩抬起头看着我。

"走！"

我大声说道。

我们走的这一条步行专用道以前是铁路。是列车停运后，拆掉铁轨整修成的游步道，所以直得有些不自然。顺着游步道一直往东走，就可以走到以前的见和希站。但是，密闭城邦开始建设以后，游步道中途被截断，禁止通行。要想靠近施工现场，必须走另外一条路。

"池边君，根本看不到密闭城邦的影子嘛！到底是不是这里呀？"

北仓小春已经问好几遍了。以前真没看出她这么敏感。

"你就放心吧。路线我都查好了。"

休息后又走了半个小时，我们来到跟一条两车道的公路相交叉的地方。离开游步道，顺着那条两车道的公路往南走，就能看到，进入密闭城邦建筑工地的第一个入口，位于公路的左侧。过了第一个入口就是作为县界的大河，过了架在河上的大桥就是第二个入口。我们只能走到第二个入口，再靠近就不会被允许了。

"离第一个入口还有多远？"

隆浩拿出水壶，一边喝一边问。

"六千米左右吧。"

"还有那么远啊？"

"不过嘛，一边聊天一边走，转眼就到。城内隆浩，我说得对不对？"

"江口由香里，你真能走啊，很有毅力嘛！"

"城内隆浩，你白长那么高，关键时刻靠不住啊。"

"你说什么？看我不揍扁了你！"

隆浩佯装追上去抓，江口由香里哈哈大笑，转着圈逃开。

"这次出来，他俩成好朋友了。"

"可不是嘛。"

由于隆浩和江口由香里打闹，我很自然地跟北仓小春并排走在了一起。在学校里我很少跟北仓小春说话，但不可思议的是，这样肩并肩地往前走，一点都不觉得别扭。也许是来到郊外的自由感成了同学关系的润滑剂吧。

"对了，北仓同学。"

"嗯？"

"你觉得'伟大的终结'这个理论，哪些地方不能接受？"

"这个嘛……"北仓小春想了想，"总之，我认为不应该那么随便地放弃我们的未来。"

"啊，我也这么认为，不能就这样随随便便地自我了断。"

北仓小春轻轻笑了一下。

"不过，我们有资格这么说吗？"

"资格？"

"我们还没走上社会，没有对社会做过任何贡献，没有纳过一元钱的税，说这样的话，是不是脸皮太厚了？"

"你这么说，不就等于说我们还是孩子，还没成人，就不能对任何问题发表意见吗？不能这么说吧？孩子也有发表自己意见的权利嘛！"

"是这样吗？"

"当然是这样啦。"

"那么，我可以表达我的愤怒吗？"

"什么？"

"向那些说我们没有未来的人，向那些随随便便就宣布人类没有未来的人，我可以表达我的愤怒吗？"

她说这话的时候，我不由得看了一眼她的侧脸。我忽然发现她长得太美了，美得让我一直想盯着她看。

"小春儿！救救我！"

江口由香里从后面扑到北仓小春的身上，差点把她扑倒。

隆浩喘着粗气追了过来。

"你们俩还在闹啊？"

"这小姑娘，体力好不说吧，跑得还真快！"

“这下知道我这个田径队主力的厉害了吧？咱们学校保持了十五年的女子四百米纪录，就是被我打破的！”

“……真的吗？”

走着走着，沿路的景色变成了住宅区的样子。看起来像小商店的建筑大概是便利店吧。宽广的水泥地停车场上有很多裂缝，裂缝里茂密的杂草就像是从地下喷出来的。从其他建筑物的招牌上，可以隐约辨认出洗衣店、药店、饮食店的字样。其间还有一些看上去马上就会坍塌的独栋小楼或小型公寓，好像早已没有人烟，一片寂寥。但我注意到，这里的道路路面是新的，也很宽阔。

我刚把注意到的事情随口说出来，走在后面的上岛淳就说话了。

“这条路一定是给建筑工地运送建筑材料的，而且在施工之前就修好了，至于当时是以什么名目修的，那就是另外一回事了。”

“上岛君，关于密闭城邦的建设，你知道得真多啊！”

皆川保的眼睛发亮，感慨地说道。

“对了，上岛君为什么要参加这次活动呢？”

我把心中一直抱有的疑问说了出来。

“我早就在关心新月纪Ⅱ的建设了。”

“为什么呢？”

“因为我的目标是当一名工程师，投身新月纪Ⅱ的建设。”

“原来这就是上岛君的梦想啊！”北仓小春感叹道。

“与其说是梦想，倒不如说是我把自己将来想做的事情具体化了。”

“咦？”隆浩感到意外，“还真没看出上岛君是这样的人。”

“你这话是什么意思？”

“没……没什么特别的意思……”

“为了实现一个大目标，从现在起就扎扎实实地努力！”江口由香里插嘴了，“我认为，这是非常了不起的！”

“但是新月纪Ⅱ的建设已经停止了，我的努力白费了。”

"还不能这么说，说不定还会重新开始建设呢。"

皆川保发表了自己的意见，上岛淳轻轻地点头。

"城内隆浩，你有没有……"江口由香里冲着隆浩挥手，"将来的梦想什么的？"

"告诉你又能怎么样？"

"说说又怎么了？小心眼儿！"

"对对对！把心里话说出来是很重要的！"

"你们这是要干什么？连北仓都跟着起哄啊？你不就是乳房长得大点儿吗？"

"这事跟乳房没关系！"

我心想：啊，小春同学的性格变好了。

"我的梦想嘛——小说家！"

听了隆浩的回答，怀疑自己耳朵的，恐怕不止我一个人吧。

"当一个小说家，是我的梦想。"

隆浩又小声重复了一遍自己说过的话，看了看大家。

"我就是不想看你们这种眼神，才一直没告诉你们。"

"没关系的，隆浩……"江口由香里感慨万端。

"谁让你突然把我的姓省略掉的？"

"我觉得你的梦想特别好！"

"……此话当真？"

"我支持你！给你加油！"

"不过，大概当不成。我啊，没有那个才能。"

"你写过小说了吗？"

"啊……写过几篇。"

"欸？我怎么没听说过。这么好的哥们儿，居然不告诉我。"

"跟别人说这件事，今天是第一次嘛。"

"我想看！让我看看！"江口由香里举着手大叫。

"不行不行，还达不到能让人看的水平。"

"无所谓的，让我看看吧。"江口由香里继续要求。

"不行，还是不能……"

这可不像平时的隆浩。什么时候变得这么扭捏了？

"对了，江口同学，你还没说你的梦想是什么呢！"我想帮隆浩从困境中解脱。

"我？嗯——说实在的，我真的没有什么梦想，不过嘛，刚才听了绫音那一席话，我也有点想当妈妈了。"

"啊！我也想！"

北仓小春立刻表示赞同。

"哦？这可真叫人感到意外。"

"为什么？"

"我觉得如果小春同学说出要征服世界之类的话来，倒不会使人感到意外。"

"那才奇怪呢！你是怎么看出我有欲望征服世界的？我们这群人里，能说出想征服世界之类的话的，只有益子同学。"

益子礼良惊奇地看了北仓小春一眼。

"这个好理解。礼良同学给人的感觉就是一个女王。"我随声附和。

"我这个人容易让人产生误会。其实我一点自信都没有，基本上就是一个胆小怕事者。"

"绝对是骗人的！"隆浩叫了起来。

"愿意做你的忠实奴仆的男生，恐怕不下十个。"我也不同意益子对自己的评价。

"哪有那种事……"

"那么，益子同学的梦想是什么呢？"

"我从小就想当一名幼儿园的阿姨。"

"那绝对不适合你！"

"绝对适合——"益子尖叫起来。

"顺便问一句，健太郎的梦想呢？"我转移了目标。

久米健太郎想都没想，立刻回答："警察。"

这个回答，让大家心服口服。

这时候，皆川保主动说出了自己的梦想："我想当一名电影导演，拍电影。一辈子哪怕只拍一部，我就心满意足了。"

皆川保这个出人意料的梦想，让江口由香里感慨万端。二日市和岬绫音默默地对视了一会儿，脸上同时露出了微笑，其他的事情都不重要了。

"琉璃呢？琉璃的梦想是什么？"

"我？我没有什么梦想。"

"现在正在寻找吧？"北仓小春问。

"那倒没有。听了大家说的梦想，我大吃一惊呢。"

"喂！琉璃……"隆浩突然低声叫道，"是不是那座桥啊？"

隆浩指的方向，有一座很大的拱形桥笼罩在薄雾中。

大家停下脚步，一齐观望。

"啊……可能就是那座桥。"我回答说，"过了那座桥，就是见和希市。"

*

"琉璃也过了那座桥？"

吉井沙梨奈想起了三十六年前的那个夜晚。

预感到母亲已经死去的沙梨奈，紧盯着香织的背影，拼命地蹬自行车。那是一个令人恐怖的夜晚。

"后来……后来怎么样了？新月纪Ⅱ呢？"

　　距离拱形桥还有相当长的一段路，又走了二十分钟，我们看到了见和希市的第一个入口。道路两旁到处都是反对建设密闭城邦的标语牌。我们从这些充满憎恨与敌意的标语前面走过。第一个入口虽然被铁制路障堵住了，但钻过去并不困难。

　　拱形桥全长八百多米，两车道加上人行道有十米多宽，最高的地方有二十多米。一开始过桥就是爬坡，腰腿负担都很大。谁也不说话了，只顾默默地往上爬。

　　越是高处风越大，桥好像在风中摇晃。脚下是一条很宽的大河，掉下去肯定就没命了。也许是心理作用吧，我觉得我们越走越快。

　　坡路开始变缓，快到拱形桥的最高处了。上岛淳突然奔跑起来，跑了几十米，在开始下坡的地方，他好像被什么吓坏了似的猛地站住了。我们追上去，他正呆呆地看着的东西，也映入了我们的眼帘。

第三部

第一章　遴选

1

那时候看到的情景，直到今天都还深深地铭刻在记忆里。拱形桥长长的大坡下面，灰色的栏杆挡住了去路。见和希市的第二个入口！栏杆很高，一看就知道绝对翻不过去。跟栏杆同样高的是顶部有铁丝网的围墙，把整个建筑工地圈了起来。第二个入口的大门后面，是一排形状相同的宿舍楼，还有办公楼和医院。为了这个要连续建设十几年的密闭城邦，首先得建设工人和技术人员的生活设施。宿舍楼对面是相当于好几片足球场大小的水泥地，应该是停放大型建筑机械的场地。能够看到的只有这些了。曾经的见和希市，或者被称为新月纪 II 的地方，除了我们看到的那些，什么都没有了。只有暴露在天空下的荒凉的地面，一直延伸到看不到的远方。稀疏地装饰那无尽荒凉的，除了杂草以外什么都没有。以前肯定有过的林荫和庭园树木，一棵都没留下。简直就像投下过一颗原子弹似的。远方的地面卷起尘埃，打着旋地升腾而起，随后消失在半空。我们无声地看着没有任何遮拦的大地，看着被干燥的风放肆地吹得一片凄清的大地，不知道应该说些什么。

"我们终于来到了这里……"

上岛淳压抑着自己的感情，从牙缝里挤出几个字来。

22 年过去了。站在同样的地方，看到的不再是尘土飞扬的原野，而是闪着银色光辉的巨大建筑物——密闭城邦"新月纪Ⅱ"。

底部宽 755 米，长 2423 米，高 146 米，就像一个用快刀切出来的巨大的四角锥台。它的四个侧面都向内倾斜 51.5 度。外墙用特殊材料涂了好几层，向阳的一面呈银色，背阴的一面漆黑。

顶部宽 523 米，长 2192 米。每隔 100 米就有一个直径 400 米，高 11 米的圆盘状构造，可以当作休闲场所，一共四个。圆盘状构造的侧面是透明的特殊材料当。

"班长，G357 和 K145 的氧气浓度不稳定！"

声音通过眼镜型终端设备 KARUTA 传了过来。

"我调整了送风机的强度，流量还是不稳定。恐怕不只是送风机的问题。"

"那样的话，就得进行大规模的修正。"

"班长，您过来看看可以吗？"

"可以，我马上就过去。"

新月纪Ⅱ安装了九部大型供氧设备，一般情况下只有三部运转，其余六部是为维护保养和对付万一发生的故障准备的。氧气浓度适宜的空气，通过管道和数千个小型风机送到各个房间，通过排气口回收的空气再回到供氧设备里，进行二次加工。

现在，九部供氧设备不管是哪三台运转，都可以使氧气浓度达到规定值。管理供氧系统的人工智能系统，一边对送气和排气的风机进行微调，一边修正系统的误差。

现在正在调整的不只空气调节系统，单单电力系统的发电设备就有四处。其中三处为核融合发电站，一处为应急用的火力发电站。

发电设备也是交替使用的。除了这四个发电站，还有核电池等各种各样的蓄电设备。就算四个发电站都发生故障不能发电了，正常的生存环境至少还能维持一个月。电力设备是最先调整好的，最终确认要等到所有系统全部开动以后。电力系统由大和电力株式会社负责施工。

至于水，当然有储水罐和废水再利用系统，但主要还是把大河里的水引上来净化以后使用。引水用的大型水泵有八台，每两台水泵连接着一台净水设备。为了使十几万个水龙头均匀地出水，必须控制好水管内的水压，目前正在一边放水一边调整。这项工作由水浦株式会社负责。

为了使居住者的营养得到保障，还有培养强化酵母和高蛋白细胞的设备。此外，还要配备使用菌类生产树脂原料的工厂、利用太阳能的人工光合成装置、生产维护保养设备时所需要的零件的机械、处理排泄物的设备，等等，要预先想到所有可能发生的情况，逐一确认和调整。工程技术人员正在夜以继日地奋战。

从工程技术人员身上，可以感受到强烈的责任感和自尊心。要让新月纪 II 运行一百年、五百年，甚至更长。不管怎样，为了这个人类最后的堡垒的存续，用尽了人类文明集大成的技术。

系统调整结束，如果所有的程序都顺利，一年后就可以入住了。所有被人工智能系统选中的幸运儿，都会收到一份入住许可通知书。

2

时光的流逝是不安定的，有时候静止不动，有时候又突飞猛进。过去的影像，却无视了先来后到的顺序，在眼前凌乱地晃来晃去。

出现最多的是儿时的回忆。记忆中的母亲，总是背冲着沙梨奈。

不是在做饭，就是在做上班前的准备。沙梨奈小时候总是呆呆地仰望母亲的背影。母亲偶然回一下头，沙梨奈都会感到高兴，要是母亲抱一抱她，她就更高兴了。母亲常常对沙梨奈说：妈妈去上班的时候，你替妈妈照顾香织，照顾得挺好的。

香织也经常来到沙梨奈眼前，不是长大以后的香织，而是在见和希市一起生活时的香织。香织总是很热情地跟沙梨奈说话，可是沙梨奈听不懂香织的话是什么意思。尽管那样，香织还是不停地说，说完了就走。但现在仔细想想，那时候香织并不是一个饶舌的女孩子。她其实不怎么爱说话，但一开口就很尖刻。这就是香织。可爱，傲慢，聪明，努力，坚强，曾经是我活着的意义所在，是什么都代替不了的我的好妹妹。"香织！你不要走！你不要走啊！这是为什么！为什么！为什么呀！你为什么要先死啊！"那天，沙梨奈看着在病床上逐渐失去体温的香织，放声痛哭。她觉得自己的身体被撕成了一片一片的。

沙梨奈——好像有人在叫她。

"你哭了？"

香织又来到了眼前。

那是中学三年级时的香织。

香织用手里拿的一块手绢，轻轻擦去沙梨奈脸上的泪珠。

"姐姐，你是不是做了一个悲伤的梦？"

梦？

是梦吗？

菌落云、见和希市的灾难、小学校体育馆里母亲的尸体、医院里垂危的香织，全都是梦？

不是的，不是梦。

母亲，香织，都不在了。

可是，眼前这个香织呢？

给她擦眼泪的这个香织。

为什么在这里呢？

对呀——沙梨奈明白了。

香织是来接她的。

终于可以到香织和母亲那边去了。

"是我让姐姐伤心了吗？"

香织的微笑里含着困惑。

"怎么会呢？"沙梨奈深深地吸了一口气，"不管怎样，这是我前思后想得出的结论。我一个人再这样活下去，也没什么意思了。"

"你在说什么呀！不能这样说呀！这样说的话真的会死的。不行！你不能死！一定要活下去！信任你的人还在，可以依靠的人还在呀！不管有什么事，不管会发生什么，你一定要活下去啊！……啊？"香织的脸上浮现出惊讶的神色，"这么说，你知道我是谁？"

"说什么傻话呢？你是我唯一的妹妹呀！因为有你，因为有你留下的那个孩子，我才活到今天，才觉得活着是有意义的呀！"

"你想起来啦？你好了？"

沙梨奈的双手被握住了。

"是我，认出我是谁了吗？沙梨！"

这个令人怀念的声音转眼间带来了奇迹，沙梨奈的世界恢复了秩序。散乱的记忆串联起来，七十五年的人生浮现在脑海里。

这是哪里？

我怎么了？

还有这个长得像香织的孩子……

"……你是……罗奈？"

"吓死我了……"罗奈满脸都是泪，"我得赶紧去告诉爸爸。"

"等等！"沙梨奈急忙叫住了罗奈，"刚才我说什么来着？一个人活下去没什么意思？"

"您就别管刚才的事了，那些都无所谓。"

"好孩子，到底是怎么回事，告诉我，求求你了。"

不知为什么，沙梨奈现在就想问清楚。她觉得没时间了。

罗奈感觉到了什么，重新在沙梨奈的身边坐了下来。

"总之，是这么回事……"

罗奈说，密闭城邦"新月纪Ⅱ"终于建成，希望入住的人交了申请。罗奈和她的父母都申请了。但是，一千个申请者里只有一个人能获得入住的资格。他们也没抱什么希望，可是，前几天他们收到了入选通知。

"我爸和我妈都没入选，只有我一个人可以入住密闭城邦。"

"难道说，罗奈，你要放弃？"

"我爸我妈都没入选嘛！再过一年，我就得离开他们了。还有我的好朋友们，大概……"

"留在密闭城邦外面，还能活多少年？"

"十年左右。"

"只有十年……"

已经这么严重了？

"我呀，不想离开大家自己去长命百岁。一个人孤独地活着，有什么意义呀？"

"在密闭城邦里，也会有人亲近你呀，也能找到朋友呀。"

"可是，没有爸爸妈妈呀。"

"你的想法跟爸爸妈妈说了吗？"

"我跟他们说了，我妈跟我大吵了一架。"

沙梨奈着急起来。怎样才能让罗奈改变主意呢？我能说服她吗？香织，在这种时候，你会怎么说呢？

"沙梨，您知道吗？我经常来看望您呢。"

"我知道，都记着呢。"

"真的吗？"

"不过，我一直以为你是香织。你长得很像香织。"

"香织……我奶奶？爷爷让我看过奶奶活着的时候录的视频。我像奶奶吗？"

"录那个视频的时候，你奶奶已经是大人了。香织上中学的时候，跟现在的罗奈可像了，简直可以说一模一样。"

"奶奶学习特别好，是吧？"

"而且呀，超可爱！"

罗奈害羞起来，好像沙梨奈在说她呢。

"喂，罗奈。"沙梨奈说，"你的生命啊，不只背负着你爸爸妈妈的希望，还背负着我、香织、我和香织的母亲，以及帮助过我们的人的希望，所以……"

"我一个人背负不起来呀！那么沉重的东西！"

沙梨奈的心被罗奈出乎意料的低沉声音刺痛。她这才意识到，自己刚才说的那些话太残酷了。

"是啊……"沙梨奈慢慢吐了一口气，"对不起，罗奈。我只顾考虑我们这些大人的感受了。"

罗奈无言地低下了头。

"不过，罗奈，我再问你一个问题，请你诚实地回答我。"

罗奈轻轻地点了点头。

"你真的，不想活下去吗？"

罗奈抬起头来。

"如果，我是说如果，罗奈对一个人活下去有顾虑，有歉意，有内疚感，那是不对的，绝对不要有这种想法。"

……

"你说得对，我把你背负不起的沉重的东西压在了你的身上。即便是这样，我也希望你活下去。我就是希望你活下去，哪怕只是多活几十年。当然我最希望你度过完整的一生。好不容易来到这个世界上，而且有活下去的机会，我不希望你把机会白白浪费掉。感觉来到这个世界真好的瞬间，我希望你多多体会呀！"

"您觉得在密闭城邦里也能感觉到那样的瞬间？"

"当然能啦。"

"被封闭在那个监狱似的大盒子里，也能感觉到？"

"留在外边会窒息而死的呀！"

罗奈的表情僵硬起来。看着她依然幼小的肩膀，沙梨奈真想一把将她抱在怀里。当然，这孩子什么都知道，她是经过拼命的思考，才做出留在外面，死也要跟爸爸妈妈在一起的决定。沙梨奈心想：我刚才那些话，也许只能加深她的痛苦。尽管如此，我还是希望她能活下去。

"我想说的就这些了。"沙梨奈微微一笑，"接下来的事情就由罗奈去思考，去判断。就算你最后的结论是不进密闭城邦，也没关系。"

"真的吗？"

"刚才我说的那些，都是我自己的愿望。罗奈嘛，还是应该按照自己的愿望做判断和决定。但有一条，绝对不能欺骗自己。"

"……我知道了。我再想想看。"

"谢谢你，罗奈。"

罗奈从椅子上站起来，就像要把沉重的心情吹走似的，脸上露出笑容。

"明天，我和爸爸一起来看您。"

"琉璃还好吗？"

"嗯。"

"小春呢？"

"好得不能再好了。"

"回去要跟妈妈和好哟。"

"知道了。"

罗奈对沙梨奈说了声"明天见",转身走出病房。

回响在楼道里的脚步声越来越小,罗奈走远了。完全听不到她的脚步声以后,一种令人失魂落魄的、极度的倦怠感袭来,但其中也伴随着无法形容的满足感。

"香织……"

我做得对吗?尽到我的责任了吗……刚才好不容易串联起来的记忆又变成失去了意义的碎片。沙梨奈再次回到了混沌的世界里。

*

刚走出医院,视界里的警报灯就开始闪亮。终端设备 KARUTA 上的投影显示,空气里的氧气浓度已经低于 18% 了。迎风方向一定有 FCB 降下来了。

我竖起右手食指,将视界里的菜单画面调了出来。最新式的眼镜型终端设备 KARUTA,不像便携式电子设备 AKUFU 那样需要使用子监视器,而是自带终端。将出现在视界里的警报解除以后,手指横着一滑,菜单画面也消失了。

现在还不感到呼吸困难,但是为保险起见,我还是戴上了口罩型氧气面罩。表面上看,这种氧气面罩跟普通的口罩没有什么区别。它的内侧使用的是特殊纤维,可以吸附人在呼气时呼出的气息里的氧气。吸气的时候,特殊纤维就释放之前吸附的氧气。这样,就可以使吸入的空气中的氧气浓度提高 1%。我刚上初中的时候,这种口罩型氧气面罩就开始普及了。

抬头随便往天上一看,就看到五块 FCB。不过都是积云型的,没有立刻降下的征兆。FCB 的背景是灰蒙蒙的天空。听说，以前天空晴朗的时候是湛蓝湛蓝的、透明的。我只在照片上或视频里见过那样的天空，而且一直认为那些照片或视频是处理过的。

今天的世界，新生儿在急剧减少。不是因为人们不想要孩子，而是因为好不容易怀上了孩子，等不到出生就胎死腹中。

根据某位专家的预测，现在跟我同岁，也就是十四岁的人，能活到三十岁的到不了一半，能活到四十岁的基本上就是零。所以，有人称我们这一代人为"Last Generation"（最后一代）。母亲特别讨厌这种说法。

3

"我可以问一下理由是什么吗？"池边琉璃尽量平静地问道，"你已经做到这一步了，现在放弃，我觉得太可惜了。"

桂木达也是池边琉璃教授指导的博士生，为了做博士论文，已经制订了一个非常可行的实验计划。

"我……我申请入住新月纪Ⅱ，结果……没被选上。"

"所以博士论文就不做啦？"

桂木达也抬起眼皮，充血的眼睛看了琉璃一眼，马上又垂下去了。

教授的办公室不大，只有办公桌和一套接待客人用的沙发。文献都由网络保管，打开电脑就能查到，用不着书架。

"总觉得自己能被选上，可是……"

"受打击了？"

能住进新月纪Ⅱ的只有十二万人。人工智能系统分析每个人的各种数据，做出最后的决定。"有利于大规模封闭社会长期存在"这个最终目标是明确的，但其他选择标准都不透明。选定过程被设定为外部不可能介入状态。还有，即便对选定结果持有异议，也不能公开表示，这些在有关新月纪Ⅱ的一系列法案中都有明文规定。

"……总而言之，我这个人对人类存续来说是无用之人。"

"桂木君，这样说就太过分了吧？"

"不过，我迄今为止的所有努力，都被否定了。"

"顺便告诉你，桂木君，我也没被选上。"

桂木达也吃了一惊，不由得抬起头来。在一瞬间，他的脸上闪过一丝笑容。

"我以为……池边老师一定能被选上的。"

"简单地计算一下就可以知道，一千个人里才能有一个被选上，没被选上是很正常的吧？"

"那倒也是。"

"桂木君的心情我能理解。"琉璃长长地吐了一口气，"博士你不想读了，我感到很遗憾，但这也是没办法的事。不过，你退学以后，打算做些什么呢？"

"做点自己想做的事，享受世界留给我的最后时光。"

琉璃用勺子舀起一勺咖喱饭送进了嘴里。这咖喱饭是用微波炉加热的方便食品。口感和味道还是可以的，不过肉和蔬菜都是假的，米饭也是人工米。这种饭只能满足人体所需要的热量，不能满足人体对矿物质、维他命、蛋白质等的需要，于是政府就发给市民强化酵母片剂。这种酵母通过改变遗传基因，使各种营养的含量大大提高，培养比较容易，成本也不高，可以应付当前粮食不足的情况。

"像桂木这样的人越来越多了。有的突然辞掉工作，就再也不上班了；有的突然离开家，就再也不回了。"

坐在琉璃对面的是已经跟他在一起走了十六年人生路的小春。高中时代他们并没恋爱，大学四年级的时候偶然相遇，然后坠入情网。

大学毕业后开始同居，后来小春怀上了罗奈，他们就结婚了。小春没有什么食欲，只用勺子尖一点一点地挑着吃。

"罗奈的中学里，已经有好几个学生不去学校了。不只学生，有的老师也不去了。"

琉璃无可奈何地摇了摇头。

"感觉人类社会终于到了最终章。"

现在，天上看不到红云的日子已经没有了，漆黑巨大的 FCB 几个小时笼罩在头顶的情况一点都不稀奇。几乎要覆盖整个地球的 FCB 遮住了太阳的光和热，使海流和气流系统发生紊乱，世界各地不是干旱就是豪雨。

日本好多年以前就没有梅雨季节了，一年到头空气干燥，加上冷夏和病虫害的影响，水稻产量还不及以前的一半。

大气中的氧气浓度下降速度超过预测，在不久的将来，口罩型氧气面罩就无法保命了。如果在有制氧装置的密闭住宅，人还可以活下去，如果没有，人就只能在缺氧的状态下痛苦地死去。经济活动停滞，社会将不再是社会。距离事态发展到那一天，已经用不了十年了。

就算做准备，个人的能力也很有限。如果水电等基础设施停摆，连日常生活都不能保障。躲避的唯一办法就是进入密闭城邦。

"罗奈被选上，真是太好了。虽然咱们一家三口只有她一个人能进入密闭城邦，也是值得我们高兴的。"

琉璃使劲儿点了点头："是的，罗奈这孩子运气好。"

"可是，这孩子根本不知道这是多么幸运的事。"小春叹了口气，继续说道，"对了，听说她去医院跟沙梨奈阿姨谈了谈，是真的吗？"

吉井沙梨奈得了严重的痴呆症，连琉璃都不认识了。但是，上个周末罗奈去看望她的时候，她突然恢复了，还跟罗奈交谈了一会儿。琉璃听说后，立刻赶到医院看望，结果发现沙梨奈还是老样子。

第二天，琉璃带着罗奈又去了一次，沙梨奈根本就认不出琉璃是谁，更不用说跟琉璃说话了。

"可能只是一时恢复，这种情况也不能说绝对没有。"

"罗奈跟沙梨奈阿姨谈了些什么，你问罗奈了吗？"

"没有。不过，罗奈说要重新考虑一下入住新月纪Ⅱ的事。说明这孩子改变了想法。沙梨一定说了什么话，打动了罗奈。"

"这件事让我再次认识到，沙梨奈阿姨是一个非常了不起的人。"

"啊……"

"不过呢，我心里觉得酸溜溜的。"

"因为我们当父母的都没做到的事，沙梨做到了？"

小春躲开琉璃的视线，点了点头。

"好事嘛！罗奈得到各种各样人的帮助，才能学会怎么生活，怎么做人嘛。"

"你说得对……"

"我们和罗奈在一起的时间不多了。"

"……嗯。"

"罗奈没问题的，我们就放心吧！"

*

"哼！"

桂木达也一拳打在床上。

密闭城邦是人类最后的堡垒。桂木达也想做这个堡垒的守护者，想成为一个担负人类希望的存在。攻读微生物学，就是因为他知道，在一个密闭的空间里，为了保持卫生的环境，控制细菌和霉菌等微生物是不可或缺的。

但是，能够入住密闭城邦的，只有那些被人工智能系统选中的人。

微生物专家一定也有被选中的，但不包括自己。看来那个密闭城邦并不需要自己。

那么，什么样的人可以入住密闭城邦呢？什么样的人被选中了呢？

在达也眼里，他周围的人都像是被选中的，都可以入住密闭城邦。走在大街上，无论谁跟他擦肩而过，他都会瞪人家一眼，都想问问人家：你是不是被选中了？

你被选中了呀！为什么？为什么不是我！为什么我就不行呢？为什么……

4

对于父亲来说，沙梨甚至代替了我母亲的位置。当我还是一个幼儿的时候，沙梨就给我读书。我快出生的时候，沙梨比谁都高兴。这一点就连母亲都承认。在我的记忆中，沙梨给予我的都是爱。不过只有一次让我觉得莫名其妙。那天，沙梨看着我的脸，眼泪哗哗地往下流。我吃惊地问："沙梨，你怎么哭了？"沙梨什么也没说，只是把我紧紧地抱在怀里，我都觉得有点疼了。

"有人说我的心情是假的，其实我都不知道自己的心情是什么样的。"

那天我跟沙梨交谈，也许是一件非常特别的事情。为什么我没跟她多谈谈呢？现在想起来非常后悔。

"我呀，实际上并不了解自己。"

后来，我又多次去看望沙梨，都没有发生奇迹。今天的沙梨也是半躺半靠在病床上，用奇怪的眼光看着我。尽管如此我还是一个劲儿地跟她说话。在沙梨的目光注视下，我会觉得很轻松，也会变得很坦率。

"离开父母和朋友，就算自己一个人能活下去，也没有什么意义。

这绝对不是假话。可是，我也不想死，我想活下去。"

我不能两边都占着。选择了一边，就必须放弃另一边。所以我心里很矛盾。

"问题是，不想成为孤零零一个人的心情，和想活下去的心情，哪个更强烈一些。"

想活下去的心情属于本能。作为一个人，谁也不会认为死了更好，因为那样的想法是反本能的，属于精神扭曲。

"正如沙梨所说，只有我自己一个人活下去，我会感到内疚。没错，内疚的心情肯定是有的。不过，可能还不只内疚……"

要不要接受父母和沙梨的劝告，继续活下去呢？我很犹豫。为什么犹豫？因为我害怕背负起那么沉重的责任。重压之下双腿发抖，无法前行。

中国建设了一百八十二个密闭城邦，美国建设了六十一个，其他国家也建设了不少，有的还在建设中。日本着手建设的密闭城邦，至今只有新月纪Ⅱ这一个。

听祖父说，当初日本曾计划建设三个密闭城邦，但是由于政治混乱，建设计划受挫，结果动手晚了。预算、资材、人才，方方面面的不足，造成第二个乃至第三个密闭城邦一直陷于冻结状态。经过改造，新月纪Ⅱ的设计可以容纳十二万人，比当初的设定多了两万人。于是，新月纪Ⅱ成了世界上最大的密闭城邦。

将来住在新月纪Ⅱ的十二万人，不仅担负着使日本延续下去的重任，还担负着使人类延续下去的重任。住在新月纪Ⅱ的人，必须有担负这两大重任的觉悟。可是，我还没有这种觉悟。我还想当父母的孩子，不想失去父母保护之下的生活。总之……

"好可怕……"

没想到这句忽然从嘴里冒出来的话，刺中了我的灵魂深处，我感到狼狈不堪。

不是因为感到责任重大而退缩，我只是单纯地害怕。世界就要完结了，在这种时候离开父母独自去新月纪Ⅱ，我感到害怕，感到恐怖，恐怖得都快疯了。

5

这习惯还活在我心里呀——池边琉璃略微感到吃惊的同时，苦笑了一下。今天，他回到了自懂事起一直到大学时代住过的公寓。有两年多没回来了。但是，当他意识到自己站在客厅飘窗窗台前面的时候，发现从小养成的习惯还没有改变。

窗台上的小监视器感应到人体的温度后亮了。但是，画面上不是年轻时的母亲，而是三岁时的罗奈，声音也同时响起。

"啊，对了，换新监视器的时候，视频内容也换了。"

视频里的罗奈刚刚学会说话，那样子非常努力，非常认真。真是太可爱了！简直就是仙童下凡。在三岁的罗奈脸上，已经可以找到她的奶奶香织的面影。话是这么说，其实琉璃对自己母亲香织的印象，都是从照片和视频中得到的。

"老爸，我妈的视频呢？删除了？"

"怎么可能删除呢？保存得好好的，有好多备份呢。"

父亲从冰箱里拿出两罐仿啤酒型含酒精饮料，递给琉璃一罐。

"现在还看我妈的视频吗？"

琉璃说着拉开饮料罐喝了一口。虽说制造商努力模仿了啤酒的口感，但只能说是加了酒精的苦汽水。

"有时候看。"

"带声音的？"

父亲斜着眼睛看了琉璃一眼，也拉开了饮料罐。

"不过嘛，我已经不哭了。"

"真的吗？"

父亲喝了一口饮料。

"说实话，有时候也哭。"

"所以您没办法再婚。夏怜阿姨也不要您了吧？"

"你这小浑蛋！我一个人过一辈子挺好的。"

"爸爸上了岁数，跟别的老人一样古怪。"

"别老说这种让我讨厌的话。"

父亲笑着坐在沙发上。

琉璃坐在父亲的对面看着父亲。润太已经六十五岁了。十二年前辞去内务省的工作以后，一直辅佐大迫鼎。新月纪Ⅱ就要建成的时候，他正式引退。

"你觉得我老得不行了是吗？"

"您怎么会这么想？"

"琉璃难得到我这里来嘛。"

"我可没有那么担心您。"

的确，父亲的生活并没有发生太大的变化。客厅还是两年前那个样子，用了多年的老沙发还摆在那里，地板看上去也经常打蜡，保持着光泽。要说有什么新变化，就是增加了一台电器：靠墙放的家用制氧机。当室内氧气浓度低于18%的时候，微电脑控制的制氧机就会启动。现在它处于休眠状态。

"对了，听说小关伸吾要去参加新月纪Ⅱ的落成典礼。"

"小关老师啊……"

"你很长时间没跟他联系了吧？"

"嗯，确实是好久没联系了。"

"上个月我跟他见面的时候，他让我转告你，他生你这个学生的气了。"

"啊？是嘛……"

琉璃高中三年级的时候，学校请小关伸吾来学校演讲。当时他已经离开了美国夏果研究机构，正全力进行关于密闭城邦世界形势的启蒙活动。听了小关伸吾的演讲，琉璃的内心产生了强烈的反响，就把自己的想法写出来，用邮件的形式发给小关伸吾。几天以后，小关伸吾回邮件了，那时候琉璃才知道，他是母亲大学时代的朋友。他是知道香织的儿子在那所学校读高中才来演讲的，还是偶然来的，琉璃不得而知。但是后来，小关伸吾成了琉璃难得的知心人。琉璃选择微生物学研究，在很大程度上也是因为得到了小关伸吾的指点。

"还有，我听以前内务省的同事说了这样一件事，值得引起注意。"父亲的声音变得沉重起来。

"互联网检索的关键词'伟大的终结'检索率急剧上升，你知道吗？"

"伟大的终结？"琉璃不由得脊背发凉。

"对得到入住许可的人进行恶意攻击甚至威胁。"

"得到入住许可的名单属于绝密，不可能被泄露出去啊。"

"不是泄露出去的，很多都是本人告诉朋友或在互联网上炫耀导致的。现在事件性质还没有确定，详细情况还没有公开。"

"我已经反复叮嘱过罗奈，千万不要告诉外人。我觉得不用担心罗奈。"

"一定要注意罗奈的人身安全，而且要加倍注意。"

"真是人类社会到了最终章的感觉。"

"最终章。"

"小春这样说过。"

"最终章……最终章……"父亲慢慢将视线移向远处，"我记得香织说过……你还在她肚子里的时候，她时常感到不安。她说……让你降生到这样一个世界上来，你也许会怨恨我们……"

"当时爸爸是怎么说的？"

"我说，就算我们的孩子活着的时候赶上了人类灭亡的时刻，也绝对不能说这孩子的人生没有意义。在怎样的人生中都能找到快乐，哪怕只是一个瞬间的快乐。只为那个瞬间的快乐，就值得降生到这个世界上。哪怕只有一个瞬间，他也肯定会觉得，降生到这个世界上来，真是太好了。"

"爸爸，您是对的。您说的那样的瞬间，多得数不过来。感谢你们生下我。"

"是嘛……"父亲眨了眨眼睛，"你们生罗奈的时候，没有犹豫过吗？关于是生还是不生。"

"也不能说一点没有过，不过……"琉璃的意识在一瞬间飞回了过去。

"不过什么？"

"没什么。高中时代，我们班有一对情侣，是大家公认最合适的一对。他们说，虽然世界变成了这个样子，结了婚还是要生孩子的，决不能败给严酷的现实。他们的话给了我很大的鼓舞。"

"嗬……"

"不过，现在想起来，我们作为父母，好像有点不负责任。把问题想得太简单了。"

"为什么这么说？"

"罗奈可能会有如果不降生到这个世界上来就好了的想法。如果确实如此，我们做父母的是不是……"

"你听罗奈说过那样的话吗？"

"……没有。"

"罗奈身上不仅流着香织的血，更流着小春的血，是个很坚强的孩子。你该放手让她自己去闯了。"

"可是，她毕竟才十四岁呀。不得不离开父母，多可怜呀。人工智能系统为什么要这样选择呢？为什么要把一个好好的家庭活活拆散呢？"

"香织失去母亲的时候，跟现在的罗奈年龄差不多，她也成长得很好嘛！"

琉璃盯着父亲的脸问道：

"您的意思是孩子离开父母也能成长……我们应该早些放手？"

"可以这么说吧。"

"原来如此……也许爸爸是对的。"

"对了，你刚才说的上高中时你们班那公认的一对呢？现在怎么样了？"

"就像他们当时宣布的那样，结婚以后生了两个孩子。"父亲好像放下一件心事似的，眯起了眼睛。

"了不起的一对啊！"

"可是，能不能入住新月纪Ⅱ……"

"他们全家要是都能被选上就好了。"琉璃点头表示赞同。

6

桂木达也慢慢走在家乡那令人怀念的道路上。这边曾经是新兴住宅区，现在很多房子都空了，安静得令人害怕。

老家的独幢小楼母亲一个人住着。氧气浓度问题还没有什么人议论的时候，祖父盖了这幢小楼。这幢小巧玲珑的二层楼有个庭院，但不算太大。以前家里养过一只猫，四年前那只猫老死以后，就再也没有养过宠物。

"我回来了！"

达也推开家门喊了一声。母亲立刻从里屋跑了出来，她好像瘦了。

"达也！你回来啦！"

看到母亲的那一瞬间，达也的眼泪差点流出来。他把不能入住新月纪Ⅱ，以及不再读博士等事情都告诉了母亲。

"今天就住家里吧？"

"不，我还有点事。"

母子俩一边往餐厅里移动一边说话。

"找工作？"

"对，找工作。"

现在这个世道，很难找到工作。不过，政府免费发放强化酵母，更何况，现在有无条件基本收入制度，没有工作也能维持生活。国家发生长期经济停滞时，如果不顾及贫困阶层，社会治安就会恶化。对付这种情况需要大量人员和资金，还不如让每个国民有最低限度的固定收入。这样不但消除了犯罪的诱因，在预算上也比为了维护社会治安投入大量人员和资金便宜。

"你喝点什么？冰箱里有汽水。"

"不，不喝。"

"到家了还客气什么。"

"不是客气。"

餐厅还是老样子，还是那张一块木板打成的厚重的餐桌，只不过桌面上有的地方油漆剥落了，失去了往日的光泽。达也在餐桌边坐下来，母亲坐在他对面。以前在一起生活的时候，都是这样坐的。

"好久没有像这样跟达也面对面地坐在家里了。好多邻居都搬走了，人越来越少，让人觉得好寂寞。在这里生活太不方便了，人们离开也是没办法的事。"

"对不起……"达也垂下了眼皮，"我进不了新月纪Ⅱ了。"

"这怎么能怪你呢？你道哪门子歉？"

但是，达也知道，母亲为了支持他读博士，可是吃了不少苦——听说有专门知识的人容易被选上，就拼命供他读书。而且，为了让达也被选上的概率高出微不足道的那么一点点，母亲没有申请入住新月纪Ⅱ。达也求母亲申请，到最后母亲也没点头。母亲说，如果万一她被选上而达也没有，她会后悔死的。

达也突然觉得有什么地方不对劲。

母亲的表情里一点发愁的影子都没有。遇到这样的情况，母亲绝不会是这样一副无所谓的态度。

"妈……"

"嗯？"

"发生什么事了吗？"

"怎么了？"

"我看您一点都不难过。"

母亲好像就等着达也问这个问题，笑着回答："达也，不用担心了。"

"……不用担心什么了？"

"密闭城邦，住得进去。达也住得进去，你妈我也住得进去。"

达也吓得浑身发冷，以为母亲精神失常了。他盯着母亲的脸，看了半天才说话。

"可是，新月纪Ⅱ的遴选结果已经出来了。我没被选上，您呢，连申请都没申请。"

"不是新月纪Ⅱ，是另一个密闭城邦。"

"……另一个？"

"不骗你！"

母亲开朗地说完，站起来走到里屋去了。回到餐厅时，手里拿着用透明塑料封皮封着的两份文件。她把两份文件并排摆在餐桌上。

"有我的，也有达也的。"

文件的抬头是：大和密闭城邦居住权认定证书。

"这个大和呀，是日本的好几个大企业合作，秘密建造的地下型密闭城邦，只能供一万人居住。有钱人争相申请。不过呢，考虑到人道主义原则，像我们这样的普通市民也有一定比例入选。早点出资，就可以优先拿到居住权。"

"您交钱了？"

母亲点了点头。

"交了多少？"

"这是秘密！"

"妈！"达也下面的话就像是从牙缝里挤出来的，"这是假的……"

"我就知道你会说是假的。放心，这绝对是真的。你就不用担心了。"

"在日本，民间建造密闭城邦是不可能的。密闭城邦不是那么简单地就能建造的。妈！您上当了！"

"没有！这是真的！"

"妈！"

"为了拿到这两张证书，我把所有的存款都取出来了。在密闭城邦里，所有的东西都是免费的，用不着钱了——负责人是这么说的。"

"负责人是谁？在哪里？"

"我们的负责人，也是推荐我们的人，是个特别特别好的人。其实有人排在我们的前面，但他们像达也那样，说人家是假的，负责人就不给他们办了，所以我们才有了机会。"

达也连指出其中的矛盾的心情都没有了。

"我们被选上了。还是有人关心我们的，我们的努力得到了认可。达也，真是太好了。可以活下去了。我们努力了，对吧？我们没白辛苦。苍天不负认真生活的人啊，太好了，真是太好了呀！"

"你！你怎么这么傻呀！"

达也控制不住自己的情绪，连最起码的礼貌都不顾了。

"就是因为你干了这种蠢事，我才失去了住进新月纪 II 的机会！"

母亲呆若木鸡。

"达也，你……你在说什么呀？"

"这种骗人的玩意儿你也……"达也说着把手伸向那两份文件。

"达也！这个你得给我留着！"

母亲比达也快了半秒，一把将文件抢过来抱在怀里，拿出誓死保护文件的架势。仿佛那两份毫无意义的文件就是她的爱子。

"这个我得好好保管。达也早晚会明白的，我要一直保管到那一天！"

达也难过地把脸扭到一边去了。

7

在教室里跟同学聊天，上课时举手回答老师的问题，大家围坐在一起吃午饭，听了老师说的笑话哈哈大笑，笑着跟同学挥手说再见，然后踏上回家的路。之前从未想过，这些理所当然的习惯了的日子，会这样简单地被掐断。

一个不来上学了，两个不来上学了……全班十八个同学，现在来学校的只有七个。空着一半以上座位的教室里，没有了往日的欢声笑语，就连不经意的交谈，都有很不自然的东西掺和在里边。法律禁止询问任何人是否得到入住新月纪Ⅱ的许可，就算疏忽大意也不能成为聊天的话题。

此时全力支撑我们的，是班主任河原老师。这位女老师今年二十九岁，给我们上体育课。她在每一个运动项目上都特别出色，是一个万能型的体育人才。腰板总是挺得直直的，英姿飒爽，威风凛凛。

"我认为，使人成其为人最重要的东西，是相信明天，不懈努力。

我们要为自己能继续学习感到骄傲，大家一定要坚持到毕业那一天！加油！"

开班会的时候，河原老师逐一看着我们，对我们说这些话，我的眼泪都快流下来了。遇到这样一位班主任，真是太好了。

可是这一天，预备铃都响了，河原老师还没有出现。我脑海里掠过一丝不祥的预感。这时，楼道里响起吧嗒吧嗒的急促的脚步声，推开教室门走进来的是教我们社会课的仓林老师。仓林老师还不到五十岁，但人很瘦，额头很宽，看上去有六十岁，我们给他起了个外号——老仓头。

仓林老师站在讲台上，语速很快地说道：

"河原老师辞职了。只知道是出于个人原因，其他不清楚。"

我觉得有点不对劲。昨天放学之前，河原老师还对我们说明天见呢。

"太逞强。弦绷得太紧，断了吧？"

仓林老师低着头自言自语了一句，猛然抬起头来。

"学生和老师都越来越少了，现有的班早晚要合并的，在合并之前呢，我当你们的临时班主任。另外，今天的第一节课变更为班会。"

同学们好像还没有反应过来，当然，我也没反应过来。不管河原老师发生了什么，同学们都有一种被她背叛的感觉，有的同学甚至捂着脸哭泣起来。

仓林老师用他那干燥的眼睛看着我们。在他的目光里，我们好像发现了什么。哭泣的同学也不再哭了，屏息静气地等着仓林老师说话。

"作为临时班主任，我想先问同学们一个问题。"

仓林老师说话的声音非常平静，跟眼下的情况不相吻合。

"你们为什么还来学校？"

我们没听懂他的话是什么意思。

"如果你们将来都可以住进新月纪Ⅱ，每天来学校还可以理解。因为那里也有学校，现在掌握的知识，到了那边也有用。将来如果当了医生，被分配到医院工作，照样能过上好日子。可是，从入选的概率分析，这里的七位同学加上我，一共八个人，充其量也就有一个被选上，也可能一个都没有。顺便说一句，我没被选上。"

仓林老师的深眼窝里，露出黏糊糊的笑意。

"你们就是考上了高中，考上了大学，毕业的时候这个世界会变成什么样，谁也不知道。到那时候，恐怕粮食短缺、物质匮乏、治安恶化、水电皆无，最后缺氧而死。在学校学过的知识可能一点都用不上。可是呢，你们还是每天坚持来学校。我想知道理由是什么，谁能告诉我？"

同学们互相使了个眼色。

坐在靠楼道那一侧的一位同学举手了。

他的名字叫笹本康太，是班委。

"笹本同学。不用站起来，坐着说就可以了。"

"我对这个世界还没有绝望，我认为世界不一定会到老师刚才说的那一步。"

"你的意思是人类世界还会继续下去？"

"我认为这种可能性还是有的。"

"原来如此。别的同学呢？"

又有人举手，是坐在后面的远藤海。他是我们班的"数学先生"，就连高中的数学题都难不倒他，名副其实的秀才。

"爸爸对我说，要学习到生命的最后一刻，哪怕明天死亡降临，今天也要学习。"

"对于你爸爸的说法，你是怎么看的？"

"我认为是正确的。"

"很好！别的同学呢？"

但是，没有人再举手了。

"我从来不强制同学发言，我希望同学们主动发言。"

仓林老师非常坦然地等待着。还是没有人举手，令人窒息的沉默。仓林老师似乎在享受同学们的沉默，一直微笑着。我内心的困惑卷着旋涡，变成了另外一种情绪。等我回过神来，已经把手举起来了。

"好，池边同学。"

"我到学校里来，是因为能见到同学们。"我尖声地回答。

但是，仓林老师用非常肯定的态度点了点头。

"同学们的想法我基本上了解了。"仓林老师重新看了每个同学一眼，"不管将来怎么样，我们都要学习。表面看来缺乏合理性，但是，我认为这才是一个人应有的姿态。你们的心灵，很美！"

仓林老师说的这些话跟河原老师说的，道理是相通的。

"也就是说，作为一个人，最重要的不是活多久，而是每活一天都要活得美丽、活得精彩。同学们说，对不对呀？"

不知为什么，同学们没什么反应。

"我还想请同学们思考一个问题。"仓林老师慢慢地吸了一口气，"为了活得美丽、像新月纪Ⅱ那样的密闭城邦，到底需要不需要呢？"

仓林老师的压力增大了。

"密闭城邦被称为人类最后的堡垒，但绝对不是乐园。在那样的封闭空间里，人们自身排放的毒素会让大家在自己家里中毒、发狂。那里构筑的社会，将凝缩人类所有丑恶的东西，说明确一点，就是一座地狱。那么，同学们，就这个看法发表一下意见吧！谁先说？谁先说都可以。"

我的身体变得僵硬起来。我感到恐怖，就好像捕食者在向我逼近。

"没有人回答吗？也是，对于同学们来说，这个问题也许太难了，也可能是我问得太突然了。那我就换一个简单的问题。"

仓林老师装模作样地停顿了一下。

"平等的世界和不平等的世界，哪个是正义的？谁来回答这个问题？"

"我认为平等的世界是正义的。"

又是班委笹本康太。

仓林老师的表情突然变得严肃起来。

"你这样认为吗？"

仓林老师说话的声音让人害怕。

笹本康太脸上渗出了汗珠。

"你真的这样认为吗？平等的世界是正义的，不言自明嘛！这是不容怀疑的绝对的真理！笹本同学，你说是不是啊？"

"……是……是……"

"那请你再说一遍。平等的世界是正义的。"

"平等的世界是正义的。"

仓林老师的表情变得柔和了一些。

"笹本同学，回答得很好！谢谢你！"

"……没什么……"

"同学们，正如笹本同学所说，在现代社会，平等就是正义，就是善！我想不会有人对此提出异议。那我再问你们一个问题。为了一小部分人得到利益，强迫绝大多数人做出牺牲，这样的世界，是不是平等的呢？"

"是不平等的。"

回答的还是笹本康太。

仓林老师脸上流露出满意的表情。

"那么，接下来的问题是，怎样才能把只有一小部分人得到利益的不平等世界，变成一个正义的平等的世界呢？"

这个问题笹本康太回答不了。

"谁来回答？"

没有一个人举手。

"为什么回答不上来呢？这不是一个非常简单的问题吗？"仓林老师不高兴了，"把苦难平均到每一个人身上——这就是答案。比起只有一部分人能得到利益的社会，所有的人都受损失的社会更好，更美！同学们也这样认为吧？"

有的同学回答是，有的同学没出声。

"好，现在让我们回到最初的问题上。密闭城邦是我们所需要的吗？不，我换一种方式问，一个有密闭城邦的社会，是平等的社会，还是不平等的社会呢？谁回答？"

有人举手。这回不只笹本康太，另外两个同学也举了手。

"寺内同学，你来回答。"

寺内纱希，平时很不显眼的一个女同学。

"有密闭城邦的社会，是不平等的社会，是没有正义的社会。"

"没错！说得太好了！非常好的回答！"仓林老师满面笑容地表扬。

寺内纱希也笑了，还向仓林老师鞠了一个躬。

"正如刚才寺内同学所说，有密闭城邦的社会没有正义可言。我们的社会里，不能允许那样的东西存在。但是，就在我们这个国家，在我们日本，新月纪Ⅱ竟然建成了！只有很少一部分人可以住进去避难。他们可以活下去，而我们绝大多数人呢，却被扔在这个就要灭亡的世界里。同学们说，这样的事情是能够被允许的吗？这样的社会还有正义吗？"

"可是，所有的人住进去的机会是平等的。"

说话的人是我。我还没有来得及仔细考虑就说了出来。

"你刚才说什么来着？"仓林老师和气地问。

我只好横下一条心，把自己想说的话都说了出来。

"新月纪Ⅱ，从结果来看是不平等的，但是，遴选过程我认为是平等的。"

"你怎么敢保证是平等的？如果是百分之百地随机抽选，也许还能说是平等的，但实际上是人工智能系统遴选的。人工智能系统是人设置的？是谁设置的？怎么设置的？我们都不知道。这本身就是不平等。"

"这……"

"这么说，你是认可新月纪Ⅱ的喽？"

"那是……"

"认可新月纪Ⅱ，就是认可不平等的社会！原来你认可不平等的社会呀！"

"不！我……"

"你什么你？把话说清楚！"

我找不到合适的词语回答，不免有点后悔，应该想好了再发言。

"莫非……"仓林老师眯缝起一只眼，"……你被选上了？"

我的心脏剧烈地跳起来。

但是，他这样问我，明显是违法的。

仓林老师大概也意识到自己违法了吧。

"好，你不用回答这个问题。刚才的话，我收回。"他非常愤怒地用鼻子喷出一股气，"总之，我认为你是个想问题想得比较深的学生。如果能向笹本同学和寺内同学学习，就更好了。"

我低着头，一句话也不说。

"有同意池边同学看法的人吗？要是有，不用有顾虑，尽管说。"

老师这么说话，谁还敢举手啊。

"好像没有嘛。好，咱们换个话题，其实呢，这才是正题。这个星期六，将举行大规模的游行集会，要求废弃新月纪Ⅱ。集合地点是国会议事堂前面，我当然要参加。我要竭尽全力去维护正义！绝对不强迫同学们，但我希望同学们也能参加。怎么样？"

"我参加！"笹本康太马上响应。

"太好了！笹本同学能参加！"

"我也去。"寺内纱希也劲头十足地说。

"太棒了！"仓林老师欢呼起来。

"我也参加。"

"我也去。"

又有同学响应。

仓林老师热烈地鼓掌。

"太棒了！太棒了！我早就看出来了，你们都是非常棒的学生！"

我再也忍受不下去了，从座位上站起来，拿起书包朝教室后门走去。

"喂！池边同学！还没下课呢！你去哪儿？"

我停下脚步，转过脸看着仓林老师。

"我身体不舒服，回家！"

仓林老师又说了句什么，我没理他，径自走出了教室。

"罗奈！等等我！"

出校门的时候，忽然听见身后有人叫我。

追上来的是同班同学樱井亚美菜，刚才她也在教室。

"怎么了？"我吃惊地问道。

亚美菜把提在手上的书包向上举了一下。

"我也跑出来了！"

"啊？为什么？"

"跟罗奈一样，生气！"

"我只说我身体不舒服，我可没说生仓林老师的气了，一个字也没说哟。"

"这个老仓头，气死我了！"

"啊。"

我俩对视了一下，同时呼出一口气。

"又是伟大的终结那一套！"

我们肩并肩往前走着，亚美菜打开了话匣子。

"瞧老仓头那自命不凡的样子。什么与其只有一部分人能活下去，还不如大家一起美丽地死去。混账话！"

亚美菜是个非常正直的女孩子，有时候太正直，说话就不那么好听了。

"那老家伙没被选上，进不了新月纪Ⅱ，是他自己说的吧？其实他比谁都想住进去！没被选上他懊悔得要死，就煞有介事地说那些漂亮话，听着真难受！我长大可不想做一个那样的人。对了，要是长大后还能活着的话。"

以前，亚美菜从没像今天这样说起来没完没了。我好像在哪本书里看到过这样的话：一个人在犹豫要不要把心事说出来的时候，就会一反常态地变得很爱说，但持续时间不会太长。亚美菜就是，说着说着突然就蔫了。

我看了一眼她的侧脸，果然是有心事的样子。

"我呀……"

我等着她往下说，就像等着一滴慢慢膨胀的水滴掉下来。

"……我也进不了新月纪Ⅱ……我也没被选上。"

说完这句话，她马上又慌慌张张地说："啊，罗奈什么也不用说！我只是随便说说，绝对没有让你告诉我你选没选上的意思！"

亚美菜也许是因为把心事说出来了吧，表情比刚才显得明快多了。

"一想到也许连十年都活不了了，还是很窝火，也很伤心。但是，我绝对不会恨那些有机会住进新月纪Ⅱ的人，更不用说去搞破坏了。如果我产生了恨那些人或者搞破坏的想法，我会讨厌自己的。老仓头那样的想法、心情我不能说不理解，但我绝对不会说出来，更不会采取什么行动。这是原则问题，不能有半点含糊，否则那还是人吗？"

我只"嗯"了一声，这是尽了最大的努力才发出来的声音。

"对了，罗奈……"

"什么？"

"老仓头说，新月纪Ⅱ里也有学校，是真的吗？"

"好像是真的。"

收到入住许可通知书的同时，我还收到一份文件，抬头是《给入住新月纪Ⅱ的各位国民的一封信》。那上面说，新月纪Ⅱ里有教育设施。我住进去之后可以继续上学。

"真有啊。"亚美菜放心了，但声音里含着几分寂寞。

"你怎么想起问这个来了？"

"我在想，如果我被选上了，将来说不定能在新月纪Ⅱ当老师呢。"

原来如此！亚美菜的梦想是当一名小学老师。她的梦想恐怕实现不了了，不管她多么努力。

"如果罗奈被选上，我会非常高兴的。希望你替我把我那一份人生继续下去。当然，我也希望你能实现自己的梦想。啊，什么都不要对我说！真的，什么都不要说！"

"亚美菜……"

"我早就想把心里这些话说给你听。今天说出来了，真是太好了！"

亚美菜说完，看着我笑了。

*

"你那个同学真好。"

"我是不是应该把被选上的事告诉她呀？"

"她不是对你说了，什么都不要说吗？如果你告诉了她，她就有了一份替你保密的责任，那可是一个很沉重的负担。"

"啊，爸爸说得对，替别人保密，其实是很痛苦的。"

最近，罗奈越来越像香织了。特别是背靠在门边的墙壁上，双臂抱在胸前的姿势，真像个大人。平时这个时间罗奈已经睡下了，但今天她没有睡，半个小时前就来到琉璃的书房，背靠墙壁站着，说是想听听爸爸的意见。罗奈很少到爸爸的书房来，琉璃放下手头的工作，跟她聊了起来。

"回到刚才说过的仓林老师的话题上，"罗奈说，"爸爸认为新月纪Ⅱ是不平等的吗？"

"单说平等与否，那是不平等的。因为新月纪Ⅱ把能活下去的人和不能活下去的人分成了两部分。"

"那么，能够被允许吗？"

"被谁允许？"

"被谁允许，我也说不清楚。仓林老师说，新月纪Ⅱ不是正义的，所以不能被允许。"

"仓林老师说平等的就是正义的？"

"好像是这个意思。"

"首先，'正义'这个词应该引起我们的注意。"琉璃慢条斯理地说下去，"如果是正义的，就什么都原谅，谁都原谅，那是不对的。"

罗奈点点头。

"正义像水，倒进什么样的容器就是什么样的形状，掺入什么颜色就会变成什么颜色。人离了水就不能活，但是，如果往水里滴一滴毒药，喝了就得死。另外，也可以说正义是没有实体的，对于某些人来说的正义，对于另一些人来说是恶，这样的例子也不少啊。不但不少，还很普遍。所有时代和所有人共通的绝对正义，是不存在的。以上这些能听懂吗？"

"嗯，好像听懂了。"

"很棒！"琉璃继续说下去，"人为了正义，可以牺牲自己的生命，也可以去杀人。以正义为借口，甚至会导致大屠杀等最坏的结果。

稍微回顾一下历史，就能找到数不清的例子。所谓的正义，顶多是被限定于某个时代、某个场所的最优选。"

"……最优选？"

"在以尽可能多的人过上和平的生活为最优先的时代，也许平等就是正义。但是现在，尽可能地延长人类的存活时间，已经成了当下最优先的事，这就是当下的正义。所以，为了这个目的，各国都建设了很多密闭城邦。"

"延长人类的存活时间，是那么重要的事情吗？"

琉璃也把双臂抱在胸前。

"说实话，爸爸对这个问题也没有明确的答案。不管怎么解释，听起来都像是牵强附会，像是说谎。或者当时能让人接受，过一段时间又不能让人接受了。"

"存活下去就有意义这个说法，我还是不太理解。如果为了帮助某些人，为了达到某种目的，为了创造出某种东西，为了给后代留下些什么，我想那还是有意义的。"

"……是啊。"

可是，生与死这样单纯的行为有多宝贵，怎么用语言加以解释呢？

"罗奈，知道奥林匹克运动会吧？"

"就是那个四年举行一届的世界最大规模的运动会吗？以前听爸爸说过，我出生的时候就已经停办了。"

"奥运会开幕式前有一个盛大的活动叫火炬接力。先在希腊雅典奥林匹亚的赫拉神庙前采集圣火，然后由世界各国的人们用接力的方式把圣火传递到主办国。传递圣火的时候，每一位火炬手从上一位火炬手的手中接过圣火，跑向下一位火炬手，奔跑过程中还要保证圣火不能熄灭。这样，就可以把一位火炬手不可能送到目的地的圣火，传递到遥远的地方。生命也是同样，是由数不清的人经过漫长的岁月，才传到今天的，谁也不想让生命结束在自己这一代，代代相传是很自然的事。哦，我说的不只是生孩子传宗接代，而是一个巨大的结构工程。"

"不过，传递圣火有主办国这个目的地，而爸爸所说的生命接力，目的地又在哪里呢？"

"的确，生命接力跟火炬接力还是有区别的。"

"在不知道目的地是哪里的情况下，只顾往前跑，往下传，意义在哪里呢？"

"不知道最终目的地又有什么关系呢？"

罗奈歪着头，听爸爸继续往下说。

"作为一位火炬手，其目的地就是下一位火炬手站立的地方。到达那个目的地的时候，就把圣火委托给下一位火炬手了。下一位火炬手出发后，上一位就只能看着他的后背，默默祈祷了——途中千万不要摔倒啊，圣火千万不要被风吹灭、被雨浇灭呀，一定要安全地把圣火传递给再下一位火炬手啊。再下一位火炬手，也像上一位火炬手那样，把圣火传递给再下一位火炬手，同样祈祷着目送其远去。人类就是这样，不断循环往复，才有了爸爸妈妈的生命，才有了罗奈的生命。"

"我是最新的火炬手？"

"是的，该罗奈举着圣火往前跑了，向着罗奈的目的地。"

琉璃说到这里，不由得感伤起来，那是几乎难以忍受的感伤。

是啊。

以后我和小春要做的，就是祈祷着目送罗奈远去了。

"是嘛……"

罗奈遇到难题似的低下了头。她的眼里犹如映着脑细胞放出的火花，美丽辉煌。看着自己心爱的女儿，琉璃相信她是绝对靠得住的。并且暗暗决定：不管女儿的结论是什么，都要尊重她的意见。

"我知道了。"

罗奈放下抱在胸前的双臂，后背离开墙壁。

她的表情犹如点亮的明灯。

"我去！到新月纪Ⅱ去！"

8

好久没坐地铁了。虽然是周末，还是白天，地铁上也没多少人。人们沉默着，脸色很不好。眼前的情景让桂木达也想起死者乘坐的列车的故事。的确，自己跟死者有什么区别吗？上帝没有把我安排在可以活下去的那一边。

车窗外面亮起来。

列车慢慢地停下。到站了，车门开了。

一半以上的乘客在这里下了车。

通过出站口的时候，桂木达也听到了低沉的声音。

伴随着声音还感觉到了震动。

已经开始了。

他顺着台阶往上走。

震动更厉害了。

人们开始往上奔跑。

他的情绪被人们煽动起来，也跟着奔跑，很快就来到地上。

时间是下午两点多，但周围一片昏暗。头顶的天空上有一块巨大的进化型FCB，编号为F3148D，它乘着偏西风从亚洲大陆那边飘移而来，好几天前气象监视厅就发出了警报。

F3148D下面的国会议事堂前，数不清的男男女女正在冲着国会议事堂大喊大叫。废除新月纪Ⅱ！一起迎接人类伟大的灭亡！实现伟大的终结！伟大的终结！ Great Ending ！伟大的终结！ Great Ending ！人们一边大声叫喊，一边用两只胳膊组成英文字母 G 。为了鼓舞士气，还有人敲大鼓，敲铜锣。

第二章　紧急通告

1

这里是新月纪Ⅱ周边支援设施之一，通称"管制塔"的三楼会议室。上岛淳坐在承担安装供氧系统的伊达建设株式会社现场总负责人的位子上。

除了上岛淳，还有电力系统、供水系统、通信系统等基础设施的总负责人，卫生管理、医疗器械、照明器具、日常用品等所有支撑新月纪Ⅱ的现场总负责人，总共一百三十七位，正在这里召开紧急会议。

内务省国土保全局有害云块对策部的内藤部长破例参加了这次会议。

会议室北侧的大窗户外面，耸立着正在准备迎接居民的新月纪Ⅱ。今天浓云密布，新月纪Ⅱ看上去黑乎乎的。窗外的直升机停机坪上，停着一架高速直升机，内藤部长一行就是乘坐那架直升机过来的。

内藤部长拿出自己的KARUTA，设置为会议模式，开始讲话。每个人都可以通过各自的KARUTA听到内藤部长沉重的声音。

"我就不绕圈子了。三个月以后，被选上的国民开始入住！"

会议室的寂静不过片刻，与会者立刻吵嚷起来。按照原定日程安排，开始入住应该是一年以后，缩短为三个月简直就是不可能的。

"具体理由我还不能说，不过近期肯定会公布的。"

上岛淳用手指按了一下飘浮在视界内的一个按钮，要求发言。好多人都按下按钮要求发言，但首先得到许可的是上岛淳。

"我是伊达建设株式会社的上岛淳。计划大幅提前，恐怕来不及调整了。尤其我们负责的是供氧系统，一点点差错都会直接关系到里边居民的生死。三个月的时间，我们不能保证做到万无一失。"

"你说的这些我能理解，但是，对方可不考虑我们方便不方便。"

"……对方？对方是谁？"

"这个我不能详细说明，总之形势发生了变化。"

"也就是说，我们没有别的选项，是这样吗？"

"你可以这样理解。"

看来是从夏果研究机构那边得到了最新消息，而且是非常坏的消息。

"最近太顺利了，我老觉得会出事，果然……"

"看来只能硬着头皮干了。"

"硬着头皮干也干不下来呀。"

……

与会者议论纷纷。

"还有一件事。"

内藤部长一开口，会场立刻安静下来。

"按照当初的计划，新月纪Ⅱ十年以后完全封闭，要利用这十年的时间，在住进新月纪Ⅱ的居民当中挑选维护基础设施的技术人员，让他们学习必要的知识，对他们进行必要的技术培训。现在没有这个时间了。因此，现在各个领域的技术人员，都要成为新月纪Ⅱ的居民，继续现在的工作。"

这一回是长时间的寂静。不是大家理解不了部长话的意思，而是对自己能不能按照字面的意思理解感到不安。

"我是大日本医疗的高崎。请问部长，这只是临时措施吗？也就是说，等我们在新月纪Ⅱ把需要的人才培养出来以后，就要撤离吗？"

"不是的。培养继任者的任务没有改变，但同时，在场的各位也获得了新月纪Ⅱ的永久居住权。这是依据新月纪Ⅱ关联法案采取的特殊措施。"

"我还有一个问题。现在正进行最终调整的技术人员总数超过一千人，这一千多人都是特例的对象吗？"

"是的。"

"一下子给新月纪Ⅱ增加那么多人，收容得下吗？"

"设计阶段，已经考虑到了眼下这种情况。"

"等一下！我们的家人呢？"

说这话的人可能还没得到允许就发言了，没有经过KARUTA处理，人们听到的是从他嘴里直接发出的含混不清的声音。

"特例的对象不包括家属。"

"我们的家属要留在外面吗？"

发言得到允许，经过KARUTA处理的声音非常清晰。

"我们对大家的要求是保证新月纪Ⅱ正常运转，不出任何故障。个人的事情我们不干预。"

"我不能服从！把全家人扔在外面，我一个人住进去，我做不到！"

"如果你能找到把你替换下来的人，我们不会强迫你住进去的。"

会场被沉默笼罩着。

如此蛮横和粗暴的手法，说明事态已经到了非常紧急的地步。可到底发生了什么？夏果研究机构那里，到底传来了怎样的消息？

上岛淳发现，自己的手在发抖。

2

　　地球是大约四十六亿年前诞生的，但大气层开始蓄积氧气，是二十二亿年前的事情。五亿两千万年前的寒武纪时代，氧气浓度达到了现代的水平，即 21%。

　　但是，氧气浓度并不是一直维持在这个水平。四亿七千万年前的奥陶纪，氧气浓度只有 15%。正是这个原因，当时大量的生物灭绝了。

　　后来氧气浓度上升，六千万年以后的泥盆纪达到了 25%，然后又急速下降，只过了三千万年就降到了 14%。那时候又有大量的生物灭绝。

　　自那以后氧气浓度逐渐上升，到了二亿七千万年前的二叠纪，浓度甚至达到 30% 以上。那是地球的历史上最高的水平。然后浓度再次急速下降。到了一亿九千万年前的侏罗纪，降到 12%。

　　当然，人类在氧气浓度如此之低的情况下是绝对不能生存的。如果现代人穿越时空到恐龙开始繁荣的侏罗纪，马上就会陷入缺氧的痛苦中，就像曾经讴歌氧气浓度为 30% 的时代的生物们曾感受到的一样。事实上，到了二叠纪末期，地球上灭绝的生物物种高达 90% 以上。

　　氧气浓度在侏罗纪探底，此后慢慢回升，到了现代，恢复到 21%。

　　但是，短短六十年时间，氧气浓度就从 21% 降到了 18%。在地质学上，六十年连一瞬间都谈不上。而且下降的趋势不但没有减缓，反倒在加速。这样降下去，恐怕要降到 10% 以下，这是前寒武纪以来从来没有过的现象。

　　生存环境变化如此之快，几乎所有的生物都适应不了。二叠纪发生的比大灭绝还要严重的超大灭绝，将铭刻在地球的历史上。

　　"你在想什么呢？"

旁边的床上传来小春的问话。

琉璃转过脸，黑暗中可以看到两个光点，是小春的眼睛。

"我在想，我们生在一个非同一般的时代。"

"现在想这个有什么用？"

"不，我不是埋怨这个时代不好。"

黑暗中，只有两个人的声音在互相传递。

"作为个人，生在这样一个时代也许是不幸的；不过从地质学的视角来看，我们正在目睹一个极其重大的事件发生。从这种意义上来说，我们是幸运的。"

"真不愧是琉璃呀。"小春的脸上浮现出意外的表情，"都到了这种时候了，还能积极乐观地看问题。"

以前，国会议事堂前面的游行示威只有周末才有，现在几乎每天都有。表面上是要求废除新月纪Ⅱ，但是，在所谓"伟大的终结"底下涌动的暗流，是对被许可入住新月纪Ⅱ，能够在里面活下去的人们的诅咒。对现状的不安和恐怖，转化成了憎恨。参加游行示威的人们喊的口号里，经常听到"我们不想死！救救我们！"之类的尖叫。琉璃想：也许他们的尖叫，也表达了我的心声。

"我们有罗奈。"

"嗯。"

"只要罗奈能活下去就好。"

"……是啊。"

小春也不再说什么了。

她比谁都理解琉璃心里在想什么。

*

决定进入新月纪Ⅱ以后，我就开始在心里倒计时。每天晚上躺在床上，看着昏暗的天花板，都会想：又过了一天，跟爸爸妈妈在一起的日子又少了一天，离孤零零一个人生活的日子又近了一天。沙梨奶奶说，在新月纪Ⅱ里，也会找到亲近我的人。谁知道呢，也许找得到，也许找不到。

我还是每天去学校。三个班合并成一个班了，教室差不多能坐满。仓林老师已经不来学校了，以前跟我一个班的笹本康太和寺内纱希也不来学校了。别的同学也有不来的，但是樱井亚美菜还是每天来。每当我在教室看到她，就会从心底里感到踏实。我就像是为了见亚美菜才去学校的。每天放学时都在想：明天要是还能见到她就好了。

前些日子我做过一个杀人的梦。我不知道杀了谁、怎么杀的，但确实是杀了人。为了不让爸爸妈妈知道，不让学校的老师知道，不让同学知道，我拼命用谎话掩饰，结果越来越掩饰不住了。就是这样一个梦，醒来之后，首先想的是尸体有没有被找到，以后我该怎么办，非常苦恼。我花了很长时间才让自己确信那只不过是一个梦，在那段时间里，我一直身处梦境与现实混合在一起的世界，对幻觉般的不安感到恐怖。

新月纪Ⅱ的事、人类灭亡的事，如果都是梦，那该多好啊。梦醒后回到现实中，现实还跟以前一样，什么都没有发生。到了学校，班主任河原老师还是英姿飒爽地走进教室，精神饱满地跟同学们打招呼。班里的同学一个不少。抬头看看窗外的天空，湛蓝湛蓝的，一块红色的云彩都没有。我觉得这些是理所当然的。

课间休息的时候，我要把我做的梦告诉亚美菜她们。我要对她们说：

"我呀，做了一个可怕的梦。我梦见，天空被红色的乌云笼罩，空气里的氧气浓度越来越低，人类就要灭亡了。"

"那是什么梦呀，太可怕了！"

"怎么会有那种事呢！"

大家哈哈大笑，把我说的话当笑话。

于是，我做了一个深呼吸，说道："可不是嘛！"

啊——要真是一个梦就好了。

3

通常这个时间，上岛淳已经乘着班车，穿过长达五百米的隧道，进了新月纪 II 的地下入口。

除了内务省国土保全局的派出机构"管制塔"以外，新月纪 II 周围还有各企业设置的事务所。说是事务所，但规模都很大，不只开会的时候使用，宴会等娱乐消遣活动也在事务所里举行。

现在，以上岛淳为首的特殊空气调节部，新月纪 II 专门班的十八名成员在伊达建设株式会社事务所的会议室集合。正面的大监视器放映的不是公司老板激励部下的视频什么之类的，而是夏果研究机构的标志。

上岛淳坐在最前排的椅子上，双臂交叉地抱在胸前，盯着静止的监视器画面。其他成员也都默不作声，就连咳嗽一声都有所忌惮。

上午八点五十三分，还有七分钟。

世界协调时间零点，日本时间上午九点，夏果研究机构将向全世界发布紧急通告。重要程度为最高级别的 3S。3S 的发布恐怕是第一次。在这个瞬间，地球上几十亿人都盯着同样的画面。

"时间到了。"有人小声叫道。

与此同时，监视器画面上夏果研究机构的标志消失了，取而代之的是白底黑字的 Word 文件，语言只有英语一种。

"欸？只有这个呀？"专门班一个年轻的成员很失望。

"别说话！认真看！"副班长小声地批评道。

上岛淳也慎重地阅读画面上显示的文件。夏果研究机构的文件向来如此，只在判明事实的基础上做出预测，记述非常简洁。他读完一遍，马上又从头读了一遍。确认自己的理解是不是有误，上下文有没有误读，重要的单词有没有漏掉。

会议室里保持着静寂。但当上岛淳读完第二遍，感觉整个房间的温度一下子就上来了许多。

"不会吧？怎么可能……"

"Hydrogen sulfide，就是硫化氢吧？"

"搞错了吧？不管怎么说也不会是硫化氢啊！"

"夏果研究机构，会犯这么低级的错误吗？"

上岛淳不用回头，后背都能感觉到部下们心里的动摇，不由得叹了一口气。比预想的还要糟糕。本来想说句泄气话，但最终还是忍住了。他从椅子上站起来，回过头看着大家，平静地问：

"都看完了吧？"

大家一起点了点头，有的哭丧着脸，有的脸色苍白，有的面无表情。

"没有时间垂头丧气。新月纪Ⅱ能不能用，住在里边的十二万人能不能活下去，全靠我们这些人了。"

为了让大家冷静下来，上岛淳特意停顿了一下。

"在这里，我只说一件事。"

上岛淳的口气严肃起来。

"你们被选到新月纪Ⅱ专门班，不仅仅是因为你们个个技术高超，还因为你们都具有强烈的责任感和顽强的精神，你们个个都是精锐中的精锐！越是在这种时候，越能发挥你们真正的价值！"

所有的人精神为之一振，眼睛里的光都不一样了。

太好了！有这样一个团队，不怕完不成任务！

"无论如何也要在规定时间内调整好空气调节系统！大家有没有信心！"

"有！"

"行动吧！"

大家齐刷刷地站了起来。

<h1 style="text-align:center">4</h1>

罗奈和母亲小春坐在沙发上相拥而泣。小春呜咽不止，罗奈一边流眼泪，一边握着母亲的手安慰她。琉璃看着眼前的情景，心都快碎了。但是，他也高兴地看到，罗奈长大了，变得坚强了，心想：这孩子就是离开我们，也一定能很好地活下去。

夏果研究机构的紧急通告公布后第十天，日本政府正式宣布，入住新月纪 II 的计划大幅提前，最快将于两个月后开始入住。新的入住日期，将尽快通知到个人。本以为一年后才会到来的生离死别，突然就到眼前了。虽说有思想准备，但还是难以接受。

KARUTA 有来电显示。

是罗奈的爷爷润太打来的。

琉璃走到自己的书房，关上门，接通了电话。

"罗奈情况怎么样？"

"现在和她妈妈在客厅里哭呢，不过，不要紧的。"

"是嘛……"

"我看小春更叫人担心，她有时候太脆弱。"

"这时候就该你发挥作用了呀。"

听了父亲的话，琉璃不那么紧张了。

"告诉你一件事……"润太压低声音，"……最近几天政府可能要发表一个紧急事态宣言。大迫首相已经下决心了。"

夏果研究机构的紧急通告在世界范围内引起了混乱。各国治安急剧恶化，暴乱不断发生。日本也不例外，各地的游行示威愈演愈烈，一部分示威者演变成暴徒，跟警察发生了冲突，不安定的氛围越来越浓。琉璃所在的大学被一群高喊"伟大的终结"的大学生占领，不知何时才能恢复正常。

"粮食和水都有储备吗？"润太问。

"都有储备，您呢？"

"我就不用管了。武器呢？"

"武器？"

"为以防万一嘛。没有护身用的家伙吗？"

现在，伤害即将入住新月纪Ⅱ的市民的事件多有发生。传言入住者名单被泄露到社会上了，也不知是真是假。

"又没有接受过训练，即便有武器到时候也派不上用场，搞不好还会伤到自己。"

"……那倒也是。不过，一定要多加小心啊。"

新月纪Ⅱ的建设计划受挫的时候，父亲亲身经历了整个过程。被绝望吞噬的人们，究竟会采取多么鲁莽的行动，父亲比谁都清楚。

"对了，对于夏果研究机构的紧急通报，你怎么看？有那么严重吗？"

"对于FCB，科学上迄今为止还没有一个合理的解释，说清楚点，关于FCB的存在本身，从常识上讲都是不可能的。但是，现实中它确实存在。如果FCB里确实观测到了硫化氢，只能说问题已经相当严重了。"

目前，在最靠近地面的大气对流层，既有全长超过一百千米的大型FCB，也有不到一千米的小型FCB，无数FCB浮游在对流层。其中将近一半为进化型，自行消失的和降落到地表的越来越少了。

根据夏果研究机构的通报，大约一年以前，进化型FCB内部就发现了浓度不可忽视的硫化氢。在十分成熟的进化型FCB里，氧气浓度非常低。在那样的条件下，上空害怕氧气的硫黄代谢型细菌有了大量繁殖的机会，代谢物硫化氢就会蓄积起来。

　　"恐怕是硫酸盐还原菌的一种。不过，只是大气中的硫黄化合物代谢，不可能产生那么多的硫化氢。肯定存在某种未知的系统。"琉璃补充道。

　　后来，硫化氢的浓度越来越高，而且不只这一个问题。也就是说，FCB里一旦充满了硫化氢，进化型FCB也会崩溃。

　　已经观测到几块FCB发生这种现象，比空气重的硫化氢落到了地表。所幸落下的地方没有人。可以预想，一旦空中飘浮的进化型FCB中硫化氢的浓度超过临界点，就会在瞬间崩溃，落到地表。人如果吸入那时候卷起的风，就会马上窒息而死，或渐渐窒息而死。

　　更严重的是，由此产生的影响将会是长期的。

　　根据人工智能系统最新的预测，今后FCB中的硫化氢将急速蓄积。硫化氢向大气持续扩散，当地表附近的硫化氢平均浓度升高到一定程度，四十八小时之内就可以摧毁人或动物的肺脏。几乎所有生物都无法在那样的环境中生存，地球将变成死亡的世界。

　　这个噩梦成为现实的可能性，一年之内是35%，两年之内是72%，三年之内是99%。

　　"没想到事态发展这么快。真希望人工智能系统计算错了。"

　　父亲沉默了数秒，深深吸了一口气，又说：

　　"我会常联系你们的，你们也记着联系我。一天至少联系一次。"

　　"知道了。还有，沙梨怎么办？"

　　"沙梨你们就别管了，我负责照看。直到罗奈安全地进入新月纪Ⅱ你们夫妻俩至少要有一个人陪伴她。能保护罗奈和小春的只有你！"

　　父亲说完就挂断了。

这时候有人敲门。

是罗奈。

"爸爸……"

罗奈眼睛都哭肿了，但眼神里意志非常坚定。

"我不去新月纪Ⅱ了。我不能扔下爸爸妈妈一个人走！"

"现在不是讨论这个问题的时候。"琉璃尽量用平和的口气说，"罗奈和妈妈冷静下来以后，再讨论这个问题。如果不那样做的话，在如此重大的问题上，很可能做出错误的判断。"

5

深夜，昏暗的街道。路灯稀疏的住宅区，桂木达也拖着右腿一步步前行。不只是右腿疼，头、胳膊、后背、侧腹……全身上下到处都疼。眼睛热辣辣的，喉咙似火烧。从极度兴奋的状态恢复过来，才感觉到疼痛。

好久没有参加游行示威了。其实，国会议事堂前的游行示威，已经不能叫游行示威了。他们打着"伟大的终结"的所谓正义的旗号，将憎恨及愤怒等破坏性感情聚集在打人的拳头上，好像被恶灵附体一样，疯狂，偏执，亢奋。这种情绪很快就感染了桂木达也，使他沉浸于一种忘我的、被解放了的快感中。

但是，那种使他陶醉的快感持续时间并不长。突然，火光一闪，紧接着就是爆炸的声响。游行示威的人群中，有人向维持秩序的警察投去一枚自制的发光音响炸弹。这下可不要紧，警察开始用高压水龙头和催泪弹驱散人群，并挥舞着警棍冲了过来。顿时一片鬼哭狼嚎。桂木达也挨了好几警棍，还差点被溃散的人群挤倒。他好像踩在了一个倒下的人身上，赶紧跳开，继续逃跑。子弹从头顶飞过，他拼命地逃跑，跑得上气不接下气，头晕眼花。即使腿脚不听使唤，还是拼命地跑，两条胳膊痛苦地摆动着。

回过神来，他发现自己跑到了一个陌生的地方。想坐下来休息一下，又怕警察追上来。他用 KARUTA 的 GPS 查了一下自己所处的位置，设定好回公寓的路线，按照出现在视界里的导航往回走。桂木达也朝着那个能躺下来休息的地方，一步一步地往前挪。

也不知道走了多久，他发现路面可以看得清楚，东方的天亮起来了。渐渐地，太阳从建筑物的上方露出了脸，光芒冲破黑暗洒在大地上。沐浴在阳光下，桂木达也闭上眼睛，深深地吸进一口气。活生生的情感充满空洞的胸腔，他在呼气的同时放声痛哭，泪流满面。

6

警报系统误报

二十四日上午九点左右，警报系统发布警告，称有害云块可能降到以秋田县某市为中心的地区。实际上，该地区上空当时并未观测到 FCB，警报应为系统故障所致。目前，气象监视厅正调查警报系统误报的原因。

第三章　悲剧

1

南美赤道带部分崩落

十九日，夏果研究机构发布公告。南美 E 国上空的赤道带部分崩落，降到地表。赤道带是四十年前在赤道附近形成的，最宽处是可达五百千米的巨大带状 FCB，此前尚未观测到崩落的现象。此次崩落仅为赤道带的一部分，降落地区包括赤道上的城市奇里，降落的云块中可能含有高浓度硫化氢。E 国政府正紧急调查受灾情况。目前，奇里城内的一切通信方式中断，无法与外界取得联络。

2

走出电梯，白色地面的广场立刻出现在眼前。这是一个直径约一百米的圆形广场，周围用三米高的墙围起来，走进去仿佛穿越到了古罗马时代，有一种自己成了斗技场里的角斗士的感觉。耳朵听到的回音不是观众的欢呼声，而是清凉的水之音。围墙的一部分为壁泉，形成一道水帘。围墙上部是广阔的空间，从围墙顶端到天花板至少还有十米。地面材料是人造的，没有一点土壤。密闭空间里，是绝对不能有土壤的。

顺着坡道走上围墙，更被眼前的景象所震撼。凹下去的广场周围，是外径四百米的甜甜圈形状的广场。环绕这个广阔空间的墙壁使用的是透明材料，可以看到外面的天空中有几块 FCB，还可以看到已经西斜的太阳。这种特殊的透明材料遮光度与折射度几乎为零，在任何角度都可以清楚地看到外面的景象。因为透明度太好，一不小心很可能撞上去。为了防止撞伤，距离透明墙壁一米处安装了栏杆。

一眼看上去光秃秃的什么都没有，但如果戴上扩增实境眼镜，就可以欣赏自己喜欢的风光。有山川、有海滨、有草原，也有都市的夜景。这里是新月纪Ⅱ居民休憩的公共场所。

新月纪Ⅱ上层有四个这样的休憩场所。每隔一百米左右就有一个。但是，从这里看不到地球表面，也许是特意这样设计的。

"上岛先生……"

柔和的声音在身后响起。上岛淳回过头，一位身穿灰色工作服的女士正慢慢地向他走来。

上岛淳的脸上立刻浮现出笑容。

"啊，是你呀。"

女士名叫泷森美来，是水浦株式会社的现场总负责人。好像比上岛淳大几岁，但看上去比上岛淳还要年轻。一双有魅力的大眼睛里，闪烁着肩负重任的人特有的坚毅目光。

"可以耽误您一点时间吗？"

"当然可以。"

泷森美来站在上岛淳的身边，眯起眼睛看着夕阳。

"空气真好，让人神清气爽。真不愧是伊达建设株式会社啊。"

"壁泉滋润了空气，才叫人觉得神清气爽呢。"

供水系统由水浦株式会社负责。作为现场总负责人，泷森美来熟悉新月纪Ⅱ里的每一条水管。不仅如此，她还十分了解伊达建设株式会社等公司安装的供氧系统。制氧需要大量的水，水量和水压的调节都离不开与水浦株式会社的合作。两人的团队在一起开过无数次会，在泷森美来那双总是很快就能发现疑点的眼睛里，上岛淳看到的是她那颗执着地追求完美的心。

"顺利完成了？"

"总算没耽误工期。水浦呢？"

"也勉强完成了。"

二人相视一笑，就算是奋战在一线的同事之间的互相慰问吧。

"明天的事，你听说了吗？"

泷森美来压低了声音。

"听说了，按照预定计划实行。"

明天上午十点，第一批入住者将进入新月纪Ⅱ。明天将接收一千名入住者，这是一天内可接收人数的上限。

第一天住进来的人容易神经质，虽说现场有经验丰富的心理咨询师待命，但也无法避免意想不到的麻烦事发生。

以后的工作还有很多。入住者分为三批，先后进入新月纪Ⅱ。十二万人都住进来，再顺利也需要半年时间。

但是，现在令人担心的还不是这个。

"如果什么都不发生就好了。"

两星期前的全体会议上，传达了一个信息，说是一个标榜"伟大的终结"的组织，正在计划对入住新月纪Ⅱ的居民实施恐怖袭击。

本来，新月纪Ⅱ是由陆军和空军负责保卫的，不经允许无法进入新月纪Ⅱ十千米以内的地域。如果有可疑车辆或飞行物靠近，上空负责监视的多架无人机立刻就会发现，发出警告乃至发起攻击。事实上已经击落过好几架可疑飞行物了。那些飞行物有的来自民间报道机关，有的纯属个人兴趣，也有的载着爆炸物。

万一陆空警备被突破也不怕，新月纪II的外壁强度非常高，经得起巡航导弹的攻击。哪怕侵入其内部，新月纪II高度的分割式结构，也能最大限度地减少危害。

不管怎么说，新月纪II是背负着人类数百年的未来的密闭城邦。设计新月纪II的时候，连在受到生物武器和化学武器攻击时该如何应对都考虑进去了。

也就是说，给新月纪II本身造成损伤几乎是不可能的。恐怖分子如果想进行破坏，势必会在入住者前往新月纪II的路上下手。

"但是，入住者移动时乘坐的大巴由陆军的装甲车保护，空中有攻击型军用直升机的传感器监视，恐怖分子再厉害，也无从下手啊。"上岛淳分析道。

"希望他们无从下手。"

泷森美来说完这句话，换了话题。

"对了，我听说上岛先生不打算留在新月纪II，是真的吗？"

被其他公司的人问到个人问题，还是很少有的情况。上岛淳有点不知所措，但还是回答说："我不想把家人扔在外面，自己一个人住进来。"

"您太太……"

"我们大学时代就认识了，虽然我们没有孩子……"

泷森美来觉得有点不好意思，出了一身冷汗。自己干吗要问这样的问题呢？

"泷森女士呢？"

"我想留在里面。我单身一人，而且我也想看看新月纪II的将来。"

远方的上空有几架无人机慌慌张张地降落下来，然后编好队，向西北方向疾速飞去，大概又发现了可疑飞行物。

3

如果不是看了新闻，罗奈还不知道南美有一个叫奇里的城市。处于内陆地区的奇里因为地处赤道，日照时间长，日射量大。但由于海拔较高，夏天不太热，冬天也不太冷，是个适宜居住的地方。印加帝国时代的古老建筑至今保存完好，国内外游客很多。人口达二十万。不过，这都是四十多年前的事了。

以前也有菌落云——现在称为FCB——出现，但是有一年，FCB的数量急剧增加，转眼间就布满奇里的上空，从而形成了所谓的赤道带。

惊恐万状的人们拥入位于市中心的大教堂，向安置在那里的圣母像祈祷。那座圣母像是十六世纪末制作的木制雕像，高约七十厘米，传说它曾创造过很多奇迹。十九世纪中叶，这个地区被奇妙的云层覆盖，农作物不能生长，人们来到圣母像前面祈祷，奇妙的云层就消失了。人们至今相信这个古老的传说。

但是，这次祈祷并没有奏效，红色的云越来越厚，最终完全遮住了阳光，奇里二十四小时都是黑夜。光合作用完全停止，草木枯萎，农作物死亡。发狂的人们无处发泄愤怒，把圣母像砸了个稀巴烂。

此后奇里的治安恶化，离开的人越来越多。后来虽然作为赌城和性都复兴过一段时间，但持续时间并不长。赤道带的一部分崩落的时候，这里的人口不到一万。

罗奈尽可能地在网上搜索曾在奇里居住的人们的照片和视频。虽然从来没有见过他们，但她要记住他们的脸，想象他们的生活。关于死亡人数，有的报道是七千，有的报道是八千，目前还没有一个准确的说法。

*

赤道带崩落的第一报，以及后来报道的奇里的惨状，加上此前夏果研究机构的紧急通告，都让人们认为会引起更大的社会混乱。但奇妙的是，混乱的局面不但没有扩大，反而虚脱似的平静了。恐慌性的游行示威和暴乱沉静下去，只有小规模的零散的抗议活动还在时不时地骚动。

夏果研究机构的预测也许是错的——这样想的人不多，但不能说没有。至少人类灭亡的日子不是今天，也不是明天，这一点是确切无疑的。已经绝望到疲惫的人们顾不上更多，选择逃避到日常生活中去。该吃就吃，该睡就睡，该上学上学，该上班上班，节假日就高高兴兴地玩，活一天痛快一天。

其实这是非常明智的。只要人们动起来，经济就会恢复。经济恢复了，社会就能正常运转。社会正常运转了，日常生活就能维持。这样一来形成良性循环，人类在灭亡前夕，世界在危险的平衡之中反而进入了小康社会。

这天早上，入住新月纪 II 的人们乘坐的大巴车队，从全国五个地方的"新月纪 II 入住者培训中心"出发了。

入住者三天前就住进了政府指定的培训中心。确认身份，健康检查，感染症及病原抗体有无的检查，必要的话，还要进行适当的医疗处置。

在指定的培训中心内，也要了解新月纪 II 的构造、基础设施的状况，学习密闭城邦的社会制度、生活方式以及应对入住后心理状态变化的方法等。

这样的培训中心全国有十五处，按照日程表有计划地向新月纪

Ⅱ运送入住者。

入住者中有不到一岁的孩子，也有七十岁以上的老人，但全家入住的情况极少。婴幼儿有母亲或父亲陪伴，但十岁以上，甚至不到十岁的孩子离开父母一个人入住的也不少。为什么入住者是这样一种年龄结构，只有人工智能系统知道。

从每个培训中心出发的大巴有四辆，每辆五十人，共二百人。大巴出发之后，再住进二百人，跟第一批入住者一样，接受同样的检查和培训，三天后出发，前往新月纪Ⅱ。此后半年就这样循环下去，中间有两次间歇。

从培训中心出发的大巴由军队的装甲车和武装直升机护送。第一批到达新月纪Ⅱ的时间是上午十点，最后一批到达的时间是下午四点三十分。

关于入住的信息是绝对保密的，但是，连武装直升机都出动了，想要秘密进行几乎是不可能的。据侦察，主张"伟大的终结"的集团已经做好了沿路袭击大巴的准备。

不过，所谓的袭击只不过是冲着大巴高声叫骂或喊喊口号，没有对其行动造成妨碍或进行攻击的。虽说得到了恐怖分子袭击入住者的消息，但所有大巴车的移动过程并没有遇到什么麻烦，总体来说还是很顺利的。

*

也许是内心深处的某个地方总觉得生离死别还很遥远吧，虽然有思想准备，但事情一旦来到眼前，还是狼狈得可怜。当然，这种狼狈不能让妻子小春看出来，更不能让女儿罗奈看出来。即便这不过是一种自我满足似的逞能，作为父亲也要硬撑到最后，尽到父亲的责任。虽然时间所剩无几，还是要在孩子的记忆中留下一个好父亲的形象。这时候的琉璃，更加理解父亲润太深夜在母亲的视频前流泪，又要在儿子面前拼命掩饰的心情。

世界就要终结，这一现实超出了人类的忍耐限度。因为不能面对，只好把眼睛闭上，把耳朵塞上。如果未来不存在，就只有回忆过去。也许是因为这个，关心历史的人多起来了。人类是什么？如果能找到让自己接受的答案，就能想通一点，接受人类将要终结这个现实了吧——

视界里出现了红色的警报，琉璃停下脚步。

有害云块降下警报。

周围的人纷纷跑向指定的避难场所，琉璃也随着人群奔跑起来。空中飘浮着好几块FCB，不知其中哪一块要降下来。脑海里闪过南美奇里的灾难。赤道带的一部分崩落，毁灭了那座城市。以后袭击日本的不再只是低氧风暴，很可能还有置人于死地的硫化氢。在那种情况下，不待在与外界空气完全隔绝的地方，是保不住性命的。在奇里，待在房间里的人也由于硫化氢从门缝里漏进来而丧命。现在要去的避难所能挡住硫化氢吗？早知道就待在家里不出来了——后悔之情在琉璃的心中扩散开来。

指定的避难所是一个地铁站。琉璃跟着前面的人走下台阶，后面紧跟着进来很多人。本来这个地铁站就不大，一下子进来那么多人，挤得水泄不通。穿西装的男人比较多，大概都是去上班的。每个人的表情都很僵硬，还带着几分自暴自弃的颓废——死就死吧，反正早晚得死。

卷帘门关上了。从电子显示板上的数值来看，外面的氧气浓度还没有变化，也听不到风声。这里的密闭性怎么样不得而知，但毕竟只有一层卷帘门，密闭性也好不到哪里去。现在只能祈祷落下来的不是硫化氢了。

琉璃长长地吐出一口气，让自己镇静下来。

等待。

一分钟。两分钟。

什么都没发生。

安静。太安静了。长时间的安静。

奇怪。

误报？

以前的新闻……

"迎接人类伟大的灭亡！"

从哪里传来一声号叫。

无论谁听到这声音都会毛骨悚然。

"伟大的终结！伟大的终结！"

琉璃朝四周寻找发出声音的人，只看到高高举起的两个拳头。

"伟大的终结！伟大的终结！"

周围的人尽量远离那个喊口号的男人，一个个缄默无语，脸色苍白。

"伟大的终结！伟大的终结！"

男人的声音越来越狂热。

超越常规的狂热。

怎么回事？那个人疯了吗？

"人类——伟大的——灭亡——"

一股说不清道不明的不安袭上心头，这种不安马上就要转化为心脏冻结的瞬间……

*

大概是意识到继续想下去很危险吧，小春关上思考的闸门，脑子里一片空白。现在就算是想思考，脑细胞也不活动，连呼吸都快

272

忘记了。只有心脏好像是什么都明白了似的，剧烈地跳动着。

"喂！妈——"

小春吓了一跳，睁开眼睛一看，是一脸担心的罗奈。

"你怎么了？刚才我叫了你好几声，你一直迷迷糊糊的，不理我。"

"啊……嗯……没事……没事……"

小春勉强地笑着。是啊，没事，也许没事。还没有决定呢。

"我爸出去了？好像不在他的书房里。"

"嗯……去大学了。"

罗奈的脸上浮现出失望的表情。

"是嘛……对了……大学又开学了。"

打着"伟大的终结"旗号占据了大学的集团被警察逮捕，学校恢复了秩序。琉璃想去大学看看，他一大早就离开了家。琉璃的学生虽然也有退学的，但大部分学生表示，要把有限的生命投入科学研究中去。琉璃说，不能放下这样的学生不管。现在，琉璃正在跟学生们谈今后的事情。一定是的。一定……

"找你爸有事吗？"小春问道。

罗奈犹豫了一下才说："有件事情想问问他。"

小春知道，罗奈经常到琉璃的书房去，跟爸爸聊天。青春期的女孩子一般对父亲敬而远之，心里话都是跟母亲说。可不知道为什么，罗奈跟别的女孩子不一样。大概是跟她父亲更合得来吧。

"想问你爸的事，问妈妈不行吗？"

"你不是在工作嘛。"

餐桌上的工作用终端机启动着。小春关上终端机，对罗奈说："我正想休息一会儿呢。"

罗奈隔着餐桌坐在母亲的对面。母女俩好久没有这样面对面交谈了。平时罗奈跟母亲说话，都是并排坐在客厅的沙发上。小春心想：罗奈跟琉璃交谈的时候大概都是这样面对面的吧。

"最近，我想了很多。"罗奈低头看着自己的手说，"一个是关于新月纪Ⅱ。"

小春集中精力，听着从罗奈嘴里说出来的每一个字。

"我决定住到新月纪Ⅱ里边去，不再犹豫了。"

罗奈停顿了一下，抬起头来。

"对了，妈，你知道 Asylum 吗？"

"Asylum？收容所？避难所？"

"不是的。指的是网上一个叫 Asylum 的假想空间。"

"……假想空间？"

"谁都可以申请进入那个假想空间，但有一个规则，申请的时候要如实填写自己的姓名、身材、性格等个人信息，还要回答很多问题。例如，走在路上的时候，如果看到了一只可爱的小狗，你会怎么办？如果突然得到一笔巨款，你会用来做什么？系统会在这些信息的基础上制作一个假想人格，也就是申请者的分身，分身将在 Asylum 里构筑的城市生活下去。也就是说，这是为进不了新月纪Ⅱ的人们建造的一个网上虚拟避难所。"

这个小春也听说过，它通常被称为 VS（Virtual Shelter），即虚拟避难所。类似的网上虚拟避难所不止一个，单是大规模的就已经有好几个了。刚出现的时候，人们怀疑其存在是为了收集个人信息，后来经过好几家网络安全公司的调查发现，几乎所有的 VS 都把输入的个人信息设定为无法他用，只供形成假想人格所需。自那以后，VS 就开始普及了。

"妈，你想让自己的分身住进那样一个虚拟避难所吗？"

"说到底，在网络构筑的城市里生活的，只不过是一个跟自己相像的假想人格。也许多少能得到一点安慰，但我不觉得有什么意义。"

"一开始我也这样认为。毕竟是假想人格，我本人也不能在

Asylum 构筑的城市里感受什么，思考什么，有什么意义呢？不过，如果有人遇到了我的假想人格，通过语言交流，可能会在我不知不觉的情况下，对那个人格的我产生某种影响。接下来，那个人也许会产生新的想法，采取新的行动。如果能那样的话，我在网上形成的假想人格，对于那个人来说，难道不就是一个活生生的人吗？就算没有对他产生任何影响，只是在他的脑海里留下了印象，有时候他也许会想起我，仅仅如此，不是也可以说明我对他来说是一个活着的人吗？人真正地死亡，是从别人的记忆里消失的时候。如果还存在于某个人的记忆里，就说明他还活着。我认为，生命，并不因为肉体的死亡而终结。"

罗奈整理着内心的想法，尽最大的努力将它传达给母亲。小春目不转睛地看着女儿，默默地听她往下说。

"我想过了，进入密闭城邦的我，有责任，也有义务。最重要的一条，是为了不让人类灭亡，要尽我最大的努力活下去，哪怕多活一天也好！还有一条同样重要，那就是我要尽可能多地记住不能住进密闭城邦的人。对我来说，首先要记住爸爸妈妈、爷爷、沙梨、学校的老师和同学。至于没有见过也没有说过话的人们，可以从网上认识。当然，留在我记忆里的这些人，不一定就真的能活下来。对于他们来说，也许连一点安慰都得不到。可是，我能做的，只有这些了——"

思考了很久的罗奈看着小春问道：

"我太傲慢了吗？太自大了吗？我的想法是错误的吗？"

小春想起琉璃说过的话。罗奈没问题的，我们就放心吧！琉璃说得对。这孩子没问题的。哪怕撞了墙，哪怕一时走错了路，她也会在失败中吸取教训，继续往前走。

"……妈……你在听吗？"

小春深深地吸了一口气，认真地对罗奈说道：

"通过拼命思考，拼命探索找到的答案，没有所谓的正确与错误。或者可以说，从一开始就不需要完全正确的答案。答案是在学习各种各样的东西、经历各种各样的事情的过程中不断修正的。自己认为绝对正确的东西，到最后彻底反转的情况比比皆是。有了新的答案就会招致新的结果。结果有时候是好的，有时候不是，多数情况下无法判断到底是好是坏。但是，不管结果是好是坏，只要做好接受它的思想准备，不论什么时候都能堂堂正正、昂首挺胸地走自己的路。妈妈是这样认为的。"

罗奈的表情松弛下来。

"爸爸也会像妈妈这样说吗？"

小春点点头。

"不过，请妈妈先不要把刚才那些话告诉爸爸。我想自己对他说，看看他的反应。"

罗奈的眼神里闪着淘气的光。

但是，罗奈突然又严肃起来。

"到底是为什么呢……我总觉得，妈妈今天跟往常不一样。出什么事了吗？"

小春用手擦了擦眼睛，她的手指濡湿了。

"我高兴啊。我们的小罗奈已经在不知不觉之中长大了，想问题好深刻呢。"

"……妈！你说什么呀……"

罗奈不好意思地笑了。

对了，这样就很好。

先不要让罗奈知道为好。

等一切都清楚了为好。

在这孩子的人生中，像现在这样的时间越长越好。

＊

【紧急速报】全国七个地区发生爆炸，疑为自杀式恐怖袭击

今天上午八时许，东京市内几个地铁站和国内其他地方，共七个地区发生爆炸事件，疑为自杀式恐怖袭击，死伤者甚众。恐怖袭击发生前，曾发出有害云块降下警报。发生爆炸的场所都是政府指定的避难区域。爆炸时并未观测到可能降下的 FCB。

＊

多希望这是一场梦啊。

看到同时多发自杀式恐怖袭击的报道时，一种不祥的预感在润太的心头掠过，他的脑海里浮现出儿子琉璃的面影。一般润太是不会这么沉不住气的，但今天他忍不住了，马上联系琉璃，却联系不上。他立刻通过定位系统确认琉璃的最新位置信息，正是发生爆炸的地铁站之一。琉璃失联的时间跟爆炸发生的时间的一致。

"香织……"

润太像要去抓一根救命稻草似的，叫出了亡妻的名字。

＊

【紧急速报】恐怖组织发表声明，宣称对此次恐怖袭击事件负责，同时要求政府停止入住新月纪Ⅱ计划，并将其炸毁

发表声明的恐怖组织名为"歼"。该组织承认，他们的黑客侵入了有害云块降下警报系统。他们在声明中要求政府停止组织被选中的居民入住新月纪Ⅱ，并立即将新月纪Ⅱ炸毁。并警告称，如果政府无动于衷，他们将进行更大规模的恐怖袭击。

*

一看母亲的眼睛，就知道她不是开玩笑。但是，我不知道自己现在站在哪里。这听起来只像是遥远的地方发生的事情。我感觉不到现实，也无法接受这个事实。接受就意味着生活了这么多年的世界将变成碎末，剩下的只有永远填不满的巨大空白，把我撕成碎片的、令人恐怖的空白。所以我只能挣扎，明明知道毫无意义，还是要挣扎。因为除了挣扎，我不知道还能做什么。

"……妈……刚才，你说什么来着？"

*

【紧急速报】大迫首相紧急会见记者，拒绝接受恐怖组织的要求

大迫首相就全国七个地区发生的自杀式恐怖袭击事件召开紧急记者会见，发表严正声明。声明中，大迫首相强烈谴责恐怖组织这一"极其野蛮、极其残忍的犯罪行为"，同时断言："让十二万国民入住新月纪Ⅱ是我国绝对的优先事项，无论付出多大的牺牲，都不会停止入住计划，更不会炸毁新月纪Ⅱ。"另外，大迫首相强调："今后会对恐怖主义采取零容忍，一切试图妨碍入住新月纪Ⅱ的行为都是对国家、对人类的反叛，全体国民非常有必要在这些问题上达成共识。"他还指出了包括制定新的法律在内的一系列措施的必要性。

4

　池边润太退休后，每星期至少会去看望一次吉井沙梨奈。跟认知障碍越来越严重的沙梨奈的交谈，根本算不上交谈。但是，只要待在她的身边，就仿佛沉浸在宽敞舒适的空间里，心情会好很多。

　今天沙梨奈也是躺在床上，闭着眼睛。润太也不叫她，而是默默地等她睁眼。沙梨奈头发白了，眼窝深陷，脸上有很多老人斑，皱纹多得数不清了。姐姐老啦，姐姐辛苦啦——润太在心里跟沙梨奈说着话。彼此彼此嘛——润太似乎听到了沙梨奈的应答，脸上浮现出一丝苦笑。

　沙梨奈的一生，说是波澜万丈一点也不夸张。她不知道自己的父亲是谁，跟妹妹香织是同母异父，而且觉得自己什么都不如香织，有强烈的自卑感，对自己一点自信也没有。她说自己是个不会跟别人说话的孩子，把自己逼得走投无路，高二的时候还试图自杀，万幸的是自杀未遂。在紧接着发生的新月纪灾难中，母亲死了，她和香织一起住进儿童保护所。后来和同母异父的妹妹产生误会，甚至到了谁也不理谁的地步。赤天界事件使沙梨奈的人生有了转机。沙梨奈成了赤天界的信徒，而且还到了集体自杀的现场。润太知道这些的时候，非常吃惊。更叫他吃惊的是，在集体自杀的现场，喝下掺入氰化钾果汁的，只有沙梨奈一个人。勉强保住性命的她在病床上醒来时，看到的是数年未见的妹妹香织。出院后，沙梨奈住在香织租的公寓里，姐妹关系不但恢复了，而且比以前还要亲密，有时候还会一边喝啤酒或红酒，一边谈心到深夜。过去的疙瘩解开了，两人成了好友似的姐妹。香织怀上琉璃后想找人倾诉，第一个找的就是沙梨奈。香织向自己介绍沙梨奈的时候，润太简直不敢想象，这对姐妹还有那样的过去。

　香织死后，沙梨奈对于润太来说，不知比姐姐的分量重多少。

特别是琉璃小的时候，她帮了润太的大忙。润太经常工作到很晚才回家，琉璃都是由沙梨奈负责照看。深夜里，沙梨奈背着睡着了的琉璃回她自己的公寓的情景，至今历历在目。

琉璃上小学后可以离开人了，沙梨奈在好友的恳求下，接手一家上门朗读服务公司，经营了十几年。在世界性经济恐慌的年代关闭公司，又作为志愿者继续进行上门朗读服务。意识到自己认知障碍严重的时候，主动辞去这份工作。现在看来真是明断啊。

"我去香织那边的时候啊，"有一次沙梨奈对润太说，"香织表扬我了。她说，姐姐，你真的很了不起呢。"

不用说，对于琉璃来说，沙梨奈也是无可代替的存在。琉璃随时可以感受到自己有一个值得信赖的大人保护和关怀着。沙梨奈对琉璃的成长起的作用是无法衡量的，怎么感谢都不为过。

润太来这里之前一直犹豫，看到沙梨奈的睡脸后下了决心：不能把琉璃的事告诉她。就算告诉了，她也不一定能理解，就算能理解，也只能让她悲痛、混乱。这样做也许僭越了，但在人生的最后时刻，如此巨大的悲痛，他还是不想让沙梨奈体尝。她经历的已经够多了，让她尽可能安详地走完人生最后一段路吧。琉璃，爸爸这样做，你没有意见吧？以后沙梨奈到了那边，会大吃一惊的，因为你先过去了，比她过去得还要早。不要生爸爸的气，不要生爸爸的气。到时候该怎么说，就都随你了。跟沙梨奈好好说，她一定能理解的。啊，对了，在那之前，你跟香织在一起，母子二人好好聊聊吧。香织会说些什么呢？

这时候，沙梨奈睁开了眼睛。

她挣扎着把手伸向润太。

"……琉璃。"

她用沙哑的声音叫道。

润太握住她的手，拼命挤出一点笑容。

“姐姐，我来看你了。”

5

　　上岛淳把胳膊肘撑在公寓阳台的栏杆上，慢慢喝着啤酒型含酒精饮料。岬绫音眼前也有一座相似的公寓。刚才还有一点阳光，现在被铅灰色的乌云遮住了。那乌云不是巨大的 FCB，而是水分很多的纯粹的乱层云。

　　“对了……”

　　城内隆浩好像想起来什么似的开口说话。他站在上岛淳身边，后背靠在栏杆上，手上也拿着一罐啤酒型含酒精饮料。

　　“最近好像听不到虫子的叫声了。”

　　“你指的是知了吗？”

　　“秋虫的叫声也听不到。”

　　“你这么一说，好像还真是。”

　　“已经对地球上的生物产生影响了吗？”

　　“季节乱了套，昆虫也不知所措了。”

　　二月里出现暑热天，七月里气温到零下，现在已经不是什么新鲜事。

　　“候鸟也不飞到南方去过冬了。”

　　“虫不叫鸟不飞的世界……”

　　确实非常安静。跟不上环境变化的生物，正在从地球上消失。

　　不对，说不定，生物们已经开始适应了——上岛淳又改变了看法。

　　这时，隆浩用鼻子哼了一声。

　　“怎么了？”

　　“我忽然想起咱们一起去看新月纪Ⅱ的事了。”

"啊……那时候多快乐呀。"

"真的好快乐。"

"特别是我，更快乐。那以前我好像都没跟你隆浩说过话。"

"我一直认为你上岛淳是一个对自己的成绩骄傲自大的令人讨厌的家伙。"

"理解。"

气氛忽然缓和下来。

"但是，那时候你慷慨激昂的演说，真是棒极了。"

"演说？"

"你不记得了吗？"

隆浩看着远方回忆道：

"你呆呆地看着停止建设的新月纪Ⅱ，过了一会儿，突然转过身来对我们大声说：我发誓！将来，我一定要当一名工程师，投身新月纪Ⅱ的建设，绝对不能看着它就这样荒废了。每个人都要实现自己的梦想，决不放弃！我们不会绝望，永远不会！"

隆浩模仿着上岛淳当时的口气演说了一遍，然后看着上岛淳，用眼神问道：想起来了吗？

"我那样说来着吗？"

看来上岛淳确实是忘了。

"当时我还想，这小子，装什么蒜啊。可是，大家都被你的热情感染了，纷纷宣告自己的梦想。就在那座桥上。"

"嗯，这我倒记得。"

"现在想起来，真不好意思。"

"多么美好的回忆啊。"

"你上岛淳当时宣告的梦想实现了，真了不起！"

"你隆浩当时宣告的梦想不也算实现了吗？"

"实现什么了？我的梦想是当一名小说家，结果只混了个记者，写的这些破玩意儿，连我自己都不想看。倒是想当电影导演的皆川保，成了真正的小说家，前几年还获奖了呢。"

"我觉得你们都很棒！"

"想当警察的久米健太郎当了陆军，想当幼儿园阿姨的益子礼良当了小学老师，跟二日市结婚生了孩子，小春也当了妈妈……对了，江口由香里一直在安慰她，现在也不知道怎么样了，过会儿问问她。"

那时候几秒钟的沉默，就好像只把上边的照明关掉，突出了眼前的景象，让人看得更清楚了。

"琉璃在那座桥上说了些什么，你还记得吗？"隆浩平静地问。

"……啊……记得……"

"琉璃说，他还没有梦想，但是，他用最大的声音喊道：我要为你们的梦想加油！"

两个人笑了笑。上岛淳深吸一口气，压抑着从心底涌上来的情感。隆浩拿着饮料罐的手在颤抖。

吧嗒，吧嗒，雨点打在窗户上。

"下起来了……"

上岛淳嘟囔了一句，隆浩无言地点了点头。

通向室内的落地窗打开了，江口由香里露出脸来。她也是一位成熟的女性了。

"好像不要紧了。"

隆浩和上岛淳跟着江口由香里走进客厅。小春坐在客厅里的沙发上，眼睛哭得通红，但从表情来看，还能撑得住的。小春冲着隆浩和上岛淳勉强笑了笑。

"真对不起。你们难得来看我，我真不该这样哭哭啼啼的。"

"你跟我们还客气什么？"

"老同学之间还有什么应该不应该的吗？"

小春眨了眨眼睛："你们真好。"

"你看你看，又来了不是。"

隆浩不好意思地坐在沙发上。

上岛淳坐在隆浩的旁边。

江口由香里挨着小春坐下。

"我呀……"小春挑选着词汇慢慢说道，"……要是想哭呢，就是把眼泪哭干也哭不完。不过，现在我不哭了。我想暂时把悲伤中断，等罗奈进了新月纪Ⅱ，再慢慢悲伤。"

隆浩默默地吞了一口气。

上岛淳也一时不知道说什么好。

"罗奈被选上了。"

江口由香里把这个消息告诉隆浩和上岛淳，脸上露出柔和的笑容。

"……真是……太好了……"

隆浩感慨万端，说话的声音都颤抖了。

"真的吗？太好了！"

上岛淳就像是在黑暗中见到了一丝光亮。

是嘛！

琉璃和小春的孩子。

要住进我参加建设的新月纪Ⅱ啦！

6

没错！就是那个人！不过，那个人还没发现我。那个人满脸疲劳，那样的表情，在学校里是绝对不会让我们看到的。她走在行人很少的便道上，离我只有几步远的时候，灰暗的眼睛抬起来看到我，踌躇了一下之后，转身就往回走。

又想逃走吗？

不过，那个人又改变了主意，转过身来。表情也恢复了一点，好像回到了学校里一样。

"池边罗奈？你一点没变嘛。"

"河原老师，好久不见了。"

"今天没去学校？"

"有一阵没去了。"

"是吗？……也是，世界现在是这样一种状态……"河原老师勉强笑了笑，说着就要走，"池边同学，再见。"

"河原老师！为什么？"

河原老师只好停下来。

"为什么不告诉我们就辞职了？您不是跟我们约定，明天还在教室里见面吗？"

"约定？"河原老师回过头来，眼睛里点燃了感情的火花，"约定……那也算是约定……"

河原老师用责难的口气说到一半，突然停住了。

"……不不不，是我不好。"

便道的路面上开始出现小圆点，转眼间越来越多。

河原老师说声"糟糕"，抬头看了看天空。

"池边同学，带伞了吗？"

"……没有。"

"咱们先躲会儿雨吧。"

我们跑到最近的一处廊檐下面。那里好像是一家糕点铺，隔着格栅百叶窗可以看到店内玻璃柜台里的陈列盒子。以前里边摆的肯定是好吃的糕点，但现在那些盒子静悄悄地躺在那里，里面什么都没有。

我和河原老师背靠着无人店铺的格栅百叶窗，看着被雨水打湿的街道。便道上基本没有行人了。机动车道上过往的汽车也很少。

警察的无人巡逻车闪着警灯，慢慢从我们面前开了过去。

"今天这雨，倒是没有那种令人讨厌的臭味。"河原老师说。

"不知为什么，我觉得这雨令人怀念。"

"你家在这附近？"

"不在附近。"

"到这边来有事？"

"没事，就是不想在家里待着了。"

"跟父母吵架了？"

"您为什么把学校的工作给辞了？"

河原老师愣了一下。

"各种各样的原因吧。"

"什么原因？"

"不说不行吗？"

"连个招呼都不给我们打，突然就不来了，我想知道理由。"

"理由嘛，其实连我自己都说不清楚。为什么我要这样做呢？为什么我要那样说呢？这样的情况多了去了。"河原老师喘了一口气，语气变得柔和了一些，"不过，如果你非要我说的话……"

河原老师好像在寻找合适的词语，沉默了一会儿才继续道：

"大概可以说，我是觉得羞耻才不想出现在你们面前了。或者说，不想继续在你们面前说谎了。嘴上对你们说，相信明天，不懈努力，可是我自己都不相信自己说的话。我的心被绝望浸透了。我不想再那样装下去了。"

"您的意思是说，您演一个好老师的角色，演累了？"

我觉得河原老师无话可说了。

"如果您确实是在演戏，我希望您演到底。"

"我也是一个人啊，人心都是肉长的啊。"

"离开学校之前，总能跟我们说两句道别的话吧？"

河原老师微笑了一下："今天的池边同学，好厉害啊。"

雨下大了。

"河原老师，请您告诉我一件事。"

"该说的我都说了，你还要我说……"

"伟大的终结，到底是什么？"

河原老师肯定没想到我会问这个问题，脸上浮现出困惑的表情。

"仓林老师说，人类应该有一个美丽的灭亡，有一个伟大的灭亡，那就是伟大的终结。但是，走向灭亡这么简单，为什么要加快步伐呢？为什么就是美丽的呢？为什么就是伟大的呢？在我看来，那只不过是自暴自弃！"

"自暴自弃，我认为你说得对。不过……"河原老师拼命寻找合适的词语，"……人啊，就算是大人，也不是那么坚强的。就那么单单地等死，精神上也是忍受不了的。于是就想找出点什么意义来，哪怕只能得到一丝安慰。"

"伟大的终结就能使他们得到安慰吗？"

"当然是什么安慰也得不到。只要自己能想通，去天堂也好，托生到别的时代也好，都是安慰。实际上，相信宗教，把宗教当作救命稻草的人也很多。"

"为了得到那一点点安慰，就可以把跟他们毫无关系的人的生命夺走吗？"

"池边同学……"

"突然就消失是不好的！还留在这个世界上的人受不了！"

"对不起，池边同学，那件事……"

"我还有很多很多话要说啊……还有很多很多事想问啊……我觉得还有时间……还有时间……可是……已经见不到了……见不到了呀……我……我……"

我紧紧地闭上了眼睛。早就想放声大哭一场了，可是，我总觉得如果一哭，一切就确定为事实了。父亲就真的去了，父亲还在的感觉就会淡薄下去。没有父亲的世界已经开始运转了，我忍受不了。我不能原谅那些恐怖分子，所以一直忍着不哭，我要一个人抵抗那个消灭了父亲的世界！可是……

"好了好了，罗奈，你忍的时间够长的了，别再忍了。"

我仿佛听到了父亲柔和的声音。就在那一瞬间，积聚了很久的东西破裂了，一下子向我压了过来。我双手捂脸蹲在地上，哇哇大哭。我从来没有这样哭过，就好像蹲在地上大哭的人不是自己。

"池边同学……池边同学！"河原老师轻轻地把手放在我的后背上，"池边同学，你怎么了？出什么事了吗？"

我完全崩溃了。我所能做的，只是依偎在河原老师的怀里。

第四章　活下来的人们

1

全国七个地区同时发生的自杀式恐怖袭击中，牺牲人数达到二百八十四人，如此多的伤亡人数在国内从未有过。但是，事件的政治影响，跟恐怖分子的设想完全相反。

大迫首相就恐怖袭击事件发表的紧急声明，不仅严厉警告了恐怖分子，而且对全体国民发出了强烈信号。大迫首相在声明中说，无论付出多大的代价，也要完成十二万人入住新月纪Ⅱ的计划，把人类存续作为最优先项。

在令人绝望的危机面前，国家最高领导人的态度如此明确，广大国民就容易下决心了。针对大迫首相的紧急声明，虽然也有批判的声音，但毕竟到了最危急的时刻，绝大多数国民都认为不得不这样做。

但是，如果再次发生恐怖袭击事件，舆论会往哪边倒，还是难以预测的。就连 FCB 警报系统都能被恐怖组织的黑客侵入，其实力不容小觑。既然他们已经发出了再次进行恐怖袭击的预告，就不会善罢甘休。

幸运的是，入住新月纪Ⅱ的计划还在顺利进行。不要说阻拦入住者乘坐的大巴，就连沿路等着大巴路过时喊口号的人都见不到了。为了防止发生自杀式恐怖袭击事件，政府方面加强了警备。哪怕只是喊喊口号，也会被黑洞洞的枪口对准。在这种情况下，打算发泄一下郁愤之情、喊一声"伟大的终结"的人也老实下来了。

新月纪Ⅱ的基础设施运转正常，保障了入住者的新生活。上岛淳的伊达建设株式会社负责的供氧系统，完全可以应付随入住者增加而不安定的环境，每个房间安装的缺氧报警器一次都没响过。每天早上看到人工智能系统的报告，上岛淳都会松一口气。

开始入住后，基础设施部门的工作就算告一段落了。虽说还要准备应付万一发生的故障，但此前已经设想了所有可能发生的意外，反复模拟，发现问题逐一解决。现在设施完全交由人工智能系统操控，只需要确认设备正常运转就可以了。所以听城内隆浩说琉璃死于恐怖袭击以后，上岛淳马上就能请两个星期的假。

由于没有必要整天待在基站，上岛淳有时会以巡查为由在新月纪Ⅱ里散步。当然，要避开已经有人入住的居民区。

上岛淳最喜欢去的地方是最上部的圆形休闲广场。如果没有扩增实境眼镜，这里只是一个光秃秃的广场，尽管如此，这里依然是新月纪Ⅱ里最能体验开放感的空间。

大概人们都跟上岛淳的想法一样吧，喜欢去圆形休闲广场的，不仅有基础设施部门的技术人员，还有已经入住的居民。技术人员都穿工作服，而且三五成群，一眼就能看出来。入住的居民呢，基本上都是一个人孤独地坐在长椅上发呆，或者站在透明外壁前面的栏杆前往外看。戴扩增实境眼镜的人很多，什么也不戴的人也有，菅谷巽就是其中一个。

是菅谷巽先跟上岛淳打招呼的。他坐在长椅上，向从他面前经过的上岛淳说了一声"你好"。规则上并不禁止跟入住者交谈，上岛淳也轻松地说了声"你好"。

菅谷巽看了一眼上岛淳穿的工作服，上面非常醒目地绣着"伊达建筑"几个字，是公司的标志。

上岛淳自我介绍道："我是负责维护检查供氧系统的，现在工作不忙，巡查一下，顺便散散心。打扰您了。"

"是这样啊。您辛苦了。啊，对不起，忘了做自我介绍。我叫菅谷巽。您请坐。"

上岛淳客气了一下，也坐在长椅上。

"菅谷先生的居住区在这附近吗？"

"也不算是附近，A012，您知道吗？"

"啊，大概位置是知道的。"

A区是较早入住的区域，这么说菅谷巽已经在新月纪Ⅱ里住一个多月了。可能刚习惯里边的生活吧。菅谷巽对供氧系统很感兴趣，问了上岛淳很多问题。上岛淳的工作是不需要保密的，而且入住者了解了基础设施的情况就会更加安心，于是上岛淳就尽可能详细地回答了菅谷巽的问题。

自那以后，上岛淳经常在休闲广场见到菅谷巽，两个人把能聊的话题都聊过了。有一天，菅谷巽沉默了好久，这样对他说：

"在您面前说这种话也许太失礼了。我觉得，这个新月纪Ⅱ，不是什么人类最后的堡垒，倒很像一个隔离设施，或者集中营。"

的确，无论怎么下功夫，也改变不了这个闭锁空间的特性。入住者一旦住进来，就永远都出不去了。这种令人喘不上气来的精神压力，是供氧设施解决不了的。但是，菅谷巽想说的，还不止这些。

"像我这样一个什么都不会做的四十多岁的男人，无论如何也不能认为自己对人类存续这一使命有必要的价值。"

菅谷巽有一个小他四岁的弟弟，性格和他完全不一样，非常开朗，而且什么都会做。弟弟二十五岁结婚，弟妹美若天仙，魅力无限，他们的孩子十二岁了，也特别优秀。在单身的菅谷巽眼里，弟弟一家简直是完璧无瑕。

"可是，被选上的是我，而且只有我一个人……"

本来弟弟和弟妹很尊重他。但是，当他们知道哥哥被选上以后，态度马上就变了，简直就是厌恶，是憎恨。

"为什么我们都没被选上，只有哥哥被选上了？"

弟弟当着他的面怒吼，甚至要求他把入住权转给他们的儿子浪尾。当然，在制度上那是不可能的。

"转让不可能，你就把这个名额退回去，那样的话就得再选人补缺，说不定我们家浪尾就能被选上。"

这在制度上也是不可能的。就算是有空缺，也不能补缺，在遴选之前就已周知。弟弟急昏了头，失去了正常思考的能力。

"这种不合常理的结果谁能服气？我们身上有什么问题？担负起人类未来的怎么说都应该是我们！这难道不是一目了然的事情吗？可是呢，竟然选上了哥哥！哥哥对人类有什么用？你们说！你们说！"

弟弟和弟媳断绝了跟菅谷巽的联系，菅谷巽再也见不到可爱的侄子浪尾了。

"弟弟说得对呀。我有什么用？连我自己都不知道。我不像上岛先生您那样，有专门的知识，有丰富的经验，是保障新月纪Ⅱ正常运转的专家。我什么也不会呀，为什么偏偏把我选上了呢？"

在密闭的、缺少外部刺激的环境中，人内向性的思考就会增强，如果不能摆脱闭锁式思考的恶性循环，就有患上抑郁症的危险。为了防止这种情况的发生，新月纪Ⅱ配备了很多心理咨询师，负责对入住者进行心理辅导。

本来上岛淳想建议菅谷巽去找心理咨询师的，但又觉得那样说显得有点冷淡，就平静地回答道：

"您就是一个对新月纪Ⅱ有用的人嘛。在一个闭锁的空间里，如果被选上的十二万人都认为自己是最优秀的、最有用的，能顺利地构筑新的人类社会吗？我认为不能。而且，我听说全家一起入住的情况几乎没有。住进来的人，都处于缺少点什么的状态。在这种状态下，会自然地产生填补缺失的意识。而这种意识，对于构筑一个新的人类社会，是不可或缺的。负责遴选入住者的人工智能系统，也许就是把这一点考虑进去了。您想想，是不是这个道理呀？"

菅谷巽听了这些话是怎么想的，上岛淳并不知道。但是，这次交谈以后，休闲广场上就再也见不到菅谷巽了。上岛淳几乎每天在固定的时间去休闲广场，这一点菅谷巽应该是清楚的。在那个时间见不到，只能说明菅谷巽不想见到上岛淳了。也许上岛淳的话让菅谷巽感到不愉快了。唉——当初直接建议他去找心理咨询师就好了，心理辅导哪是自己这样一个技术人员做得来的。上岛淳有点后悔。

但是，跟菅谷巽交谈，绝对不是没有意义的，至少自己也有了一吐胸中块垒的机会，说出了很多在心里憋了很久的话。

也许需要接受心理咨询师辅导的是自己，而不是菅谷巽。

2

小春还不习惯一个人睡。夜里突然醒过来的时候，看着旁边的空床，甚至会想：琉璃呢？上卫生间了吧？琉璃的肉体，不仅不存在于旁边的床上，也不存在于这个世界了。再也不能拥抱他，再也不能感受他的拥抱了。失去了琉璃，感觉如同失去了自己身体的一部分。抱着这种感觉，怎样活下去呢？

坚持！坚持到罗奈入住新月纪Ⅱ！可是，在那以后呢……一旦住进新月纪Ⅱ，就会切断跟外界的一切联系。到了那时候，就真的只有我一个人了。回过头，没有人跟我相视而笑；内心不安的时候，没有人安慰我、给我力量；感到寂寞的时候，那个把我抱在怀里让我安心的人，已经不在了……

在那样的状态下，我还能活下去吗？在这个逐渐被死亡吞噬的世界里，我还能找到活下去的理由吗？与其缺氧窒息，痛苦而死，还不如早日结束生命——我还能控制自己不朝着这种想法倾斜吗？

"妈，你睡了吗？"门外传来罗奈的轻声呼唤。

"……没呢，进来吧。"

卧室的门开了，罗奈露出脸来。

"可以跟你睡一个卧室吗？"

小春微笑着："当然可以啦。"

琉璃用过的枕头和被褥还跟以前一样放在那里。罗奈把爸爸用过的枕头放在一旁，换上自己抱来的枕头。

"跟你聊会儿行吗？"罗奈躺在床上，扭过头问。

"当然行啊。"

昏暗中，母女俩交谈起来。

一种令人怀念的感觉。

"妈，你梦见过爸爸吗？"

小春压抑着心中的痛楚，不使其流露出来。

"嗯——你这么一说我才意识到，没梦见过。"

绝对不是说谎。如果不是罗奈提起，小春还想不到这个问题呢。最近连梦都没做过，更不用说梦见琉璃了。

"我也没有。这是怎么回事？我以为绝对会梦见爸爸，可是……"

"你特别想梦见爸爸？"

"怎么说呢？考虑到醒来以后的心情，还真说不好。"

"爸爸是在为我们着想啊。怕我们醒来以后难受。"

"是嘛……其实……不用那样……"

在和女儿亲密的交谈中，小春的痛苦和不安减轻了许多。一个人躺在黑暗中，总是会想太多。重逢后刚开始恋爱的时候，琉璃也常说她感情太纤细，跟外表不相称。小春总是故意问："跟外表不相称是什么意思？"琉璃总是回答说："不相称就是不相称呗。"

小春忽然意识到，跟罗奈的对话在不知不觉中停止了，旁边的床上传来均匀的鼻息声。小春受伤的心魔法般地被治愈了——也许正是为了品尝这样的幸福感，我才来到这个世界上，认识了琉璃，生下了罗奈。

"谢谢你们！"小春小声说出这几个字。

然后轻轻地做了一个深呼吸，闭上眼睛。

＊

好像听到了什么声音，我睁开了眼睛。房间里还很暗，看了看时间，还是半夜。但是，睡在旁边床上的母亲不见了。卧室的门缝里透进来一丝光线，声音是从屋外传来的。好像有人说话，是母亲。母亲笑了。是在跟前几天来看她的朋友通话吗？可是，跟朋友通话，会有那么高兴吗？

"罗奈肯定会吓一大跳的。"

听到那声音，我一个鲤鱼打挺坐了起来。

"叫醒她吧。"

"别，让她睡吧。"

怎么可能？

我从床上下来，跑出卧室，跑进客厅。

我倒吸了一口凉气，呆呆地站在客厅里，不敢相信自己的眼睛。

父亲在那里。

他舒舒服服地坐在沙发上。

依偎在他身上的母亲看见我，赶紧坐直了身子。

"……这是怎么回事？"我好不容易才说出声来。

父亲非常和气地看着我说道："我回来了，对不起，让你们担心了。"

我不知道说什么才好。

"我就知道会吓你一大跳的。"母亲满脸笑容。

"你爸一直昏迷不醒，在医院里治好了才回家的。"

"可是，我们分明见到了爸爸的遗体……"

"那是别人的遗体，恐怖袭击现场太混乱，弄错了。"

"那……"我像在要求什么似的看着母亲的脸。

母亲点点头。

"爸爸还活着！爸爸没死！"

心中的欢喜就要爆发的瞬间，一阵冷风从我背后吹过来。

不对呀，遗体都经过了 DNA 鉴定，检查了好几遍，万一弄错的可能性是没有的。

"罗奈……"父亲表情严肃地从沙发上站了起来，"去我的书房吧。"

可是，在下一个瞬间，我待的地方不是父亲的书房，而是学校的教室。南面的窗户照进来的日光是混沌的。我坐在教室正中央，父亲站在讲台上，教室里只有我一个学生。

"我们好久没有这样面对面地说话了。"

什么好久不好久的，我从来就没有在教室里跟父亲面对面地说过话。但是，我眼前的父亲，就像一个真正的教师站在讲台上。而我不知道为什么，对眼前的情景也不觉得别扭。

"爸爸是来看我的吗？"

父亲默默地点了点头。

"还是来跟我道别的呢？"

"我是想让罗奈把心情整理一下，以前的事到这里告一段落，让它过去算了。"

"我已经不要紧了。"

"是吗？"父亲皱起了眉头，"真的不要紧吗？"

我面对父亲："真的，我不要紧的。"

父亲的表情缓和了，眯起眼睛："我知道了。"

"爸爸放心了？"

"啊，放心了。"

我从心底里松了一口气，眼泪都快流下来了。

"我一定努力，到新月纪Ⅱ去，竭尽全力活下去！"

父亲满意地点了点头："我就是想听罗奈亲口说出这些话。"

下课铃声响了，令人怀念的铃声。窗外的太阳，在不知不觉中沉下去，接近了地平线。父亲对我说："罗奈，回去吧。"

"爸爸呢？"

"我也回去呀。不过，我去的地方跟罗奈不一样。"

"是嘛，果然是这样啊。"

时间静静地流淌。

我知道这是最后了。

"爸爸……"

我满怀着祈祷。

"再见！"

爸爸的脸上露出我从来没有见过的幸福的微笑。

于是，爸爸的书房里只有我一个人了。爸爸坐过的椅子空空如也，哪里都看不到他的身影，一切都安静下来。

我从书房里走出来，回到母亲的卧室。母亲不在客厅，而是在她的床上。听见我回来了，就问："你爸爸呢？"

"回去了。"

"是嘛。"

母亲好像什么都知道似的。

"跟爸爸说再见了吗？"

"嗯。"

"让爸爸放心了？"

"是的。"

"那太好了。"

母亲饱含着母爱的声音紧紧包裹了我。

3

为了保障施工人员的身体健康，新月纪 II 的建筑工地从一开始就设有医疗部，当然，心内科医生和心理咨询师也常驻这里，其中还有一位性格判定师。

这位性格判定师三年前就被分配到这里了，但上岛淳根本不知道有这么个人。如果不是为了接受心理辅导，也不会见到他。奇怪的是，第一次见面就觉得好像在哪里见过似的。大概是在表彰会或者联欢会上吧。上岛淳不记得自己跟这位性格判定师说过话，但对方确实有一种容易给人留下深刻印象的强烈的存在感。

坐在他的对面，对方那犀牛般健壮的身体，以及富有挑战性的大眼睛，首先让人感到一种威压感。虽然戴着眼镜型终端设备KARUTA，多少缓和了一点威压感，但这一点点缓和，马上就被他威严的大胡子抹杀得一干二净。另外，他又有一种不可思议的清洁感，浓密的头发梳理得整整齐齐，皮肤也保养得很好。与其说是一个性格判定师，倒不如说是一个成功扮演性格判定师的优秀演员。

这位性格判定师听完上岛淳的叙述以后，沉默了足足有十分钟，低着头一动不动。上岛淳坐在单人沙发上，一直看着他。离预定的结束时间只有十五分钟了，上岛淳以为今天就这样结束了。此时，性格判定师终于说话了。

"上岛先生，您是觉得自己心里有东西想要一吐为快才到这里来的，对吧？"

他说话的声音要比想象的轻柔得多。

"在前段时间的恐怖袭击中，您失去了一位挚友，精神上一定受到了很大打击吧？您被悲伤、愤怒、无力感所困扰，一定很痛苦吧？"

上岛淳点了点头。

"但是，上岛先生想一吐为快的东西，仅仅是这些吗？"

"……您这话是什么意思？"

"您已经把想一吐为快的东西都吐出来了吗？"

"……"

"您只把容易浮到表面的东西吐出来了，这是我的感觉。真正想一吐为快的东西，还有别的。但是，也许您不想承认它们的存在。"

性格判定师的表情更柔和了。

"开始我也说过了，如果您觉得这样跟我对话是一种痛苦，想停止对话，请马上告诉我，我们立刻就停止。"

"不要紧的。"

上岛淳说完深深地吸了一口气，但没再说什么。

"那么，还是我先问您一个问题吧。"

性格判定师见上岛淳不说话，主动打破了沉默。

"刚才，上岛先生谈到了您那位在恐怖袭击中逝去的挚友，还谈到了您本人的生活方式和追求的梦想，内容非常丰富。但是，理应在上岛先生的人生中占据很大位置的东西，您却只字未提，好像在不经意中给省略了。"

上岛淳觉得自己的心跳突然加快了。

"……我老婆？"

"为什么没提夫人一个字？"

"这个嘛……偶然没想起她来而已，我没有回避谈到她的理由。"

299

性格判定师盯着上岛淳的眼睛，一直盯着，不说话。

上岛淳不由得避开了他的视线。

"我问您一个稍微深入一点的问题吧。"性格判定师先铺垫了一句。

"两周前休假回家，跟您太太有性生活吗？"

这么直截了当的问法，让上岛淳吃了一惊。

"这个问题必须回答吗？"

"如果能回答的话，请回答一下。"

"这个嘛……我们是夫妻嘛。"

"那么，是谁主动呢？是上岛先生呢，还是……"

"这种事，跟心理咨询有关系吗？"

"如果您能回答这个问题，很多事情就好把握了。"

上岛淳拼命让自己镇定下来。

"说不清谁主动，很自然地就……不是吗？夫妻嘛。"

"原来如此。"

"您问这种问题，能弄清楚什么呢？"

"当然，没有性生活，并不能说夫妻之间就没有爱情。爱情有各种各样的形式。但是，很自然地就能有性生活的夫妻，绝对是互相信赖、互相爱慕的。至少可以推测出，这种倾向性是很强的。上岛先生，您夫妻二人就是如此。"

性格判定师的眼睛里射出强烈的光。

"所以呢，可以断定，使上岛先生苦恼的，正是这个问题。"

4

我的心乱得要命。悄悄地做好的最坏的思想准备，已经浸润到内心深处的每一个角落，不起一丝波澜。

也许是因为做了那样一个梦吧。

我不认为那是爸爸的灵魂来到了我的身边。我已经不是天真地相信这个的孩子了。那个梦，反映了我的愿望。爸爸是不是还在什么地方活着？我是不是把别人的尸体错认成爸爸了？爸爸可能还在医院接受治疗吧？我知道这些都是不可能的，但如果不这样想，我就无法忍受。如果爸爸的死是无法改变的事实，至少得给我一个机会吧。我想亲口对爸爸说，我不要紧，我一定入住新月纪Ⅱ，一定要活下去！那样的话，就可以看到爸爸听了我的话以后放心的样子，跟他好好道别，我的心情就可以平静下来了。我的愿望，都在梦里实现了。

昨天上街，跟原来的同学樱井亚美菜一起待了一天。我们聊得很开心。回家之前，我对亚美菜说，这是最后一次跟她见面了。入住新月纪Ⅱ的事，我没有明说，我想她应该明白。我们抱在一起哭了。我感谢这个好朋友，感谢她一直到这一天还跟我在一起。我发誓绝对不会忘记亚美菜，绝对不会！

前天，我和爷爷一起去看望沙梨。遗憾的是，沙梨到最后也没叫上来我的名字。我握着她的双手，跟她说了一声"再见"。

留给我的课题很简单。

那就是活下去。

今后只考虑怎样活下去就行了。活到把生命的火炬传给下一代，传给出生在新月纪Ⅱ里的孩子们那一天。只要生命的火炬有人接过去，只要燃烧的火焰不熄灭，一切可能性都不会消失。不管目标多么远大，人死了，可能性就没有了。所以要活下去，必须活下去！

一切都结束了，一切又刚刚开始。

去开始这一切的人，就是我们。

5

上岛淳的人生，有过好几次堪称转折点的瞬间。

第一次是上高中的时候。那天早上，做上课的准备时，"新月纪 II"这个词忽然钻进了他的耳朵。说出这个词语的，是前一天打架斗殴的池边琉璃和城内隆浩。当时上岛淳不喜欢那两个人，不对，与其说是不喜欢，不如说是羡慕。那两人称得上是粗暴的开朗性格，是上岛淳想拥有却无法拥有的。

那时是他们两个谈论起了新月纪 II 的事。上岛淳假装看书学习，竖起耳朵听他们说些什么。听到他们说要去以前的见和希市看看已经停止建设的新月纪 II，上岛淳坐立不安。

投身新月纪 II 的建设是上岛淳唯一的梦想。不管以什么方式，他都想参加到新月纪 II 的建设中去，这是他人生的目标。在这个就要结束的世界里，新月纪 II 是描画未来的唯一场所。但是，未来被所谓的"全国人民的心愿"摧毁了。为什么要抛弃留给人类的唯一希望呢？上岛淳完全不能理解。夸张点说，他对这个国家失望了。他甚至禁止自己再想新月纪 II 的事，觉得想也没用，索性放弃。

不知为什么，那两个同学现在关心起新月纪 II 来了。他们还没放弃吗？上岛淳受到了强烈的震撼。为什么会这样呢？难道自己也没完全放弃吗？无论放弃还是没放弃，自己都是绝对想不到去新月纪 II 的建设现场看看的。

那两个人计划的事情，北仓小春也表示参加。上岛淳忍不住站了起来。他知道，池边琉璃和城内隆浩不怎么喜欢他，但是错过了这个机会，也许就再也没有机会了。为了给自己那还没有完全熄灭的梦想之火做个了断，也应该亲自到现场去看看，亲眼确认一下。于是，上岛淳内心产生了强烈的愿望：跟他们一起去！

"打扰一下。"上岛淳站到他们旁边，"我也想跟你们一起去，可以吗？"

说实话，他做好了被拒绝的思想准备。因为北仓小春就不喜欢他。尽管如此，上岛淳还是想去，想和他们一起去。

"当然可以啦！一起去！"

说这话的是琉璃。那时候琉璃的笑脸，上岛淳一辈子都忘不了。

大家来到停止建设的新月纪Ⅱ一看，简直就是一片荒野。看着眼前废弃的工地，涌上心头的不是所谓看破红尘之类消极的想法，而是强烈的愤怒。那愤怒是对大人们的，都建设成这样了，竟然屈服于绝望，甘愿葬送人类的未来。那愤怒点燃了上岛淳心中尚未完全熄灭的梦想之火。

社会上的潮流发生变化是在那之后不久。夺取政权的共新党政治手腕极其稚拙，虽然依照竞选公约，停止了新月纪Ⅱ的建设，但支持率却直线下降。

面对世界上停止密闭城邦建设的除了日本没有别的国家这样一个事实，那些狂妄叫嚣"伟大的终结"的人，也不得不怀疑起自己的主张。

时代发生了巨大的变动。

不久，共新党政权倒台。新成立的政党"新党黎明"，在竞选公约中明确主张恢复新月纪Ⅱ的建设，一举夺取政权。

政府正式决定恢复新月纪Ⅱ的建设，是上岛淳二十岁那年。他相信这一天一定会到来，他努力学习，刻苦钻研，通过网络应聘或亲自去企业应聘，展示自己的能力，最终被承担新月纪Ⅱ供氧系统的伊达建设株式会社看中，大学还没毕业就参加了工作。

如果上高中的时候放弃了，他不可能大学还没毕业就被伊达建设株式会社看中，也不可能投身新月纪Ⅱ的建设。

鼓足勇气向琉璃他们提出一起去新月纪Ⅱ的那个瞬间，是上岛淳人生道路上的第一个转折点。当然这是他后来才意识到的。

跟那时候相反，当时就能意识到自己站在人生转折点上的情况也是有的。

　　跟老婆视频的时间快到了。

　　国家给每个参加新月纪Ⅱ建设的技术人员准备了一间宿舍。宿舍不大，但床、写字台、壁橱、洗澡间、卫生间等应有尽有，一个人能生活得很舒适。

　　结束一天的工作后，上岛淳就离开新月纪Ⅱ回到这间宿舍休息。住在宿舍里的技术人员，现在实行二十四小时轮班制，以防发生紧急情况。不会休息的人是不会好好工作的。当然，休息也不单单是睡觉。此刻，上岛淳冲完澡，背靠着墙坐在床上，静静地等待一个人。

　　对面的写字台上方，慢慢浮现出一个人的身影，好像正冲着上岛淳打招呼。一眼看上去像个女护士，但是她的护士服褴褛不堪，上面还有很多红褐色的泡沫。消瘦的脸是灰色的，脸颊上有黑斑，奇怪的大眼睛里流出黑色的液体，嘴唇也是黑的。从嘴角垂下来的，也是黑色的液体。染成白色的长发又脏又乱。只见她向上岛淳伸出双臂，大大张开的嘴巴里发出呻吟般的声音。

　　"哇——理穗！今天这打扮最漂亮！"

　　上岛淳故意用轻松的口气说道。

　　僵尸女护士笑了，冲着上岛淳摆手。

　　"嗨——淳——"

　　上岛淳举起双手，哈哈大笑。

　　"好了好了，我投降！"

　　"这打扮是不是挺适合我的？"

　　"干吗打扮成这样？"

　　"万圣节嘛！"

　　"哟！都这时候啦？"

夫妻二人玩这样的游戏，起源于一件很小的事情。当时新月纪
Ⅱ的建设还没有完成，理穗换了发型，但夫妻视频的时候，上岛淳
过了好长时间也没说她的新发型好看不好看，惹得理穗生气了。上
岛淳赔礼道歉，保证这样的事情绝不会发生第二次。打那以后，理
穗每天都要在脸上、身上搞出一点变化，看上岛淳能不能发现。

最初只是把眉毛修细，变换口红的颜色，后来就越来越过分了。
例如，故意把头发弄成睡觉压变了形的样子，在鼻孔里插一张纸巾，
总之越来越露骨。最后，连角色扮演用的假发也买来用上了。

她早已忘记了当初这样做的目的，全副精力投入如何逗丈夫笑
上去了。

"新月纪Ⅱ里也过万圣节吗？也有类似万圣节的活动吗？"

僵尸女护士理穗双臂抱在胸前问道。理穗的后背大概也靠着墙
吧，看起来就像坐在上岛淳面前的写字台上一样。

"大概有吧。新月纪Ⅱ里的生活肯定是很单调的，所以，传统节
日和各种活动应该比外面的世界还要重要。"

"比如日本的盂兰盆节，是迎接逝者灵魂的节日对吧？在新月纪
Ⅱ里，也会迎接死在外边的人的灵魂吗？"

这样跟妻子对话，对上岛淳来说也是休息。对话的内容无关紧要，
看着对方的脸说话就行了。重要的不是内容，而是过程。

每次视频的时长都是十五分钟，这是二人约好的，因为时间太
长了容易产生错觉。以前视频时间太长，聊着聊着，上岛淳陷入了
妻子本人就在眼前的错觉，忽然想和她亲热，遂伸开双臂拥抱理穗。
当然，那只不过是立体空间影像，上岛淳什么也没抱住。那种感觉
太难受了，几乎令他神经错乱。

"好了，时间到，你休息吧，明天见！"

十五分钟一到，两个人中的一个就会提醒对方。今天是理穗提
醒的。

"啊，明天见！"

可以说，新月纪Ⅱ就是上岛淳的生命。亲眼看着新月纪Ⅱ建成，是他最大的满足。至于入住新月纪Ⅱ，他从一开始就没想过。谁知事情突然发生变化，负责维护保养的技术人员有了可以入住的机会。不知不觉之中，他的内心深处萌生了一种欲望，即留在新月纪Ⅱ里的欲望。新月纪Ⅱ里有未来，有可能性。他想活下去。现在他才明白，这本来就是自己参加新月纪Ⅱ建设的原动力。

但是，留在新月纪Ⅱ里，就等于把理穗扔在外面。如果在一瞬间想到这也是选择的后果之一，他还是不能原谅自己。

同时，上岛淳内心深处对新月纪Ⅱ的感情，也是不能否定的。正如性格判定师所说，那是一个连自己都不愿意承认的愿望。既然有这样的愿望，就该接受它，接受之后，把它深深地埋在心里。

等新月纪Ⅱ住满了，就回到理穗的身边，两个人一起迎接人类灭亡那一天。

那样挺好的。

6

迷迷糊糊地看到的，是一滴一滴慢慢滴下来的液体。输液管上那个透明小瓶里的液体是白色的、浑浊的，正输入桂木达也的身体里。这是哪里啊？我在干什么呀？我怎么了？

桂木达也拼命地想，但大脑转不动，就像被强制性地踩了刹车。他想转头看看周围，可是头部被固定住了，转不动。不只头部，手脚都被捆住了。

天花板上的电灯被什么东西遮挡着。

旁边站着一个人，正低头看他。

"镇静剂的药劲好像过了。"

是一个年轻女人的声音，让人感到安慰。她的脸罩在阴影里，看不清她长什么样，声音听起来还很年轻。

"别着急，很快就输完了。"

"我……"

"不能想，什么也不要想。"

女人的脸靠近了他，几乎能感觉到她的呼吸。是个非常漂亮的女孩子，有一双清澈的眼睛。

"什么都不要想，只说一句话就行。"

女人在他耳边温柔地小声说道。

犹如婴儿依偎在母亲怀里的安心感，他紧张的神经慢慢松弛下来。

"那句话要反复地说，说到融入你的血肉为止。要说好多遍好多遍……"

女人摸着他的脸，那是一只温暖的小手。

"好了，什么都不用担心，重复这句话就行了。怎么？你忘了吗？迎接人类伟大的……"

"伟大的……终结……"

"太好了，好极了，那么，再说给我听一遍。用你的声音，用你的语言，多重复几遍，一直重复下去。"

"迎接人类伟大的终结……迎接人类伟大的终结……"

"好好好，就这样！继续下去！"

"迎接人类伟大的终结……迎接人类伟大的终结……迎接……"

桂木达也按照女人的吩咐，一遍又一遍地重复着。

他的大脑，慢慢变成了一片空白。

第四部

第一章　到新月纪Ⅱ去

1

夜越来越深了，什么都没有发生。塔楼宽阔的地下停车场里已经没有人影。明亮的电灯照着一排排高级轿车。

这时，连接地面的坡道上开进来一辆大箱型轿车。车体是耀眼的白色，车窗都是遮光的。车行进的速度很慢，跟人走路的速度差不多。大概在用车上的传感器搜索周围有没有藏着人吧。

这辆车终于来到电梯附近，倒着进了电梯间。从车上迅速跳下来三个男人，警惕地观察四周。三个人都穿着普通的西装，但给人的感觉却是杀气腾腾的。

其中一个男人对车里边的人说了句什么，接着车上慢悠悠地下来一个小个子女人。女人戴着一顶白帽子，帽檐压得很低，加上眼镜型终端设备KARUTA为遮光模式，根本就看不清她长什么模样。她身上的紫色长连衣裙的下摆直达脚面，从剪影来看非常瘦。不知是因为岁数大了，还是腿脚有毛病，走起路来很不自然。

在车门关上的同时，先下车的那三位穿西装的男人马上护住那个女人。虽然离电梯只有几步远，三个男人簇拥着女人往前走的时候，还是警惕地观察四周。四人走进电梯，向着最高层升上去后，地下停车场恢复了宁静。

大约二十分钟以后，坡道上又驶下一辆黑色高级轿车。这辆车也开到电梯附近，倒着进了电梯间。先从车上下来的是一个年轻女人，她下车后，先是警惕地观察四周，然后冲着刚才进来的那辆白色大箱型轿车轻轻点了点头。

年轻女人再次观察四周，然后把手臂伸进车里。抓着年轻女人的手下车的人也是一个小个子女人，没戴帽子，也没戴眼镜型KARUTA，所以能看清她的脸。

小个子女人看上去大约七十岁，头发全白。两只眼睛离得比较近，从眼睛里飘出来的妩媚可以看出，她年轻时一定貌美如花。鼻子和下巴有点尖，也许是因为穿着一袭黑色的连衣裙吧，整个人很像童话里登场的魔女。剪影看上去很苗条，步伐稳健。

这两个女人从年龄上看很像祖母和孙女，年轻女人的表情十分僵硬。后来查看监控录像发现，年轻女人看着电梯一侧的监视器画面时，画面上一个人也没有，她的眼睛还是一眨不眨的。

电梯下来了。门一开，年轻女人惊叫了一声。

原本一个人也没有的电梯里，冲出来一群黑衣人。

那群黑衣人二话不说就剥夺了两个女人的自由。

"放开我！"胳膊被反拧到身后的年轻女人大叫，"我们干什么坏事了吗？我奶奶的身体很弱，要是伤着她……"

叫声迅速萎靡下去。留在白色大箱型轿车里的另外三个男人，也被那群黑衣人拽出来，根本帮不上那两个女人。

"加奈子，算了。"老女人无可奈何地说。

"可是，舞……"

"没用。"老女人打断了年轻女人的话。

"说得对！"

一个男人来到她们的面前。

只有他穿的是一身笔挺的西装。

"你就是高籁舞吧？"

老女人恨恨地瞪着男人。

男人很不愉快地撇了撇嘴，用低沉的声音对她说：

"高籁舞！你策划了在全国七个地区同时进行的自杀式恐怖袭击，现在作为主要犯罪嫌疑人将你逮捕！"

2

公寓房门关闭的声音让小春回过神来，她在门厅站了很久。自己到底是怎么回到家的，她已经想不起来了。

只要停下来思考，就离不开那个地方，回不了家了。所以她决定什么都不想，不停地走，一直使自己的心处于麻醉的状态。

终于还是回到了家，小春的心还处于麻醉状态，清醒不过来，似乎思考本身就是一件令人恐怖的事。

她依靠习惯的力量走进屋子，在走廊里、客厅里、卧室里游荡。家里没有一个人，连人的气息都感觉不到。

面对那个问题的时刻来了。

我以后该怎样活下去呢？活下去还有什么意义吗？这个大气中的氧气一天比一天少，在这个硫化氢越积越多的世界里，在这个没有未来的世界里，一个人活下去，有意义吗？

"琉璃——"

她的呼唤声被吸入虚空，消失了。

"罗奈——"

没有人回答。

寂静中，死亡的诱惑发了芽。既然留在这个世界上没有意义，那为什么要活在这个世界上呢？最主要的是，琉璃在那边，过去就能见到他了，那还犹豫什么？

不过，小春觉得自己还不能走。

现在还不是时候。三天以后，罗奈将进入新月纪Ⅱ，之后跟外界就彻底切断联系了，不管我做什么，都不怕罗奈知道了。不能再给那孩子增加悲伤，那样的话……

小春决定了。

再坚持三天。

三天以后，就到琉璃那边去。

*

"是嘛……罗奈顺利出发啦。"

"不过，还要集中培训三天，那孩子才能正式入住新月纪Ⅱ。"

小春说话的声音比润太想象的要有力气，润太稍微放心了一点。

"知道你会很寂寞的，千万不要沮丧啊。"

"爸爸，您也要多保重。"

"我没关系，我心里有香织，有跟香织在一起的回忆。"

小春轻轻笑了一下："爸爸总是这样。"

好久没有听到过小春的笑声了。

"不管有什么事，一定要跟我联系。"

"谢谢您！总是这样关照我们。"

在挂断的那一瞬间，润太的胸中掠过不祥的预感。小春的声音听起来确实没有什么异常，没有悲伤或失落。但是，过于自然的感情流露，反而让人觉得有强烈的违和感。换句话说，很像人放弃了生的意志后那种特有的通透明快。

"难道说，小春她……"

随着新月纪Ⅱ入住计划的进行，自杀者人数激增。除了密闭城邦以外，地球上已经没有了人类的未来。担负未来的人们，纷纷住进了新月纪Ⅱ。入住计划结束后，外面的世界一点点希望都没有了。事态一天比一天恶化，好转的迹象为零。明天只会比今天更坏，一年后是否还能活着，谁也说不准，但再活三年是绝对不可能的。世界正加速走向灭亡，因为找不到在这个世界上活下去的价值，于是在绝望之中撒手人寰，这也无可厚非。

润太也有过很多次想到香织和琉璃那边去的瞬间。偶然的冲动也许真的会导致自杀，这绝不是危言耸听。

如果小春打算自杀，自己嘴里恐怕说不出有说服力的话去阻止。不过，到了这种极限的状态，人就必须亲自结束自己的生命吗？既然小春可以用自杀的方式平静地接受死亡，就不能选择默默地守望到最后吗？

"香织……琉璃……"

我的想法不对吗？

3

狭小的房间。从红褐色的门到最里边的墙壁顶多有五米，宽度嘛，站在中间伸直双臂，两只手的指尖几乎可以触碰到两侧的墙壁。并且宽度的一半以上被床占据，几乎没有自由活动的空间。天花板也很低，压迫感明显。

最里边的墙上开着一个很小的四角形窗户，可是玻璃被涂上了白颜色，根本起不到采光的作用。

房间里只有一张写字台，还有一个很小的洗脸池。没有卫生间，也没有洗澡间。我觉得还不如监狱里的单间牢房，但爷爷对我说，房间设计成这样，是有意义的。

这里正式的名称是"新月纪Ⅱ入住者培训中心"。在这里工作的职员简称其为"中心"。

罗奈和另外十九位入住者坐上一辆专用大巴，晃悠了两个小时，才到达据说全国总共只有十五个的培训中心当中的一个，那时已经下午三点多了。这里以前是一处工业园区，广阔的平地上，耸立着一座一扇窗户都没有的异样的建筑物。

大巴通过检查站，进入地下，在停车场停了下来。已经有好几辆同样的大巴先到了，这里宛如一个长途大巴的终点站。

大家从车上下来以后，先对照电子身份证，接受安全检查，然后直接去医务室验血。罗奈进入分配给她的房间时，已经过去了一个小时。

但这并不算完，过会儿新人教育就要开始了。罗奈先打开放在床上的小手提箱。可以携带的东西只有这个小手提箱，里边装着换洗衣服、洗漱用具等。

罗奈从换洗衣服的下面抽出一本相册。虽然也带了保存着家人照片的移动硬盘，但考虑到以后的情况，她还是制作了这样一本相册。

翻开薄薄的相册，第一页是跟父母一起照的。那是父亲生前照的最后一张照片。爸爸、妈妈、罗奈，一家三口开心地笑着。但是，照片上是过去的世界，爸爸妈妈也好，罗奈也好，都是完完全全的过去了。

罗奈抑制着伤感，继续翻看相册。沙梨、爷爷，还有奶奶。罗奈没有见过奶奶吉井香织本人，只见过她的照片。

罗奈静静地看着奶奶的照片，心想：都说我跟奶奶长得一样。有血缘关系，长得一样也不奇怪。将来我要是也有子孙，说不定也会有跟我长得一模一样的。反之上溯过去，肯定有哪位先祖跟奶奶和我长得一样。我来自遥远的过去，还要走向遥远的未来。池边罗奈这个人，也许只有人类漫长历史进程中的一个点。这个历史进程能持续到将来的哪一天呢？

"中心"里的喇叭响了，通知大家十分钟后到大礼堂集合。罗奈把相册放回手提箱，站了起来。

拉开红褐色的门，走进约三十米长的楼道，昏暗的灯光照着木纹地板和天花板。

对面的墙壁也是很小的四角形窗户，玻璃也被涂上了白颜色，一共是二十个。窗户里边的房间一定跟罗奈的一样。

罗奈的房间左右都是红褐色的门，门上都有一块小牌子，写着入住者的名字。只在这里住三天，罗奈觉得写不写名字都无所谓，但爷爷说，这样做也是有意义的。

卫生间和洗澡间都是公用的，都在走廊的尽头。

人们都听到了广播，纷纷走出自己的房间，默默地朝大礼堂走去。这里是F4区，女性专用，从房间里出来的都是女性。有上了岁数的人，也有像罗奈这样的孩子，还有抱着婴儿的年轻母亲。大家都不说话。气氛是紧迫的、疲倦的，罗奈和大家一起无言地往前走。

礼堂里集合了今天进入中心的二百人，女性居多。大家坐在按照区划摆好的椅子上，等着开会。

开会的时间到了，中心的负责人站在了大家的面前。那是一位个子高高的四十来岁的男士。简单地寒暄了几句后，男士说，这个培训中心最大的目的就是"让大家在新月纪Ⅱ里生活得更方便"。

"今天在这里集合的诸位，将入住新月纪Ⅱ的H312大区。也就是说，将来大家要住在一个社会单位里。请看看自己的周围，将来您就要跟他们一起，在新月纪Ⅱ里互相帮助，共同创造未来。他们就是您最亲近的伙伴。"

听了这话，人们环视四周，脸上浮现出安心的表情，好像第一次意识到坐在这里的不止自己一个人。

"从今天起的三天时间里，我们将尽全力帮助大家。我们不会入住新月纪Ⅱ。"

站在罗奈他们两侧的职员，大多三十岁到四十岁，其中一个明显只有二十来岁。三年以后，那些职员恐怕就都不在人世了。他们现在是怎样的心情呢？面对可以在新月纪Ⅱ里继续活下去的人们，他们是怎么想的呢？

"但是，大家绝对不要以为我们做这个工作是很不情愿的，不要以为我们对你们有什么不满。我们把人类的未来寄托在你们的身上，为此，我们要竭尽全力为你们服务，因为你们是我们的希望。"

罗奈也听爷爷这样说过。新月纪Ⅱ本体的建设，只不过是整个新月纪Ⅱ计划的一部分。最重要的工作，是按时把入住者安排进去，建立系统并使之运转，还要在新月纪Ⅱ里营造一个和谐的社会。为了做到这一切，必要的准备和关怀是必不可少的。现在，罗奈他们就是在做准备呀。

"接下来，就请各方面的负责人，给大家说说从今天起到三天后出发的日程安排。"

4

和自己心爱的人一起踏上通往永恒的世界之旅——天底下会有哪个女人为此犹豫吗？我这一辈子庸庸碌碌，没有什么价值，但只有那个瞬间是例外。四十年前的那一天，那个时刻，我处于完完全全的幸福之中。

我与克明宪的关系，从一开始就飘荡着死亡的征兆。我做梦都没想过，跟这个人结婚生子，白头偕老。虽然这是一种不祥之兆，但其中包含的甘美的预感，由于 Nakamura Cheyenne 彗星的到来变成了现实。

为什么他会想出那样一个把自己逼向死路的主意，并去实行呢？说老实话，到现在我也不知道。也许是因为我的心底就有毁灭的愿望吧，要不就是真正的突发奇想。

急剧扩大的教团变成了带有其他意义的巨大生物，就连克明宪也不能自由地支配它。我们还没有心理准备，就被卷入了污浊的洪流。也没有站下来思考的时间，仅仅是避免被洪流吞没，我们已经竭尽了全力。

我们意识到这一点的时候，是那一天，在那个地方。

一部分教团骨干成员开始以忠于赤天神为名目，研究如何实施自杀式恐怖袭击。这件事克明宪开始根本不知道。是的，一部分教团骨干成员在情绪失控之下，决定诉诸暴力。

但是，教团内一旦有人行动起来，就算教祖也制止不了。选定执行自杀式恐怖袭击的信徒等计划都是那些骨干制订的。

讽刺的是，研制炸药的秘密地点发生爆炸事故的时候，不过是那个计划的准备阶段。负责研制炸药的教团骨干脸色铁青地欺骗克明宪说，由于警察要强行搜查，研制炸药的信徒才引爆了炸药。那位骨干根本不考虑这样的虚假报告，会给精神状态极其不安定的克明宪带来多大的影响。

克明宪相信了虚假的报告，精神被彻底击垮。事情到了这种地步，我一点办法都没有了。我能做的，就是服从他。所以直到最后，他都把我留在身边。

那时候，他长时间地默默低头不语，然后表情僵硬地面对着我。刚认识他的时候，他那充满了慈爱的令人留恋的笑脸，如今连个影子都没有了。我心痛得难以忍受，除了冲他点头，什么都不能做。我已经做好了最坏的思想准备。该来的终究会来的。

指示骨干成员准备好赤天水，把信徒们集合在大礼堂之后，我和克明宪在他的房间里最后一次做爱。时间虽然很短，但我们在那次中融入了各种各样的感情，把生命里最后一滴都挤了出来，多么浓烈、多么凄绝的欢爱呀！

之后，我们被清澈见底的疲劳感包围着，走向舞台。我们将永久不灭。看着台下那么多的信徒，我想：这就是我和他的婚礼呀！

大家分完赤天水，在沉默中迎来了最后的时刻。我们的爱将成为永远。他要说出最后一句话的那个瞬间，我达到了幸福的高潮，那是任何人都不可能达到的幸福的最高点。

可是，那句话没能从他的嘴里说出来。忽然，他的头部鲜血飞溅，他倒下了。

到底发生了什么事情，我完全不能理解。我只感觉到了一点，那就是：他先走了。这是我依靠自己的本能感觉到的。

我要随他而去，现在还来得及！那时候我相信，我能和他一起走。

但是，能带我随他而去的赤天水，被人毫不留情地打翻在地。他走了，我留下了。本来我们可以永远在一起，却被永远分割了……

*

"城内隆浩，你怎么看这个问题？"皆川保问。

"首先，看到最后我也没明白，加入赤天界的她，为什么要以伟大的终结为目标。特别是关于赤天界的部分，她始终在自我陶醉、自我辩护。对于欺骗众多信徒集体自杀这件事，她没有一点反省或后悔。她对国家从她身边夺走克明宪的仇恨，都来得毫无道理。她的供述跟其他骨干成员不一致的地方也很多，总体来说没有任何说服力。如果一定要说这里边有什么真实的部分，就只有企图毁灭这个国家的坚强意志以及对克明宪的爱情。"

"我的意见跟你是一致的。"

皆川保的工作间在一座高层公寓里。L形的大台子上摆着大小五台电脑，中央那台大的是写稿用的，其余四台用来查资料和数据。

顶着天花板的大书架上塞满了纸质书，都是很旧的书。

皆川保穿着一件黑色的T恤衫，戴一顶黑色的帽子，巨大的身躯坐在一把看上去非常昂贵的真皮大转椅上。在房间里戴帽子，对于皆川保来说是正装。

隆浩还是第一次到这里来。他跟皆川保有联系，有时候也在外边见面，不知为什么，没来过他工作的地方。

"不过，还有几个引起我注意的地方。"皆川保又说。

隆浩从沙发上欠起身子来："我就是想听你说这个。"

没防住全国七个地区同时发生的自杀式恐怖袭击，警方很没面子。他们誓要赌上警察的威信，破获恐怖组织SEN，但一直没找到线索。

转机发生在锁定SEN的一个协助者之后。协助者是设计有害云块警报系统的技术人员之一。警方认为，普通恐怖组织的黑客无法轻易侵入这个警报系统，早就怀疑有内鬼，于是重点调查了警报系统的技术人员。

嫌疑人被锁定后，警方并没有立即将其逮捕，而是一边监视一边慎重地寻找他与SEN的联系，最后终于抓住了SEN的首领高籁舞。

但是，社会上并没有多少人知道"高籁舞"这个名字。赤天界事件发生于四十年前，那时候隆浩这一代人还没出生呢。

不管怎么说，抓到了策划自杀式恐怖袭击的首领，警察还是保住了一点尊严。后来高籁舞的手记出现在互联网上，警方发现，她好像一直在等着被捕的一天。

手记从赤天界事件的始末写起，写了她如何痛恨这个国家，如何创建了恐怖组织SEN，最后宣告：要以伟大的终结为名目，消灭所有日本国民。她本人也承认，网上流传的手记，就是出自她手。

"引起我注意的是，有关新月纪Ⅱ的预言式警告。"

"就是所谓的'人们将自己抛弃新月纪Ⅱ'吗？"

"只有这句话好像奇妙地浮在空中，你不觉得吗？"

"确实跟她的一贯立场不一样。手记的其他句子都很情绪化，只有这句话显得干巴巴的，好像没有情绪或情感包含在里面。"皆川保点头表示赞同。

"也许有具体的针对新月纪Ⅱ的恐怖袭击计划。高籐舞虽然被抓起来了，但SEN并没有受到毁灭性打击。"

"上岛淳还在新月纪Ⅱ里边。还有，琉璃和小春的女儿马上就要住进去了。"

"罗奈呀，好长时间没见过她了，肯定是大姑娘了。"

"啊……"

联想到琉璃令人遗憾的惨死，总会让人心情沉重。

皆川保慢慢地吸了一口气。

"我还有一个疑问，是针对高籐舞本人的。她是怎么成为那么大的一个恐怖组织的首领的？手记里写道，她周围很自然地集合起一群人来，这令人难以置信。就算她有超出常人的魅力，但作为一个组织的领导人所需的冷静，我感觉不到。还有年龄，这绝不是她的加分项。她又不是一个神话传说中的人物。我觉得实际操纵那个组织的另有其人，只不过把高籐舞推到了前台而已。"

"真不愧是小说家。"

皆川保看出隆浩有话说，就歪着头问道："你得到什么信息了吗？"

"关于恐怖袭击计划，我什么都不知道。不过，关于SEN的二号人物，倒是多少得到了一点信息。"

"二号人物？"

"二号人物只不过是我随便推测的，但这个被叫作'雷伊'的人肯定具有相当的实力。不过这个雷伊是姓还是名，本人是男还是女，多大年龄，我都不知道，只知道叫雷伊。"

"你的意思是说,这个雷伊才是SEN真正的首领,而不是高籁舞？"

"这种可能性很大，但现在还不能断定。恐怖组织内部的联络文件里频繁出现'雷伊'这个名字，不过，跟雷伊有直接关联的情报还没搞到手。警察搜查过，也没找到线索。警方内部也有人认为这个人物实际上并不存在。"

皆川保饶有兴致地盯着隆浩的脸。

"你这个情报是从警察那里得到的？"

"就算是吧。"

"真不愧是名记者！采访能力超群！"

隆浩笑了。

"好歹我也是个职业记者嘛！"他说完又哈哈一笑，"不知道为什么，到了这时候，警察的嘴也不那么严了。"

"你的意思是他们故意把情报泄露给你？"

"真希望是那样。"

"什么意思？"

"也不是多么了不得的事情，只不过紧箍咒念得不那么紧了而已。整个社会都在崩溃，是同一种症状吧？"

支撑人们生活的有形与无形的基础设施就要崩溃了，征兆随处可见。流通功能不全、物资不足、停电、停水已经不是什么新鲜事。现在存储饮用水和生活用水成了生活的常态。

更为显著的是治安恶化。即使是东京市中心，夜里居民也不敢一个人上街了。互联网上病毒黑客横行，政府的对应措施跟不上。有些国家已经把政府机关使用的网络跟社会上的网络完全隔离了。

"现在想想，所谓'伟大的终结'也许有其存在的意义。"皆川保沉思片刻之后说道。

"……什么？"隆浩沉下脸来。

"我绝对不是拥护恐怖主义。不过，'伟大的终结'这个口号，对于失去了希望的人们来说，是一种保持尊严的有效手段。至少在一定时期是这样。就算是灭亡，在最后时刻也要保持美好的姿态，这并没有错。从让社会保持正常运转这一点来看，也不能说是错的。"

皆川保这番话隆浩能理解。但是，隆浩一直认为琉璃是被所谓"伟大的终结"杀害的。

"那么优秀的思想，为什么跟恐怖主义结合在一起了？"

"因为里边融入了憎恨。"

"憎恨……"

"人类灭亡的命运，只能救助很少一部分人的密闭城邦，扔下绝大多数人住进密闭城邦的极少数人……这些都是人们憎恨的缘由。只要是人，就不可能没有憎恨的感情。"

皆川保静静地看着隆浩，继续说下去。

"本来，绝望是会使人萎靡不振的，可以连根除掉人们抵抗的气力。但是，如果绝望与憎恨掺和在一起，性质就完全变了，就会驱使人们走向暴力。再加上'正义'这个催化剂，就会一下子超过临界点，想控制都控制不住。'伟大的终结'就是这样演变为恐怖主义的。'绝望''憎恨''正义'，三个要素一个不少。SEN 就是这种化学反应的结晶。如果高籁舞是结晶的核心，那么，她的手记里写的东西，就不能说绝对是错的。"

"你认为高籁舞与'伟大的终结'产生了共鸣，并将其作为奋斗的目标吗？"

"这个我不知道。正如你所说，高籁舞热衷于'伟大的终结'的理由和动机还不清楚。对于她来说，毁灭日本是首要任务，至于名目是不是'伟大的终结'，是无所谓的。"

"跟赤天界存在的时候是一样的吗？"

"不过，实行自杀式恐怖袭击的罪犯们引爆人体炸弹之前，都高呼'伟大的终结'。至少在那个瞬间，他们都认为自己是正义的，是在完成伟大的灭亡这个神圣的事业。"

"他们都被洗脑了。"

皆川保点点头："不过必须注意的是，我们的最终目的，不应该是打倒那些给他们洗脑的幕后黑手。"

"……为什么？"

"SEN 是我们应该痛恨的恐怖分子，有必要将其彻底消灭。但是，正如你所说，SEN 的产生，是社会秩序崩溃过程中的症状之一。引起这种症状的元凶，现在还飘浮在我们的手够不着的地方。"

"照你这么说，把雷伊抓起来给予法律制裁，什么问题也解决不了？"

"不，"皆川保回答，"至少可以减少当前发生恐怖袭击的风险。光是达到这个目的就很有价值。"

"但是，除此以外没有别的意义？"

"就算捣毁了 SEN、除去了社会上所有的恶，也无法避免人类社会的崩溃。虽然这是非常悲伤的事实。"

"这简直就是你写的小说嘛！"

"是吗？"

"你从来不写那种最后抓住坏蛋、皆大欢喜的小说。"

"所以总有人说，读完我的小说心情不舒畅。"

两个人笑了一下，之后低头不语。徒劳之感徐徐渗出，渗入沉默的空气中。无论做什么也拯救不了自己，只有灭亡一条路。

"啊，对了……"皆川保想起什么似的抬起头，"刚才的新闻速报，看了吗？"

隆浩已经一个多小时没看新闻速报了。

"发生什么事了？"

"硫化氢云块，又降下来了。"

隆浩一惊："这次是哪里？"

"非洲大陆西海岸。"

一听不是日本国内，隆浩松了一口气，但马上又为自己狭隘的想法感到羞耻。

"死人了吗？"

"死了不少。"

"日本迟早也得有硫化氢云块落下来。"

"恐怕只是时间的问题吧。"

"欸……死于硫化氢和死于缺氧，哪个更痛苦？"

"终极选择吗？"

皆川保双臂抱在胸前，看着天花板思考起来。

隆浩也在思考。

"如果两者都能让人瞬间失去意识，也没什么区别。如果不能，大概是硫化氢让人更痛苦吧。"

"不过，缺氧是慢慢窒息而死，单是想象一下就令人毛骨悚然。"

"那倒也是。"

"好为难啊。"

"为难。"

皆川保突然大笑起来。

"怎么了？"

"我觉得我们好奇怪。"皆川保摇晃着巨大的身躯说道，"如此严重的问题，我们竟然像聊家常一样。"

"现在又哭又叫的有什么用？"

是的，没用。

"还能这样笑，说明还不要紧。"

"是啊。"

隆浩觉得该走了，就从沙发上站了起来。

"你这么忙我还来打扰你，真对不起。跟你聊天很受启发，你的想法很值得参考。"

"这就走吗？"

"等着你的新作上传。"

隆浩就要走出房间，又转过身来。

"忘东西了？"皆川保问道。

"有句话忘了对你说。"隆浩看着皆川保的脸，"其实……有那么一段时间，我……挺恨你的。"

"……什么？"皆川保露出困惑的神情。

"虽然只是很短的一段时间。"隆浩挠了挠鼻头，"你成了小说家，还得了大奖，实现了我没能实现的梦想，我觉得特别没意思。"

皆川保眼睛一眨不眨地听着。

隆浩斟酌着词语小声说道："怎么说呢……真的很对不起你……"

"哪里哪里，隆浩，你说什么哪……"说到这里，皆川保突然睁大了眼睛，"隆浩，莫非你今天就是为了说这句话，特意到我这里来的？"

隆浩不好意思地点了点头。

"当然也想听听你的意见。说真的，学到了不少东西。琉璃出事以后，我也想了很多。虽然我们没有在恐怖袭击中丧命，但也活不了几年了。所以呢，想见谁就赶紧见，想跟谁说什么心里话就赶紧说。于是呢……"

"我真的不在意，你也不要把这个问题想得太严重了。"

"嗯……还有，早就想告诉你了……我，现在和江口由香里在一起住。"

"啊？"

"上次和上岛淳一起去小春那里，江口也去了。好久没见了，江口一点都没变。只是看着她的脸，我就觉得心里又温暖又幸福，心想如果能在所剩不多的日子里和她生活在一起，该有多好啊。回来的路上，我就把自己的想法对她说了。她的回答是……可以呀！……哎哟，你看，我都说了些什么呀！"

皆川保温和地笑了，"恭喜恭喜！真为你们感到高兴！我好久没这么高兴过了。"

"我也太没出息了，说着说着就没正形了。"

话是这么说，但隆浩就像变了一个人似的，显得轻松而愉快。

"那么，我也告诉隆浩一件事吧。"

"哦？什么事？"皆川保说着又坐在了沙发上。

"我成为小说家，其实是受了你的影响。"

"受我的影响？"

"高中时代，大家一起去新月纪Ⅱ的建设现场的时候，你不是说过，你的梦想是将来成为一名小说家吗？"

"……啊，说过。"

"你那时候说的话，一直留在我心底。"

"不过，你的梦想是当电影导演……"

"与其说是想当电影导演，倒不如说是想拍一部电影。拍一部题为《新月纪Ⅱ的厄运》的电影。"

"《新月纪Ⅱ的厄运》……"

这是小说家皆川保的出道之作。

"剧本我都写好了，可是，制作电影的资金呢，根本筹集不到！"

这也不奇怪。那时候这个国家已经连拍一部电影的钱都没有了。

"放弃了拍电影的梦想以后，我想起了你说过的话。拍不成电影就写小说吧。一动笔，我才清楚地意识到，也许我的初衷就是写小说。"

"谁知道你说的这些是真是假。不管怎么说，我说过的话对你有用，太好了。"

"我们在那座桥上说出的梦想，绝不能简单地放弃。"

"你的意思是说，我放弃了？"

"哪里哪里，不是那个意思……"

隆浩笑了："知道你不是那个意思。"

"我呀……"皆川保深情地说道，"最后一本小说，我打算出版一本纸质的。"

"纸质的？"

"已经找到愿意为我印刷和装订的出版社了，现在只等我的稿子。"

隆浩看了一眼台子中央那台大电脑："为什么一定要出版纸质的？"

"就算电脑等设备坏了或者没电了，纸质的书照样能看。我已经出版了几本纸质书，但无论如何还想用纸质书多留下一个故事。出版了这一本，死了也甘心。"

"喂！"隆浩不由得叫起来。

"当然，我不会自杀的。"

"说话可要算数！"

"看你那脸色，吓死人了。"

皆川保爽朗地笑了，看着天花板继续说道：

"我的愿望是，入住新月纪Ⅱ的人当中，有人拿着我写的小说住进去，哪怕只有一个。那样的话，即便我死了，我的作品还留在这个世界上。下一代，下下一代的人，也许还能看到我写的小说。"

"皆川保！"

"嗯？"

"你小子，欲望好强烈呀！"

"所以我能成为小说家呀。"

皆川保难得地开一次玩笑。

"今天我才明白，像我这样凡事低调、处处谨慎的人，是成不了小说家的。"隆浩感慨地说道。

"您就是上岛淳？"

正在默默阅读文献的上岛淳突然听到有人叫他，抬起头一看，眼前是一大排书架，书架间倒是有几个同校的大学生在找书，可是没有一个人朝这边看。而且那几个人离得很远，而刚才的声音分明是近处发出的。左右看看，坐在长桌前的只有自己一个人。上岛淳以为自己是幻听、幻觉，就埋头继续阅读文献。

"您能回过头来看看吗？"

上岛淳扭过身子，看到自己身后站着一位女同学，大概也是同校的大学生吧。上岛淳愣住了，那个女大学生突然失去了自信似的，变得不好意思起来。

"对不起，我认错人了吗？"

"没有啊，我就是上岛淳……"

"太好了。我是生物系的，我叫广田理穗。跟你一样，也是二年级。我四年前才回到日本，日语说得不太好，还请多多见谅。"

广田理穗一口气说了这么多，脸上露出纯真的笑容。

"……你找我有什么事吗？"为了不影响别人，上岛淳小声问道。

广田理穗也压低了声音。

"也没什么事，就是听说这里有一个怪人，特意过来看看。"

"怪人？你指的是我吗？"

"总是坐在这个位置上看书，总是沉着脸。我心想：这是个什么样的人呢？"

听了广田理穗的话，上岛淳不知道再说什么好了。

广田理穗看看上岛淳放在长桌上的厚厚的文献，问道："正在学习？"

"嗯……"

"要是影响您学习了，我马上就走。"

"那样的话就太感谢了。"

广田理穗耸耸肩："对不起，我错了。下次您有时间的时候再慢慢谈吧。再见！"

她说完转身就走了，一边走还一边频频回头看。回头时那一瞬间的表情，就好像是老虎看着猎物舔舌头。

"你才是个怪人呢……"

上岛淳自言自语了一句之后，继续看文献。但是，注意力集中不起来。他的注意力，似乎都被广田理穗带走了。

*

那时候理穗穿的是什么样的衣服，上岛淳已经不记得了。但是，她那犹如老虎看到猎物似的目光，至今还在记忆中留有强烈的印象。有那样眼神的女孩子，上岛淳还是第一次见到。

也许就是因为那目光吧，上岛淳再也无法把注意力集中在文献上了。为了换换心情，他决定到外面去。快走出图书馆的时候，他看到了广田理穗的背影。

后来想起来，那个瞬间也是上岛淳人生道路上的一个转折点。那时候如果不叫住理穗，后来的一切也许就完全不一样了，连是否有机会再见到理穗都很难说。

总之，不知为什么，那时候上岛淳认为自己必须那样做，就快步追上了理穗。

*

"怪人是什么意思啊？"理穗回过头来，"啪"地绽开了笑脸。

"学习完了？"

"出来散散步，换换心情。"

两人一边说话，一边并排走在一起。上岛淳在右侧，理穗在左侧，就像是预先商量好了似的。

大学校园里人不多，显得有些冷清。所有建筑物都是灰暗的，人行道的路面上有很多裂缝，无人修复。天上也飘着好几块 FCB，其中一块很低。但没有收到警报，应该没有降下的危险。

"刚才你说我是个怪人，我什么地方怪了？"

"我倒不认为你是个怪人，是周围的人那样说的。"

"周围的人怎么说的？"

"上岛淳就知道学习。"

"理所当然的，这里是大学嘛！"

"人类就要灭亡了，学习还有什么用？"

"那你为什么要上大学呢？"

"趁还活着的时候，以大学生的身份享受生活。"

广田理穗气吞山河般地回答。

"这我理解不了。现在我们还有享受那个的闲情逸致吗？"

"那么，上岛君，你为什么要这么拼命学习呢？"

"不管以什么形式，我都要参加新月纪 II 的建设。为了这个目标，我要积蓄力量。"

"新月纪 II 就是日本的密闭城邦吧？你认为还会恢复建设吗？"

"那是人类最后的堡垒，日本只有这一个，难道会永远弃之不管？"

理穗站下来，面向上岛淳，盯着他的脸看了很久。

"就是这双眼睛，我一直在寻找这样一双眼睛！"

"……眼睛？"

"对！相信未来的眼睛。原来在这个世界上，还有相信未来的眼睛！"

理穗脸上露出由衷的微笑。她的眼睛湿润了。她"嗯"了一声，点点头，然后向上岛淳伸出右手。

"把你的右手伸出来！"

"啊？为什么……"

"交个朋友！"

"啊……啊啊，可以，可以……"

上岛淳完全被理穗的气势镇住了，乖乖地握住了理穗的手。

理穗用力握着上岛淳的手。

"以后请多关照！"

*

上岛淳看着自己的右手，沉浸在已然流逝的时光里。二十年的岁月，如白驹过隙。时光不能停歇，现在这个瞬间，转眼即成过去。

还有一个月，新月纪Ⅱ的入住计划就完成了。之后马上进行封闭作业，自己的工作到此结束。该做的事做了。值得骄傲的人生。没有留下什么遗憾。应该没有。

"你不后悔吗？"

理穗的影像已经出现在写字台上了。但是，今天的她不像以前那样活泼可爱。

"不后悔。"

上岛淳的视线离开右手，看着理穗的脸说。

"可是，我后悔。"

理穗双臂依然抱在胸前，继续说下去。

"我后悔听到周围的人说淳是个怪人以后接近淳，后悔跟淳交朋友，后悔喜欢上了淳，后悔爱上了淳，后悔跟淳结婚……后悔这一切的一切！"

"理穂……"

"如果不是我认识了淳，夺走淳的未来的人就不会是我！"

"不对！"上岛淳叫道。

理穂的表情一点变化都没有。

"没有理穂的未来，对于我来说没有一点意义！"

"你以为我听你这样说会高兴吗？"

上岛淳没有打算隐瞒。参与新月纪Ⅱ基础设施建设的所有技术人员，获得了依照特例入住新月纪Ⅱ的权利。这件事社会上的人都知道了，代替上岛淳入住的人选已经确定。

"我们填写入住新月纪Ⅱ的申请的时候，不是已经说好了吗？不管谁被选上，都不能拒绝，哪怕只有一个人活下去也是好的。"

"结果不是两个人都没有被选上吗？所以，我们决定两个人一起度过最后的时光。这件事已经是过去式了。"

"可是，后来事情不是发生变化了吗？淳如果想住进新月纪Ⅱ，一定能住进去的，那么希望到手的未来就到手了……可是，因为我的存在……"

"理穂，你听我说。不是因为你，我这样做，是为了我自己。我是为我自己做出那样的决定的。我们填写申请表的时候，考虑到了如果只有一个人被选上应该怎么办的问题，那时候是我们两个人一起下判断，做决定的。但是这次不一样，需要我一个人下判断，一个人做决定。我认为，我一个人留在新月纪Ⅱ是不可能的。事情就这么简单。"

"那我也希望你跟我商量一下。这么大的事，你怎么能一个人就……"

"跟你商量的话，你肯定会让我留在新月纪Ⅱ。要是看见我有顾虑，为了打消它，你甚至会去自杀。你就是这样的人。还有谁比我更了解你呢？"

理穂不知道该说什么好了。

"跟你商量和决定留在新月纪Ⅱ其实是一样的。至少对于我来说是这样。可是，如果我就那样住进新月纪Ⅱ，我将抱着怎样的心情度过余生，你想过吗？"

理穗连连摇头。

"不对，不对，你说得不对。就算只有淳能活下去，对于我来说，是多么大的拯救啊！对于我来说，比起在绝望之中两个人一起死去，我更愿意抱着希望一个人死去。淳，我希望你能活下去啊！本来是有这样的机会的！可是……"

该说的话都说了，两个人都不知道应该再说些什么了，只有时间在一点一点地过去。平时都是其中一个人提出挂断，但是今天晚上谁都找不到挂断的时机。

"说到底，我们两个人……"理穗用小得几乎听不见的声音说道，"……还是没能做到互相理解……"

6

罗奈回到自己的房间，躺在床上。在"新月纪Ⅱ入住者培训中心"第一天的培训结束了。离开母亲还不到一天，却好像过了很久很久。

"啊，对了。"

撑起疲倦的身体，伸手从写字台上拿起一台平板电脑型的终端设备。

大会结束以后是分组活动。按照区划，每二十人一个小组，移动至各自的小会议室里，由培训中心的职员介绍这三天的日程安排。负责管理罗奈她们小组的是一位留着短发的女职员，名字叫雪野菲。

二十名将入住新月纪Ⅱ H312大区、目前住在培训中心F4区的二十个人居民，先各自做了自我介绍。罗奈也站起来，说了句"我叫池边罗奈，请多关照"，然后向大家鞠了一个躬。

接下来由雪野菲介绍了洗澡间和洗衣机的使用方法，并分发了三天的固体食品和饮用水。这种固体食品，是罗奈熟悉的强化酵母，加上使肠内环境保持良好的菌群，以及作为能源的糖类和脂肪，完全可以满足人体对营养和卡路里的需求。回房间后罗奈就吃了一个，味道虽然比以前超市里卖的能量补充食品差一些，但习惯了也就无所谓了。将来在新月纪Ⅱ里生活，这就是主食。

最后分发给大家的就是罗奈现在拿在手上的这台平板电脑型的终端设备。

当时，负责管理罗奈她们这个小组的女职员雪野菲对大家说："大家都通过互联网接受了事前采访。用我发给大家的这台终端设备，能看到当时的采访录像。不仅能看到 F4 区这二十个人的，还能看到将来在新月纪Ⅱ的 H312 大区居住的二百个人的。"

入住者们来培训中心一周之前，需要登录指定的网址接受采访，口头回答问题。采访过程要录像，这也是事先都知道的。

当时回答的问题一共有七个：

一、用一句话来概括你是一个什么样的人？

二、你想成为一个什么样的人？

三、你的长处是什么？短处是什么？

四、迄今为止，让你最高兴的事情是什么？

五、迄今为止，让你最悲伤的事情是什么？

六、迄今为止，让你最愤怒的事情是什么？

七、请坦率地谈一谈入住新月纪Ⅱ之前的心情。

"人有这样一种倾向，那就是过度相信自己对别人的第一印象，并顽固地坚持它。如果第一印象是坏的，即便对方其实并不坏，自己也会把对方当坏人来对待，结果导致关系破裂。而本来对方是有可能成为自己一辈子的好朋友的。人与人之间的憎恨、争斗，多数是由于误解或曲解。在新月纪Ⅱ这样一个密闭空间里，负面的感情更容易增大，看过每个人的采访录像，就可以增进彼此的了解。希望大家抽时间看一下。"

这是雪野菲给大家的建议。

罗奈坐在床上，打开了平板电脑。临时住在F4的人里，有几个人引起了罗奈的注意，不是对她们印象不好，而是被她们所吸引。

根据一览表的照片，罗奈调出了这几个人的数据。

高冈华世，四十岁。

光村蓝，十二岁。

佐佐木冬美，二十九岁。还带着一个刚刚半岁的婴儿。

罗奈依次看了这三个人的采访录像，并决定明天主动跟她们说话。

7

这是一个很大的公园，以前是市民们休憩的地方。

以前，沿着散步用的小路，穿过宽阔的草坪，走上不太高的山丘就可以眺望大海，时常还能看到恋爱中的男女和追逐打闹的孩子。但是，现在城内隆浩眼前的，都是废旧材料搭建的窝棚。这里已经成了拥挤不堪的贫民窟。

目前有数百名男男女女住在这个公园里。当然，治安环境和卫生条件都很差。杀人、自杀、病死、饿死，每天都有人死去。尽管如此，还是不断有人住进来，贫民窟里的人有增无减。全国七个地区同时发生的自杀式恐怖袭击案之一、池边琉璃被卷入的那次案件的凶手岛崎秋人，在案件发生之前四个星期就住在这里。

今天隆浩并不是第一次来这个贫民窟，他至少已经来过十次了。现在到这里虽然不指望还能得到什么信息，但凡事都有个万一。

来的次数多了，他已经习惯了那种恶臭，但还是不能大意。住在这里的很多人都喝劣质的酒，吸劣质的毒品，精神不正常。说不定会从哪个窝棚里蹿出个醉鬼，给人一刀。

当然，也有想回归社会的。隆浩就找到一个这样的人，并跟他谈过话。

那个人叫中泽真人，肯定是个假名字。看上去有四十多岁，实际也许更年轻。

隆浩第一次见到中泽真人的时候，瘦弱的他正抱着双膝在窝棚前坐着呢。只见他仰头看着天空，好像在思考什么。这样的人在这里很少见，隆浩就果断地跟他打了个招呼。

中泽真人吃了一惊，吓得直往后退。隆浩只好夸张地微笑着接近他，先做了自我介绍，然后问能不能跟他聊一会儿。当中泽真人知道隆浩是记者以后，就放心了。

大概早就想跟别人说说心里话了吧，中泽真人慢慢地说起自己的事来。

"我一直在努力啊。"中泽真人说道。

他一直没有放弃希望，结了婚，生了孩子，担负起做丈夫、做父亲的责任。他觉得保护全家人的责任就在他的身上，一直认为全家人都能住进新月纪Ⅱ。也不知道为什么，他认为自己全家都能被选上。结果却一个人都没被选上。

绷得紧紧的弦断了。他扔下曾经不顾一切想要保护的家庭，逃跑了。

逃避什么？

"逃避现实吧。"

中泽真人打算去死，但没死成，先是沦为无家可归的人，后来流落到这里。现在住的这个窝棚，不是他自己搭建的。以前住在这里的人吸毒死了。他没有吸毒的勇气，现在靠政府免费发放的强化酵母维持生命。

"所谓行尸走肉，说的就是我。"

他的脸上第一次露出了笑容一样的表情。

隆浩只跟中泽真人交谈过一次。一个星期以后再来这里，那个窝棚已经住上别人了。谁都不知道中泽真人的消息。后来隆浩每次来都找他，却再也没找到。离开这里也没有地方可去，他也许已经死了。但是，隆浩认为还有一种可能，就是他回家了。

"隆浩，你把问题想得太简单了吧？"

站在隆浩身边的志村界斗双手插在裤兜里说。

"我知道那几乎是不可能的。"隆浩用自嘲的口气回答。

"不知道能不能让你得到安慰，但至少你不用担心中泽真人被SEN洗脑，然后被处理成人体炸弹。"

"真的吗？"

"SEN在自杀式恐怖袭击时用的是什么炸弹，你知道吗？"

志村界斗斜着眼睛看隆浩。

"那叫人体细胞炸弹。这个名字你总听说过吧？"

人体细胞炸弹，别名"恶魔炸弹"，就连恐怖主义分子都望而却步。

"为什么忽然说这个？"

"跟警报系统被黑客侵入是一样的。"

"有内奸？"

"在这样一个时代，协助SEN的人比我们想象的要多得多。什么也不考虑就盲目服从的家伙到处都有。"

志村界斗笑了笑，继续说下去。

"SEN搞到的人体细胞炸弹有十八个，在上次七个地区同时发动自杀式恐怖袭击的时候，至少使用了七个，剩下的在上个月已经处理完毕。如果没有因排斥反应而死亡的，每个人体细胞炸弹应该都已经成熟了。从时间上来推算，你说的那个姓中泽的被处理成人体细胞炸弹的可能性很小。"

那也不能说是什么好事。

"还会有自杀式恐怖袭击啊……"

"SEN 作为一个恐怖组织，已经不再活动，但那是因为他们不需要再活动了。恐怕下一次恐怖袭击，将是他们发动的最大规模的。上次在七个地区同时发动的自杀式恐怖袭击，其实也是人体细胞炸弹的一次实验。"

……

"城内隆浩先生，你怎么不说话了？"

"这么重要的情报，我连问都没问，您为什么就告诉我呢？"

"不高兴吗？"

"毛骨悚然。一下子知道得太多了。"

"形势发生了变化，我们的工作方法也要改变。为了能使情报顺畅地传达出去，必须依靠你这样的人的力量。没有时间了。"志村界斗将视线移向远方的天空，"我们头顶上，已经积聚了大量的硫化氢，足以使人类灭亡。"

"人类不会灭亡的。至少有超过一千万人能在世界各地的密闭城邦里活下去。日本也有新月纪 II 。"

"但是，我们会死掉的。"

"那……那也是没办法的事嘛。"

"没办法？"志村界斗哼了一声，"那你为什么还要继续你的工作？在这个没有未来的世界里，采访、写报道、发表，还有意义吗？"

"作为我个人来说，就是不想在不了解事实的情况下死去。"

"在不了解事实的情况下死去也许更好吧？"

"我觉得不好。"

志村界斗又哼了一声，甩出这样一句话：

"我也一样。我死之前，绝不能眼看着这个案子成为悬案！"

"高籐舞不是已经被抓起来了吗？"

志村界斗那令人恐怖的眼睛瞪着隆浩。

"你说的是真心话吗？"

"这么说，不抓住雷伊誓不罢休？"

"在那之前，首先要摧毁恐怖分子发动下一轮恐怖袭击的计划。"

"下一次恐怖袭击的目标……莫非是……"

"除了新月纪Ⅱ还有别处吗？"

8

空中传来直升机螺旋桨的轰鸣声，声音越来越近。

"马上就到了。"

竹井辉男用平静的口气说道。他是为新月纪Ⅱ装配电力供给系统的大和电力株式会社的现场总负责人。他才五十五岁，浓密的短发已经全白，雕塑般的面庞给人以深刻印象。

快半夜十二点了，窗外依然灯火通明，那是直升机停机坪上的灯光。不远处耸立着新月纪Ⅱ，但灯光照不到那边。新月纪Ⅱ那巨大的身躯消融在暗夜之中，已经有九万人生活在里边。高速直升机与轰鸣声同时降下来，稳稳地落在停机坪上。

上岛淳是三十分钟以前接到召开紧急会议通知的。与理穗通话，躺在床上久久不能入睡的他赶忙穿上工作服，乘坐小型电动汽车赶了过来。在管制塔一层的小会议室里，除了上岛淳和竹井辉男，还有水浦株式会社的泷森美来，总之关系到新月纪Ⅱ居民生命的基础设施的总负责人全都在深夜集合了。前来传达指示的人是从中央政府坐高速直升机过来的。

以前也有过类似的情况。那次虽然不是深夜，但内务省国土保全局有害云块对策部的内藤部长也是坐这架高速直升机过来，宣布新月纪Ⅱ入住计划大幅度提前。

这次的情况肯定比上次更为紧急。泷森美来只默默地冲上岛淳点了点头，表情非常严肃，右膝在微微颤抖。上岛淳的心跳加快，快得他感到有些疼痛。

高速直升机的舱门打开了，有人从里面走了出来。一共三个人，都穿着西装。还没停下的螺旋桨卷起的大风把他们的西装吹得凌乱不堪。三个人坐上迎接他们的小型电动汽车，向管制塔这边移动。

上岛淳静静地做了一个深呼吸，双臂抱在胸前，闭上了眼睛。

五分钟以后，他听见开车门的声音，于是睁开眼睛，放下双臂。

从直升机上下来的三个人在管制塔负责人的陪同下走进了小会议室。

"各位久等了。"

内藤部长说着坐在正面的椅子上，另外两个人坐在他的旁边。其中一人年龄跟内藤部长不相上下，可以看出是负责重要工作的。另一个人比较年轻，目光敏锐，眼神里充满智慧。

"我来介绍一下。这位是警察局反恐特别搜查部部长吾妻浩一，这位是吾妻浩一部长手下的作战分析科科长景浦阳。"

两个人同时说了一句"请多关照"。

"时间不早了，马上进入正题。景浦科长，你先说吧。"

景浦阳点点头，转向上岛淳他们。

"先说结论。"

上岛淳屏住呼吸，等着景浦阳往下说。

"新月纪Ⅱ里，可能潜入了几个恐怖分子。"

　　说是在培训中心接受三天的培训，严格地说，是四天三夜。不过第一天只办了入住手续，简单介绍了培训中心的情况。最后一天就出发去新月纪Ⅱ，所以实际上培训时间只有今天和明天两天。

　　第二天的日程从上午九点开始。在那以前要洗漱，吃早饭，然后到各区指定的小会议室集合。在培训中心，不但要了解在新月纪Ⅱ生活的注意事项，还要掌握有关新月纪Ⅱ的基础知识。密闭城邦跟迄今为止生活的世界是不一样的，它是一个独特的社会。基础知识虽然只有四个字，但包括建筑物的构造、电力系统、供水系统、供氧系统、医疗、教育、治安、政治、经济、法律等各个方面，范围极广，两天的培训时间根本不够用，只能非常表面地了解一下，无法深入。

　　培训内容当然是一样的，但因为要轮流使用录像设备，各区的课程不同时进行。罗奈所在的F4区的二十个人，今天先学习的内容是"新月纪Ⅱ的内部构造"，集合地点是昨天晚上F4区的负责人雪野菲为大家做各类说明的房间。

　　八点四十五分，罗奈照了一下镜子，走出了自己的房间。F4区的其他人也纷纷开门走了出来。也许是因为昨天晚上都做过自我介绍了吧，大家不像昨天那么紧张了。罗奈跟隔壁的人互道"早上好"之后，看到前面有一个小孩子的背影，就快步追了上去。

　　"早上好！"罗奈跟她打招呼。

　　光村蓝回过头来，很有礼貌地向罗奈鞠了一个躬。

　　"您早！"

　　罗奈跟光村蓝并肩走在了一起。

　　"这里好像学校似的。"

　　"……是。"

除了那个婴儿，在 F4 区，光村蓝的年龄最小。

"你叫光村蓝吧？我叫……"

"池边罗奈姐姐。"

罗奈不由得看了光村蓝一眼。

十二岁的光村蓝用诚实的眼睛看着罗奈："您父亲……我真不知道说什么才好……"

光村蓝突然提到父亲，罗奈的内心产生了动摇，但她马上就明白了。

"我的采访录像你看了？"

采访的五个问题里，有一个是"最悲伤的事情是什么？"，罗奈说的是父亲的死。

"我也看了光村蓝的采访录像。叫你蓝可以吗？"

"可以。不……您还是……叫我小蓝吧。"

"好，那你就叫我罗奈吧。"

"不行不行，那样叫太不礼貌了。"光村蓝夸张地摇头。

"没事，就那样叫。来，叫我……罗奈。"

"可是……"

罗奈再次催促她叫"罗奈"。

"……罗奈。"光村蓝小声叫了一句。

"唉！小蓝，你看，这不是挺好的嘛。"

光村蓝总算笑了。罗奈松了一口气。光村蓝也是独自离开父母来这里的。自己十四岁了，离开母亲的时候还哭个没完没了呢，更不用说十二岁的光村蓝了。这样一想，罗奈不由得从心底涌上来一股要为光村蓝做点什么的冲动。

进入指定的房间，罗奈和小蓝挨着坐下，戴上了专用的 KARUTA。这是刚进培训中心的时候发的，看资料片的时候戴上就能看到。

上课时间到了。给她们上第一节课的是一位三十多岁的男老师，罗奈觉得他长得有点像父亲，但是一开口说话，印象马上就变了。那位男老师也许是因为早就习惯了上这种课吧，说起话来很流利也很随意。他简短地做了自我介绍以后，就开始连说带比画，很有节奏地讲起来。

"接下来我就带各位享受一下新月纪Ⅱ的虚拟旅行。导游就是我，我的名字叫度会仁。旅行时间为一个小时，请各位多多关照。"

度会仁从视界里消失了，巨大的建筑物出现在眼前，那就是新月纪Ⅱ。投影录像上的新月纪Ⅱ，就像一座从中间削去一半的金字塔，但不是正方形，而是巨大的长方形。阴面是黑色的，被日光照射的一面则散发着银色的光辉，让人联想到巨大的铸铁块。

"我们要通过地下隧道进入新月纪Ⅱ。在进入之前，我先给各位稍微介绍一下新月纪Ⅱ的设计理念。"

大家一边看录像，一边听度会仁的介绍。

"不用说，建设新月纪Ⅱ最大的目的，是让人类在地球上继续生存下去。但是，新月纪Ⅱ基本上是一个密闭的空间，除了水尽可能地从河川汲取以外，其他的都无法从外部补给。在建设新月纪Ⅱ的时候，使用了最尖端的技术，下了很大的功夫。但是，资源总有用尽的那一天。现在运转正常的设备，不管多么仔细地维修，也会慢慢老化，最终停止运转。设计者们想到了这些，到时候还可以在新月纪Ⅱ内部隔出更小的空间，放弃其余的空间，保证资源足够使用。到时候生活空间虽然变小了，但维持生存环境的能量和设备减少也就不怕了。不过呢，五十年之内还不用考虑这个问题，在座的各位尽管放心。"

画面上的新月纪Ⅱ，开始在水平位置上慢慢旋转。

"新月纪Ⅱ的内部，根据各自担负的功能，大体分为四个部分。首先是各位居住的区域。这里有学校、医院、托儿所等公共机构和娱乐设施，也可以叫作都市区。然后是包括发电设备和物资生产设备的工业区。第三个区域是储备食品、饮水、燃料、日用品的仓库区。这些区域不是集中在一起的，而是分散的，共有部分几乎没有。为了在发生万一时，能把损害控制在最小限度，设计者们是以新月纪Ⅱ一定会发生意想不到的事情为前提设计的。无论发生多大的问题，都不会发生彻底瘫痪、全体居民受害的情况。设计的时候首先考虑的就是这一点。请各位将它牢记在心。"

画面上的新月纪Ⅱ停止了旋转。

现在，出现在罗奈她们面前的是连接新月纪Ⅱ地下入口的长长的隧道。

"让各位久等了，现在就让我们开始享受新月纪Ⅱ的虚拟旅行吧。"

10

恐怖组织 SEN 的"新月纪Ⅱ恐怖袭击计划"全貌，已经被警方基本判明了。关键人物有两个：田代哲，四十二岁，是曾在军队研究所工作的研究人员。他把研究用的十八份人体细胞炸弹偷了出来。全国七个地区同时发生自杀式恐怖袭击事件之后失踪，至今去向不明。

伊藤和真，三十六岁，是内务省国土保全局的职员。他协助恐怖组织，偷偷修改了入住新月纪Ⅱ的人员数据，将普通居民换成了恐怖分子。他也去向不明。

这两个人的年龄和经历都不相同，相同的是他们都在网络上注册了假想密闭城邦之一"蓝地球"。那个在上次的恐怖袭击中协助恐怖组织发出假警报，参与设计有害云块警报系统的技术人员，也注册了"蓝地球"。

现在，全世界的网络上有各种各样的假想密闭城邦，注册者有的不足百人，有的超过十万人。假想密闭城邦又不是什么棒球大联盟，在无数假想密闭城邦里，三个人都注册了"蓝地球"，绝对不能说是偶然的。

他们很有可能是通过"蓝地球"跟恐怖组织 SEN 搭上线的。另外，利用人体细胞炸弹实施恐怖袭击，也不一定是 SEN 一开始就有的计划，而是这三个人加入之后才有的。

但是，找到证据是非常困难的。"蓝地球"突然从互联网上消失了，一直无法访问。

尽管如此，这个疑问也始终萦绕于怀，叫人想放都放不下。

为什么现在的首领是高籁舞呢？为什么事到如今又把她拉出来了呢？为什么她同意当这个首领呢？她那么痛恨这个国家，真的只是为了四十年前的仇恨吗？

不能说她是一个精神健全的人，但也不能说她就是个魔鬼。总的来说，她还是一个平凡的人，而且是个老人。她站在恐怖组织首领的位置上，应该有比仇恨更强烈的动机。到底是什么让高籁舞……

"隆浩，起来了吗？"江口由香里站在隆浩的卧室门口问道。她已经换好出门的衣服了。

"起来了。正想事呢。"依然躺在床上的隆浩答道。

"我去上班了。"

"路上小心！"

"嗯。"

由香里走到隆浩的床边，像每天离开家时那样，跟隆浩热烈亲吻之后去上班。她现在还在医院当护士，她说喜欢这份工作。

隆浩沉浸在和由香里热吻的余韵里，想起了昨天晚上做爱的事。

"我们为什么没有早点像这样住在一起呢？"

做爱之后充盈着满足感的倦怠中，由香里含着眼泪小声自语道。

"那时候我们要是在一起了，也会生一个罗奈那样的好孩子。可是……"

每次做爱的时候，由香里都让隆浩采取避孕措施。虽说到了这个年龄，怀孕的概率不大，但万一怀上了，把孩子生在这个就要灭亡的世界里，是很不负责任的。

"我和由香里的孩子……"

把自己的孩子抱在怀里，会是怎样一种感觉呢？隆浩没想过这个问题。娇小的身体，一定是软软的、暖暖的、梦幻般的、可爱的……为了这个孩子，他宁愿献出自己的一切，乃至牺牲自己的生命……

隆浩突然欠起身子来。

"……孩子？"

高籁舞在她的手记里写道，实施集体自杀之前，她与克明宪最后一次做爱。在那种情况下，肯定没有采取避孕措施。如果高籁舞怀上了克明宪的孩子……

隆浩找到了感觉，就好像在泥浆里抓到了铁块。

不是不可能的事。

克明宪和高籁舞有一个孩子，而且这个孩子跟恐怖组织 SEN 有密切的关系。如果是这样的话，疑问就可以得到解释了。也就是说，雷伊是克明宪和高籁舞的孩子！

但是，根据隆浩的调查，高籁舞没有生过孩子。不过，生了孩子却没有留下记录的情况也不是没有。如果这么重要的事实存在的话，志村界斗也许早就发现了。但志村界斗也不是神仙。特别是最近，警察的人数逐渐减少，刑警的数量都不够了，绝望还会带来警察内部的腐败。志村界斗曾发过牢骚，说警察里很难找到他信任的人了。所以，他才找到隆浩这样的记者，透露一些内部情报，请隆浩帮助破案。

狭窄的地下通道笔直笔直的。高约两米，顶部、地板以及两侧的墙壁都是复合钢材，可以承受巨大的压力。照明不是很亮，勉强看得清前面的路。上岛淳正在这样一条地下通道里，一步一步地往前走。

从第一个门往里走十米，一道黄色的屏障挡住了去路。刚一接近，黄色的屏障就左右分开了。监视这条通道的人工智能系统，不但认识上岛淳等技术人员，还能从他们的眼神和脉搏综合判断他们是否具有危险性。如果没有需要警戒的要素，屏障就会自动打开。再往里走十米，又是一道屏障。

人体细胞炸弹，简单地说就是将纳米机器人注入人体，使人体本身变成炸弹的技术。纳米机器人通过输液注入人体，在人体内迅速增殖，侵入全身的每个细胞，劫持细胞的功能，合成爆炸性物质。从在细胞内积蓄足够的量，到将人变成可以引爆的炸弹，需要一个星期。在外部使用专用设备向纳米机器人发送信号，设定为可起爆状态，人体细胞炸弹就算完成了。当血压和心跳超过一定值时，用预先设定的声音起爆。听到预先设定的声音，全身的细胞就会在瞬间炸裂，爆炸产生的冲击波会严重伤害周围的人和建筑物。全国七个地区同时发生的自杀式恐怖袭击事件，预先设定的声音是"人类伟大的灭亡"，那应该是琉璃听到的最后的声音。

第二道屏障也顺利打开了。再往前走十米是第三道屏障。上岛淳慢慢向屏障靠近。这时，新月纪 II 的人工智能系统还在监视他的一举一动。但是，如果上岛淳的身体被处理成人体细胞炸弹了，人工智能系统能识别出来吗？

恐怕是很难的。

不过，如果人工智能系统感知到脉搏或举动不正常，肯定会有所警觉，屏障就不会打开了。本来这个通道就只允许技术人员通过，其他人连进都进不来。这样看来，恐怖分子从这里突破的可能性很低。但是，凡事都有例外。在现实世界，意想不到的事情时有发生。

人体细胞炸弹本来是国家秘密开发的一项技术。通常的身体检查和金属探测仪都发现不了，曾经受到恐怖分子的青睐。但是，人体细胞炸弹需要满足血压、脉搏、声音这三个条件，通过自己的意志才能起爆，需要经过一定程度的训练。而且爆炸成分的蓄积产生的副作用很大，很快就被恐怖分子放弃了。

不能忽视的副作用之一就是，被处理成人体细胞炸弹的人有7%到9%会发生排斥反应，二十四小时内就会死亡。就算熬过了二十四小时，身体也会渐渐衰弱，只能存活半年至一年。

更麻烦的是，被处理成人体细胞炸弹的人，心跳一旦停止，就会被纳米机器人当作起爆信号，马上爆炸。人体细胞炸弹的程序一开始就是这样设定的，无法变更。

所以，就算能找到愿意充当人体细胞炸弹的人，也不能随随便便地使用。在血压升高、心跳加快的情况下，万一身边有人喊出预设的声音就会爆炸；强行压制对方的过程中，如果心脏停止跳动也会爆炸。

这种麻烦对恐怖分子们也是一样。他们制造的人体细胞炸弹，一旦背叛他们，将恐怖组织的首领炸死的情况也不是没有。对于恐怖组织来说，人体细胞炸弹也是危险的。

这种人体细胞炸弹已经进入新月纪 II，而且有好几个。

第三道屏障开启后，是一个机器轰鸣的空间。上岛淳站在入口处的平台上，双手扶着栏杆，眺望眼前的情景。

在这个空间里的地面上，排列着五个直径为四米的巨大银色圆柱体，每一个圆柱体都是一个制氧单元。回收空气之后，去除二氧化碳，加入电分解水得到的氧气，然后输出含氧空气，供整个新月纪 II 使用。每个单元含氧空气输出的量自不用说，就连定期检查、保养和简单的修理，都由人工智能系统自动控制。上岛淳他们一般不必到这个场所来。在新月纪Ⅱ里，这样的设备一共有九套。

根据警察局反恐特别搜查部作战分析科科长景浦阳提供的信息，恐怖分子袭击的目标是新月纪Ⅱ的基础设施，而袭击供氧设备的可能性最大。一般来说，要想对基础设施进行致命打击的话，会以发电设备为目标，但是在新月纪Ⅱ里，就算发电设备都被破坏，依靠蓄电设备也能维持一个月的电力供给。而供氧设备一停，即便是在目前还没有完全密闭的情况下，二十四小时之内，新月纪Ⅱ的大部分区域就会陷入缺氧状态。在那种情况下，里边的居民必须马上从新月纪Ⅱ撤离。

袭击供氧设备，从对居民心理上的影响角度来看，危害也是最大的。新月纪Ⅱ跟外边相比，决定性的差异就是有没有供氧设备。

就算恐怖分子袭击供氧设备的行动失败了，供氧设备曾经被袭击这个事实，也会给新月纪Ⅱ里的居民带来接近于恐怖的不安感。如果这种不安再加上谣言，说不定就能造成恐慌，居民们说不定就会为了逃离新月纪Ⅱ，拥挤到地下通道。如果强行制止，甚至会发生暴动，那是极其危险的局面。

恐怖分子是怎么潜入新月纪Ⅱ的呢？眼下可以想到的情况有三种。

第一，被选中入住新月纪Ⅱ的居民有一个是恐怖分子。这种概率很低，可能性几乎为零。

第二，经过遴选成为新月纪Ⅱ居民的人接触了恐怖组织 SEN，被洗脑后愿意当人体细胞炸弹。这种可能性虽然不大，但所谓"伟大的终结"的思想具有邪教一般的魔力，而且在某种契机下，人心也许会发生变化。这种可能性虽然不大，但也不能完全否定。

可能性最大的是第三种情况。恐怖组织通过不正当手段将恐怖分子变成了新月纪Ⅱ里的居民。比如通过某种手段把新月纪Ⅱ的居民名单搞到手，再通过某种手段用恐怖分子把名单上的人换下来。

入住新月纪Ⅱ之前在培训中心接受培训的时候，要通过电子身份证和DNA验明身份，但是，如果篡改了最初的数据，电子身份证和DNA鉴定就都没有意义了。经过精密的检查，发现实际上有三百一十六人的记录有篡改的痕迹。

另外，这次恐怖分子使用的人体细胞炸弹，最多可以达到十一个。假设这十一个人输入纳米机器人以后都没有排斥反应，相比三百一十六人也是一个很小的数字。

经调查，这三百一十六人没有跟SEN有关系的，但这并不是一件值得高兴的事。竟然有这么多人采取不正当手段进入新月纪Ⅱ，可见社会腐败到了何等严重的地步！简直就是癌症晚期，没救了。

但是，比起追究腐败问题来，把人体细胞炸弹找出来更重要，必须立刻找到并迅速把他们从新月纪Ⅱ里清除出去。

所有入住新月纪Ⅱ的人都冷冻保存了血液样本。现在，为了找到被制成人体细胞炸弹的人，那些采取不正当手段进入新月纪Ⅱ的人血液样本已经被提供给警方。但是，分析结果需要四十八个小时。如果确定了谁是人体细胞炸弹，就可以采取相应的对策。但是如果在没有确定之前恐怖分子就采取了行动，到那时寻找就为时已晚了。就算破坏不了基础设施，在圆形广场引爆一颗炸弹，也会造成极大的伤亡。已经知道恐怖分子混进了新月纪Ⅱ的事，绝不能让恐怖分子察觉。所以直到后天早上，都不能轻举妄动。

现在，让上岛淳备受煎熬的，不是生气，不是焦躁，而是愤怒。现在的愤怒，比第一次看到化为荒野的新月纪Ⅱ时，还要强烈一百倍。他们为什么要这样与新月纪Ⅱ为敌呢？他们对希望、对未来，为什么这么嫉妒、这么憎恶呢？

"绝对不能允许！"

自己倾注了毕生精力的新月纪Ⅱ，绝对不能允许有人伤害它半根毫毛！

12

站在自己房间前面的光村蓝转过头看着罗奈。

"谢谢您啦，罗奈姐姐，我今天很愉快。晚安！"

说完，她向罗奈深深地鞠了一个躬。

"哪里哪里，我也很愉快。晚安！"

罗奈举起右手，向光村蓝轻轻摆了摆。

"这两个女孩子真坚强！"走在楼道里的高冈华世感慨万端地说，"泷尾和小炎也很了不起，看到他们，我就好像在黑暗中看到了光明。"

"啊，我也是。"伊藤扬羽随声附和，"我上岁数了，感觉更强烈。"

F4区长长的楼道尽头是卫生间和洗澡间，去卫生间要经过一个很大的活动室，那个活动室谁都可以用。第二天的日程结束后，按照"住得离洗澡间最远的人先洗澡的原则"，大家依次洗澡。洗去一天的疲劳之后，大家不约而同，三三两两地来到活动室，坐在那里聊天。从对狭小的房间的不满，到对F4的负责人雪野菲的印象，以及对各种课程的老师的议论，还有对入住新月纪Ⅱ的不安和期待，无所不谈。大家互相看过各自的采访录像，又在一起活动了一天，气氛非常融洽。

罗奈不仅跟昨晚留意到的光村蓝、高冈华世、佐佐木冬美打了招呼，也跟其他人都打了招呼。也许是这个原因吧，今天她一个人在狭小的房间里感觉比昨天轻松多了。

大家都是把自己最亲的人留在外面到这里来的。高冈华世离开了儿子，佐佐木冬美和木崎朱莉亚离开了丈夫，加治木优离开了弟弟，光村蓝、寺岛和惠、上条梓、美田园世良、稻本绘里香、小林美智子、海道美玲、南朝子离开了父亲或母亲。

高冈华世不忍把十八岁的儿子留在外面自己一个人去新月纪Ⅱ，打算废掉这个名额。她的儿子痛哭流涕地劝她，她才好不容易下定决心住进新月纪Ⅱ。

"我没有什么特殊技能，也不是能生孩子的年龄了，我这样的人还能有什么用呢？可是儿子对我说，选上你肯定是有道理的，你自己不知道就是了。听儿子这么说，我也就踏实了，说不定我对新月纪Ⅱ来说，真的是个有用之人呢。"

大家的想法五花八门。

F4区年龄最大的伊藤扬羽是这样说的：

"我都这么大岁数了，为什么选上我了呢？我想啊，也许是因为将来需要老年人的样本吧。这么一想呢，我也就心服口服了。"

伊藤扬羽说完，自己先笑了。

在托儿所当过保育员的东乡美佐说："听说新月纪Ⅱ里也有托儿所，我还想在托儿所里当保育员。虽然没有孩子，但我特别喜欢孩子。孩子就是人类的未来。"

新月纪Ⅱ规定，婴幼儿都集中在托儿所进行养育。有两个人因为离开自己的孩子而不安，一个是佐佐木冬美，她的儿子小炎还不到半岁，还有一个是武川未空，她的儿子泷尾刚满三岁，跟她一起住进新月纪Ⅱ以后，也要寄养在托儿所里。

"那也是没办法的事。填写入住申请以前就已经知道了这样的规定嘛。不过呢，集中在一起养育孩子，说不定比各家单独养育更好呢。"

说上面那段话的人是曾任大学老师的野岛夕夏，进入新月纪Ⅱ后，她仍然要继续她的研究。

"我的专业是人类史，现在搞人类史研究，恐怕再合适不过了。"野岛夕夏自嘲道。说完，她诙谐地挤了挤一只眼睛。

以前当过警察的山村克代，在新月纪Ⅱ里也想做安全保卫工作。

"不过，那里边好像用不着我们这样的人。"山村克代拍着自己壮实的胳膊说。

"听说新月纪Ⅱ里的治安基本上由人工智能系统承担。"妇产科医生空备希娜插嘴了。空备希娜怎么看都像是一个知识丰富的人，还没住进去，就已经被安排在新月纪Ⅱ里的医院里继续当医生了。

旁边的香川早苗似乎好奇心特别强，紧接着问空备希娜："听说新月纪Ⅱ里有安乐死的设施，是真的吗？"

罗奈看过香川早苗的采访录像，知道她今年虽然才二十四岁，却是一个喜欢主动站出来指挥别人的人。所谓"住得离洗澡间最远的人先洗澡的原则"，就是她提出来的。

听了香川早苗的问题，空备希娜很干脆地答道："有啊！"

活动室里立刻就这个话题展开了热烈的讨论。

"第一个使用安乐死设施的人恐怕是我吧。"伊藤扬羽半开玩笑地说。

文学系的大学生海道美玲说："我喜欢纸质书，所以想在图书馆工作。听说新月纪Ⅱ里也有图书馆，我带了好几本纸质书，进去以后慢慢看。"

罗奈问她都带了什么书。当听到其中有皆川保的书时，罗奈不由得叫了起来。

"皆川保是我爸爸的高中同学！我也见过他！"

海道美玲也兴奋得大叫起来，感慨万端地紧紧握住罗奈的手摇晃着。

"世界真小啊！"

罗奈回忆着跟大家在一起交谈的内容，她把每个人的采访录像又看了一遍。虽然只是见面的第一天，却好像认识了很久。

看来在新月纪Ⅱ里也能生活得很愉快。

也许是因为心有余裕了吧，罗奈看起F4区以外的人的录像来。

将要入住新月纪ⅡH312大区的，是F1区—F6区和M1区—M4区，合计十个区。F是女性，M是男性。但大家并不是一直住在H312大区，每满一年就要换到别的大区里去。

理由如下：

在同一个地方跟同一群人长期在一起生活，会产生一种共同体意识。这本身不是坏事，但是如果共同体意识过于强烈，就会成为产生排外情绪的温床。在空间和资源都很有限的新月纪Ⅱ里，绝不能允许出现分裂或反目成仇的情况，所以要不断调整居住区域，不给这种倾向萌芽的机会。

同理，在新月纪Ⅱ里，也没有结婚的制度。恋爱是自由的，生了孩子养育也能得到充分保障。但受到社会承认和保护的家庭，将不复存在。

罗奈突然想到，将来自己恐怕不会生孩子了吧？不过父亲说过，人的生命只有通过孩子才能得到延续。为了下一代，要做自己现在能做的事情，这是非常重要的。那么，自己现在能做的事情是什么呢？

为了换换心情，罗奈长长地吐了一口气，继续用平板电脑看别人的采访录像。

先从M1区看起。M1区第一页的目录都是男人的照片。引起罗奈注意的首先是跟她年龄差不多的。以后可能在一起学习，还可能成为好朋友，说不定还会跟他恋爱呢。

"恋爱……"

好久没有想过这个问题了。

看来我已经开始面向未来。

"这并不是坏事吧？"

看了几个人的采访录像之后，罗奈开始看M2区的。打开第一页的目录时，马上被一种不可思议的力量吸引住了。那是一个男孩子的照片。

虽说那个男孩子长得不是那么帅，也不是那么可爱，但有一种奇妙的吸引人的力量。

男孩子的名字叫守崎岳，比罗奈小一岁。

罗奈当然没见过他，不可能见过。

先看看他的采访录像吧。

他回答问题时的声音，比照片的印象显得还要沉着。眼神很冷静，看起来像个大人。不是那种拼命挺直腰板的样子，而是给人一种脚踏实地的感觉。

听了守崎岳对第七个，也就是最后一个问题的回答，罗奈坚信自己没看错人。

七、请坦率地谈一谈入住新月纪Ⅱ之前的心情。

"入住新月纪Ⅱ，不仅仅是为了延长自己的生命，更是为了把什么东西传给下一代。我要传给下一代的是有关人类的故事。迄今为止，人类根据自己的经验，运用自己的想象力创造的故事，一定要传给几十年、几百年以后的未来的人们。哪怕在一个密闭的空间里，人类的故事也能传遍世界各地。我没有创造故事的才能，但我可以把故事传达给别人，把故事说给别人听，这我还是做得到的。我觉得这就是我在新月纪Ⅱ里活下去的意义。"

以后有机会一定要跟这个男孩子聊聊。

不，一定要找到他，跟他好好聊聊。

守崎岳。

把这个名字记住！

罗奈又打开了M3区的目录。

一个男人的照片映入眼帘的瞬间，罗奈不由得全身僵直。

"为什么？这个人……"

那个人罗奈认识。但确认了一下名字，对不上号。大概是长得太像了吧。

罗奈松了一口气。

那是当然的嘛。

那个人是绝对不应该住进新月纪Ⅱ的。

13

自己为什么在这里呢？自己在这种地方干什么呢？不管怎么想
也找不到答案。

他明白，这样的结果是一个又一个小的选择积聚起来的。责任
都在自己的身上。但是，就算是那样，难道不能在什么时候停下来
吗？难道不能在什么地方站住不走吗？

在不可挽回之前，在没有达到今天这一步之前，难道自己做不
到吗？

"妈……儿子对不起您……"

桂木达也耷拉着脑袋，压抑着就要痛哭失声的感情。

"蓝地球"，如果不去那个地方就好了……

第二章 命运的旋涡

1

赤天界事件以后，高籏舞被关进了监狱。尽管自制炸药和策划信众集体自杀，都是一些教团骨干成员自作主张，但作为教祖的亲信，她也免不了刑事责任。

出狱后，高籏舞回到生她养她的故乡见和希市，开始独自默默地过日子。她的父母已经去世，为了减少寂寞，她养了一只猫。对她来说，那也许是经历了一番周折才到手的平静的生活。

平静的生活大约持续了十年，才迎来了时代的转机。日本政府决定在见和希市建设日本第一座密闭城邦。

除了父母留给她的房产，高籏舞还有相当多的土地。虽说灾难之后不再有人耕种，全都成了荒地，地价暴跌，想卖都卖不出去。没想到国家为了建设密闭城邦，出高价购地，高籏舞因此得到一笔巨款。

没有人知道毫无留恋地离开故乡的她心情发生了怎样的变化，但她利用那笔巨款投资，数年间翻了十倍。本来她在投资方面就是个天才，在这个暴涨暴跌的市场更是大显身手。

连她自己都没有想到她这个蹲过大狱的人竟然成了亿万富婆。就在这时，以前在赤天界当过骨干成员的两男两女找上门来，大概是听说高籦舞作为投资家成功了吧。他们要求高籦舞出资，成立一个新教团。与其说是要求，还不如说是要挟更合适。他们对高籦舞说："你和克明宪毁了我们的人生，出点钱还不是分内的事吗？要是不出钱，我们就毁了你。"

大概高籦舞也觉得自己有短处吧，就按照他们的要求出了资，后来也不断地出资赞助。但是，那个教团到底什么模样，运营状态如何，她根本不知道，也不关心。

就在那时，新教团已经演变成为一个将"伟大的终结"视为绝对正义的思想集团。高籦舞六十五岁的时候，突然当上了教团的最高领袖，领导教团向日本复仇。

"这就看不懂了。"

城内隆浩看完志村界斗提供的警察内部资料，觉得很伤脑筋。警方首先设立了高籦舞怀上克明宪孩子的假说，然后展开调查，结果一点线索都没找到。如果在服刑期间生了孩子，不可能不留下记录。但是，在假设万一没留下记录的情况下再进行调查，还是找不到任何线索。

警察调查得已经够彻底的了。不管是高籦舞还是克明宪，连领养孩子的记录都没有。政府虽然腐败，好歹也是国家权力机关，能做的事情比区区一个记者多得多。看来只能抛弃高籦舞怀过孕的假设。那么，她有没有侄子、侄女或者外甥、外甥女呢？调查的结果是，高籦舞是独生女，克明宪是独生子，两个人都没有兄弟姐妹，当然也就不可能有什么侄子、侄女或者外甥、外甥女了。

难道说高籦舞只是因为自己心爱的人被杀害，就仇恨国家到这种地步吗？的确，读了她发表在互联网上的手记，确实可以得出这种结论。但是，字里行间也能感觉到高籦舞是在故意给人这种印象。

不管怎么说，高籐舞好多年都没有关心过新教团，却一下子当上了教团的最高领袖，这是非常不自然的，一定有什么特别的理由。为了掩盖这个特别理由，她才在互联网上公开了她的手记。只有这样考虑才能说得通。那么，让她下决心公开手记的理由，到底是什么呢？

当然，在警察审问她的时候，她除了憎恨国家这个理由以外，什么都没说。她还说，自己给教团出资，最终是为了使唤信徒。但是，这与她长期不参与教团的活动是矛盾的，听起来让人感到过于夸张。

关键人物是那个叫雷伊的人。

雷伊的本来面目，连警察都不清楚。虽然雷伊经常在 SEN 成员之间的联系中出现，但目前没人知道他到底是谁，甚至连性别都无法判定。审问高籐舞和她的手下时，回答都是"不知道"。审问 SEN 的成员时，回答是："只知道是上层人物之一，但从来没见过。"还有一种说法：雷伊是一个虚拟人物，实际上并不存在。

那些人的话当然不能完全相信，但是，在找不到雷伊的情况下，很难简单地认为高籐舞就是那个思想集团的首领。

隆浩又把高籐舞的手记读了一遍。

就算这部手记是为了出于某种目的而写的，真情实感也能在字里行间流露出来。她对克明宪，也就是鸳原笃志的爱情，应该是真实的。也许高籐舞有为心爱的人生一个孩子的强烈愿望。为了成为那个孩子的依靠，为了保护那个孩子，总之为了那个孩子，她心甘情愿成为众矢之的。那样的话，她的行动就容易理解了。

但是，他们没生孩子，克明宪没有后代。那么，是什么能驱使她付出那么大的财力和精力呢？

"……只有一个男人。"

但是，那个男人已经被子弹打穿了头。

不可能活在人世间。

2

上岛淳意识到那是紧急呼叫信号以后，立刻抓起了枕边的KARUTA，从床上跳起来，一边穿衣服一边问道。

"怎么了？"

上岛淳所在的伊达建设为了应付随时可能发生的意外，实行三班倒，工作人员都住在新月纪Ⅱ的基站里。紧急呼叫信号就来自基站。

上岛淳看了看时间，是清晨五点多。

"刚才，新月纪Ⅱ人工智能主系统的紧急编码启动了！"

对方说话的声音是僵硬的。

在新月纪Ⅱ里，安装了各种各样的人工智能系统，各种基础设施也是由人工智能系统管理的。综合控制整个新月纪Ⅱ的是人工智能主系统。这是个特殊的系统，不同于各个子系统。主系统就是新月纪Ⅱ的代名词，是新月纪Ⅱ的大脑。现在，主系统察觉到了异常情况，并认为发生了紧急情况。

"是恐怖袭击吗？"

冒名顶替的三百六十人里，已经有一百二十名住进了新月纪Ⅱ。一旦血液检查的结果出来，确定了谁是人体细胞炸弹，军方将立刻出动特种部队予以清除。但是，检查结果出来还需要二十四个小时以上，特种部队尚未到达。

"显示器上没有显示火灾或爆炸的信息。刚才向管制塔询问详细情况，还没有得到回复……啊，回复了。"

对方突然不说话了。

"怎么回事？发生了什么情况？"

"好像是一部分居民无法从房间里出来。"

"无法从房间里出来？"

居民房间的门开关都是手动的，不会出现机械故障导致无法开门。只有在人工智能主系统的紧急编码启动时才会发生那样的情况。也就是说，这不是房间的门出了问题，而是人工智能主系统有意为之。可是，为什么要……

"难道说，那些无法从房间里出来的人……"

"是……的……"

对方说话的声音在颤抖。

"合计一百二十人，都是通过冒名顶替的非法手段住进来的。"

3

在网络上的假想空间里，根据加入时输入的数据创造出的假想人格，将在网络上架空的城市里生活。这个人格很像加入者本人，但完全是另外一个存在。本人死后也将继续活在网络上架空的城市里。

如果愿意的话，还可以从假想人格的视角出发，去假想空间里走走，跟其他假想人格聊聊天。也就是说，假想空间也具有一般社交网站的功能。

桂木达也在大量的假想空间中选择了"蓝地球"，是因为一起参加"伟大的终结"游行示威的人向他推荐了"蓝地球"，没有什么特别的理由。

注册以后他几乎每天都要进入假想人格的角色，在架空的城市里转转。跟空中飘浮着黑红色的FCB的现实世界不同，"蓝地球"里的天永远是湛蓝的，偶尔飘过一朵云彩，也是雪白的。只是在"蓝地球"里散散步，就会觉得神清气爽，对未来充满信心。

"蓝地球"里，不但有繁华的城市街道，还有很多宽阔的大广场。人来人往，络绎不绝。在广场中央，总是有人在发表演说。广场上还散落着很多发表演说用的讲台，不管谁都可以站上去，自由发表自己的主张。

演说的内容几乎都是称颂"伟大的终结"的，还说什么密闭城邦是极其丑陋的世界。听众们听了这样的演说，无不拍手叫好。

最初，桂木达也脑子里也闪过这样的念头，即利用假想空间跟"伟大的终结"的精神是不相容的，后来慢慢就不那样认为了。不知从什么时候起，他也加入到听众之中，为演说者大声叫起好来。

在这里，不管主张多么过激，也不会被当局制止。没有催泪弹，更没有高压水枪。

渐渐地，只是听演说觉得有点不过瘾了。在网络上的假想空间里，不管你做些什么，也不管你喊些什么，对现实世界都没有丝毫的影响。桂木达也开始感到空虚了。

桂木达也无法忍受那空虚的时候，一咬牙站上了讲台。这在现实世界中他是绝对做不到的。他站在讲台上，把内心的虚无感诚实地吐露出来。

但是，听众几乎没有反应。桂木达也的演说还没有结束，人们就冷着脸离开了。

满腹失意与后悔的桂木达也悻悻地离开了广场。他刚刚回到假想空间里自己的家，就有人按响了门铃。

"请问，您就是桂木达也先生吗？"

桂木达也拉开假想的家门一看，门外站着一个他根本不认识的男士。表面看上去还很年轻，但他的举止和眼神都显得很成熟。最吸引人的地方还是那位男士英俊的外貌。如果说世界上还有完美无缺的人，就只能是眼前这位男士了。

"……你是谁？"桂木达也呆呆地问。

"刚才您的演说真好！听了您的演说，我觉得您是一个真正纯粹的人。"

违和感像一根蒺藜刺着桂木达也的心，但他还是被男士所吸引。在刚才听他演说的听众里，好像没有这位男士。听众本来就没有几个，如果听众里有这位英俊到引人注目的男士，不可能没留下印象。但是，桂木达也没有把这话说出来。还有一个人喜欢他的演说，这比什么都重要。说老实话，能得到像眼前的男士这样的人如此评价，桂木达也高兴得都不知道自己姓什么了。

　　"您……您找我有什么事吗？"

　　"我想跟您聊聊，可以吗？"

　　"啊，可以呀。"

　　桂木达也一侧身，把男士往自己假想的房间里让，男士毫不犹豫地走了进来。

　　"请问，您贵姓？"

　　男士走到房间中央，转过身来看着桂木达也，双手背在身后微笑着。

　　"请叫我雷伊。"

4

　　新月纪 II 供氧系统地基站有九个，功能都是一样的。为了能够随时应对紧急情况的发生，现在上岛淳他们使用的是离地下出口最近的 A 基站。

　　早上六点二十分。

　　距离上岛淳赶到 A 基站以后，已经过去了一个小时，但事态还没有任何进展。灾害警报显示器上，是俯瞰整个新月纪 II 的透视图。一旦感知异常的热度、震动、冲击等，在警报器鸣响的同时，发生故障的场所就会呈红色，并不停地闪亮。可直到现在警报器也没响。

问题是被处理成人体细胞炸弹的那些恐怖分子，马上就会察觉到自己被困在房间里了。那时候他们会怎样做呢？他们怎样接受恐怖组织的指令呢？

　　利用冒名顶替的非法手段进入新月纪Ⅱ的人们，分散在各个大区。确定了哪些人是恐怖分子，就可以采取行动对付他们。但是，在血液检查的结果还没出来的情况下，很难采取任何行动。

　　让所有居民避难最不现实。那样做肯定会引起恐怖分子的注意，而且疏导九万人到安全场所，几乎是不可能的。一旦陷入恐慌，互相踩踏造成的伤亡甚至大于恐怖袭击。所以，管制塔和人工智能主系统都没有发出避难指示。

　　在A基站值班的有六名技术人员，交班时间是早上七点。下班之前，大家议论纷纷。

　　"人工智能主系统为什么随便动作呢？失控了吧？抓捕恐怖分子，应该等到明天检查结果出来嘛！"

　　"不能确定到底哪个是恐怖分子，就把所有冒名顶替进来的都监禁起来，这样做有点过分了吧？"

　　听了部下的议论，上岛淳说话了。

　　"也不能这么说。最严重的情况是恐怖分子在检查结果出来以前采取行动。人工智能系统也无法预测恐怖分子什么时候、在哪里采取行动，侵入基础设施的可能性也不能说没有。检查结果出来前，那一百二十人里肯定有几个是恐怖分子，把一百二十人全都控制在各自的房间里，至少可以把受害范围控制在居住区，不至于使基础设施受到破坏。"

　　"您的意思是这样做还是有道理的？"

　　"为了避免更严重的情况发生，我认为是有道理的。"

　　"我们这些有血有肉的人，很难下这么大的决心。"

　　"所以需要人工智能系统嘛！"

控制整个新月纪Ⅱ的人工智能主系统，并不是安装在一台巨大的电脑里，而是埋设在建筑物的墙壁里、地板下、天花板上的无数芯片。由数不尽的芯片构成极其复杂而庞大的网络，在瞬间收集大量信息并在瞬间处理，精确排列各种各样的可能性，并得出应对措施。

"不过，根据管制塔的看法，恐怖分子将在入住计划全部结束，新月纪Ⅱ完全封闭以后采取行动，现在还有四分之一的居民没住进来呢。"

"那只不过是推测。完全封闭后用人体细胞炸弹实施恐怖袭击，确实能产生更大的心理震撼效果。但是，恐怖分子也知道随机应变啊。"

"什么事都不发生，已经不可能了吧？"

被控制在各自房间里的恐怖分子恐怕不会老老实实地投降。因为被处理成人体细胞炸弹的恐怖分子是活不了多久的，他们很有可能在房间里引爆自己。那样的话对周围的房间肯定会造成损害，人员伤亡也是避免不了的。

"不管怎么说，这回人工智能系统太过分了。如果等到明天，也许能没有任何损失地排除人体细胞炸弹，这样一来，造成损失的可能性就大了！"

是的，一般人都会这样想。如果有不受任何损失的选项，谁都会优先考虑的。谁也不愿意看到新月纪Ⅱ受到伤害。

但是，不受任何损失只不过是人们的主观愿望。

人总在主观愿望的引导下，做出错误的判断。万一等不到明天早上，恐怖分子就发动恐怖袭击，就连新月纪Ⅱ的存续都会成为问题。这种可能性确实不大，但也不是绝对没有，无论如何也要避免出现最坏的结果。

是的，最重要的问题在这里。要避免出现最坏的结果，不能在不确定的幸运上面下赌注。从这个角度来看，人工智能主系统的判断是妥当的。问题是——

"班长？"

有人叫了上岛淳一声。

上岛淳这才意识到自己沉浸在深度思考之中，赶紧吸了一口气，抬起头来：

"无论如何，首要任务是集中精力保护好供氧系统，这里要是被恐怖分子袭击了，新月纪Ⅱ就完了。"

就在这时，警报器响了。灾害警报显示器上出现了第一个红点，并闪亮起来。

5

桂木达也每次登录"蓝地球"，都会跟雷伊见面聊几句。每次都好像雷伊在那里等着他似的。一看到雷伊，桂木达也就会沉浸在一种难以形容的兴奋感和满足感里，因此他越来越喜欢登录"蓝地球"了。

说话的主要是桂木达也，内容从他小时候的事到他母亲被假密闭城邦欺骗的事，无话不谈。他觉得自己的内心世界都被雷伊看透了，不敢说一句谎话。如实地把一切都说出来以后，心情特别舒畅。

有一次，雷伊问他："你觉得'蓝地球'怎么样？"

他想了想，回答："我也不知道。虽然我也参加过游行示威，但那只不过是为了发泄胸中的苦闷。"

"你真是一个诚实的人。"雷伊很坦率地说道。

"你呢？你觉得'蓝地球'怎么样？"桂木达也反问道。

"人类灭亡，这是无法回避的现实。"

"是的……"

"有些人忍受不了巨大的精神压力，从而自暴自弃，抛弃理性，放开压抑已久的欲望，破坏现有的秩序。他们认为不能被动地等待灭亡，因为这个世界就是个地狱。人类不断摸索，经历了多少失败和牺牲，文明好不容易发展到今天这一步，到了最后，居然要把最丑恶的一面展示出来，真令人感到遗憾。"

雷伊静静地盯着桂木达也，继续说道：

"为了不让人类堕落到那种地步，应该引导人类走向光明。我认为，这正是'伟大的终结'这种思想存在的理由。也可以说，'伟大的终结'就是引导人类走向美丽的灭亡的指针。"

"……美丽的灭亡……"

从那天开始，桂木达也与雷伊的对话就以"伟大的终结"为中心了。

"'伟大的终结'这个思想刚诞生的时候，人们对它的欢迎达到了狂热的程度。你也知道，新月纪Ⅱ刚开始建设就停止了，那就是这个思想的力量。的确，当时参加游行示威的人很多是为了发泄一下胸中的郁闷，但在年青一代中间，这一光辉思想得到了宣传。我也是跟这种思想产生了共鸣的人之一。在这个走向灭亡的世界里，我找到了自己的人生目标。这个信念至今没有改变。"

"当时举行过多次规模很大的示威游行，你也参加了吗？"

"当然参加了。"

"伟大的终结"最初的狂热是二十五年前。雷伊那时候多大？现在多大？

关于雷伊，桂木达也什么都不知道。意识到这一点，他忽然感到不安。

雷伊为什么对自己感兴趣呢？他说是因为在广场上听了自己的演说。自己的演说绝对谈不上好，这从听众的反应就可以知道。既没有独创的思想，也没有敏锐的洞察力。像雷伊这样的优秀青年特意来接触自己这样一个凡庸的人，一定有某种目的。

桂木达也想到这一点的同时，也从心底里厌恶自己的猥琐。可能的话，还是应该认真听听雷伊的理论，并加以咀嚼消化。但是，不管怎么想，雷伊特意找上门来，绝对不是自己的演说吸引了他，而是有别的理由。

桂木达也为什么这样拼命寻找雷伊需要他的理由呢？因为他特别希望自己对雷伊来说是一个有用的人。只要雷伊出现在面前，桂木达也就能感觉到自己是一个有特殊价值的人。这是他梦寐以求的。

他绝对不希望这只是幻觉。

哪怕只有这一点是真实的。

6

"天哪！"

"居然引爆了……"

发生爆炸的地点是居住区的 A012 区的 M2。灾害警报监视器上，自动洒水灭火装置启动的标志在闪亮，受灾情况不明。九个供氧设备的基站没有异常情况，也没有发现有人试图侵入的迹象。

但是，就要正式投入运营的新月纪 II，哪怕有一点损坏，对上岛淳等人的精神来说都是巨大的冲击，内心不产生动摇是不可能的。

而且这还不算完，被处理成人体细胞炸弹的恐怖分子最多可能有十一个，如果刚才只引爆了一个，那么还应该有十个。虽然也许有因为排斥反应死掉的，也许有还没住进来的，但最好不能有侥幸心理。

"A 区是最早入住的那一批。没想到恐怖分子就在我们身边。"

"等一下！"上岛淳不由得叫出声来，摆摆手制止了大家的议论。

A012。

最近好像在哪里听到过。

"班长，怎么了？"

上岛淳没有回答部下的问话，而是拿起 KARUTA 联系管制塔的负责人。

"请查一下刚才发生爆炸的房间，住在里边的人叫什么名字，有可能的话，把那个人的照片也发过来。越快越好。"

不一会儿，照片发过来了，紧接着，名字也发过来了。

上岛淳的心脏跳动得更剧烈了。

菅谷巽。

上岛淳慢慢地吸了一口气，对管制塔的负责人说："这个人以前跟我打过招呼，还跟我打听过供氧系统的事。很可能是为恐怖组织收集信息。请马上调查一下，还有哪些居民跟维护保养新月纪Ⅱ基础设施的技术人员接触过。例如，水浦株式会社、大和电力株式会社……不，所有的维护小组，都应该调查一下。这样也许能锁定哪些人是恐怖分子。"

7

令人恐怖的日子来得很突然。

"今天马上就回去，我是特意来向您告别的。"桂木达也刚把门拉开，雷伊就急匆匆地说，"跟您认识的时间虽然很短，但跟您在一起的时间非常愉快。谢谢您！您多保重！"

"等……等一下！"

桂木达也本来有很多话想对雷伊说的，这样一来，把想说的话忘了个一干二净。

"为什么要这样？您得跟我解释一下吧？就这样告别，也太突然了吧？"

见桂木达也如此狼狈，雷伊的脸上浮现出困惑的神情。

"也是，就这样回去，确实有点冷漠。"

雷伊说完这句话，表情缓和下来。

"那我就再多坐一会儿。"

雷伊走进房间坐了下来。

桂木达也坐在雷伊的对面，但不知道说什么好。

"我有很多同伴。"

雷伊开口说话了。

"同伴？"

不知道为什么，桂木达也从来没有想过，雷伊除了桂木达也以外，也会有别的朋友。

"我们都对'伟大的终结'产生了共鸣，我们宣誓，为了实现这个理想，不惜牺牲自己的生命！都是一些很优秀的同志。"

看着雷伊那充满友爱的眼神，桂木达也的心里非常难过，他甚至嫉妒雷伊的同志们。

"和他们一起行动的日子到了！"

"行动？什么行动？"

"对不起，具体什么行动，我还不能告诉你。"

"我……我……难道说，我不是您的同伴吗？"

"你好像说过，你也不是绝对赞成'伟大的终结'这个思想。"

"这……那时候，确实是那样说的，可是……您……"

桂木达也的脑子一片混乱，应该说的话一句也说不出来。以后再也见不到雷伊了，这对他来说是一件痛苦的事情。

"我离不开您！我连一个知心朋友都没有，以前没有，现在也没有，不过我并没有感到有多寂寞。但是，现在不一样了，因为我认识了您！跟您一起说说话，我就会感到非常充实！如果您不在我的身边了，我就什么都没有了！所以……"

他不知道自己到底在说些什么。但是，就在下一个瞬间，他忽然清楚地看到了自己在追求什么，应该做些什么。不仅仅是清楚地看到了，而且要全力扑上去！

"让我也加入您的同志当中去，让我也去参加你们的行动！"

雷伊轻轻地摇了摇头。

"您为什么不同意？求求您了！让我……"

"我们的行动，是为了理想抛弃生命的行动。不是在这个假想的空间里，而是在现实世界里！"

"那也没关系！"

"你真的想清楚了吗？可是要献出生命的哟！"

桂木达也犹豫了，但也就是犹豫了一瞬间。他不希望自己在雷伊眼里是一个懦弱的人。他在心里骂自己：你这个软蛋！以前也是这样，一到了关键时刻，就失去了再往前走一步的勇气。所以你什么都没得到，至今一事无成！正因为你的懦弱，现在还要失去雷伊！

"反正大家都得死，还不如死得有意义一点！"

雷伊站起来。

"我得走了。"

"雷伊！"

"我觉得你现在情绪很不稳定，希望你冷静地考虑一下。冷静考虑之后，你的想法会有所改变的。"

"我不会……"

雷伊扬起右手，制止了桂木达也。

"这样吧。我明天再到你这里来一次，最后一次哦。如果那时候你的决心还没有改变，我就带你去见我们的同志。"

桂木达也喜极而泣。

"说好了！您可一定要来啊！"

"一定来。"雷伊温和地微笑着，"我从不爽约。"

8

调查结果，伊达建设株式会社的技术人员有四个人跟新月纪Ⅱ里的居民接触过。都是对方主动打招呼，都打听过供氧系统的情况。

但是，接触过的居民里知道名字的只有一个。经过跟管制塔核对，那个人是通过冒名顶替的非法手段住进来的，目前被关在他自己的房间里，居住区是G105。

"这小子也是恐怖分子吗？"

"不敢断定，但可能性很大。"

"管制塔接下来打算怎么做呢？"

"特种部队还没来，就算来了，在无法断定哪个是恐怖分子的情况下也很难采取行动。"

疑似恐怖分子的居民叫多田昌治。他的个人简介上写的是三十一岁，但照片看起来更年轻。

上岛淳想起了菅谷巽。菅谷巽的原名不得而知，他曾经有过怎样的人生呢？为什么愿意当人体细胞炸弹呢？当然不能再问他了。但是，上岛淳并不认为菅谷巽说的那些故事都是编造的。那时候看到的菅谷巽，那走投无路的表情是真切的。当然其中也会有表演的成分，但他的人生经历中，一定有过类似的体验。

恐怖分子也是人，也有各自的人生，也有心。如果能让恐怖分子动心，或者……

"值得试试！"上岛淳不由得说出声来。

"试试什么呀？"

上岛淳站起来："你们看好这里。"

"您去哪里？"

"我去多田昌治那里，劝他投降！"

"胡闹！"

"那可是个恐怖分子啊！"

"太危险了！他什么时候引爆，谁都不知道啊！"

"你们待在这里，我一个人去。"

"不是那个问题……"

"新月纪Ⅱ的损伤要控制在最小限度，还有几个恐怖分子，我们不知道。但是，哪怕只能说服一个人也是好的。就算不能说服他投降，至少能拖延时间。反正我是要离开这里的，在外边也活不了多长时间了。"

见上岛淳都把话说到这个份儿上，部下都严肃地沉默了。

"……要我们向管制塔报告吗？"

"我自己跟他们说。说服成功后应该如何应对，他们要是不做好准备，我就为难了。你们放心吧，我还不想死。"

上岛淳说完笑了笑，走出了基站。

9

混沌的意识之中，记忆的片段时而浮上来，时而沉下去。雷伊，你不是说你从不爽约吗？一天过去了，我的决心还没有变哟！桂木达也还从来没有这么自豪过。雷伊，怎么样？这回你还敢看不起我？

"我们的行动，就是要铲除新月纪Ⅱ！因为新月纪Ⅱ是我们实现'伟大的终结'的最大障碍，我们一定要铲除它！"好啊！太好了！如果你的伙伴们认可我，我什么都愿意做！我要赢得你的敬意！怎么样，雷伊？你小看我了吧？"马上从'蓝地球'里出来，我们的同志要去接你了！"知道了，可是，雷伊，不是你来接我吗？我还以为在现实世界，也能像在假想空间里那样，紧紧握手，热烈拥抱呢。雷伊，你在现实世界的什么地方？我想见你！然后，然后……"你要是不想干就下来！我们没有时间跟胆小鬼打交道！"雷伊，那个女人误会我了，我从来没说过不想干，只是有点吃惊。你对我说过，行动是要牺牲生命的，可是我并没有打算随随便便地把生命抛弃在这种地方啊。"把这个喝了，它可以保护你，使你安静下来。"那个女人让我喝一种药，可以消除我的不安和恐怖。我喝了，因为我向你保证过，一定会做好我该做的事。我不想辜负你的期待，不想让你认为我是个胆小鬼，不想让你看不起我。雷伊，我干！所以，请你尊敬我。请你说一声：达也真了不起，达也真有勇气。"大点声！声音太小了，这么小的声音，点不着火！你就白死了！"我知道，我知道，我知道啊！除了干下去，我别无选择。"大声喊：实现人类伟大的灭亡！别喊错了！开始喊吧！"实现人类伟大的灭亡！实现人类伟大的灭亡！实现人类伟大的灭亡！实现人类伟大的灭亡！实现人类伟大的灭亡！实现人类伟大的灭亡！实现人类伟大的灭亡！实现人类伟大的灭亡！实现人类伟大的灭亡！"镇静剂不管用了？"啊啊……我干了！我真的干了！我没有退路了！为什么呢？我为什么要这么干呢……雷伊，回答我！喂！雷伊！"不能思考！"……你是谁？你的眼睛为什么那么清澈？"再让我听听你的声音，你说的话。"我的声音？我说的话？"实现……人类伟大的灭亡？""好！太好了！"实现人类伟大的灭亡！实现人类伟大的灭亡！实现人类伟大的灭亡！实现人类伟大的灭亡！实现人类伟大的灭亡！实现人类伟大的

灭亡！实现人类伟大的灭亡！实现人类伟大的灭亡！实现人类伟大
的灭亡！实现人类伟大的灭亡！实现人类伟大的——

"醒了？"

我的意识突然清醒了。

我在一个病房似的房间里。

那个女人也在这里。

她清澈的眼睛看着我，脸上浮现出明朗的笑容。

"恭喜你！太好了！你闯过了排斥反应这一关。"

"我……"

"你已经不是桂木达也了。"

她的嘴巴靠近我的耳朵。

"从今天开始，你的名字叫多田昌治。"

10

就是他！

从宿舍楼到培训中心的主楼，需要通过一条通道。由于只有这
一条通道，住在宿舍楼里的人很容易在这里遇到。

在培训中心的第三天早晨，走在通道里的罗奈在来来往往的男
人中看到了守崎岳。

他的个子比罗奈预想的高得多。也许是因为守崎岳正默默地往
前走吧，表情看上去有些僵硬。虽说不如在采访录像上看到的那么
帅气、那么可爱，但看到本人还是有一种特别的感觉。不知为什么，
罗奈的心跳加快了。

"罗奈姐姐，你喜欢那种类型的男孩子吗？"

"什么？"

"那个身材苗条的男孩子，我发现您一直在看他。"

"那……那倒不是……"

光村蓝还是不习惯直呼罗奈的名字。因为罗奈比她年龄大，总是叫罗奈姐姐。尽管两个人之间互相直呼名字只有半天，却把距离拉近了不少。

"啊，走远了！您喜欢的那个男孩子走远了！"

罗奈慌忙抬头一看，守崎岳已经沿着通道走到前面去了。

"不着急，还有机会搭话，而且还可以发信息联系嘛。"

"不好吧？要是让别人抢了先呢？"

"不会吧……"

光村蓝握紧右拳放在胸前："恋爱就得行动！罗奈姐姐，我给您加油助威！"

"这跟恋爱没关系的。"

这天首先学习的内容是"关于新月纪Ⅱ的决策机制"。新月纪Ⅱ外面的社会，是由国民选举的国会议员们制定法律，政府呢，利用国会议员们制定的法律来管理国家。但新月纪Ⅱ里，没有选举制度。那么，谁对整个新月纪Ⅱ进行有效的管理呢？回答是：人工智能系统。这是罗奈从祖父那里学到的知识。

祖父上高中的时候，曾经和同学们一起去过中断建设的新月纪Ⅱ现场，非常关心新月纪Ⅱ的建设。关于新月纪Ⅱ，一般人不知道的，他都知道。

例如，培训中心的房间极端狭小的理由。培训中心的宿舍，是模仿新月纪Ⅱ里的住房设计的，但比新月纪Ⅱ里的住房小得多。而且培训中心的宿舍房间里没有卫生间，也没有洗澡间，公用的卫生间和洗澡间在楼道尽头。新月纪Ⅱ里，每个房间都有卫生间和洗澡间。培训中心的房间为什么这样设计呢？那是为了减轻入住者的精神压力。的确，如果直接住进新月纪Ⅱ的房间，会觉得非常狭小。可是，在培训中心极端狭小的房间里住几天以后，再住进新月纪Ⅱ的房间，就会觉得宽敞舒适。罗奈把这个理由说给F4区的人们听的时候，本来是想博大家一笑的，结果没有一个人笑。

罗奈想着心事，不由得放慢了脚步。"砰"，后边有人撞了她一下，差点把她撞倒。

"想什么哪？不好好走路！"

头顶上降下来一个男人的声音，听起来好耳熟。罗奈吓了一跳，抬头一看，从上往下看着罗奈的男人瞪大了眼睛，愣住了。

罗奈和那个男人都屏住了呼吸，无言地对峙着。

男人眨了眨眼睛，显得有些笨拙地躲开罗奈的视线，超过罗奈走到前面去了。走出去几步之后回头瞪了罗奈一眼，又急匆匆地走远了。

"那个人真讨厌，撞了别人不道歉，还赖别人。"

罗奈跟那个男人对峙的时间，恐怕连一秒钟都不到。但对于罗奈来说，那是一个永远都不会醒来的噩梦。

"罗奈姐姐，您怎么了？"

那个男人不是别人。

正是仓林老师。

11

怎么也静不下心来。首先是天太蓝了，云也太白了。最让人感到异常的是，连一个人影都没有。

城市并不是废墟，甚至可以说修葺得很好。住宅小区都是新的，公园里的喷泉画出彩虹，街上的树木绿得晃眼。但是，一点人的迹象都没有。

以前，城内隆浩注册过一个叫"庇护所"的网上假想空间，但他也就是想知道假想空间是怎么回事，注册以后从来没有登录过。

　　"庇护所"虽然是一个假想空间，但那里边整洁得过分的样子，无论如何也习惯不了。为什么习惯不了呢？以前隆浩自己也说不清楚，今天登录之后进来转了一圈才明白了。

　　那里边没有一点生命的气息，跟死后的世界是相通的。在"庇护所"里遇到的人都有违和感，违和感的根源就是没有生命的气息。他们都没有活人的气息，换句话说，那就是一群死人。

　　但是，现在这个"蓝地球"里，连死人都没有。

　　一个小时以前，志村界斗突然联系隆浩。

　　"马上进入'蓝地球'，把里边发生的一切情况都报告给我！不许问理由！"

　　这哪里是请求，简直就是命令嘛！

　　"我能进去吗？"

　　"我给你一个主密码，用这个主密码进去！"

　　严格地说，"蓝地球"已经把所有的门户都关闭了，虽然谁也不能注册，谁也不能登录了，但并没有完全删除。任何一个假想空间，一旦在互联网上诞生，就很难删除了。

　　不过，"蓝地球"现在耗电量很小，说明里边的假想居民基本上都不活动了。

　　"还有主密码哪！那样的话……"

　　"不许乱打听！"

　　志村界斗用严厉的口吻制止道。

　　"不许抱任何先入之见，进去看看！拜托了！"

　　警察都把话说到这个份上了，隆浩只好从命。他用主密码登录"蓝地球"，在里面转来转去，什么有价值的情况都没看到。他试着挨家挨户地敲门、按门铃，没有一个人理睬他。紧闭的大门都上了锁，纹丝不动。"蓝地球"里的人果然都停止活动了。

"我该怎么办呢？"

但是，既然志村界斗那样说了，就一定会有某种情况。

隆浩顺着来路往回走，打算确认一下是不是有什么地方看漏了。他集中精力，锐利的视线扫射着四周每一个角落。

在一个公园里，摆放着好多低矮的黑乎乎的台子，好像脚凳似的。隆浩走进公园，很随意地站在一个脚凳上。站得高了，视界开阔了许多。隆浩忽然意识到这些脚凳似的东西可能是演说台，是供人站上去演说用的。

隆浩干咳一下，清了清嗓子。

他想演说一番，但没想好说什么，结果喊了一句。

"喂——这里有人吗——"

喊完以后不由得笑了。

"我这是干什么哪？真傻！"

隆浩刚进"蓝地球"的时候，出现在住宅区的一座独幢小楼里。那里是主密码使用者的家。隆浩回到那里，把自己的身体扔进沙发里。虽然是在假想空间里转，可转时间长了也觉得很累。

那么，接下来怎么办？如果就这样告诉志村界斗"什么也没有"，不管怎么说也太马虎了。但是，还能做些什么呢？

咚咚咚，忽然听见有人敲门。隆浩从沙发上跳起来，屏息凝神。咚咚咚，没听错，确实有人在敲门。

隆浩站在门后，拉开了格斗的架势。

"哪位？"

"您能开一下门吗？"

是一个年轻女子的声音。那声音清爽宜人，悦耳动听。是一个从来没听到过的声音。

隆浩慢慢地靠近门板，从猫眼里往外看，但什么都看不到。在假想空间里，住户的门都是自动上锁的，只有本人才能打开。

隆浩抓住门把，轻轻一转，慢慢拉开了门。看到站在门外的那位女子，隆浩差点叫出声来。那是一位宛如从十九世纪的西洋油画里走下来的美丽女子，虚幻、艳丽、神秘。

"……您是？"

女子的脸上浮现出柔和而富有魅力的笑容。

"请叫我雷伊。"

12

新月纪 Ⅱ 居住区 G105 的 M3 区。现在只有两个人还在这里，一个是上岛淳，另一个就是十四号房间里的多田昌治。其他人都在得到管制塔的允许后，撤到安全区域了。大家还不知道 A012 发生了爆炸的事。

"多田昌治先生！听见我叫您了吗？"

上岛淳站在十四号房间前面，跟里边的多田昌治打招呼。

"我是新月纪 Ⅱ 供氧系统的负责人，伊达建设株式会社的上岛淳。"

房间里一点声音都没有。

"现在是怎样一种状况，您已经知道了吧？"

还是没有反应。

"也许您现在就要引爆自己吧？"

如果是那样的话，上岛淳也活不了。但是，上岛淳并没有感到死亡的恐怖。他的感觉已经麻痹了，这可不是什么好征兆。

"就算是那样也没关系，引爆之前跟我说几句话可以吗？"

里边还是没有动静。

很不好的预感。

"我首先要告诉您的是，这个房间的门现在打不开，这并不是我们有意造成的，而是新月纪Ⅱ的人工智能系统独自做出的判断。我们也没想到。"

房间里的多田昌治还是不说话。

人工智能系统确认多田昌治在这个房间里。任何人在新月纪Ⅱ都不可能躲过人工智能系统的监视。

"相信您已经猜到了，我是为了说服您到这里来的，不希望新月纪Ⅱ遭到更大的破坏。当然，您这样做，也有您的苦衷。能跟我谈谈您有什么苦衷吗？"

上岛淳摸着石头过河似的一步一步地试探，希望自己的话能打动对方。

"关于'伟大的终结'，我并不能很好地理解它，而且我一直憎恨它。"

上岛淳不知道到底说什么才是正确的，但是，对于一个做好准备赴死的人，只说一些表面上的话是没有用的，自己也有做好死的准备的必要。

"新月纪Ⅱ的建设中止的时候，我才十几岁。那时候我真的很讨厌这个国家。为什么要把刚刚抓到手的希望扔掉呢？为什么不做任何抵抗就接受彻底灭亡的结局呢？我无论如何也理解不了，甚至认为所有的人精神都不正常了。但是，我现在多少能理解当时人们的心情了。恐怕人们被'伟大的终结'这一美学力量感染了。"

这时候，上岛淳感觉到房间里的人动了一下。

"但是我还是不能赞成。所谓美学，是每个人内心世界里的问题。为了所谓的美学，就牺牲掉那么多人的特别是孩子们的未来，绝对是不应该的。当然，密闭城邦这个特殊的环境，会产生各种各样的问题。生活在里面的人，也许是很痛苦的。但是我们不能因此就把一切都消灭掉，谁也没有那样的权利。"

这时候，上岛淳想起了琉璃生前常说的话：绝对不能毁了孩子们的未来，绝对不能接受"伟大的终结"。琉璃的想法，不知从什么时候起，在上岛淳的心里生了根。

"跟您说说我的私事吧。"

上岛淳做了一个深呼吸，先使自己冷静下来。

"等入住计划结束了，我就要离开新月纪Ⅱ。本来我是有机会留在里面的。夏果研究机构的紧急报告发表以后，国家规定，所有负责新月纪Ⅱ基础设施的技术人员可以无条件地留下来，成为新月纪Ⅱ里的居民。说老实话，我一度产生过留下来的想法。"

产生过吗？上岛淳也怀疑自己的说法。

"但是我有老婆，我不能让她一个人孤独地面对人类灭亡。所以，从一开始就不存在留在这里的选项。可是，当我老婆听说我决定不留在这里以后……"

上岛淳说不下去了。

"算了，不说这些了。不管怎么说，现在都不是跟您说这些话的时候。"

上岛淳突然感觉已经到了自己的感情所能承受的极限。

他什么也不想了，只顾把自己的心里话一股脑地吐出来。

"前些日子，您的同伙在全国七个地区同时发动了恐怖袭击。在那次恐怖袭击中，我失去了我最好的朋友，对我的人生产生过巨大影响的朋友。"

上岛淳现在能做的，只是一吐为快。

"他的女儿明天就要住进新月纪Ⅱ。她才十四岁。她对于我来说，就是希望的象征。多田昌治先生，不，虽然我不知道您的真实姓名，但我恳求您，不要夺走那个十四岁孩子的未来，不要破坏新月纪Ⅱ，不要引爆人体细胞炸弹，我求求您了！"

"让我见一下雷伊。"房间里的人终于说话了。

上岛淳不由得把耳朵贴在里门板上。

"您说什么？"

"请让我见一下雷伊。"

那是一个非常衰弱的声音。

"让我看一下雷伊的脸，听一下雷伊的声音，跟雷伊说一句话，跟雷伊……"

"雷伊是一个人的名字吗？那个人，现在在哪里？"

"……这里。"门里面的人说，"肯定在新月纪Ⅱ里。"

13

二十五年前，在所谓"伟大的终结"狂热到疯狂的年代，新月纪Ⅱ被迫停止了建设。那时候，原赤天界的骨干成员正在要挟高籐舞出资成立一个新教团。当然这不是偶然的巧合，而是要利用当时的社会情势。

新教团的名字叫"天真界"，从名字就可以看出，其归根结底是赤天界的翻版。天真界引进赤天界"伟大的终结"的思想，勉勉强强弄了个赤天界的代替物。尽管如此，天真界也发展了不少信徒，说明"伟大的终结"影响力还在。

内务省公安调查部马上就把天真界列为重点监视对象，因为天真界的骨干成员都是赤天界的余党，而赤天界研制过炸弹，并曾企图发动恐怖袭击。重点监视是理所当然的。因此，关于天真界的记录非常详细。

本来公安调查部的绝密资料是不允许外部阅读的，但在人类就要灭亡的情况下，制度也就不那么严格了。城内隆浩现在阅读的材料，就是志村界斗送过来的。

根据这些材料可以知道，天真界的成立，跟新月纪Ⅱ重新开始建设有关。天真界把"伟大的终结"作为教义的中心，并逐渐演变成为以实现"伟大的终结"为目标的思想集团。其间有三位信徒发挥了巨大作用。

　　遗憾的是不知道他们的真实姓名，在教团内部，他们的名字分别是：莲恩、安婕、约克。安婕性别女，莲恩和约克性别男，当时都不到三十岁。他们在二十岁前后容易被理想主义感化的时期，受到了"伟大的终结"冲击波的影响，是所谓"伟大的终结"的产物。对他们来说，新月纪Ⅱ重新开始建设，就是践踏了他们的神圣理想，这也很容易理解。

　　可是，一年以后，这三个人从教团里消失了。当时的报告分析认为，是他们的主张太过激，跟老教团骨干成员对立，被赶出了教团。但后来又否定了这种分析。也就是说，这三个人转入地下，为了实现"伟大的终结"这个目标，组织实力行使部队去了。所谓的实力行使，就是通过暴力，即恐怖袭击，阻止新月纪Ⅱ的正常运营。

　　隆浩的心里产生了一个疑问。为什么公安调查部没有发现他们的动向呢？理由很简单，简单到让人泄气——在人类灭亡的前夜，公安系统也面临严重的人员不足，根本就没有以前那样的精锐部队了。

　　三个人转入地下以后，开始策划高科技恐怖袭击。既然是高科技，实行起来就需要大笔资金。于是，他们强行把高籁舞拉进教团，利用她的资金实现高科技恐怖袭击计划。

　　但是，怎样说服对"伟大的终结"完全失去兴趣的高籁舞呢？他们调查了高籁舞的历史，决定利用已经死去的克明宪，也就是鸳原笃志。

　　一般来说，人死不能复生，很难利用死去的人做什么。但是，这三个被所谓的理想附体的年轻人非同一般，他们为了实现"伟大的终结"，什么都干得出来。

想出这个办法的是莲恩。他找到高籐舞，煞有介事地说自己是克明宪的转世。高籐舞一听，怒火万丈，厉声斥责道：不许你侮辱我爱的人！但是，莲恩早就准备好说辞了。他说，他就是在克明宪死的那天出生的，而且前生的事情还记得一些。然后不管高籐舞爱听不爱听，就把暗地调查来的克明宪的历史从头到尾说了一遍。

接下来的事情叫人感到非常不可思议。

刚才还气得满脸通红的高籐舞，突然笑了，而且一边笑一边流眼泪。

那时候高籐舞到底是怎样一种心境，隆浩不得而知。也许是在莲恩的举手投足中看到了心爱的人的影子？也许觉得眼前这个拼命说服自己的年轻人可怜？也许认为莲恩说的那一切都是真的？关于这一点，高籐舞在她的供词里也没说。

总之，高籐舞最后接受了莲恩的要求。她只问了一句话："你们打算用我的钱干什么？"

莲恩答道："实现'伟大的终结'这个至高无上的理想！"

于是，高籐舞同意出资。

上述过程只是隆浩的推论，高籐舞本人是不承认的。不过，隆浩的推论自有道理。高籐舞本就是一个诱骗三百多名信徒同时服毒自杀的恶魔，不能期待她具有常人的正义感。

就这样，他们获得了足够的资金，首先完成了第一阶段的计划："蓝地球"和"雷伊"。

*

"志村先生，那到底是怎么一回事啊？"

"听我的口头说明，还不如你自己亲身体验一下。你已经从'蓝地球'里出来了？"

"出来了。遇到一个美极了美极了的大美女。"

"嗬！你小子运气不错啊，我只遇到一个白头发老爷爷。"

"你就明确告诉我吧，那个美女到底是不是雷伊？"

"只能说是雷伊的影子。"

"影子？"

"现在我就把材料给你发过去，是高篠舞和教团骨干成员最新的供词。看了这些资料，就更容易把握整个情况了。有的地方加上了我的推测，大致应该是这样。"

"……高篠舞开始供述核心问题了？"

"材料里提到了三个信徒，你尽可能把这三个信徒的情况调查一下。"

"哪三个信徒？"

"看了材料你就知道了。关于这三个人的信息几乎一点都没有。不用说真实姓名，就连他们具体要做些什么，高篠舞都不知道。关于这个，我都感到棘手。不管什么细碎的信息都可以，方法你自己定。"

"这三个人……"

"就是雷伊本人！"

14

"实际上并不存在？"

上岛淳一边小声问，一边看了看十四号房间的门。这时候他离房门有二十米左右，正常说话的话，里边的人是听不到的。不过还是小心一点为好。

"警察说，雷伊是挑选恐怖分子所用的筛选系统的名称，在假想空间'蓝地球'里活动。"管制塔的负责人回答说。

"蓝地球。"

上岛淳听说过这个假想空间的名字。

"雷伊利用架空人物的样子，在'蓝地球'里与登录者接近，根据登录者的反应来挑选可能培养成恐怖分子的人。"

也就是说，多田昌治是被筛选系统选中的。但是，他直到现在还相信雷伊是真实存在的，并且视其为精神支柱。如果现在就告诉他事实真相，说不定他马上就会引爆自己。

"那么，多田昌治所说的雷伊就在新月纪 II 里，到底是什么意思呢？"

"肯定是为了哄骗多田昌治进新月纪 II 嘛……可是……"管制塔的负责人含糊其词起来。

"可是什么？"

"雷伊制成的三个人体细胞炸弹，现在还不知道在哪里。"

"有可能在这被锁在房间里的一百二十个人之中吗？"

"警察说，关于那三个人体细胞炸弹，多田昌治也许掌握一些情况。警察问我们能不能从他那里问到些什么。虽然还算不上警方的正式请求，但他们有这个意向。不过，上岛先生不是警察，更重要的是危险太大，拒绝警方的请求也没关系。"

"明白了。我试试吧。"

"……那就拜托了。"

事到如今，已经不存在拒绝这个选项了。

"A012 爆炸以后，恐怖分子有什么新动向吗？"

"五分钟以前，D208 的 F1 区发生了第二起爆炸事件。"

F1？这么说还是个女人。

"损失严重吗？"

"除了房间被损坏以外，还有几个人受伤。部分居住者陷入恐慌状态，已经派心理医生过去进行心理辅导了。"

"其他恐怖分子查明了没有？"

"很遗憾，还没有。"

上岛淳在心里暗暗地骂了一句脏话。

"上岛先生，对方是恐怖分子。对恐怖分子，绝不能有半点怜悯或同情。如果感觉到他有引爆的可能，请你马上撤退，千万不要犹豫。"

15

出现在培训中心教室里的，是负责管理罗奈所在的 F4 区的雪野菲。罗奈她们还以为她是今天的主讲老师呢，原来不是。

"今天的课程全部中止。"

雪野菲开门见山，连一句寒暄话都没说。

"新月纪 II 里好像遇到了一点麻烦事，入住培训暂停二十四小时。"

教室里议论纷纷。

"请问，二十四小时以后恢复培训吗？"

第一个举手提问的是在大学教人类史的野岛夕夏。

"说不好。根据事态的发展情况，继续延期的可能性也是有的。"

"麻烦事，具体来说是什么事啊？"

问这个问题的是妇产科医生空备希娜。

"详细情况没有告诉我们。请大家耐心等待后续报道。"

雪野菲在说上面这句话的时候，表情变化很大。谁都能从她的表情看出，她一定知道什么。但是，追问有意义吗？

罗奈想到了另一种可能性。新月纪 II 里发生的麻烦事，会不会跟仓林老师变成了另一个人有关系呢？如果是那样的话，应该尽快向雪野菲汇报。

"以后的二十四小时是自由活动时间，大家可以回自己的房间，可以去活动室，也可以使用这间教室。情况有了变化，我会立刻通知大家的。"

雪野菲直到最后表情都很严肃。

"一定发生了很严重的事。"光村蓝对罗奈说。

罗奈顾不上跟光村蓝说话，小声对她说："不好意思，我有点事，你先回房间吧。"

"罗奈姐姐要是去卫生间，我在这里等您。"

"不用了，我有点别的事，实在不好意思。"

罗奈冲光村蓝笑了笑，快步走出教室，看到雪野菲都快走到楼道另一头了，赶紧跑着追了过去。

"雪野老师！请等一下！"

雪野菲停下脚步，回过头来。

跟雪野菲面对面的瞬间，罗奈忽然犹豫了。那个人真的是仓林老师吗？我有什么根据说，那个人绝对不是一个长得很像仓林老师的人呢？如果只不过是长得像，我这样的行为是不是太随便了？见到那个男人的时候，他那慌慌张张的样子，也许是因为我盯着他，使他感到困惑了吧？罗奈越是冷静地思考，越是觉得自己的想法不过是瞎想。

"池边小姐，你找我有什么事？"

"啊……没有……对不起，是我想多了。"

雪野菲微笑着转过身去，继续往前走。罗奈看着雪野菲的背影，觉得自己好像犯了一个不可挽回的错误。就算那个人肯定是仓林老师，现在也不应该说。万一那个人真的是仓林老师，应该怎么办呢？如果装作不知道，说不定会发生大问题。眼下新月纪 II 不就遇到麻烦了吗？罗奈差点叫出声来。

但是，罗奈还是控制住了自己。她应该先去见一下仓林老师，再向雪野菲报告。

16

城内隆浩觉得非常不可思议。从开始调查以来，一直没有什么像样的成果，可是志村界斗为什么还要利用我呢？他早就想问问志村界斗了，但一直没问。恐怕就是问，志村界斗也是打岔，不会正面回答。

虽然隆浩期待有一个好结果，但是，这个案件就连警察都觉得棘手，他一个记者又能怎么样呢？不管怎么调查，恐怕也调查不出一个所以然来。志村界斗说过，用什么方法调查都可以，那就只能摸索自己的方法了。

"可是，为什么只有那三个人呢？"

一天，跟隆浩同居的江口由香里的话启发了隆浩。

"当初被'伟大的终结'感动了的年轻人，怎么也有好几十万吧？成为恐怖分子的并没有几个呀。"

一般人都会说，那是当然的啦。但是，为什么是当然的呢？为什么大多数人都没有成为恐怖分子呢？于是，隆浩把出发点放在了这里。

游行示威的时候，高喊"伟大的终结"的人们，要想成为攻击新月纪Ⅱ的恐怖分子，必须越过好几道非常高的门槛。大多数人在第一道门槛就被卡住了，只有那三个人越过了所有的门槛，成了恐怖分子。

那么，最后一道门槛是什么呢？勇气？犯罪感？情面？作为现实的可能性来说，什么是"如果是我就能做到"的呢？隆浩做了一下可能性分析。

说是要摧毁新月纪Ⅱ，但是用什么方法去摧毁，一般人是想象不到的。不具有现实性的构思，不管有多么崇高的理想做支撑，时间长了也会褪色，热情也会冷却。那么，如果有具体而且完全有可能实现的方法摆在面前，会怎么样呢？目标明确了，难道不可以成为越过门槛的原动力吗？

不对，还是有违和感。隆浩不再往下思考了。

只有明确的目标还不够。

就算有了明确的目标，也只不过是有了通向目标的道路。那绝不是一条轻松的道路，一定是一条很长的、很险的、很费时间的道路。

踏上那样一条道路，需要更强烈的动机。单单是"如果是我就能做到"还不行，必须是"只有我才能做到"。换句话说，就是确信"我是被特别挑选出来的"。

例如，一架飞机发生了坠落事故，几百名乘客只有一个活了下来，这个活下来的人就不太愿意接受一切都是偶然的说法，而更愿意接受是某种神秘的力量保护了自己，或者上帝留下自己，一定要派大用场等不切实际的说法。

那么，如果在一百万人里只选上了一个，这个人肯定激动得不知如何是好，甚至达到精神不正常的程度，从而陷入一种错觉：这是上帝赋予我的使命！从精神恍惚发展到坚定地认为这就是自己的义务和责任，义无反顾地行动起来。

总之，这个人会认为这是上天的安排，而不只是一种偶然。这种偶然的结果，就是他拿到了一张"埋葬新月纪Ⅱ的王牌"，会认为他有最大限度地利用这张王牌的义务。

那么，这种偶然到底是什么呢？

最初，隆浩认为是人体细胞炸弹。但是，通过对时间进行排序，他又发现不可能是人体细胞炸弹。恐怖组织把新月纪Ⅱ定位为袭击目标之后，在互联网上成立了一个叫"蓝地球"的假想空间，在其中募集恐怖分子。但是，使用人体细胞炸弹这个主意，是在"蓝地球"运营的过程中想出来的，最初是没有这样的计划。也就是说，他们那张"埋葬新月纪Ⅱ的王牌"，不是人体细胞炸弹。

隆浩想到这里，不再往下想了。

恐怖组织的王牌，不是人体细胞炸弹。

隆浩推导出这个结论的同时，意识到了问题的严重性。

"……糟糕！事情严重了！"

一股凉气从脊椎骨直冲脑门。

如果自己推导出来的结论是正确的……

"人体细胞炸弹是佯攻，是用来转移视线的，更严重的危机还在后面！"

17

"多田先生，很遗憾，我们在新月纪Ⅱ里，没有找到那个叫雷伊的人。"

上岛淳说得很慢，声音也很小。

"就算他在新月纪Ⅱ，恐怕也不会用'雷伊'这个名字，一定是用的别人的名字。关于雷伊的情况，您能跟我说得更详细一点吗？那样的话，我们也许能找到他。"

"算了，你们不用找了。"从门里面传出来一个亡灵一般的声音，"怎么都无所谓了。"

"雷伊跟您说过什么，您在这里打算干什么？"

这样问也许过于直截了当，但现在最重要的是不能让他引爆人体细胞炸弹。不管说什么，要不停地说，把他的注意力从引爆的想法上引开。

"打算破坏供氧系统吗？"

没有反应。里边的人在想什么？在往哪个方向想呢？

"多田先生，对了，您能把您的真实名字告诉我吗？那样的话，您说话也方便，您说呢？”

寂静中，上岛淳感觉越来越紧张了。他的心脏狂跳，几乎控制不住。也许没希望了，这小子随时可能引爆炸弹。

“能把你出生后一直用的那个名字告诉我吗？求求您了，告诉我吧。”

“你太太怎么说的？”

上岛淳没想到对方会问这个问题，一时愣住了。

“你太太知道你决定不留在新月纪Ⅱ里的时候，是怎么说的？”

“哦……您想知道她是怎么说的呀。”

听到对方说话的时候，上岛淳松了一口气，但由于这个问题太突然，他不知道怎么回答。和理穗之间的事，他还没整理清楚呢。

“我老婆嘛，当然希望我留在新月纪Ⅱ里。可是呢，本来到手的机会，就让我那样放弃了。她很失望，说我们夫妇之间还是不能互相理解，我们的心还不是相通的。”

上岛淳能感觉到，里边的人在听，而且听得很认真。

“我为了她，一心想着她，才放弃了留在新月纪Ⅱ的机会，没想到却给她带来了极大的痛苦……”

那时候的痛苦和后悔复苏了。

“你为了这个，想过不如一死了之吗？”

“……也许想过吧。”

上岛淳心里也许不是这样想的，但嘴巴很随意地说了出来。

“所以我才不怕到您这里来。”

“你在等我引爆人体细胞炸弹？”

“不是的，我不是那个意思。”上岛淳连忙否认，“跟我老婆闹到这种地步，我真的难过得想死，这是事实。也许正是这种心情，驱使我来这里说服您的。但是，不希望新月纪Ⅱ遭到破坏，才是我的本意。还有，我也不希望您……您用这么残忍的方式结束自己的生命。”

"晚了，什么都晚了。"

"不晚，您还可以选择活下去。"

里面的人又不说话了。

"回到刚才的话题。"上岛淳继续说，"刚才我说自己是为了老婆离开新月纪Ⅱ的，其实我没有对她那样说。当时，我只对她说希望回到她的身边，一起度过最后一段日子。二十年了，我就是为了这个才活着的！"

上岛淳的眼泪突然喷涌而出，止都止不住。呜咽声从紧咬的牙缝间漏出来。为了掩饰，他故意笑了笑，笑声是颤抖的。

"这个世界为什么要完蛋啊！谁受得了啊！每天都在为了将来奋斗，为了希望奋斗，为了理想奋斗，可是……"

"桂木……达也……"

上岛淳屏住呼吸，死死地盯着门板。

"我的名字叫……桂木达也。"

"桂木……达也先生……"

"能帮我向我母亲转达一句话吗？"

"您母亲？转达什么？"

"我不能跟她一起进'大和'了，对不起。"

"大和？"

"我母亲被人骗了。对方说有个极其保密地建设的密闭城邦，名字叫'大和'。实际上怎么可能有呢？可我母亲就相信了，倾尽家里的全部财产，买了她和我两个人的入住许可证。"

说到这里，桂木达也怪笑起来。

"这算是怎么一回事啊？母亲那么轻易地就被人骗了，儿子呢，成了恐怖分子，就要白白死掉了！天哪！这也太悲惨了吧……"

"桂木先生……"

"那个叫雷伊的家伙，从一开始就不存在！不过是一个虚幻的东

396

西，其实我从一开始就明白！就明白呀！"

不行！不能让他太兴奋了。

"桂木先生，请您冷静……"

"上岛先生？我没记错吧？"

"……没错，我姓上岛。"

"我什么都不想说了，还是引爆吧！"

"桂木先生！"

"对不起，我还得给新月纪Ⅱ造成一点破坏……"

"请您不要自暴自弃！"

"请你离远一点，别伤着你。"

"不行！您绝对不能那样做！"

"反正我也活不了几天了，我的身体里已经注入了纳米机器人。"

"就算是注入了纳米机器人，也能再活好几个月呢。那样的话，跟我们这些在新月纪Ⅱ外面的人也差不多。要是硫化氢的浓度突然急剧上升，说不定我们会一起死呢。"

"我是一个不知哪天就会爆炸的人，你让我怎么活下去？"

"这个……"

"请你把我刚才那句话转告给我母亲，拜托了！"

"我知道了。"上岛淳冷静下来，"既然您心意已决，我一定按照您的吩咐去做。"

"谢谢……你……"

"但是，我对您也有一个请求。请您把这次恐怖袭击的计划告诉我，把您知道的都告诉我，无论多小的细节都可以。您要是不告诉我，我就一直站在这里不离开。"

18

决定先确认那个人到底是不是仓林老师再向雪野菲报告以后，我又犯难了。怎么确认呢？回到自己的房间，打开平板电脑，又看了一遍那个男人的采访录像，觉得既像仓林老师，又像是一个跟仓林老师长得一模一样的人，越看越分辨不清了。

在录像下面，可以给接受采访的人留言。但是，突然就问一句"您是仓林老师吗？"肯定是不行的。最好的办法还是跟本人见一面。

但是，那个人已经回他自己的房间里去了。虽然知道他的房间号码，但又不能直接到男性居住区那边去敲他的门。如果能像今天早上那样在通道里遇到，就再好不过了。但什么时候才能等到那样的机会呢？时间不等人啊。

到底怎么办呢？

就在左思右想也想不出好办法的时候，忽然发现平板电脑右上角亮起一个以前没见过的图标，用手指一触碰，那个男人的照片和一段文字同时出现在画面上。原来这个功能是用于两个人之间的私聊，第三者看不到。

"实在对不起，刚才我失礼的举动引起了您的不快，真诚地向您道歉，请您原谅。"

那个男人直接给我留言，是我绝对没有想到的。如何解释这段留言呢？如果只看文字表面的意思，只不过是对今天早上失礼的举动真诚道歉，这个人就不是仓林老师。但是，如果这个人是仓林老师，这段留言就有别的意思。

假如仓林老师是利用别人的名字进来的，不管他的目的是什么，都是违法行为。他不会想让任何人知道。没想到他跟他的学生同一时期进入了培训中心。现在，仓林老师一定很想知道我是怎么想的。我是认为他是一个跟仓林老师长得一模一样的人呢，还是怀疑他是一个冒名顶替者呢？

也就是说，这段留言是在试探我。从某种意义上来讲是先手。

但是，究竟什么是事实，现在还无法判断。

"您太客气了。谢谢您。我没关系的，您不必在意。"

先试探性地回复一下。如果这个人不是仓林老师，对话就会到此结束，再交谈下去没有任何意义。但是，如果这个人是仓林老师……

图标又亮了。

"可是，那时候你看着我，脸上浮现出非常吃惊的表情。你那样的表情，让我无论如何也放不下。莫非我跟你认识的某个人长得一样？"

我一时不知道怎么应付他了。果然是仓林老师……不，还不能断定。现在断定还为时尚早。从他嘴里还没说出一个字暗示他就是仓林老师。但是，如果这个人就是仓林老师的话，他一定会从某个角度露出他的本来面目。如何引蛇出洞呢？下一步棋非常重要。

再试探他一下。

"您从后面碰了我的肩膀一下，我吃了一惊，心想这是谁呀？仅此而已。您真的不必在意。谢谢您了。"

把这段话送出去以后，我长长地吐了一口气。如果这个人是仓林老师，一眼就能看穿我是在撒谎。而且他还会想：池边罗奈为什么要撒谎呢？就更疑心生暗鬼了。

看他怎么说吧。

我等待着。

但是，过了很长时间也不见他回信。

我想多了？我的判断错了？怀疑自己的想法在内心膨胀起来。也许那个人只不过长得很像仓林老师，完全是另外一个人。也许他真的对我那么吃惊的表情放心不下，也许他对我那样的回答已经满意了。如果是这样的话，肯定等不到回信……

来了！

"真的只因为那个就那么吃惊吗？"

心中的迷惑一下子解开了。

这句话明显是焦躁不安的。

没错！

就是仓林老师！

"那您认为我是因为什么吃惊呢？"

这句话有挑衅的意味。相信仓林老师能看懂：我从一开始就怀疑他！

"这事情很复杂，用这种方法是说不清楚的。咱们见一面吧，我想跟你单独谈谈。"

"您在说什么呀？我闹不明白。"

好几分钟以后，他回信了。

"别以为你抓住了我的把柄就得意忘形！"

互相拿掉假面的时刻来了。

"这么说您承认了？承认您就是我认识的那个人了？"

"关于这个问题，我也想当面对你说。"

"我认为您没有必要对我说什么。我要马上向中心的负责人报告。"

"你要是报告了，会死人的！会死很多很多人！"

我的手在平板电脑的屏幕上停住了。想起来了。新月纪 II 发生的麻烦事，恐怕跟仓林老师有关吧。

"您这话是什么意思？"

"我就是要跟你说这个！只跟你一个人说，只跟池边罗奈同学说！"

"您是仓林老师啊？为什么用的是别人的名字？"

"虽然你还没有意识到，现在你已经陷入了极其危险的境地。而且，住在这个培训中心里的人们，也面临极大的危险。"

"你要干什么?!"

"这些我都会告诉你。我向你保证。但是我只能告诉你一个人，只能和你单独见面。”

19

“我所知道的信息是很有限的。”

“你们的目标是供氧系统吗？”

“基本上可以这样说吧。”

上岛淳认为，得到有关恐怖袭击的信息固然非常重要，但阻止门里边的桂木达也引爆人体细胞炸弹同样重要。一是不希望新月纪Ⅱ受到更大的破坏，二是不希望里面那个年轻人以这种残忍的方式死去。

“那么，你们打算怎么侵入供氧系统的基站呢？”

“上边只是命令我们，不管用什么方法，只要能侵入就行。”

“如果不能成功侵入呢？”

“就地引爆。”

“供氧系统在哪里，通过怎样的路径侵入，事前没有人告诉过你们吗？”

“上边的人说，在培训中心接受培训的时候，会有人告诉我们的。可是，在培训中心学习的时候，老师倒是讲了新月纪Ⅱ的构造，但我根本没听进去。所以我想进来以后再找供氧系统的技术人员打听，可是……”

如果桂木达也说的这些是事实，那么只能说他们的恐怖袭击计划太粗枝大叶了。这样的计划，别说破坏供氧系统了，就连靠近都不可能。

“在新月纪Ⅱ里，供氧系统有好几套呢，他们的计划是全都破坏掉吗？”

"……大概是吧。"

简直连一丁点自信都没有。

"桂木先生，请您听我说，我认为您在培训中心也学习过，新月纪Ⅱ里的供氧系统一共有九处，进每一处都需要经过好几道关口。可是，你们连怎么进去都不知道。所以，我不认为他们真想破坏供氧系统。"

上岛淳认为，恐怖组织的真正目的应该是：让桂木达也他们在新月纪Ⅱ里到处找供氧系统，结果不但找不到，还会被追得到处跑，最后走投无路，到处引爆人体细胞炸弹，给新月纪Ⅱ造成混乱。

"您只不过是一枚弃子。"

"……弃子？"

"不止您一个人是弃子，你们这几个被处理成人体细胞炸弹，被送进新月纪Ⅱ里的人，全都是弃子。"

人体细胞炸弹被引爆以后，趁着混乱……是啊，恐怖组织想趁着混乱干什么呢？

"桂木先生？"

"……我听着呢。"

"预定什么时候实行恐怖袭击？"

上岛淳认为，为了造成更大的混乱，恐怖组织一定规定了一齐引爆的时间。

"规定了一个暗号。"

"什么暗号？"

"暗号是……新月纪Ⅱ里的水龙头不出水了。"

什么呀这是?！

这叫什么暗号啊？

"桂木先生，你去洗脸间，看看水龙头出不出水。"

"请等一下。"

虽然之后几秒钟，但上岛淳觉得过了很长时间。

"桂木先生，怎么样？"

"不出水。"门里边传出来一个沙哑的声音，"停水了。"

20

培训中心的主楼，除了可以容纳所有参加培训学员的大礼堂以外，还有十个上课用的教室。罗奈推开跟仓林老师约好的一间教室的门一看，仓林老师已经在里边了，并且站在了老师讲课的讲台上。

二十套课桌和椅子，一个人也没有，罗奈不由得站住了。

仓林老师伸手示意罗奈坐下。罗奈真想转身就走，但还是竭力控制住了自己，故意坐在最前排中央那个座位上。仓林老师冷笑了一声，双手撑在讲台上。

"我们好久没有这样面对面地说话了。"

罗奈听了这句话，差点呕吐起来。在那个梦里，父亲对自己说过的话，竟然从眼前这个无耻的男人嘴里说了出来。

"我们约好了的。你为什么在这里？你打算干什么？请说吧。"

罗奈的声音在没有窗户的教室里回响。她绝对不想让仓林看出自己有一点点害怕。

"你到这里来，已经跟谁说过了吧？"

"……没有。"

"为什么？"

"你不是说我已经处于非常危险的境地了吗？我不想把任何人拉到危险的境地里来。"

"一点都没变哪，池边罗奈。"

罗奈没理他。

仓林的脸上浮现出从容的微笑，继续说下去。

"关于新月纪Ⅱ的决策方式的课程，你已经听过了吧？"

"本来应该今天听的。"

"新月纪Ⅱ的最高决策者是谁，你知道吗？"

"你指的是人工智能系统吗？"

仓林脸上的笑容变得意味不明起来。

"你觉得怎么样？"

"什么怎么样？"

仓林把撑在讲台上的双手拿下来，背在身后。

"人类呀，到了最后，连人类之所以为人类的东西都扔掉了。难道你不这样认为吗？"

罗奈不知道仓林到底想说什么。

仓林显得有些焦躁。

"没听懂啊？在新月纪Ⅱ里，什么都得听人工智能系统的。住在里边的人，不能选择自己的活法。那样活着是什么，你知道吗？奴隶！人类要心甘情愿地成为人工智能系统的奴隶！当然，你接下来听关于新月纪Ⅱ的决策方式的课程的时候，老师会给你讲的。为什么要把左右人类生存的判断交给人工智能系统呢？因为人的判断会出错。当然，人工智能系统也有出错的时候，但是它的判断不受偏见或希望等因素的影响。正是因为它不受上述各种因素的影响，它出错的概率才会大大降低。"

仓林把食指竖起来放在嘴唇上，示意罗奈不要打断他。就像以前在学校里上课的时候那样，只顾自己一个人滔滔不绝地讲下去。

"生命让身体进化以适应环境，这一进展是非常缓慢的，经历了数百万年、数千万年。但是，人类文明发生以后，不是等待身体的进化，而是通过工具的改良来解决问题。于是，人类不用等待自己的身体生出翅膀，就能飞到天上去，甚至能飞到不存在生命的宇宙空间去。但是，人类的大脑，也就是人类的思考能力却赶不上这种飞速发展的变化。事实上，人类的思考方式还停留在石器时代。结果就造成了今天这样的情况。人类不得不在密闭城邦这样一个从来没有过的环境里生存。虽然氧气的问题可以通过现代制氧技术解决，但适应新环境的新的思考方式还来不及形成。密闭城邦是一个容不得在决策上犯一点错误的地方，哪怕只是一个小小的错误，也会造成整个城邦的毁灭。把这样一个密闭城邦的决策权交给容易犯错误的人，风险太大，所以要把决策权交给人工智能系统。人类为了使生命延续下去，连最终决策权都放弃了。这也算人类的一个理性的判断。新月纪Ⅱ的人工智能系统的设定，把人类生存放在最优先的位置。遵从人工智能系统的判断，是人类生命延续最有希望的选项。"

仓林一口气说了这么多，表情突然冷淡下来。

"那么，我问你，你认为我的看法如何？不用急着回答，多用点时间，好好在脑子里整理一下再说。不要像以前那样急着发言，说话时也不要语无伦次。"

*

上岛淳直接在十四号房间门前跟管制塔联系，为的是让里面的桂木达也听到事件发展的情况。这样做也许能把他的注意力从引爆自己那边转移过来。

管制塔已经知道新月纪Ⅱ停水了。

管制塔的负责人说："根据水浦株式会社泷森的报告，管控供水系统的人工智能子系统的电脑感染了病毒。"

"感染了病毒？"

这样的事情是不可能发生的，因为新月纪Ⅱ里的网络跟外部网络是断开的。

"我们已经紧急停止了管控供水系统的人工智能子系统，改为手动作业，但何时能恢复正常供水，现在还说不好。"

"潜伏在新月纪Ⅱ里的恐怖分子可能以停水为暗号展开恐怖袭击，停水以后有没有人体细胞炸弹被引爆？"

"停水以后，B301 的 M2 和 C224 的 M1 相继发生了爆炸，设备受损情况和人员伤亡情况正在调查。"

上岛淳紧紧盯着面前的门板。看来停水确实是恐怖分子采取行动的暗号，但又觉得好像是一个圈套。让管控供水系统的人工智能子系统感染病毒的操作难度是非常大的，仅仅是为了一个暗号，会进行难度如此之大的操作吗？而且，停水作为暗号，也是缺乏准确性的。

停水作为发动恐怖袭击的暗号，恐怕是次要的。恐怖组织真正的目的，在恐怖袭击计划中到底是怎么写的呢？

据桂木达也所说，恐怖分子破坏的目标是供氧系统。那么，停水以后会发生怎样的情况呢？的确，供氧系统的运行和制氧都需要大量的水。不过，专用的储水罐完全可以满足需要。就算停水，也不会马上对供氧系统造成影响，其他基础设施也是同样。

但是，就在眼下，恐怖袭击还在进行中。在某个地方，由某个人……

*

"我认为是有道理的。"

罗奈马上答道。仓林脸上的笑容马上就消失了。

"我这样回答你觉得奇怪吗？

"我再问你一遍。人类把思考的权利都交给人工智能系统，你不觉得难以接受吗？你不觉得失去了人类最重要的东西——思考吗？

用自己的头脑思考，然后做出判断，依据自己的判断去行动，这才是人！否则那还是人吗？

"世界发生了这么大的变化，所谓最重要的东西也应该相应地变化。现在最重要的，不是我们能不能接受，也不是人活得像不像样，而是人类能不能存在下去的问题。现在，人类的存续才是最重要的问题。"

"你的意思是人类的理性不可信吗？"

"不是不可信，是不能过于相信。"

仓林眯缝起一只眼睛。

"谁教给你这些理论的？"

"没有谁教我。"

"你小小年纪，不可能有这么成熟的想法。"

"你也太小看人了！"

"你冷静下来好好想想。人类的存续确实重要，但是为了这个，就要扔掉人的尊严吗？扔掉了尊严的存在，有什么意义呢？就算能存在下去，能看到怎样的将来？新月纪Ⅱ的保护，最长只能维持一百年。与其浅薄地苟延残喘一百年，还不如保持着尊严迎接人类的灭亡！你不认为后者要美丽得多吗？"

"所以你们要破坏新月纪Ⅱ，是吗？"

仓林不说话，恶狠狠地瞪着罗奈。

"你们觉得怎么做美丽，那是你们的自由。做你们喜欢的事，但请不要伤害与你们无关的人！"

"这已经不是一个人的问题了，这是全人类的问题。"

"全人类的问题？不就是你们几个人随便决定的吗？"

"这是普遍真理！你怎么就意识不到呢？"

"密闭城邦不止新月纪Ⅱ一个，世界上还有三百多个呢，你们打算怎么办？"

"我只做我能做的。我们是为全人类而战。只要我们勇敢地站出来，把正义的旗帜高高举起来，觉醒的人们一定会陆续出现的。"

"岂有此理！"

"怎么岂有此理了？"

"你这个岁数了，也许那样就满足了，但我的人生才刚刚开始。不能毁在你们这群自私鬼的手里！"

"你自己能活下去就行了，是吗？"

"我的生命不是我一个人的！"

罗奈腾地站了起来，用右手使劲儿按着自己的胸口。

"有了我父亲的生命，有了我母亲的生命，有了许许多多人的生命，才有了我的生命！大家的生命，都托付在我身上！我要把生命的火种传下去！不管有多大的困难，我都要活下去！"

仓林气得脸都歪了。

"像你这样脑子里被塞进那种思想的人，简直就是不可救药的蠢货！"

"太过分了！请你放尊重点！"罗奈愤怒至极，浑身发抖，"说着这种听起来比谁都有觉悟的话，从心底里蔑视人类的，就是你这种人！什么伟大的终结啦，美丽的灭亡啦，其实都是借口，你只不过是一个生活的逃兵！"

"所以你就来教训我？"

"够了！"

罗奈只冷冷地说了两个字，转身朝门外走去。

"你给我站住！"

罗奈转过身来。

"事情已经非常清楚了。你就是为了破坏新月纪Ⅱ，冒充别人到这里来的。这就足够了，我不想知道更多！"

"你给我坐下！"

"没有那个必要！告诉你，你永远都进不了新月纪Ⅱ了！"

仓林忽然哈哈大笑起来。只见他蹲在讲台上，整个身子颤抖着，笑得喘不上气来。

"有什么……有什么可笑的？"

笑声停止了。

仓林从讲台上站起来，脸上浮现出异常开朗的表情。

"不管怎样，我都不会去新月纪Ⅱ了。你们也别想去了。"

现在，仓林的脸上满是胜利者得意的笑容。

"新月纪Ⅱ，就要完蛋了！"

*

"桂木先生，请您再好好回忆一下，不管多么细小的事情都可以。"

"对不起……我真的什么都想不起来了。"

"停水是行动开始的暗号，对吧？除此以外，还有什么其他的信息吗？例如，为什么会停水，他们打算干什么，任何一点点线索都可以。"

"对不起，对不起，真的很对不起……"

桂木达也都快哭了。

毫无疑问，危险正迫近新月纪Ⅱ。像这样跟桂木达也磨叽下去，也许就晚了。可是，现在连将要发生什么都还不知道。

这时，上岛淳听到门里边的桂木达也干巴巴地"啊"了一声。

"桂木先生，您怎么了？"

"我想起来一件事……他们……他们对我说……"

"说什么？"上岛淳连忙问道。

"引爆的地方。他们说，如果找不到供氧系统，就在能造成最大损害的地方引爆。但是，尽量避开宽阔的通道。"

"为什么避开宽阔的通道？"

"他们没说为什么……"

控制整个新月纪Ⅱ的人工智能系统的芯片，埋设在包括通道在内的几乎所有的地方，一般的场所被破坏，周边的芯片马上就能替代上去，不会产生太大的影响。但是，通道的墙壁里、地板下、天花板上有换气用的管道，还有电线、上下水的水管，等等，如果在通道引爆炸弹，会对基础设施造成较大的破坏，可恐怖组织却要避开通道，这是为什么呢？

如果在通道里引爆，造成的破坏太大，恐怖袭击反而达不到目的。这是什么逻辑呢？

恐怖组织的恐怖袭击计划，也许并不是单纯地利用人体细胞炸弹破坏新月纪Ⅱ里的一些设施，而是要利用新月纪Ⅱ自身的系统，彻底破坏新月纪Ⅱ。所以，他们不想造成太大的破坏，否则就无法利用新月纪Ⅱ自身的系统进行彻底破坏了。

一定是这样的！

那么，恐怖组织想利用什么系统呢？

上岛淳在脑子里整理了一下。

通道里，有送气和排气用的管道、有电线，还有……

"……水管！"

*

"新月纪Ⅱ就要完蛋了？什么意思？"

"字面上的意思啊。用不着我去新月纪Ⅱ，新月纪Ⅱ也得完蛋！这次完蛋了，就不可能再修复。你，还有现在在培训中心接受培训的这些人，都不用去新月纪Ⅱ了，各回各家吧。已经住进新月纪Ⅱ里的人，也只能从里边出来。然后，大家一起迎接人类美丽的灭亡！

这是多么绝妙的事情啊！真是太棒了！"

这个男人说的这些是不是真的呢？罗奈不知道。但她至少明白了两件事。一是新月纪Ⅱ出了问题，二是眼前这个男人曾计划以冒名顶替的非法手段，潜入新月纪Ⅱ搞破坏。

"回到你的座位上去。时间还有的是，我们还可以好好讨论，讨论新月纪Ⅱ和伟大的终结的问题。我就是为了这个把你叫来的。跟你讨论问题，恐怕是最后一次了。"

"新月纪Ⅱ到底发生了什么，你知道吗？"

仓林没有回答罗奈的问题，而是笑着伸手示意罗奈坐下。

罗奈静静地吸了一口气，重新坐在最前排的座位上。

"你到底是长大了一点呢，还是想从我这里把情报套走呢？"

……

"我把一切都告诉你也没关系。"

"真的吗？"

"你看你看，我这么一说你的眼神马上就变了。说到底还是个孩子啊。"

"你就说告诉我还是不告诉我吧。"

"你着什么急啊？这么着急的话，我反而不想告诉你了。"

罗奈把愤怒的感情吞下去。

"我不着急了。请告诉我。"

"这就对了嘛。可是呢，告诉你，也不能太痛快了，太痛快了没意思，你说呢？"

仓林认为自己完全掌握了主动权。

"我有一个条件，你要是接受了这个条件呢，我就把我知道的事情告诉你。"

"请说说你的条件吧。"

"没有我的同意，你不许离开这里……怎么？你感到吃惊吗？这么简单的条件就能得到重要的情报？"

不等罗奈回答，仓林只管一个劲儿地说下去。

"的确，条件绝对没有那么简单。"仓林的脸上染上了欢喜的色彩，"不许你离开这里的意思是，让你跟我一起把生命献给'伟大的终结'这个伟大的理想！"

罗奈不由得觉得脊背发冷。

"我的身体里有一种特殊的炸药，只要我大声说某一句话，立刻就能引爆。本来我应该在新月纪Ⅱ里引爆的，现在看来不用了。所以我决定在这里引爆，这也是没办法的事。当然啦，一引爆，你也就活不了了。毫不夸张地说，你的身体会被炸成碎片，飞散得到处都是……哟，发抖啦？原来你也怕死啊？"

罗奈紧紧攥着拳头，使劲儿按着自己的膝盖。如果不这样，颤抖就停不下来。

不是因为恐怖。

是因为愤怒。

"……人体细胞炸弹吗？"

仓林感到意外，扬起眉毛。

"你知道啊？"

怎么能忘记呢？听母亲说，警察调查的结果，证明父亲就是被这种炸弹炸死的。那是把人的整个身体处理成炸弹的恐怖东西。

"你的身体真的被处理成人体细胞炸弹了吗？"

"不止我一个人，我们的好多同志都被处理成人体细胞炸弹了，而且已经顺利地潜入了新月纪Ⅱ。"

"那么，现在新月纪Ⅱ里发生的问题，就是你的那些同志……"

"恐怕就是他们开始行动了吧。但是请你放心，这么一点问题还不至于对新月纪Ⅱ造成致命的伤害，厉害的还在后面呢！"

"你们还打算干什么？"

仓林狞笑起来。

"我要是告诉了你，你可得接受刚才我提出的那个条件！"

"和你一起死？"

"你不同意也没关系，我再找别人。我觉得今天早上和你在一起的那个女孩子就挺合适，你觉得呢？"

"你这个畜生！"

一直观察着罗奈反应的仓林的眼睛里，摇曳着阴森森的光。这个男人，真敢拉上光村蓝当垫背的！不只伤害光村蓝，还可能伤害更多的人。那样的话，不知会有多少人死亡！

不行！

不能让这个男人得逞！一定要想办法把这个男人留在这里！哪怕牺牲自己的生命也在所不惜！只要新月纪Ⅱ还在，光村蓝就能替我把生命的火炬传给下一代。

罗奈慢慢地抬起头来。

"我接受你刚才提出的那个条件，坐在这里不动。"

"是吗？"仓林龇着牙笑了。

"那就请你把你们打算在新月纪Ⅱ里干什么，告诉我吧。"

"在学校的时候你对我就应该是这样的态度。我是老师，但你对我总是一副不屑一顾的样子，真他妈的讨厌！"

"我向你赔礼道歉。对不起了。"

"那就请你认真回答。你同意和我一起死吗？"

"……同意。"

"光说'同意'两个字不行！你要说：我和你一起死！"

"我……和你，一起死。"

仓林深深地吸进一口气，仰天长啸："真他妈的痛快呀！这样的话，一切都可以得到回报啦！伟大的终结万岁！"

"告诉我，你们打算干什么？"

"那还用说吗？"

仓林的胸脯挺得高高的，轻蔑地斜视着罗奈："我们的目标是供氧系统。只要破坏了供氧系统，新月纪Ⅱ就是一座坟墓。但是，我们不是用人体细胞炸弹去炸毁供氧系统，而是利用新月纪Ⅱ本身的系统去破坏它。新月纪Ⅱ将自己攻击自己的心脏。怎么样？杰作吧？"

*

"是的。恐怖分子有可能利用供水系统攻击新月纪Ⅱ！请马上告诉水浦株式会社的泷森女士。只有泷森女士能应付这种情况！"

"明白了！我马上联系泷森女士！"

上岛淳跟管制塔通完话，立刻接通了伊达建设的所有技术人员。

"马上检查一下供氧系统所有设备周围跟水相关的数值，哪怕是在正常范围之内，稍有增加或减少的倾向，也要向我汇报。任何微小的变化都不要放过！"

发出指示以后，上岛淳松了一口气。

"上岛先生。"门里传出桂木达也的声音，"请您赶快回到您的工作岗位上去吧。"

"桂木先生，我跟您说句心里话。我不希望您引爆自己，不只是为了不让新月纪Ⅱ遭到破坏，我还想见到您，当面跟您谈谈。"

"我没关系的。我现在决定了，绝对不会在这里引爆的。"

"真的……吗？"

"我自己也觉得很奇怪……我忽然觉得，上岛先生这么拼死保护的新月纪Ⅱ，我不应该破坏它，说老实话，我开始讨厌自己了。也许您不相信我说的这些话。"

的确，从桂木达也说话的口气里，也能感觉到他的内心世界发生了变化。

上岛淳触动了他。

触动了他心中的某一根琴弦。

"我相信您！"上岛淳坦诚地说，"您都这样说了，我当然相信您。我现在就回基站去，同事们都等着我呢。"

"……谢谢您相信我！"

"我们一定要再好好谈一次，互相看着对方的脸谈一次。"

"好的……一定。"

"那我回去了。"

上岛淳面对着门向后退了几步，转身就跑。

"怎么样？数值有没有变化？"他边跑边通过 KARUTA 问自己的部下。

"有，水压……"

上岛淳不由得停下了脚步。

"在上升……氧气生成单元里的水压正在缓慢上升。"

"还在继续上升吗？"上岛淳又开始往前走。

"是的，还在继续。照这个速度继续上升的话，二十分钟以内就会达到正常值的上限。"

"继续监视！"

上岛淳说完，一边加快脚步往前走，一边跟管制塔通话。

"呼叫管制塔！氧气生成单元里的水压有上升的倾向，可能是由于水压调节系统不正常。三浦株式会社还没有报告情况吗？"

就算水压超过正常值，也不会马上出问题，但是这种倾向不能不引起重视，特别是在有可能跟恐怖袭击有关的情况下，更要警惕。

"呼叫管制塔！请回答！"

"联系不上泷森女士。"

上岛淳又不由得停下了脚步。

"……为什么？怎么回事？"

21

琉璃在笑。

罗奈在笑。

自己也在笑。

这是一家三口在一起照的最后一张照片。同样的照片罗奈手上也有一张。

只有这张照片舍不得扔。

小春把照片放回原处，环视整个房间。除了家具和电器还没有来得及处理以外，衣服和小件东西都装进了垃圾袋，堆放在一角。冰箱已经空了。早就买不到新鲜蔬菜和水果了，少量冷冻食品也处理了。地板打扫得很干净。罗奈的房间她自己已经收拾好了，该扔的也扔了。琉璃的遗物，没觉得有什么舍不得。有什么舍不得的呢，马上就要去那边和他团聚了。

遗书就不写了，那东西没有什么意义。早晚大家会到这里来的，一年也好两年也好，也就是早晚的问题。

接下来该怎么做已经想好了。

明天，罗奈就要住进新月纪Ⅱ。行动就在明天深夜，罗奈在新月纪Ⅱ里睡着了的时候。从现在起，不吃也不喝，到时间以后，冲个澡，穿上新衣服，化好妆，然后……

这时候，门铃突然响了。

出现在可视门铃的小屏幕上的是公公池边润太。小春从来没有见过公公的表情这么僵硬。

门铃又响了。

小春犹豫了一下，按下了通话键。

"爸爸，怎么了？"

池边润太僵硬的表情松弛了一瞬。

"小春！你没事啊？太好了……"

池边润太似乎要瘫倒似的松了一口气。

"我联系你，你不给我回信，我不放心了。"

"所以您就特意来……"

池边润太急忙一摆手："看来是我想多了。对不起。咱们先别说这个了。新闻，你看了？"

"……没有。"

罗奈走后，小春就把网断了。赤道带崩落现象越来越频繁，全世界由于硫化氢落下死去的人越来越多，支撑日常生活的基础设施也有很多停止运转了。大气中的氧气浓度持续下降，二氧化碳急剧增加，一天比一天接近致死浓度……世界正在走向灭亡的新闻，看了又有什么意义呢？

"新月纪 II 好像出事了。"

"啊……"

池边润太表情严肃地继续说道："一个小时以前，入住新月纪 II 的计划全部停止了。"

第三章　那个时刻

1

我的父母都是很有能力的人。他们都工作，工资都很高。所以，我们家是一个非常富裕的家庭。

除了生活费以外，父母把剩下的钱用来投资。用他们自己的话来说，这是"泷森家明智的投资"。泷森家的钱越来越多，父母就把钱换成了金条。我是怎么知道的呢？因为我看到过他们把金条放入特意买来的保险柜里的情景。除了金条还有金砖，看上去至少有十几千克。父亲有时会把保险柜打开，把金条、金砖一个个地拿在手上端详，脸上露出既心满意足，又不甘心就此止步的神情。

日本第一座密闭城邦"新月纪Ⅱ"的建设正式开始了。父母认为，金条和金砖在密闭城邦里也是有价值的。

当然，日本国民不可能全都住进密闭城邦，只有千分之一的人能住进去。将大部分资产换成金条、金砖的父母，当然要考虑怎样才能成为密闭城邦的居民，具备什么样的条件才有利于被选为密闭城邦的居民。

当时有一个传言，说是密闭城邦需要的人才有住进去的优先权，这个传言曾经被大多数人相信。我在大学学习特殊环境工程学，也是因为父母相信了这个传言。

我父母，特别是父亲，明确地说过，我们家最有资格住进密闭城邦。理由呢，第一是知识水平高，第二是社会地位高，第三是有钱。

这不是开玩笑。

他们真的是那样想的。

而且，那样想的人还不只我父母，很多人都是那样想的。大气里的氧气浓度越来越低，用不了几十年就会危及人类的生命，这可不是遥远的未来的事情。留给人类的时间，说绝望吧，太长；说乐观吧，又太短了。

在这样一个说绝望太长、说乐观太短的时间里，住进密闭城邦这个具体的目标，不管是好是坏，也许给人们注入了相当的活力。

我也被卷入了这股时代的潮流，加上父母的影响，理所当然地把住进密闭城邦当成了我的人生目标。

但是，那天，我的精神突然崩溃了。

当我抬头看到飘浮在天上的红色的 FCB 的时候，我忽然觉得什么都没有意义了。我想尖叫，想杀人，想把整个世界弄得乱七八糟。狂暴的虚无感在我的胸中翻涌。

要说时间嘛，也就是那么几秒钟的事。但是，那几秒以后，我眼中的世界变了。不管是密闭城邦还是父母，都只能让我感到焦躁不安。

我在追求什么？我在为什么活着？活在这样一个世界上有什么意义？我满脑子都是这类找不到答案的问题。

就在这时，内务省研究的密闭城邦入住计划草案泄露出来，人们得知草案的内容后，群情激愤。这种激愤，与其说是因为草案的不公正性，倒不如说是担心自己完全没有被选上的可能。

反对建设密闭城邦的运动最初没有形成气候，主要是由于所有人都有了住进密闭城邦的微小的可能性，人们期待着这种微小的可能性落到自己的头上。但是，入住计划草案泄露后，人们才知道那只不过是一种幻想。自己住不进去的密闭城邦是没有意义的，为了那样一个东西做出牺牲是没有道理的。给予这种郁愤以正当性的，是"伟大的终结"这一光辉思想。

"伟大的终结"这一光辉思想的提倡者主张，只有一部分特权阶层能住进密闭城邦的计划是丑恶的，应该大家一起迎接人类美丽的灭亡，这才是最适合人类的最伟大的灭亡。

绝大多数人赞成这个思想的前半部分。将自己嫉妒的对象判定为丑恶，想必是很解气吧。但是给我巨大影响的，是这个思想的后半部分。

人类美丽而伟大的灭亡。

这句话放出的光芒，把这个只剩下绝望的世界反转了过来。那光芒照射出来的，也许跟希望不一样，但明确地指出了活着的目的是什么，明确地肯定了生在这个时代，活在这个时代的意义是什么。

我在互联网上结识了很多跟我想法相同的朋友，在谈论"伟大的终结"这个思想的过程中，希望采取具体行动的呼声越来越高了。

我们有一个可以把大家拢在一起的极好的攻击目标，那就是新月纪Ⅱ。我们之间自然形成了一种认识：只有摧毁了新月纪Ⅱ的建设计划，才能实现"伟大的终结"。

目标确定了，就会产生无穷无尽的力量。我们每天都聚集在国会议事堂或首相官邸前面，高呼口号：实现伟大的终结！撤回新月纪Ⅱ建设计划！我们经常跟警察发生小规模冲突，也尝过催泪弹和高压水龙头的滋味。

但是，我们不仅没有害怕，斗志反而越燃越旺盛。为了全人类正义的事业而献身的狂热，使我们深深地陶醉了。

胜利的时刻到了。

推行新月纪Ⅱ建设计划的执政党在选举中落败，政权更迭。新政权停止了新月纪Ⅱ的建设。这是我们的力量、我们的思想，推动了社会、推动了时代。

但是，我们创造的奇迹仅仅维持了极其短暂的一瞬。

2

上岛淳赶到供水系统的一号基站的时候，水浦株式会社的技术员们全都陷入了茫然若失的状态。率领这个团队的班长泷森美来不见踪影，脸色苍白的副班长立科大辅跑到上岛淳身边说："上岛先生，对不起，我们公司的泷森……"

上岛淳听说泷森美来不见的消息时，想过可能发生了什么事情，连被恐怖分子作为人质抓起来的可能性都想到了。但好像不是。

"情况怎么样？"

只凭从管制塔听来的消息还弄不清到底是怎么回事，上岛淳是为了掌握事态的具体情况赶过来的。

"刚才已经弄清楚了，泷森在七号基站。"

具有同样功能的供水系统基站，跟供氧系统一样，一共有七个。水浦株式会社的技术人员经常用的是一号基站，也就是上岛淳来的这个基站。七号基站离一号基站最远。

"有没有被恐怖分子绑架的迹象？"

"没有。七号基站里，只有她一个人。"

上岛淳虽然知道这里的技术人员不愿意让他看，他还是面对正面的主监视器看了起来。非常大的画面上，是蜘蛛网似的新月纪Ⅱ供水系统。上水管，下水管，调整水压用的阀门、水泵，等等。水的流速、压力，以及阀门的开闭情况、水泵的运行情况一目了然。

"立科先生，能把迄今为止发生的情况告诉我吗？"

立科振作起来，点了点头。

"这次供水系统出现的问题，都是七号基站有意操作造成的。泷森利用主密码,将七号基站与其他六个基站的联系断开了。也就是说，如果七号基站的主密码不解除，一号基站以及其他五个基站，都无法操作供水系统。"

新月纪 II 的基础设施基本由人工智能系统操作，人工操作是不可能的。但是，如果使用主密码，那就是另外一回事了。主密码只有各基础设施的最高负责人才能使用。

"她打算干什么？"

"现在还不知道。但可以肯定的是，新月纪 II 的供水系统，从控制到切断的所有阀门，从送水到增压用的水泵，全部在泷森的控制之下。也就是说……"

立科看着上岛淳的眼睛继续说下去。

"……现在，新月纪 II 里的二百万吨水，泷森可以随意支配。"

3

"你这话是认真的吗？"

他脸上的笑容消失，只是在听到这句问话的时候。此前此后，他一直在微笑。这绝不是夸张，就算睡着了，他的脸上也浮现着微笑。但那并不是愉悦的表露，而是对一切都失望之后的虚无感。

"不过，我一个人的力量不够，需要别的同志和我一起行动，请帮助我。"

我看着他的眼睛说道。

他听了，就好像心中所有的烦恼都消失了，恢复了总是浮现在脸上的微笑。

他的名字叫吾刀洋。

他比我大一岁，今年二十四岁。皮肤白皙，眉清目秀，堪称美男子，说话的声音很动听，听他说话，很容易被他打动。后来，他是我们制作的假想人格"雷伊"的模特之一。

"明白了！美来，你是我的好同志，三年前是，现在也是。"

"伟大的终结"的火焰，在这个国家只燃烧了三年就令人难以置信地熄灭了，人们眼看着新月纪Ⅱ的建设计划复活了。我惊呆了，愤怒之前是愕然。这个国家不是已经选择了全体国民一起迎接美丽的灭亡这条道路吗？每天扯破了嗓子叫喊人类伟大的灭亡，究竟是为了什么呢？那时候的狂热到哪里去了呢？同志们都到哪里去了呢？

但是，我们还没有失败，奇迹终将会发生！

我学的是特殊环境工程学，为了找一个对口的职业，进了水浦株式会社。水浦株式会社负责构筑新月纪Ⅱ的供水系统。

我进入水浦株式会社之后第二年，新月纪Ⅱ的建设计划复活了。当时我虽然没能成为参与建设新月纪Ⅱ的技术人员之一，但只要我努力，将来是有可能的，因为新月纪Ⅱ的建设周期长达二十年。我还有时间。

如果我能成为建设新月纪Ⅱ的技术人员之一，就能很容易地接近新月纪Ⅱ。还有比这更侥幸的事情吗？

那以后怎么办？具体的方法我还没想好。但直觉告诉我，进去了就能毁掉它。

"不过，美来，你一点也不犹豫吗？"吾刀洋依旧微笑着。

"我们要做的事情，跟三年前的游行示威不同。直接破坏新月纪Ⅱ恐怕会被人们认为是恐怖袭击，而且可能死伤无数。本来能否成功我们就没有把握，就算运气好，也是既费时又费事。尽管如此也值得干！伟大的终结，非得实现不可！"

不能有一点犹豫。这是唯一的一次机会，无论如何也要成功。人类美丽的灭亡能不能实现，人类的尊严能不能保持，在此一举。

我如实回答以后，他还是那样微笑着。

"说得好，很有道理。"他笑着说完，情绪稍微低落了一点，"美来，有时候我觉得你很可怕。"

"……为什么？"

"你太直了。"

我沉默了一下，他马上补充道："不过，我会陪伴你一直到最后。"

有这句话就足够了。

"美来，我知道你已经下定决心了，但还是觉得只有我们两个人，真的太难了。现在我们的情况是，有头脑，缺手足。以后，我们更需要按照我们的意愿活动的手足。因为我们干的是惊天地泣鬼神的事业。"

"怎么办呢？"

"我有一个想法。"他说道，"世界上有很多人有手足，没脑子，我们要充分利用他们。"

于是，我们盯上了新兴宗教团体天真界。我们先作为信徒潜伏进去，然后从内部把最高权力夺过来。

天真界的教义中也有跟"伟大的终结"相近的思想，但怎么看都是硬安上去的，并没有认真去实践。尽管如此，我们这些刚刚进入教团的人也不能贸然站出来行动。

于是，我们就先从骨干成员当中拉过来一个能为我们所用的人，那个人在教团内部被称为约克。后来，我在教团内部被称为安婕，吾刀洋被称为莲恩。

约克是个中学老师，自认为支撑着整个教团里的理论基础，其实是一个非常浅薄的家伙。擅长用言语笼络人心的吾刀洋，很快就把约克笼络住了。

正如吾刀洋所说，天真界这个教团的骨干成员，都是一些没有信念也没有骨气的家伙，还不到一年时间，我们三个就把天真界掌握了。我们有了可以随意使唤的手足。

从这时起，我们三个从教团的正面舞台上消失了。要实施恐怖袭击，必须小心谨慎，怎么谨慎都不为过。

接下来需要的是大笔资金。教团虽然也有运营资金，但根本不够用。我们了解到天真界的前身赤天界的教祖克明宪的情人是个大资本家，于是我们把这个叫高籐舞的女人推上教祖的位置，解决了资金的问题。

手足有了，资金也有了，终于进入了准备阶段。

但是，前面的路还很长。我在公司积极表现，争取成为可以进入新月纪Ⅱ的技术人员。另外，吾刀洋利用社交网站募集同志。

"美来对于新月纪Ⅱ来说是致命的最后一击。直到最后时刻，一定要深藏不露，绝对不能引起任何人注意。我们要采取佯攻的战术，把对方的注意力吸引到其他方向去。至于采取怎样的佯攻方式，要依据我们募集到的人员而定。"

后来，我们通过假想空间"蓝地球"招募到很多同志。在一段时间内，建立了以吾刀洋为核心的教团组织的基础，等教团里有了可以胜任核心的信徒以后，吾刀洋即抽身。

在"蓝地球"和"雷伊"展开行动的时候，我们的组织成熟了。我们决定发表声明的时候用"SEN"这个代号，写成汉字就是"歼"。

为我们出资的高籐舞特别喜欢吾刀洋，全力支持我们。

我呢，在进入三浦株式会社的第三年，成了新月纪Ⅱ供水系统的技术人员，十年后担任副班长，后来又担任了班长。

可以说十分顺利。

接下来，我们把手伸向了人体细胞炸弹。

恶魔炸弹！

4

"怎样才能……制止恐怖袭击呢？"

罗奈抱着一线希望，向仓林提了这样一个问题。

"怎么也制止不了了吧。"仓林就像在谈论别人的事情，"新月纪Ⅱ的基础设施负责人之一，是我们这边的人。这位女神啊，也是最熟悉新月纪Ⅱ的人之一呢。"

"是个女的？"

"还有啊……"仓林那一闪一闪的眼光里带着阴毒，"现在，我们那位女神呀，心里想的只是如何给新月纪Ⅱ送葬。为了实现伟大的终结，她已经将生死置之度外。在某种意识上来说，她已经死了。一个已经死了的人，你用什么办法去制止她呢？"

5

在"蓝地球"里招募到的一个同志对吾刀洋说，他可以搞到人体细胞炸弹。吾刀洋听了沉默了很久没说话。以前他考虑过的佯攻，是袭击入住者乘坐的大巴车。虽说人体细胞炸弹是一种可怕的恐怖袭击武器，但用来袭击大巴车不一定合适。

就在这时，另外一个同志说，他不仅可以看到新月纪Ⅱ的入住者名单，还可以篡改数据。吾刀洋得到这个消息以后，马上制订了新的作战计划。

这个新的作战计划是篡改数据，用冒名顶替的手段，把被处理成人体细胞炸弹的同志送进新月纪Ⅱ里。在新月纪Ⅱ里引爆人体细胞炸弹，可以起到最大的佯攻效果。

　　对于这个作战计划，他并不是没有过犹豫。这个计划毕竟太残忍，太不人道了。

　　但是，他最终还是找到了平衡的办法。那就是，把他自己也处理成人体细胞炸弹。

　　我不能原谅的是，这么重大的事情，他直到最后都瞒着我。

　　作为新月纪Ⅱ供水系统技术人员的班长，我从来没有离开过新月纪Ⅱ的施工现场。如何给新月纪Ⅱ送葬的方法也已经研究出来了。我把这个方法告诉吾刀洋，并对他说，只要把对方的注意力吸引过去的时间达到一小时，我就能成功。

　　他的回答只是一句"知道了"。这句话到底是什么意思呢？我没弄懂。

　　我有一种不祥的预感。

　　一切进行得太顺利了。

　　把人体细胞炸弹送进新月纪Ⅱ，需要使用冒名顶替的手段，如果被冒名顶替的人还活着，就会遇到麻烦，说直接一点，就是得让被冒名顶替的人死掉。

　　如此艰难的任务，据说是吾刀洋等极少数人完成的。他们具体怎么做的，怎么善后的，我不知道。我问过吾刀洋，他严厉地对我说：不许问！

　　我所知道的是，寻找被冒名顶替的人太难了。需要年龄不能太小，父母已经过世，没有兄弟姐妹，居住的地方比较偏僻，即使失踪了也不会有人注意到……条件太苛刻了。最后，他们只找到十一名适合被冒名顶替的人。

　　他们搞到了可以制造十八个人体细胞炸弹的材料，七个已经在新月纪Ⅱ以外的地方，作为试验品引爆了。人体注入纳米机器人以后可能产生排斥反应，起爆的精度和威力究竟如何，谁也不知道，所以必须先进行试验性的恐怖袭击。

被处理成人体细胞炸弹的，大部分都是利用"雷伊"这个架空的人物在假想空间"蓝地球"里招募的同志。幸运的是，那时候还没出现一个有排斥反应的。他们七个人在地铁站等事先确定的地方引爆了人体细胞炸弹，全都出色地完成了任务。

但是，我们没有时间感慨。新月纪Ⅱ的入住计划已经开始实施了。准备潜入新月纪Ⅱ的十一个人，必须赶快处理成人体细胞炸弹。

上边我已经说过了，吾刀洋已经被处理成人体细胞炸弹，让人意外的是，约克也主动要求把他处理成人体细胞炸弹。

十一个人里，只有吾刀洋产生了排斥反应，他在痛苦中挣扎了六个小时后停止了呼吸。由于细胞炸弹还没有成熟，尽管心脏停止了跳动，还是但没有发生爆炸。死去的吾刀洋，脸上既有痛苦，亦有安详。

我知道这一切的时候，他已经死去一个多月了。

6

"氧气生成单元的水压在上升，是她故意这样做的吗？"

"这个嘛……"

立科大辅转换了一下主监视器的画面，现在突出显示的是九个供氧系统基站及其周围的供水管道。立科大辅注视着画面，表情严肃。

"虽说异常数值还没有出现，但的确有点奇怪。如果氧气生成单元的水压继续上升，会发生什么情况呢？"

"控制供氧系统的人工智能子系统做出危险的判断之后，会自动关掉给水阀门，使用备用水槽里的水，机器不会受到破坏。"上岛淳带着几分乐观解释道。

"如果阀门被水压挤爆了呢？"

"怎么可能……"

"当然，在通常情况下是不可能的。但是，现在泷森手上掌握着供水系统的二百万吨水，如果对控制阀门和增压水泵进行非常规操作，在局部造成超出预想的水压或水锤作用，就不是不可能的了。这是我能想到的，泷森当然也能想到。泷森那么年轻就能当班长，如何运用水压或水锤作用，应该比我懂得多吧？"

"万一阀门被水压挤爆了……"

上岛淳不敢相信这句话是从自己的嘴里说出来。

"……阀门的碎片，与压力巨大的水流，将冲破过滤网，捣毁整个氧气生成单元。"

氧气生成单元都是精密仪器，是不堪一击的呀！

"恐怕泷森就是想这么干！"

7

坐在沙发上的小春身体缩成一团，羞愧地低着头。把她现在所处的境地，与房间收拾到这个程度联系起来考虑，谁都会明白她准备自杀了。

"我不阻拦你。"润太装作很平静的样子说道。

小春抬起头来。

"如果是小春自己经过深思熟虑做出的决定，我没有权利说这说那。我尊重你的决定。"

润太说完，无言地看着小春。

小春觉得自己的心都被看透了，便躲开了润太的视线。

"这么说，爸爸您……"

"到底应该怎么办，我自己也不知道。"润太说完马上又摇头否定了自己刚说过的话，"不是的。刚才我说谎了。说实话，我也想过。我活得够长的了，该到香织和琉璃他们那边去了。"

润太看了小春一眼，掩饰地笑了一下。

"不过，我还不能死，沙梨奈还在……"

沙梨奈的身体更衰弱了，意识不安定的时间也越来越长，但是，润太去看望她的时候，她的脸上经常露出笑容。有时候知道面前是润太，有时候又把润太当成琉璃。

"不过，我能感觉到死的诱惑。所以呢，小春的心情我多少也能理解。如果你真想死，我也不阻拦你。"

小春低下了头。

"但是，你能不能等到新月纪Ⅱ的险情过去，入住计划全部顺利结束以后再行动呢？万一罗奈回来了……"

"罗奈回来……"

"我也不希望事情糟糕到那种地步。不过，最坏的结果，很可能是新月纪Ⅱ不能使用了，已经入住的人也不得不回家。那时候，如果小春不在了，你让罗奈……"

润太说不下去了。

这时候，门铃又响了。

8

"我为什么要把自己处理成人体细胞炸弹，你能理解吗？"

仓林说话的声音里，那种逸出常规的怪声怪气消失了。他的眼神失去了光彩，好像燃料已经耗尽了。

"问你呢，你能理解吗？"

"不能理解。"罗奈如实答道。

仓林苦笑了一下："你就不能认真考虑一下吗？这是最后的机会了。"

"为伟大的终结献出生命，刚才你不是说过了吗？"

"那只是一个方面，实现伟大的终结是我的夙愿。这不假。"仓林深深地吸了一口气，"你知道吗？由于纳米机器人毒性很大，被处理成人体细胞炸弹的人，就算不爆炸，顶多再活半年到一年，致死率 100%，没有一个例外。一年后……不，只有半年了。半年以后，我必定死掉，生存的可能性连万分之一都没有。"

"明明知道会这样，你还把自己处理成人体细胞炸弹了？"

"是的，我明明知道。"

罗奈开始感到困惑。

"纳米机器人注入身体以后，就没有希望了。在接受注射的那一瞬间，未来的大门就对我永远关闭了。你能体会到那是怎样一种心情吗？"

罗奈没回答，只摇了摇头。

这是什么呀？

这个男人，到底想说些什么呢？

"我呀，我以为那样心灵就安宁了。人为什么会感到不安和恐怖呢？那是因为有希望。也许还能活下去，也许人类不会灭亡，哪怕只有很小的、梦幻般的希望，人都会执着地活下去。只要有一点点希望，人就会紧紧抱住不放。但是，越是紧紧抱住不放，就越怕失去。我想，与其整天在害怕失去中度过，还不如把可能性、把希望、把值得紧紧抱住不放的东西都去除干净，那样的话，心情就平静了。什么都放弃了，生活不就安定了吗？我就是这样期待着，把自己处

431

理成了人体细胞炸弹……"

仓林不往下说了。

苦涩的沉默。

"结果……怎么样了？"

仓林摇了摇头。

"不安和恐怖不但没有消失，反而更严酷地拷打我。我不是把希望去除干净了吗？为什么还会这样？"仓林眨了眨眼睛。

"你后悔了？"

"后悔嘛……"

仓林低下头，好像在审视自己的内心世界。

"怎么说呢……"

"你来这个教室的目的到底是什么？"罗奈压抑着内心的愤怒问，"是为了实现伟大的终结吗？是真的要为正义献出生命吗，还是想在以前教过的学生面前说几句丧气话，希望引起我的同情，得到我的安慰呢？"

仓林脸色变得苍白。

"要是那么害怕，在家里盖上被子睡觉就挺好的。"

"……你不害怕吗？"

"我怎么会不害怕呢？"罗奈怒目圆睁，"我怎么能不悲伤呢？我怎么能不感到寂寞呢？尽管如此，我也要挺起胸来往前走！我不会像你那样，总是沉醉在自己的感情里不能自拔！"

仓林竭尽全力把头抬起来。

"说话注意点！现在，你的小命在我手里攥着呢！"

"你想引爆吗？爆吧，随便爆！想什么时候爆就什么时候爆！"

"别逞强啦！"

"逞强怎么啦？逞强有什么不好吗？不逞强，在这样一个时代，能活下去吗？"

"那我就爆给你看！"

仓林狞笑着，脸都扭曲了。

"看你逞强能逞几时……我……我这就引爆！"

*

"上岛先生！快看！"

随着立科大辅急迫的声音，上岛淳抬起头来，只见画面上的供水网到处亮起了报警的红色光点。刚才还一个都没有，转眼就这么多了。

"多处增压水泵输出功率急剧上升，水压超过基准值，范围越来越大了！"

上岛淳马上跟供氧系统 A 基站取得联系。

"有什么变化没有？"

"刚才人工智能系统自动关闭了所有制氧单元的取水阀门，制氧单元未受损伤。"

不愧是人工智能系统，在受到影响之前就及时采取了措施。但是，危险还没有过去，现在还不能安心。

上岛淳转过身子，面向立科大辅。

"能让我跟泷森通上话吗？"

"不能。她把所有的通话回线全都切断了。刚才我派部下去七号基站隔着门叫她，说服她，但她根本不回答。"

"副班长！快看！"

立科大辅听到部下在喊他，连忙把视线转向主监视器。

散乱在整个新月纪Ⅱ的报警的红色光点，就像活着的小虫子似的开始移动了。红色光点融合在一起之后亮度就增加了，亮度增加的红色光点与其他红色光点继续融合，亮度进一步增加的红色光点在供水管道中移动的速度越来越快，很快就接近了供氧系统的一号基站。

"简直叫人无法相信……"立科大辅凝视着主监视器像呓语般嘟囔着，"一边增加压力，一边向一个地方集中……为什么要这样做呢？增压水泵和控制阀门联动……不利用人工智能系统，只靠手动就能……简直就是神操作……"

"立科先生！没有降低水压或切断水流的办法吗？这样下去的话，不断增加的水压会给一号基站带来危险的！"

立科大辅刚刚回过神来似的转向上岛淳。

"异常水压或异常水锤作用的预防机制有是有，不过都被泷森无效化了。"

"那怎样才能……"

"系统在泷森的手里，我们一点办法都没有。"

"没有还原系统的办法吗？"

"只能去七号基站解除主密码。进不了七号基站，什么办法都没有。"

"副班长！"

主监视器上，聚集成一大块的红色光点马上就要到达供氧系统一号基站了。

"不行了，来不及了。"

聚集成一大块的红色光点接触了一号基站。停顿了几秒钟以后，红色光亮迅速减弱，继而消失了。

四周一片寂静，时间好像停止了。

主监视器上所有的红色光点都消失了，一个都没留下，所有地方的水压都恢复了正常。

"这……"

"上岛班长！"

"……怎么了？"

"一号基站的供水阀门迸裂了！"

上岛淳感觉自己的心脏犹如被铁锤重重一击。他两眼一黑，差点晕倒在地。

"制氧单元内部受损，已经完全停止制氧。人工智能系统已经把制氧任务交给四号基站。"

"一号基站完全停止制氧……"

这只能说是噩梦！一号基站就这么简单地被破坏了。

"上岛班长！这是怎么回事啊？供水阀门迸裂之前观测到的水压，是规定值的数十倍！这是不可能的！简直就是冲击波呀！"

就在这时。

主监视器上，又出现了无数报警的红色光点，跟刚才一样开始在供水管中移动，在移动中聚集、移动，向着供氧系统的二号基站移动。

"二号基站也……"

*

"人类……伟大的……灭亡……"

仓林喃喃地小声叫道，像唱歌似的。

"这是起爆暗语。你放心，单单说出起爆暗语还不能引爆，心跳次数和血压也要增加到一定值，再喊出起爆暗语，才能把我身体里的纳米机器人唤醒，然后把我身体里充满的炸药点着。那个瞬间，我身体里的所有细胞都将在闪光的同时消灭，从而释放出巨大的能量。你呢，将被我的身体释放出的巨大能量撕成碎片。嗯？怎么样？你现在心情如何？你还想说，想引爆你就引爆吗？"

罗奈愤怒地盯着对方。

"都到这种时候了，你还指望我会害怕吗？"

"人类伟大的灭亡！"

仓林突然狂号了一嗓子，罗奈吓了一跳。但是，仓林并没有爆炸。

"刚才你发抖了吧？不要不好意思嘛。你就说，好害怕，不想死，救救我……"

"我要是那样，就能阻止你引爆炸弹吗？"罗奈冷冷地说道。

仓林那充满了憎恨的眼睛瞪着罗奈："你呀，就是这种地方不可爱，不过嘛，刚才你也哆嗦了一下，还有那么一点点可爱。人类伟大的灭亡！"

仓林又突然狂号了一嗓子，眼睛睁得大大的，一眨不眨地瞪着罗奈。过了一会儿，生硬地叹了一口气。

"哎哟哎哟，好可怜呀。你看你看，眼泪都快流下来了嘛。害怕了吧？"

罗奈紧紧咬着嘴唇。在这个畜生面前，绝不能流眼泪。

"但是，像刚才那样还是不会爆炸。喊暗语的声音还是不够大，而且呢，心跳和血压也没达到一定的数值。没想到这人体细胞炸弹还挺不容易引爆。再来！"

仓林大口大口地呼吸起来。

"我的身体好像已经准备好了。我的心脏几乎都要破裂了。我的脸都红了吧？我都能感觉到我的脸很热。心跳和血压的数值肯定已经达到了起爆规定的数值以上。我是受过起爆训练的，自己能感觉到能不能起爆。"

仓林那深陷的眼窝发出吓人的光，他的脸颊在颤抖。

"来吧！已经到了最后的时刻了！我再喊一遍暗语，你就会被爆炸的冲击波撕成碎片！你就要死啦！现在是什么心情？老实告诉我！"

"婆婆妈妈的，成了碎嘴婆子了！"

罗奈表面上很从容，但令她感到懊恼的是，她的心脏剧烈地跳动，击打得胸口都疼了。

"人类——伟大的——"

仓林还没叫完，突然得了神经病似的狂笑起来。疯狂的笑声在教室里回荡。

"你看你看，不要不好意思嘛！想哭你就哭吧，很害怕吧？很恐怖吧？不想死吧？那你就哭吧！哭着喊饶命吧！"

"我现在流眼泪，并不是因为害怕！"

"又逞强，又逞强！"

"我觉得你很可怜！"

得意的表情从仓林的脸上消失了，他那充血的眼睛直愣愣地看着罗奈。

"而且，我觉得我不得不跟你这样的人一起死，也很可怜！"

仓林的半边脸狞笑着，狂暴地喊道："行了！不跟你斗嘴了！我要动真格的了！"

罗奈瞪着仓林，没说话。

"坐在那里不要动！不许逃！你要是逃了，我要抓更多的人垫背！"

"卑怯！无耻！"

仓林慢慢地吸气，肺里充满了空气。

"人类——"

仓林的凶相可怕极了。

"伟大的——"

罗奈紧紧地闭上了眼睛。

爸爸！

妈妈！

对不起！

*

监视器画面上又出现了很多红色亮点，这些红色亮点集中在一起，发出强烈的红光，到达作为攻击目标的供氧系统基站之后，转眼就消失了。

这是第五个供氧系统基站被摧毁。

新月纪 II 的供水系统，已经成为泷森美来身体的一部分。哪个增压水泵有多大的输出功率，哪个阀门应该在什么时机开启，连想都不用想就可以自如地操作。

时间好长啊。

真的好长。

每摧毁一个供氧系统基站，泷森美来的心就被解放一点。

还有四个。

泷森美来盯着监视器，用饱含怜爱的口吻说道：

"沉没吧！新月纪 II！"

从供水系统一号操作室飞奔而出的上岛淳，顺着楼梯跑到地下一层，然后顺着地下通道拼命地奔跑。去泷森美来所在的七号操作室，这条路最近。眼看着一个又一个供氧系统基站被破坏，他实在无法忍受了。也许去了也是白去，也许来不及了，但他还是要跑过去试试。

但是，该来的还是来了。

"班长！"

部下在呼叫他。

上岛淳停下来，由于喘得上气不接下气，他没能马上回答。

喘息声回荡在狭窄的地下通道里。

"七号基站破损！制氧单元停止制氧！"

"……氧气浓度呢？"

"还没有什么影响，但遗憾的是，已经……"

"我知道。"

通话结束的同时，上岛淳双膝一软蹲在了地上，双手撑着地面，痛苦地摇着头。

"……这到底是怎么一回事啊?!"

就算八号基站和九号基站还能完好地保留下来，也不能给新月纪Ⅱ提供足够的氧气了。至少要在有三个基站能正常供氧的情况下，才能腾出手来修理另外六个被破坏的基站。如今现在最后两个也被破坏了。

万事皆休!

无力回天了!

"为什么会是这样……为什么……"

上岛淳差点号啕大哭起来，但他咬紧牙关忍住了。

现在还不是悲伤的时候。

上岛淳一边在心里给自己打气，一边站起来向管制塔报告。

"维持新月纪Ⅱ里居民的生命的手段，已经没有了。虽说是痛苦的决断，也只能暂时让大家离开了。"

说完这句话，上岛淳闭上眼睛，仰天长啸。

做梦也没有想到会是这样一个结局。

尽管这样，上岛淳认为还是要把自己应该做的工作做完。

他睁开眼睛，用尽最后一点力气继续说道："请赶快安排所有居民撤离新月纪Ⅱ！"

但是，管制塔负责人的回答完全在上岛淳的意料之外。

"没有必要撤离！"

负责人说话的声音里，刚才那动摇的口气完全消失了。

"好消息！"

志村界斗突然联系城内隆浩。

"上边行动起来了！"

"真的？太好了！"

城内隆浩欢呼起来。

"不过……那行吗？"隆浩问道。

"什么行吗？"

"那只不过是我瞎推测的，也许根本就没说到点子上。"

"我认为，你的推理完全说到点子上了！"

同样的话，由志村界斗说出来，分量就不一样。

"如果没有说到点子上，直接跟上边谈是不可能的！"

"志村先生……"隆浩激动得胸口发热。

隆浩听见了志村界斗啧啧地咋舌的声音。

"喂！你可真叫人着急。你明白这事有多大吗？"

"啊……什么？"

志村界斗还从来没有像今天这样兴奋过。

"隆浩！你……你救了新月纪Ⅱ啊！"

*

监视器上聚集起来的红色光点，到达最后一个攻击目标以后，消失了。

这样，新月纪Ⅱ里所有的供氧系统就全部摧毁了。利用供水系统，把水压和水锤作用的力量集中在一点上，任何一个进水阀门都经受不住这样的冲击。

这个计划最令人担心的是给水管的强度。如此强大的压力，超过了给水管在设计上的耐压极限。给水管管壁承受的压力要尽可能减小，尽管那样也有可能造成某些地方的给水管破裂。不过，应对措施已经想好了。幸运的是，整个攻击过程并没有发生给水管破裂的现象，真是天助我也！

这回是真的终结了。

泷森美来一边慢慢吸气，一边把后背靠在了墙上。她闭上眼睛，把吸进肺里的空气又慢慢地吐了出来。

成功了！我成功了！从那天起到今天，快二十年了。就是为了今天，我才活下来的。是的，我活下来了，我确实活下来了，生命的火焰也燃尽了。奇怪的是，她感到无限的空虚，身体就像一具空壳。不过，出奇的满足感与就像瓶子没有底似的空虚感交织在一起，对于她来说犹如甘美的醇酒，她愿意永远沉浸其中，永远……

计划可以说是完美地实施了，如果说还有什么没想到的事情，那就是死的方法没有准备好。现在是结束自己生命的最佳时机，是体现"伟大的终结"的最佳时机，难道就这样眼睁睁地放过吗？啊！如果在这时候有人杀了我该多好！吾刀洋！来迎接我，带我去你那边吧！

"泷森班长！请把门打开！班长！"

门外又是那个不解人情的声音在叫。

再等一会儿。不会让你等很久的。

再让我享受一会儿这样的时间。

一会儿就行。

泷森美来微微睁开眼睛，仰起头来看监视器。她要再次品尝一下成功之后快乐的滋味。

"……咦？"

她的后背不由得离开了靠着的墙壁，眯起了眼睛。

这是怎么回事？

监视器画面有点不对劲。

"控制阀门怎么……"

为了增加水压和形成水锤作用已经关闭的控制阀门，有很多都是开着的。她不记得自己打开过那些阀门。不仅如此，那些完全失效的减压阀，不知什么时候全都恢复了功能。

难道说人工智能系统自己恢复了控制功能？

不对呀，主密码还没有解除啊。

泷森美来决定试一下。她向其中一个控制阀门发出了关闭的指令，应该关闭的阀门照样开着。她又向一个增压阀门发出指令，那个增压阀门也是纹丝不动。

于是，她解除了主密码，重新启动系统。

结果一点反应都没有。

怎么回事？

主密码不起作用了。

这是不可能的呀。

刚才操作的时候还没问题呢——

这时候，伴随着一阵剧痛，她的脑子里闪过一个念头。

"难道是……"

监视器左侧是文件一览表，她将一览表中的"模拟"一栏打开一看，里面是迄今为止根据各种非常事态进行过的模拟数据记录。

最后一条模拟数据记录是……

"……这……这怎么可能？"

最后一条模拟数据记录是今天！

结束时间就是几分钟之前。

她重新播放最后那一条模拟数据记录，监视器上马上出现了很多水压异常上升报警的红色光点。那些红色光点在给水管里聚集起来,移动到供氧系统一号基站制氧单元的供水阀门,在一瞬间消失了。

沉默了不一会儿,又出现了很多红色光点,再次聚集,移动……

*

仓林慢慢地往肺里吸气,使所有的肺泡充满空气。

"人类——"

仓林的凶相可怕极了。

"伟大的——"

罗奈紧紧地闭上了眼睛。

"灭……灭……灭……"

令人恐怖的叫喊戛然而止,周围突然陷入了寂静。

令人窒息的寂静持续着。

罗奈完全不知道发生了什么事情。她想睁开眼睛看看,但睁不开。

过了一会儿,感觉有人站了起来,带着一股风走了。

可是,身边好像还有人。

"小姑娘,你没受伤吧?"

一位男士很有礼貌的声音。

罗奈慢慢地睁开了眼睛。

一位身穿灰色迷彩服的大个子军人,弯着腰和气地站在罗奈的身边看着她。

"我们是陆军特种兵部队的。对不起,我们来晚了。"

仓林的身影已经不见了。

"……那个人呢?"

"我们的人把他带走了。给他注射了镇静剂,已经睡着了。"

"别的人呢?都没事吧?"

军人温和地看着罗奈，点了点头。

"都没事，放心吧。"

听到这暖心的声音，罗奈内心感情的堤坝一下子垮塌了，她放声大哭起来。

*

不管在什么样的人生当中，都能找到快乐，哪怕只是一个瞬间的快乐。甚至只是为了那个瞬间的快乐就值得降生到这个世界上来。也许这样的瞬间还能有一次，哪怕为了这一次，也值得活下去。

"香织……我这样想对吗？"

池边润太回头看着刚才待过的公寓的那个房间的窗户，低声叫道："喂！琉璃！"

随后，他仰望天空，在心里念叨着。

你的朋友们，真了不起啊！

9

管制塔接到警方关于新月纪Ⅱ的相关部门，特别是基础设施可能遭受恐怖分子袭击的警报以后，什么都没来得及做，只把这个警报传达给了新月纪Ⅱ的人工智能主系统。时间紧迫，做什么都来不及了。

人工智能主系统立刻提前收回了统领所有新月纪Ⅱ的人工智能子系统的权限。本来，新月纪Ⅱ除了人工智能主系统以外，还有控制各种基础设施的人工智能子系统，而子系统的主密码，都掌握在各基础设施的最高责任者手里。也就是说，主系统无法干预子系统，这种状态要持续到整个入住计划完成，新月纪Ⅱ彻底封闭。彻底封闭以后，主系统才将所有子系统的主密码收回，统领所有子系统，对新月纪Ⅱ实行统一管理。接到警方的警报以后，为了防止恐怖分子对新月纪Ⅱ的基础设施发动恐怖袭击，人工智能主系统要求提前收回所有子系统的主密码，从现在开始就统领所有子系统。管制塔马上就同意了。

得到统领所有子系统的权限之后，主系统马上察觉到泷森美来利用主密码控制了供水系统，并故意停水。这时候主系统并没有采取任何行动，而是静观其变。当泷森美来将加压水泵的输出功率异常加大，水压超过正常数值的那个瞬间，就冻结了她的主密码，并接管供水系统，使之恢复正常，同时把所有基础设施的操作室或基站的监视器切换到模拟模式。这时候，主系统还不能判定恐怖分子是否只有泷森美来一个人，只能设想所有的基础设施部门都混进了恐怖分子。

结果，供氧系统的九个基站与供水系统联动，进行了一场惊心动魄的模拟。也就是说，在监视器上可以看到制氧单元一个接一个地被破坏，那只不过是模拟万一发生的情况，制氧单元实际上安然无恙，该怎么制氧还怎么制氧。

这时候供水系统已经恢复了正常，如果泷森美来拧开一个水龙头，就会意识到自己的恐怖袭击计划已经破产了。

泷森美来被带到警察局去了。现在，她的精神状态非常不稳定，连话都说不了。

潜入新月纪Ⅱ的九个人体细胞炸弹，有六个引爆，包括桂木达也在内的三个乖乖地投降了。这三个人被当场注射了疫苗，纳米机器人的点火装置无效了。引爆是不可能的了，但体内蓄积的炸药无法清除，过不了多久就会死掉。

桂木达也等三人虽然还活着，但只能在医院里隔离。上岛淳遵守约定，去医院里看望桂木达也，两人面对面地谈了两个小时。交谈的过程中，上岛淳得知桂木达也曾经是池边琉璃的学生。桂木达也希望上岛淳不要把他现在的状况告诉他母亲。他母亲现在还在期待着儿子回家，和她一起入住那个叫"大和"的地下密闭城邦呢。

上岛淳处理完一系列善后问题，把班长的工作交给前来接替他的人，离开了新月纪Ⅱ。在接替他的人过来之前，上岛淳已经把所有的工作交给了副班长，交接工作很简单地就完成了。

他把到家的时间通知了理穗，但理穗没有回复他。弄明白了两个人之间还没能互相理解那天以来，他一直在应付恐怖分子，还没有时间跟理穗好好谈。

回到家一看，门是锁着的。按门铃也没人答应。上岛淳掏出自己身上的钥匙打开门，进家一看，安静得很。叫理穗的名字也没人回答。上岛淳害怕起来。理穗离家出走了吗？自己失去理穗了吗？有生以来还没有过如此巨大的丧失感。他呆呆地站在房间中央，不知所措。

"你回来啦？"

回头一看，是理穗背着手站在那里呢。

"你着急了吧？"

喜欢淘气的理穗微笑着看着自己的老公。上岛淳冲上去抱住老婆，两人进入了浓密的二人世界，爱了个够。

新月纪Ⅱ的入住计划全部完成以后，上岛淳和理穗一起，通过现场直播，观看了新月纪Ⅱ完全密封的仪式。

池边润太也在家里，和吉井沙梨奈一起看了现场直播。沙梨奈住的介护设施已经关闭，润太就把她接到自己家里来了。

住在润太家里的沙梨奈，每天都看罗奈的照片或录像，永远都看不够。但是，在沙梨奈的眼里，照片和录像里的人是谁呢？有一天，沙梨奈手上拿着罗奈的照片，润太听见她叫了一声"香织"。

新月纪Ⅱ的地下通道完全封闭以后，可以切实感到人类灭亡的日子一天天接近了。空气里的氧气浓度越来越低，世界各地由于硫化氢落下造成的人员伤亡越来越多。

在日本国内，沙梨奈以前住的那一类介护设施纷纷关闭。强化酵母的分配还能持续多久，谁也不知道。在走向灭亡的时间里，人们的心理上受得了吗？还能保持正常的精神状态吗？

何时结束自己的生命，早晚也得下决心。润太预感到离下决心的日子应该不远了。最近，他经常感觉到香织就在身边，而且经常喃喃地对他说：

"什么时候都可以哟，润太。"

那时候，润太总是这样回答：

"对不起，香织，你再耐心地等几天吧。"

但是，润太感觉不到儿子琉璃在身边。大概是去小春那边了吧。

几乎同一时刻，江口由香里、城内隆浩和皆川保来到了小春家里，最初几个人在一起有说有笑，但新月纪Ⅱ的封闭仪式的现场直播开始以后，大家全都沉默了。新月纪Ⅱ的地下通道完全封闭的意义，啃噬着每个人的心。

小春看着他们三个人，忽然产生了呼喊琉璃的冲动。不是大声叫喊，而是好像有什么事要对他说的那种呼喊。"喂，琉璃……"回答呢？"嗯，什么事？"现在琉璃不在身边，就好像是去厨房拿饮料了，马上就能回来，在小春的身边坐下，跟大家一起看现场直播。如果是以前，产生这种幻觉后，自己反而更强烈地感觉到永远失去了琉璃，悲痛不已。可今天不知为什么，并不感到悲痛，好像琉璃就在身边似的。

小春忽然觉得有人在看她，抬头一看，是江口由香里。"小春，你不要紧吧？"江口由香里关心地问。小春默默地点了点头。江口由香里皱着的眉头舒展开来，也冲小春点了点头。小春嘴巴嚅动了一下，虽然没有说出声，但清晰地表达了"谢谢"的意思。

小春已经决定了。即便新月纪Ⅱ完全封闭了，也要给罗奈留下一个可以回来的家。当然不回来是最好的。不回来我也要给孩子守着回来的地方，守到生命的最后那一天。

突然，有人发出了野兽般嚎叫的声音，循声望去，原来是城内隆浩。只见他眼睛通红，咧着大嘴在呜咽。

江口由香里吃惊地叫道："隆浩！你哭什么呀？"

"想起罗奈来，不知怎么就哭了。那孩子难哪！一个人得背负着我们这么多人的希望活下去啊！我们已经走到头了，什么也不用做了……"

江口由香里也差点哭起来，忍了半天，总算忍住了。

"即使是想到了罗奈，也轮不到你先哭啊，还有小春呢。小春，对不起啊，你也知道的，隆浩这人呀，历来就这么没脑子。"

"这也是没办法的事，他想哭你就让他哭吧。"皆川保说话了，"而且，罗奈对于我们来说，就是亲闺女嘛！"

江口由香里高兴起来："皆川君真会说话！在这方面啊，你一点都没变！"

"嗯？是吗？"

"是啊！"

"多么优秀的品质啊！"

"不过呢，"城内隆浩表示了不同的意见，"皆川保说罗奈就跟咱们的亲生女儿一样，有点厚颜无耻了吧？罗奈根本就弄不清我们这些大叔大妈谁是谁。"

"你等等！谁是大妈？谁是大妈？找抽啊你！"

"可……可不是嘛……"

城内隆浩求援似的看了小春一眼。

"不许看别人！"

江口由香里硬把隆浩的头扳了过来。

小春不由得笑了。

"谢谢大家！谢谢你们把罗奈当作亲生女儿……谢谢你们……来看我……"

小春说着说着，眼泪下来了。

不只是城内隆浩，江口由香里和皆川保的眼眶里也盈满了泪水。

"啊！新月纪Ⅱ封闭倒计时！"

江口由香里指着直播画面叫道，大家一齐转向直播画面。

寄托着人类未来的密闭城邦，全世界三百多个密闭城邦中最大的一座，也是日本唯一的一座密闭城邦。

新月纪Ⅱ！

它的地下通道，正在缓缓关闭，从此再也不会打开。

小春挺直腰板，屏住呼吸。

为的是接受这个瞬间。

为的是把这个瞬间深深地刻在记忆中。

这个时刻终于来到了。

通道，关闭了。

新月纪Ⅱ，启航了！

"……罗奈！……再见！"

多保重！

*

"罗奈姐姐，快去见他吧！加油！"

光村蓝喘着粗气，挥动着两个拳头。

"你看你……人家根本就没有那个意思嘛！"罗奈不好意思地说道。

"罗奈！加油！我们都是你的坚强后盾！"高冈华世也为罗奈加油。

不知为什么，H312区F4的人们都出来送罗奈了。也不知为什么，大家的脸上都放射着异样的光彩。罗奈只有哈哈一笑掩饰自己的尴尬了。

"……送就送吧。"

地下通道被永久封闭的那个瞬间，新月纪Ⅱ里的人们也在正常生活。对于他们来说，新月纪Ⅱ早就出发了，早就奔跑在通向未来的大道上了。不过，这一天毕竟是一个新的开始，是新月纪Ⅱ正式开始运营的日子。虽然为了历史的延续性，还继续使用公元纪年，但在新的开始这一天，罗奈他们的目标是，尽量创造更多的开始。

"谢谢大家！我走了！"

"一路走好！"

"加油啊！"

罗奈已经习惯了新月纪Ⅱ的生活。密闭城邦里边的生活，如果用一句话来概括，那就是：比想象的要舒适得多。房间要比培训中心的临时宿舍大一倍，房间里有非常清洁的卫生间。氧气供给充足，没有一点憋气的感觉。空调二十四小时运行，没有一点噪声。室内室外的温度几乎是一样的。

洗澡间虽然是公用的，但每两天就可以洗一次澡。香皂、毛巾等定期发放，如果还想买什么东西，可以去被称为"市中心"的商业区，用配给的票证买自己喜欢的衣服什么的。所有商品都是新月纪Ⅱ的工业区制作的。

七岁到十五岁的孩子要上学，所谓的学校，在新月纪Ⅱ里一共有八所，明天就要开学了。不过，每三天才去一次学校，主要是在各自的房间里自习。

大人们也都有适当的工作，但新月纪Ⅱ基本上由人工智能系统控制，所谓的工作，主要是万一发生问题时的应对训练。上班也是每三天去一次。这个频率也是人工智能系统计算出来的。人一直待在房间里会产生精神压力，而每三天上一次班，有利于缓解精神压力，降低发生事故的概率，以及发生各种问题的可能性，从而使新月纪Ⅱ这个小社会长久维持下去。

新月纪Ⅱ的居住区，比培训中心的宿舍楼要大得多，但基本构造是一样的。女性区与男性区是分开的，两个区中间是集会场所。

集会场所的天花板比个人的房间高得多，虽然比不上新月纪Ⅱ最上部的圆形休闲广场，但也很宽敞。靠墙壁有一些长椅，现在就有一些人坐在长椅上悠闲地聊天。

罗奈不由得站住了。

正如光村蓝所说，在最远处的长椅上，坐着一个人。那个人很放松地坐在长椅上，正在看一本纸质书。由于微微低着头，看上去就像在祈祷的样子。

罗奈本来觉得自己不会紧张的，可心跳还是加快了。也许是因为刚才大家都为她加油，她才这么紧张的吧。

罗奈做了一个深呼吸。

没有退路了，只能过去。

"加油！"罗奈给自己打气。

她向着坐在长椅上的那个人走去。

一步，一步，慢慢接近。

为了不至于到时候说得前言不搭后语，罗奈把要对那个人说的话小声练习了一遍。

"对不起，打扰一下，你就是守崎岳吧？初次见面，我叫池边罗奈。我跟你一样，也是 H312 区的，住在 F4。我看了你的采访录像，对你说过的'把故事留给未来'这句话印象很深，一直想跟你谈谈。你能给我一点时间吗？"

终章　神话

　　那天，有一个少年，被父母带到了国立博物馆，参观古代多纪王国展览。这个展览是有时间限制的。

　　这个少年对历史并不感兴趣，他的父母认为提高孩子的文化教养是父母的责任，就硬把他带来了。少年没办法，就跟着父母参观了古代多纪王国的兴亡史。少年绝对没有想到，古代多纪王国的兴亡史，跟人类的兴亡史上一项伟大的事业紧密相连。

　　远古时代宝贵的文物，并没有使少年产生多大的兴趣。但是，当他来到一件展品的前面时，第一次停住了脚步。

　　在一个很小的展示橱窗里，摆放着一块无色透明的、薄薄的板状物体，看样子一只手就可以把它拿起来。那东西在聚光灯的照射下，闪闪发光。

　　简要说明上说，这是"神之书"。

　　据传说，"神之书"的第一位所有者，是古代多纪王国贤明的国王美座。

　　九千年前，鼎盛时期的多纪王国征服了周边国家，版图空前扩大。就在这时，另一个叫德莱玛的大国崛起，成了多纪王国扩张的障碍。两国军队在芭米平原展开了决战。仗打得十分艰苦，美座国王不得不宣布撤退。多纪军撤退到一条大河，即现在依然存在的琪伏鲁川边上的时候，在那里过了一夜。黎明时分，神的使者来到美座国王的床头，送给他一件东西，就是这本"神之书"。

这当然是后人编造的故事。实际上是先头部队的一个士兵在河水里看到了"神之书"，把它从水里捞出来以后交给了美座国王。不管是怎么到手的吧，总之美座国王按照"神之书"的指点整军再战，最终打败了德莱玛。

但是，吸引少年的并不是虚实相间的"神之书"的历史背景，而是"神之书"本身那不可思议的美。猛一看只不过是一块玻璃板，可是用手一摸，却有一种整个身体沉入其中的深不可测的感觉。父母催促他赶快离开这里继续看展览，但少年却站在那里一直盯着"神之书"不肯离去。这个少年，就是后来大名鼎鼎的拉库尤·赞·卡玛奇。

卡玛奇长大后成了一名信息技术专家，参与开发一种划时代的记忆媒体。当他把第一件成品拿在手上的时候，被一种奇妙的感觉攫住了。这无色透明且深不可测的物体，以前好像在哪里见过。

不过，那是绝对不可能的，因为这是人类最先进技术的结晶，以前肯定没有存在过。

尽管如此，卡玛奇还是不断地在自己的记忆中搜寻，终于想起了少年时代在国立博物馆看到过的"神之书"。

怎么可能？

但是，不管这种想法多么不切实际，卡玛奇还是相信自己的直觉。他一次又一次地跟主管部门交涉，终于得到许可，检证卡玛奇的假说，即"神之书"到底是不是一种高度发达的记忆媒体。

检证的结果令人大吃一惊。

正如卡玛奇所预想的那样，"神之书"的确是一种高度发达的记忆媒体，记录着令人难以想象的庞大信息，虽然读不懂，但肯定是人类使用过的某种语言。

贤明的政府接到报告后，完全理解了这个发现的重要性，立刻作为国家项目立项，解读"神之书"。

在政府的全面支持下，仅仅用了三年的时间就解读成功。"神之书"里记录的内容更令人感到吃惊。对于那时候的人们来说，是难以置信的。

但是，如果那些记录是事实的话，就能解开一个很大的谜。这个谜就是：为什么我们人类的遗传信息跟其他动物区别那么大？

区别大，是当然的。

因为我们的祖先，是从遥远的别的星球迁移到这个星球上来的。

记录里记载着那个遥远的别的星球的位置。用天文望远镜对准那个位置，找到了那个星球。那个星球的名字叫"地球"，围绕着一个叫"太阳"的恒星公转。这个事实跟"神之书"里记录的内容完全吻合。地球比我们现在居住的这个星球稍微小一点，但公转的周期基本上是相同的。这一点跟记录里的记载也是一致的。

已经没有任何理由怀疑了。解读的内容，用发现者的名字命名为《卡玛奇文件》，向全世界正式公布。

看到《卡玛奇文件》的人没有一个不感慨万端的。自己能够活在这个世界上，是一个多么幸运和偶然的结果啊！敬畏之情油然而生。

举全人类之力，向我们的祖先居住的地球发射探测器的伟大计划，就是从那时候开始的。

*

　　当时除了亚光速引擎还处于开发研制阶段以外，万能型探测机器人、高功率激光通信技术已经成熟。第一号探测器的成功发射，是距今三百三十年前的事情。探测器里有一封信，是寄给另一个人类文明的。

　　从第一号探测器升空到现在，已经陆续发射了一百八十九个探测器，每个探测器里都有一封写给另一个人类文明的信。其中六十七个已经到达地球，并开始了探测工作。

　　探测结果通过高功率激光通信技术传了回来。遗憾的是，没有一个探测器遇到过人。当然，也没有人给我们回信。

　　现在，地球的大气基本上都是二氧化碳，只有微量的氧气。整个地球炎热异常，只有陆地，没有海洋，地表还没有探测到液体的水。地球上的放射线含量很高，不要说生命，就连微生物都没有。

　　但是根本不用怀疑，那个星球绝对是地球。祖先们生活过的痕迹，随处可见。

　　特别引人注目的是，《卡玛奇文件》里也提到的密闭型居住设施的遗迹。那是祖先们为了应对大气异变采取的措施。这种设施的遗迹在地球上应该有很多，因为到目前为止已经发现三十二个了。

　　在这三十二个密闭型居住设施的遗迹中，"第十九号遗迹"巨大无比。这次要公布的《第十九号文件》，将详细披露"第十九号遗迹"的情况。

　　在这里强调一下，到目前为止，在地球上居住过的祖先们遗留下来的文件，我们能读懂的，只有《卡玛奇文件》和《第十九号文件》。

　　《第十九号文件》迟迟不能公布，是因为研究人员用了很长时间确认里面记载的内容是否为事实。《卡玛奇文件》的内容大多是学术性数据，而《第十九号文件》都是生活在密闭型居住设施里的人们活生生的生活记录。

文件被认为是由一百多名记录者连续记录下来的，从中能感觉到他们的生活气息。他们当时的所思所想、所行所为，以及思想和行为之后的结果，都记录得非常详细，仿佛他们那时候就知道有一天我们会读到这些文字。

因此，研究人员一度认为那是文学创作。通过对第十九号遗迹的探测数据进行反复分析，最后断定记录均为事实，或者说是在事实的基础上记录下来的。

各种各样的数据证明：第十九号遗迹，供人类居住的功能至少维持了七百八十九年。

能看到《第十九号文件》，对今天的我们来说意义非凡。希望每个人把《第十九号文件》拿在手上阅读的时候，都细细品味一下我所说的这个特别的意义。

开场白就长话短说吧。

这是一部我们的祖先跨越七百八十九年的伟大故事。

请您尽情享受！

参考文献

皮埃尔·阿马托：《云层为微生物提供适宜的大气环境》，《微生物》杂志第 7 卷 [3]，第 119—123 页。

皮埃尔·阿马托、马里乌斯·帕拉佐斯、马丁尼·桑赛尔姆、保罗·拉、吉尔斯·梅尔浩特、阿内 - 玛丽·德罗尔特：《从多姆山对流层云的水相中分离出的微生物：在低温条件下的主要群体和生长能力》，欧洲微生物学会联合会《微生物生态学》杂志第 59 卷，第 242—254 页。

彼得·沃德著，垂水雄二译：《恐龙为何进化成了鸟类：灭绝与进化都是氧气浓度决定的》，文春文库。

古川武彦、大木勇人：《图解气象学入门：从原理了解云、雨、气温、风、天气图》，讲谈社"地球是蓝色的"丛书 B1721。

荒木健太郎：《云里发生了什么？想抓住云的故事》，贝雷出版。

笔保弘德、芳村圭编著，稻津将、吉野纯、加藤辉之、茂木耕作、三好建正著：《关于天气与气象，知道的不知道的，请到天空研究室来》，贝雷出版。

戴维·图米著，越智典子译：《难以置信的生物：颠覆生命概念的生物存在吗》，白扬社。

安娜莉·内维茨著，熊井广美译：《第六次大灭绝：人类能挺过去吗》，莉内维茨 Intershift 出版社。

石井光太：《遗体》，新潮社。

荻上千纪：《检证：东日本大地震的流言与谣言》，光文社新书。

伴野准一：《全日本学生自治联盟与全日本学生共同斗争会议》，平凡社新书。

新木秀和：《六十章了解厄瓜多尔》第二版，明石书店。

樱井义秀：《神灵与金钱：宗教是怎么发财的》，新潮新书 315。

架神恭介、辰巳一世：《完全教祖指南》，筑摩新书 814。

文治

磨铁图书旗下子品牌

更 好 的 阅 读

出 品 人　沈浩波

特约监制　潘　良　于　北

产品经理　烨　伊　栩　栩

特约编辑　叶　青

版权支持　冷　婷　郎彤童

装帧设计　別境Lab

关注我们

官方微博：@文治图书

官方豆瓣：文治图书

联系我们：wenzhibooks@xiron.net.cn

图书在版编目（CIP）数据

消失的世界 /（日）山田宗树著；赵建勋译. -- 北京：北京联合出版公司，2022.5
ISBN 978-7-5596-6059-6

Ⅰ.①消… Ⅱ.①山… ②赵… Ⅲ.①幻想小说－日本－现代 Ⅳ.① I313.45

中国版本图书馆 CIP 数据核字（2022）第 046732 号

北京市版权局著作权合同登记 图字：01－2021－4239

「人類滅亡小説」（山田宗樹）
JINRUI METSUBO SHOSETSU
Copyright © 2018 by MUNEKI YAMADA
Original Japanese edition published by Gentosha, Inc., Tokyo, Japan
Simplified Chinese edition is published by arrangement with Gentosha, Inc. through
Japan Creative Agency Inc., Tokyo.

消失的世界

作　　者：[日] 山田宗树
译　　者：赵建勋
出 品 人：赵红仕
责任编辑：龚　将

北京联合出版公司出版
（北京市西城区德外大街 83 号楼 9 层　100088）
三河市冀华印务有限公司印刷　新华书店经销
字数：369 千字　880 毫米 ×1230 毫米 1/32　印张：14.75
2022 年 5 月第 1 版　2022 年 5 月第 1 次印刷
ISBN 978-7-5596-6059-6
定价：55.00 元